U0309349

经典与想象

清华通识文库 曹莉 主编

中国古代传说新解

李平 著

清华大学出版社
北京

本书封面贴有清华大学出版社防伪标签，无标签者不得销售。

版权所有，侵权必究。举报：010-62782989，beiqinquan@tup.tsinghua.edu.cn。

图书在版编目（CIP）数据

经典与想象：中国古代传说新解 / 李平著 . -- 北京：清华大学出版社，2025. 1.
（清华通识文库 / 曹莉主编）. ISBN 978-7-302-67033-9

Ⅰ . I276.3

中国国家版本馆 CIP 数据核字第 2024S90D26 号

责任编辑：纪海虹
封面设计：奇文雲海 CHIVAL design
责任校对：王荣静
责任印制：沈 露

出版发行：清华大学出版社
     网 址：https://www.tup.com.cn, https://www.wqxuetang.com
     地 址：北京清华大学学研大厦 A 座   邮 编：100084
     社 总 机：010-83470000   邮 购：010-62786544
     投稿与读者服务：010-62776969, c-service@tup.tsinghua.edu.cn
     质量反馈：010-62772015, zhiliang@tup.tsinghua.edu.cn
印 装 者：三河市东方印刷有限公司
经 销：全国新华书店
开 本：148mm×210mm   印 张：13.25   字 数：312千字
版 次：2025 年 1 月第 1 版   印 次：2025 年 1 月第 1 次印刷
定 价：78.00 元

产品编号：100862-01

总　序

时光飞逝，岁月如歌；风过山林，玉汝于成。

21 世纪初以来，中国大学在建设世界一流大学的内在需求和全球化趋势的外在驱动之下，纷纷开始检讨现有的大学本科培养模式和教学体系，并着手进行课程设置、组织结构、运行方式和教学过程的改革。改革的要点之一便是推广和加强以人文教育为核心的大学通识教育，期望通过通识教育理念的提升和实际操作层面的改革带动本科教育其他方面的变革与创新。通识教育的理念对大学教育肌体的渗透，以及通识教育与人文教育、专业教育之间形成的互动和张力日益明显，通识教育的广度、深度和质量高低甚至成为衡量一所大学总体发展水平、学术实力、上升趋势和人文生态的标志。

以人文教育为主线的通识教育由于注重打造全体学生的共同价值观，培养全体学生的人文心智、审辨思维和科学素养，强调对于世界文明的多样性和中华文明的厚重性有整体性的理解，因而在中国大学"价值塑造、知识传授、能力培养三位一体"的办学理念和实践中，发挥着越来越重要的育人作用。

以"全人教育"为宗旨的通识教育并非西方独有，重温中国古代教育思想及其传统，可以发现与通识教育相近相通的理念早就根植于中国博大深厚的文化传统之中。《大学》开宗明义地指出：

"大学之道，在明明德，在亲民，在止于至善。"《易经》云："观乎天文，以察时变，观乎人文，以化成天下。"《说文》释"通"为"达"，曰："通者，所以通天下之不通也。"孔子主张："多闻，择其善而识之。"南宋朱熹曾提出读书五法："博学之、审问之、慎思之、明辨之、笃行之"，并提出教育目标在于"格物致知""为己之学"。因之，以研究和传播经典文化为己任，以修身、齐家、治国、平天下为经世安邦之策成为中国传统士大夫的核心价值观。

近现代中国大学的通识教育与中国大学早期的发展几近同步，具体理念和实践见诸 20 世纪上半叶引领中国现代大学的清华大学、北京大学的办学宗旨和教育实践，尤其是在蔡元培和梅贻琦分别担任北京大学和清华大学校长期间，通识教育受到广泛重视。蔡元培以"五育"为指导思想所主张的"中西融合，兼容并包"，"大学无不以培养通识博学，具有高度教养和全面发展的通才"的教育思想，梅贻琦从大学的文化使命出发所倡导的"通识为本，而专识为末"的大学理念，可被看作中国现代大学最早倡导和推行通识教育的典范。其他教育家如潘光旦、张伯苓、竺可桢、周谷成、冯友兰、梁思成等，也对通识教育、通才教育、会通教育和全人教育的意义进行过呼吁和阐释，并在他们所参与主持的大学和学院里形成了一定的传统。

改革开放以来，特别是进入 90 年代以来，随着中国现代化建设步伐的加快，科教兴国的国策和建设社会主义强国的愿景将提高国民科学文化素质的任务突出地摆在人们面前。1995 年 9 月，针对新中国高等教育 1950 年代、1960 年代照搬苏联模式，过分强调专业教育，文革期间出现人文教育断层，改革开放初期忽视人文教育和大学生综合素质培养的状况，教育部高教司在华中科技大学主持召开了"高等学校加强大学生文化素质教育试点院校第一次工作会议"，继而做出在国内部分 211 高校开展"文化素质教育"的决定，中国大学文化素质教育的序幕由此拉开。1999 年教育部正式批准 53 所高校设立首批国家大学生文化素质教育基地 32 个（含几校合建，下同）。2005 年教育部高教司和教育部文化素质教育指导委员会联合在清华大学召开"纪念文化素质教育开展十周年暨高等学校第四次文化素质教育工作会议"，会后于 2006 年 6 月在 104 所高校增设第二批国家大学生文化素质教育基地 61 个。随着文化素质教育的推广和建设世界一流大学宏伟蓝图的启动，加之高等教育国际化的趋势，中国高校纷纷开始探索和实践符合世界和中国未来发展的大学本科教育新模式，其中，通识教育的推行和实施如期成为中国高等教育发展和改革的一个新热点。2000 年前后，"通识教育"和"通选课程"在清华、北大、复旦等一批重点大学里被程度不同地提上议事日程。

在这个过程中，国内很多高校根据自己的情况进行了各具特色、形式多样的尝试和探索，文化素质教育的实际内容和操作平台也逐渐由初始阶段的校园文化活动和一般选修课转为核心课程，进入一部分高校的本科培养方案。核心课程的迅速建立和发展则逐步成为文化素质教育和通识教育向纵深发展的一个重要标志，并由此带来了素质教育与通识教育合流的趋势和景观；更多关于如何有效开展素质教育和通识教育的思考和探索相继涌现。与此同时，关于通识教育和文化素质教育二者之间异同的争议和讨论时有出现，争议的焦点一如 20 世纪初"五四"新文化运动时期的"中西古今"之争和"体用"之辩。它折射出几代中国知识分子对中国与西方、传统与现代，过去与当下乃至未来的抉择与思考。

列奥·斯特劳斯（Leo Strauss）在"何为自由教育？"（What is Liberal Education?）一文中写道："自由教育是朝向文化的教育。"他的这个说法与 20 世纪 90 年代中期中国大学文化素质教育起步时强调以"文化素质"作为突破口和切入点具有异曲同工之妙。但是我们需要看到，中西文化在价值取向和精神内涵方面的差异性在有些问题上往往会大于通约性。古往今来，文明的冲突，究其实质，是思想文化、意识形态、宗教信仰和生活方式的冲突。如果说素质教育和通识教育同时也是价值观和文化观教育，那么，对中华民族的当代青年学生而言，如何全面认识中国文明传统的博大和曲折以及其他文明传统的丰富性和复杂性，正确理解并处理好文化自觉、文化选择、文化沟通与文化主体性之间的能动关系和内在张力，应该成为大学素质教育和通识教育持续关注的重要问题。

正如柏拉图在《理想国》里所指出的那样，任何文化和文明最本质的行为就是对其子孙后代的教育。对中国大学而言，在实现"中国梦"的伟大征程中，无论是专业教育还是通识教育都不仅是一项关乎大学自身而且是一项关乎国家和民族，以及中华文明未来走向的政治和文化事业，其应有的历史担当毋庸赘言。美国当年大力推行通识教育，今天重提和加强通识教育的目的之一就是为了凝聚并传承美国社会赖以生存和发展的核心价值观，构建并巩固其大国地位得以形成的文化根基和价值认同。今天，当我们回顾和展望中国大学通识教育的昨天、当下和明天的时候，我们需要理解大学通识教育与人才培养、价值塑造和国家（民族）认同之间的内在联系，将通识教育的改革和创新放在培养和造就未来中国政治、经济、文化、科技等领域的领跑者的高度来认识，看清中国大学在中国现代化从器物、制度层次深入到思想文化层次进程中的历史使命，看清中国一流大学在培育人才、引领社会、塑造价值方面的社会责任，看清专业与通识、制器和育人、教育与文明、人文与科学、工具和价值之间的动态联系和内在张力，在扎根民族文化沃土的同时，以反思和开放的心态深入思考中国传统文化的历史传承与现代转型，批判地借鉴、吸纳和包容世界其他文明的优秀成果和文化因子，并由此洞察和提出适合中国国情和发展趋势的通识教育的方法和原则。

世界在变，中国在变。在当今世界快速发展的背景下，面对百年未有之大变局和数码时代、人工智能时代、后疫情时代、后全球化时代的科学技术，面对世界格局日新月异的新发展、新变化，中国大学本科教育面临着新的机遇和新的挑战。近25年素质教育和通识教育的发展历程说明，中国大学通识教育需要一方面秉承中国文明传统，另一方面需要增强时代意识和全球视野，在新的起点上乘势而上，为世界高等教育做出应有的中国贡献。

清华大学有着悠久的通识教育传统，从老校长梅贻琦提出"通识为本，专识为末"，到蒋南翔校长提倡"又红又专""既要给干粮，还要给猎枪"，从1990年代中期开始推进文化素质教育到2014年成立新雅书院（通识教育试验区），在新的起点上开拓创新通识教育理念和实践，清华的通识教育走过了近一个世纪的风雨历程。近年来，清华通识教育课程体系日臻成熟，标杆性荣誉课程争相涌现，通识教育核心课程覆盖文学、历史、地理、哲学、科学、艺术、人工智能等多个学科领域，在传授文理知识，传播人文理念，弘扬科学精神，培养思辨能力，启迪人生智慧，促进中西古今文理的会通与融合方面积累了宝贵的财富和经验。有鉴于此，我们将这套基于清华大学新雅书院首批通识课程的讲稿取名为"清华通识文库"，希望能够启发广大通识教育推动者和莘莘学子们在接受通识教育的过程中，对中国的文化传统、人类的文明进程、中国与世界的近现代文化和当代问题予以同等的关注。

2014年9月，以"通识教育试验区"为起点和标志的新雅书院宣告成立。我为书院取名"新雅"，旨在以"渊博雅正，器识为先，传承创新，追求卓越"为指导思想，在新的历史发展时期，努力追求并实现"从通识教育出发，探索通专融合、学科交叉、人格养成相结合的"新博雅"。今年是新雅书院成立10周年，我们将这套源于清华大学文化素质教育的长期实践和新雅书院通识教育的创新实验，面向更广阔的教育教学领域的讲稿取名为"清华通识文库"，期望以此启发一代又一代参与推动和践行通识教育的同道学者和莘莘学子们在从事和接受素质教育和通识教育的过程中，对中国的文化传统、人类的文明进程、中国与世界的近现代思想及其相关问题予以持续的思考和关注。

曹莉

2024年7月于荷清苑

自　序

　　这本书的底稿来自两份讲义，分别是针对清华大学全体本科生开设的通识课程"法律与神话传说"的中国部分，以及针对清华大学新雅书院开设的通识课"经典与想象：中国古代传说新读"的前半部分。[①] 这两门持续开设了七年的课程，为我提供了一遍一遍重新思考上古中国文化并持续修正解释方案的契机。本书的正文部分便是这些年来思考与讲授内容的汇集，此次撰写成书，旨在与更多中国文化的研究者、爱好者交流，并期望能收获更多的批评。

　　总体而言，这本书是关于中国早期传说的讲述与解释，涵盖了从三皇时代到周初接近四五千年，甚至更长的时间。如此之长的时间跨度，明显和当下讲究精细化和实证化的历史研究风格不甚合辙，所以读者大可不必当作一本考究的历史论著来阅读，而可以将之看作在探寻、讲述上古中国传说故事背后的"道理"与中国文化衍生的机理。我更希望通过本书来向人们传递一种全新的理解上古文化的思路和解释方案，并借此呈现为何中国文化可以在残酷的人类文明竞争中历久弥新。其实这也可一言以蔽之，即中国文化最独

---

① 后半部分主要是针对《尚书·虞夏书》的解读。

特之处在于能够"载道"，是如老子所言，"后其身而身先；外其身而身存。非以其无私耶？故能成其私"（《老子》第七章）。

是故本书要阐明者为上古传说故事中蕴含的关于中国文化如何"载道"，如何"证道"的具体内涵。换个角度来看，书中将依托传说，为上古中国"载道"的文化历程提供全新的理解模式。其中有三组至关重要的互动关系贯穿其间，乃是把握全书要旨的关键。下面略加敷陈。

一是阴本与阳动之间的竞争、互动关系。这是中国文化中关于人与世界关系的两种截然相反的立场。《周易·系辞传》说"一阴一阳之谓道"，足以表明二者相辅相成，缺一不可。阴本相对而言更加古老，脱生于听命于神的传统，最早的代表者是女娲、神农等。之后，衍生出因循、顺守的行为原则。再到春秋时代，老子为之做了理论提升，提出了通过顺动、复归、还原而致合于大道的主张。阳动立场肇端于伏羲，可以说是人的主体性自觉的产物。阳动的基本原则是人基于自身对于世界的理解和把握，主动解释世界，为世界定立标准并通过主动作为"化成"世界。之后黄帝草创政权是阳动立场在政治领域的第一次实践。殆至春秋末期，孔子和他的门人弟子们在理论上推衍到了极致，像复礼成仁、以德造命、参赞化育等都是阳动立场的表达。

二是技术传统与道统之间。这里说到技术传统和道统的代表人物，基本上可以和阴本、阳动两大立场的主张者相对应。所谓技术传统是早期垄断神性技术的家族长久赓续形成的独特文化传统，秉持因循顺守的同时，还强调治理实效，呈现出较强烈的功利性和理性特质。具体到对人的评价，他们看重"才"，即才能、才干。而道统则持阳动立场，具有明显的理想色彩，看重人的德性、德行和超越功利理性之上的参与、整饬世界的品性和能力。用孔子以降的观念来看，即是特重人的道德属性，以及使得整个世界道德化的能力。

三是政权与治权之间。治权是社会治理的权力，最早掌握在技术传统派手中。到了黄帝以后，政权方始随其草创"天下"的政治体出现，而且自始就形成了对治权的凌驾性压制。五帝时代的基本状况是以"政"统"治"、政治两分。秉持阳动立场的道统持守者掌握政权，原先的技术传统苗裔仍旧掌管治权并进行社会治理。政与治虽有矛盾，但维持了相对平和的均衡状态。此时的政权大而言之是为了型构、维系具有理想化的、合道的天下秩序而存在。可是到了舜禹代际，技术人出身的禹首次代表技术传统执掌了政权，随之通过一系列重大改革展现出了他与道统完全不同的天下理念。这时的天下表现出亘古未有的政治合一、集权化、法治化、私化特质，也为后世中国的政治文化提供了全新的制度和思想资源。此时政权与治权之争也随之告一段落，因为作为政权代表者的天子在集权状态下同时也掌控着治权。可是情况到了西周又发生了剧变，与伏羲、黄帝天下理念一脉相承的文王、周公转而重拾道统，推崇德政、德治，且通过分封制展现"公（共）天下"以弱化以往过分私化的政权。此后政权与治权之间的张力又随之彰显，表现在天子与诸侯、天子与官僚系统之间。而后世的君权、相权之争可以看作这种张力的延续。

不过西周以后，阴本与阳动、技术传统与道统、政权与治权之间的竞合关系业已变得非常复杂，往往呈现出相互学习、你中有我我中有你的状态，不过基本立场和天下理念之间的分判依旧可以辨识。

以上三重互动关系，构成了全书论说的内在脉理，我将在正文中依托传说故事，把演化中的各种曲折尽可能细致地呈现出来。当然这种具有强烈解释意味的论述方式，难免会给人以主观、先入为主的印象，尤其是在当今特重实证研究的学术环境下。就像前面说到的，本书意在提供一种全新的文化理解进路，读者大可不必把它当作一本"论文"式的作品来看待。至于所论之理是否可成，敬待方家不吝指正。

本书能够顺利出版，离不开清华大学出版社纪海虹女士，清华大学外文系曹莉教授的大力支持和帮助，在此致以衷心感谢。

目 录

第一章

绪说：关于神话、传说与上古文明

一

纵观人类各个文化传统关于早期文明的记载，给人最直观的感觉是，那是一个充满了各种各样的"神"的时代。所以理解早期人类的思想世界，首先要面对的问题便是"神"是否"真实"，或者说是不是真的有"神"？不过这个问题自古以来就给人们带来了无穷困扰，无论是精英思想家们还是一般民众，都存在立场截然相反的有神论、无神论两派。近代以来兴起自西方的"科学"方法虽说自始就有"祛魅"的企图，但事实上没有，也不足以解决神之有无、真伪的问题。所以直到当下，人们对此也从来不曾达成过共识。有不少"严谨"的学者做过"科学"式研究，但似乎无助于从根本上解决问题。一位德国学者奥托写过一本名为《论"神圣"》的著作，专门讨论人在什么样的情景、处境下会觉得有神；什么样的行为会致人觉得有神；以及有神的感觉到底真的还是假的，等等。[①] 可是因为作者本人信教，

---

① 参见 [德] 鲁道夫・奥托:《论"神圣"》, 成穷、周邦宪译, 成都, 四川人民出版社, 1995。

所以他的结论当然是认定神和神圣感真实存在。

　　事实上人们所拥有的任何知识，特别是被归于现代学术体系中的那些，或者作为支撑科学式研究对象的知识都无法解释神是否存在。最根本限制来源于人的认知能力，其中也包括现代人基于"科学"建立起来的知识体系本身其实非常有限。因为当下不管哪个学科都以理性认识和经验事实为前提，可是理性只是人类感知世界的能力和方式之一，它并不像西方理性主义者鼓吹的那样是人类最"卓越"，足以使人特立于其他一切存在者的独特能力。其实古代很多文化传统，特别是中国和古印度文化，已经明确地意识到人除了感觉智（感性能力）、理智（理性能力）之外，还有更高层次的"性智"①。而早期文明中保留的神话，恰恰不是理性思维的产物。如果用理性的眼光去审视，当然会觉得它们不真实，甚至斥之为荒诞、虚妄、迷信，等等。相应地，用以作出包括神在内的对象"不真实"判断的最常见理由是没有办法证明它们，所以不足以认定其为"真"。上面这些引出第一个要澄清的前提：什么是"真实"。

　　研究人类文明历程时通常会涉及两种意义的真实，第一种叫作"事实真实"。事实真实意味着观察对象可以反复论证和验证，于是通常被当作一种经验中的真实状态来接受。举个例子来说：古人盛传秦始皇的坟墓规模异常宏大，有不少人认定他的陵墓里灌注了水银，用来模拟江河湖泊。不过近现代早期的一段时间里，有些学者觉得这过分夸张了，甚至有人直接斥之为虚妄的臆想。然而近几十年考古学家们通过遥感、探方等技术，验证了秦始皇陵规模确实巨大，基本结构与传说相符，而现在的兵马俑充其量只是其中的一

---

① 人们或称之为直觉、觉悟，或称之为阿赖耶识，质而言之都是指超越感觉智和理智的性智。

小部分。此外还发现陵墓内部的汞含量非常高。因此这些传说就被认为是真的。这就是说，现代人通常认为在经验层面验证过的古代传说，一般可被看作属于"事实真实"。还有，古书上有一则记载叫作"天再旦"[①]，字面含义是天亮了两回。过去人们不理解，认为这是虚幻的神秘传说。现在用天文学的知识去推算，发现以前记载"天再旦"的那天发生了日食，所以也就认定这是事实上真实的，应该确有其事。

现代人通常把这类基于理性的科学推理和经验验证的状态、接近事实真实的情况认定为真；将是否科学、是否经得起实证检验当作判断真伪的唯一标准。这种已经近乎被"当然化"的前提细想起来其实并不那么可靠。"事实真实"质言之是一种有限的、理性假定的状态，而非绝对意义上的"客观"真实。例如，在有些早期人类遗址中发现金属制成的螺丝之类的物件，按照科学知识难以提供解释，因为前提判断是当时人的智能、技术水平还不足以制造这类东西。而现代科学又不能够解释出现这些作品的原因，所以说它有限。这说明人们现在对于人类文明发展做出的所谓"科学"论断本身不一定就准确。按照这个理路对上古历史文明、思想观念等做出的推论同样未必就合于当时的实态。因此很有必要认识到，人们基于理性认识判断出的所谓事实是否"真实"尚可商榷，这充其量只是把"眼见为实"转变为了"经验验证为实"或"理性论证为实"，两者在本质上都有很大局限性。

另一种真实可称为"观念真实"。为了便于理解，这里也举例说明。古人认为月亮上住着带着玉兔的嫦娥，还有吴刚在砍树；可

---

① 即古本《竹书纪年》的"（周）懿王元年天再旦于郑"。

是现在大家都知道月球上只是一片荒凉。那怎么理解这些传说呢？它们描述的无疑不是"事实真实"，但我们却不能因此便直接斥之为虚妄并完全弃之不顾。因为古代人的确就是这么理解的，而且对此深信不疑。也就是说曾经人们相信这些传说，认为它们是真的，意味着这些传说就是当时人的"观念真实"。现在认定古人有这些观念，这个判断也是真实的。我们可以将观念真实作为前提和对象，来讨论古人为什么会这样想，以及这些观念的成因是什么。本书中接下来将要展开讨论的那些神话、传说故事，统统都会被当作"观念真实"。这将是书中几乎所有论题展开的前提。

区分了事实真实和观念真实之后，关于"神"是否为真，至少置于观念真实层次已经变得不是问题了。在上古时人的观念中认为真的有神，我们可以暂且不用去探究他们所说的神事实上是否存在，只要关注他们如何理解神，为何这样或那样地描述就足够了。

二

第二个问题是怎么分判思想文化演化历程中出现的不同阶段，这和常见的历史分期话题有关，也是我们理解文明演化的基础。各个文化传统对人类历史进程有很多不同的理解和分判方式，总结起来大致有两大类。一类是循环论，认为人类的历史是循环状态。其中时间不被看作线性的，历史在不断往复中循环演绎。中国古代最著名的循环论叫作"文质论"，认为各个朝代的更迭变化，始终不出一文一质交替循环。例如夏代尚文，到了商代尚质，再到西周又尚文了，取而代之的秦代复又尚质。印度人的理解更玄妙一些，例如佛教认为世界始终在轮回，一劫一劫地循环。当然轮回涉及内容更广，包括前世、此生、来世等。

另一类认识可以概括为线性模式。现在主流的历史观受进化论影响，大都认为人类的整个文明演进是不断进步和提升的过程。最常见的说法莫过于人类从奴隶社会进至封建社会，再到资本主义、社会主义。这就是典型的线性理解，至于是否准确暂且不作评论。还有一类主张"退化论"的线性认识也很多见，例如中国早期文化中广泛存在着一种看法，认为最早的三皇时期是人类的黄金时代，接着退化到了五帝时代，再接下来堕落成了家天下的夏商周三代，之后更是堕落成了春秋战国的乱世。类似的退化论在西方也有，像是在启蒙时期欧洲有很多学者认为人类的原始社会是黄金时代，后来人越来越堕落，社会也随之越发复杂无序。典型代表可以参见英国学者洛克的《政府论》和法国思想家卢梭的《社会契约论》。无论进化论、退化论，都认为时间是线性且不可逆的，人的历史是在单线程的向度上顺序展开的一系列事件。我们暂且不去讨论印度式的大循环，因为人的生命有限，无法体认这种循环，所以只对已知历史过程的线性状态做一个大致阶段划分，力求尽可能与大多数文明演进的概貌相合。[1] 下面分别来看。

人类进入文明时代后经历的第一个阶段是神的阶段，或可称为神的时代、神主宰的时代等。几乎没有任何针对这个时代的文字记录，但是后世多少保留下了一些碎片式的孑遗，包括墓葬、居址遗迹和石器、岩画等，为后人的推论和理解提供了可能。在当时人的

---

[1]　不讨论并不意味着循环论"不对"。古印度文化中的循环论，借用徐梵澄为《五十奥义书》作的序言中提出的观点，便是"不可破"。因为人们已经无从知晓它何以成立，并且它的表达超越了现代人的知识体系和认识能力，所以只能搁置。中国古代的循环论，特别是文质论，置于历史演化所表征出的现象、内容中来看可以成立，不过它与线性时间维度上的单线程史观并不冲突。所以今天人们一面以单线程时间为前提研究历史，又一面感叹历史总是惊人地相似。

观念中，整个世界都由神主宰。最原初的神可以总称为"原始自然神"。形象地说，观念中的世界是"万物有灵"的状态。人完全被神所决定，是自然神主宰的世界的被动参与者之一。几乎所有文明传统中最初的观念世界都是如此。要注意，这个时期的神和后来，特别是现代各大宗教中的神很不一样。这些"自然神"没有人格化的形象，也没有太多义理内涵，但代表了对世界的决定性。世上的万事万物，无论是有生命的花鸟虫鱼，还是无生命的日月星辰、山川河岳等既是自然神本身，又是神的显化，它们共同主宰着世界的表现与演化。

　　第二阶段是人神交争的时代，它最大的特点是，自此以后人开始尝试挑战神的绝对权威和主宰性。在从前那个被神主宰的时代里，人没有任何话语权，一切都听凭神来决定。但渐渐地人开始觉悟到自己是有智慧的，甚至是有近似于神的能力的特殊存在者，进而开始反思人为什么非得被神决定，任凭神来摆布。在这之后人开始蠢蠢欲动了。上古文明流传下来的几乎所有"神话"都是这个阶段的产物。希腊盟军统帅阿伽门农曾经公然对太阳神阿波罗发起挑战是个很典型的例子。《荷马史诗》之一的《伊利亚特》开篇记载的就是这样一个故事。起因是阿伽门农抢了阿波罗的祭司克律塞伊斯的女儿，克律塞伊斯要求他归还，阿伽门农严词拒绝。接着克律塞伊斯跑去找阿波罗诉苦，说自己受了阿伽门农欺负。阿波罗觉得自己的权威受到挑战，对着希腊联军射了一场箭雨，导致希腊军队遭受了大范围的瘟疫。其实希腊联军和特洛伊王国之间的战争之前已经进行了十年。为什么《荷马史诗》要从这样一个故事开始呢？背后的寓意在于以此塑造和宣示人神关系悄然变化的起点。阿伽门农表面上看是敢于公然对阿波罗的祭司不逊，实则他挑战的不仅仅是一名祭司，更是这个祭司背后的神的权威。这说明当时的人，特别是那些"英雄"们已经不再心甘情愿地服从神。还有像《旧约》里面记载的很多次"立约"，包括耶和华与亚伯拉罕之间的立约、和雅各的立约，还有后来和摩西，等等。立约的核心内容是亚伯拉罕一家人遵奉耶和华为唯一的至上神，而耶和华则以赐给他们土地，维系他们子孙繁衍荣盛作为回报。这是人和神之间的约定，用现在的话说就是订了合同。众所周知，这个合同到现在仍旧没有完全履行完成，亚伯拉罕的苗裔犹太人迄今也还没有获得契约中许诺给他们的流着奶和蜜的土地。这样的约定从另一个角度印证了与《荷马史诗》相类似的观念变化：从原先神绝对主宰人，到后来需要和人订立契约来获得崇奉，这说明神与人之间的关系由绝对主宰变成了相对认同，甚至合作。试想，神若是对人拥有绝对主宰性，怎么会屑于和人谈条件？还有像普罗米修斯盗火受罚的故事也表达出类似的寓意。普罗米修斯把宙斯的火种盗出来给了人类，因此受了惩罚。乍看起来这是普罗米修斯和宙斯两个神之间的斗争，但是普罗米修斯斗争失败且受难并没有逆转之前盗窃的后果，用火的技术还是被人学会了。故事背后隐含的深意是人自此以后分享（或曰分有）了神性；进一步说，人的能力和神力同质、同源，因而人和神具有同质性。这表明此时人对自己的理解和定位已然发生了变化。这则神话中还有一点也很重要，那就是用火的技术属于神，具有神性。人类之所以会使用火，并不是像今人所说来自人类自己的发明创造，而是基于人神之间某种形式的交流。这个话题很复杂，且和本书后文的讨论关系非常密切，之后会有专章论述，这里暂且点到为止。

　　上面谈到的都是人神交争时代产生的观念。观念的载体，最典型的便是长篇的神话史诗。也可以反过来说，所有神话记载的都是人和神交争的故事。这场交争历时弥久，有人推测大概有一千年，也就是十个世纪左右；也有人认为时间可能更长。在这个阶段，人和神之间关系的演化趋势基本上是人越来越强势，神越来越弱化。与此同时，神的形态也在逐渐改变：最开始是自然神，诸如日月星辰、山川河岳、风雨雷电等所有自然之物都是神的显化；到后来慢慢地变形了，因为人要把它限制起来，不能容忍什么东西都是神的状况了。古代中国人在所有这些自然神之上架设了一个有意志、有位格却无形象的"帝"，可算是最典型的例证。① 之后有的文化出现了人格神，也就是具有人的形象的神，最典型的便是赫西俄德《神谱》所罗列的那些。以上都属于第二个阶段。

第三个阶段进入了人的时代，特征是人的事务由人来主宰，同时神进一步向后隐退。这时的人神关系演化成了人需要神的时候，神来给人的行为提供支撑和理由；人不需要神的时候神就待在一边，没有它也不会对人的生活产生多少决定性影响。

这个时代的起点距离当下也已经很久远了，中国大概始自三皇时代末期；而在西方文化源头的古希腊，这场转变发生在立法时代，大概起自是公元前 7 世纪前后。古印度是从雅利安人的婆罗门文化开始占据主导以后，时间大约也在公元前 7 世纪。这个阶段伴随着神的隐退和人逐渐占据主导，进而产生了"义理神"。或者说，曾经的人格神、自然神被义理化了。义理化的核心在于人为神，也为世界作出"解释"。神的性质、功能以及神意等，全都有赖于人

---

① "帝"的观念大量地保留在了殷商甲骨卜辞中。和它相对应的还有一个抽象化的"天"。但是由于"天"的概念到了西周以后屡次被改造，特别是经过文王、周公、孔子乃至后来宋明理学家的加工，最终成为了彻底的"义理神"。但是在西周以前，它的性质大抵和"帝"相同。

为之作出的理论阐释而成立。人类之所以会对宇宙、人生、人性等形而上层次的问题进行追问并作出理论解释，之所以会产生教义如此丰富的佛教、印度教、基督教、伊斯兰教等，之所以会演生出恢宏的知识与文化体系，质言之都肇端于这种"解释"的需求和路径。

接下来还要回过头来再谈谈"神"，特别是应该如何去理解"神"。之前已经谈到了好几种不同的神，下面系统地作个介绍。第一类，也是最古老的神是"自然神"，说得准确一些叫"原始泛自然神"。当然这些都是后世赋予它的称号，置身其中的人定然不会去给他们取一个具有如此概括性、抽象性的名称。总的来说当时是万物有灵的状态，但凡是自然之物都有神性，或者说都是神的显化。人的身体、生命也是这种显化之一。这类神出现得最早，延续的时间也最长。到了第二个阶段出现了新的样态，叫作"人格神"，简单地说是神被赋予了人的形象。人格神有可能是一神，像犹太人的雅赫维；也有可能是泛神，像古希腊的神话中的众神。还有第三种是"义理神"，出现于人的时代。到了义理神的阶段，人格神开始往后隐退。而此间彰显出来的是人对神的抽象化、意义化理解——神即"绝对"和"超越"。神不仅仅是超越人，也超越世界所有的存在者，或者说超越存在的界域；同时它代表着绝对性，不受时间、空间的束缚。到了欧洲中世纪，基督教所说的"神"（God），新教把它翻译成"上帝"[1]，正是典型的义理神，和古希伯来文化中的"雅赫维"性质已经完全不同。中国古代也有类似这样的

---

[1] "上帝"是一个正经八百的汉语词汇，来自甲骨文记载中殷商时代人对他们的最高神的称谓。这个神虽然没有典型人格神的拟人形象，但它是最高的主宰者，有意志、有位格而无形象。

神，最为世人熟知的莫过于由"帝"演化而来的"天"。后人经常讲"天理""天人合一"，里面的"天"不是物理意义上的天，而是义理神。由人格神到义理神的过渡，为"哲学"出现做了铺垫。哲学中讨论的形而上的话题其实和义理神的内涵相同，都关心如何认识世界的绝对性和真理问题。

之前还曾说到，理性对世界的认识并不完整，因为理性本身是有限的。而且人对神的认识最初也并非从理性入手。概而言之，人有三种感知、认识和理解世界的能力。第一种是感觉，也可以称为感觉智，包括触觉、听觉、味觉、视觉，等等。这些带来了直接感知世界的能力。第二种是理性，或者叫理智。像逻辑思维、推理、功利计算等都基于理性成立。还有第三种，各个文化给它的称呼不同，西方有人管它叫"直觉（intuition）"，中国人最经常的说法是"悟性""灵性"或者"性智"。它超越于理性智能之上。古印度文化将它精细地定位为人之"八识"里最高的"阿赖耶识"。虽然名称不同，但归根到底指的都是超越于感觉和理性之上的另外一种认识世界的能力。上古的神话正是基于性智，用直觉去理解世界而形成的表达，所以它们表现的形式很特别。当时人们谈论神的时候绝无可能写一篇论文，而只会用诗的形式去表达。因为"诗"以"诗性思维"为支撑，诗性思维其实就是直觉思维、性智思维。

三

接下来要说的是神话与传说的差别问题。中国文化很特殊，主流的典籍中鲜有严格意义上的神话，也看不到类似古希腊的《荷马史诗》那样气势恢宏的史诗。即便有些近似于神话的材料，像西王母的故事之类的，也都非常零散破碎。如果翻看保留传说比较多的《山海经》，会发现其中基本上没有成篇的故事，充其量只有一两句话点到为止。这个现象的成因很复杂，背后也隐含着很多曲折，需待后文慢慢作详细解说。这里暂且只能先把神话和传说的差别解释清楚。

神话，简单地说，是对于早期人类文明的诗性记忆。用性智直接体认世界，以直觉化的方式表达出来，就形成了以诗为载体的神话。留存至今的神话很多，除了已经谈到的《荷马史诗》，还有古巴比伦的《吉尔伽美什》。这是考古学家从古巴比伦文化遗址出土的泥版文字中整理出来的史诗。古印度雅利安文化有四部《吠陀》，再加上《摩诃婆罗多》《罗摩衍那》，等等。其实犹太教的《摩西五经》也属于此类。在中国中原地区主流文化传统中早已没有了成篇的神话，但是一些少数民族还以口传的方式保留着神话诗，像彝族有《盘王歌》，它讲的故事有些类似盘古的传说。

另外，这些神话现在只能看到很平面的状态，无非都是以文字记录的诗篇。但实际上在神话的形成和活跃期，它们并不写在纸面上，而是长期被口口相传，可以伴着音乐和舞蹈唱诵出来，并且经常作为祭祀、巫术仪式的一部分。巫术活动大都包含不停地歌唱、舞蹈，人处于癫狂的状态，曾经史诗就是在类似这样的情景中表现和流传的。所以说神话体现的是人通过直觉而非理性去领悟世界的状态，如果仅仅用理性去理解和诠释自然不够充分，还不免会有偏差和曲解。

所有神话史诗都出现在人类的观念演进的第二个阶段，甚至可以看作人神斗争的产物。不过其中也会残留前一个阶段（即神主宰的时代）的印记，但这些印记大多是片段化的，有些表达得很隐晦，需要仔细分辨才能厘分出来。

现在人们经常把神话传说放在一起说，或者当作可以同义互换的语词使用。但是严格来说传说和神话有质的差别。传说是对人类早期文化的诗性记忆和历史记忆的混合。后章中会详细说的三皇五帝——女娲、伏羲、神农等，以及黄帝、颛顼、帝喾、尧、舜的故事都属于传说。给人的直观感受是它们看起来不像古希腊、古印度神话那样让人觉得过于玄幻，但又不似《春秋》《史记》为代表的历史叙事那般平实。因为这些归根结底还是人的故事，只不过其中既有理性化的历史记忆，又包含诗性的直觉的成分。由于传说产生于第三个阶段，即人的时代，那些直觉性的内容被人为地改动得与理性叙述的历史类似，所以最终呈现出诗性记忆和历史记忆混合的特殊风格。改动发生的时间很早，中国早期文化中第一次有意识地改动很有可能发生在伏羲时，大致是三皇时代的末期。之后还出现了若干次，例如五帝时代初期的颛顼又整理了一次，此后还包括西周前期的周公，以及春秋晚期的孔子。当然秦始皇和汉武帝的文化齐一化政策也应该包含有类似的举措。经历了若干次大改动之后，传说中的诗性元素被极大地压缩；而"人化"的表述，历史性的记忆愈发凸显。最终的"成效"便是上古史诗和神话在中原主流文化近乎绝迹，流传下来的绝大部分都是"人化"传说和历史化的记述，神怪的成分非常之少。这个现象很特殊，因为在绝大多数其他文明传统中都看不到发生如此之早，规模如此之大，且次数如此之多的针对早期神话的自觉改造、整理行为；而这恰与中国传统文化的早熟、泛政治化和特重意识形态立法等特质相为表里。这些内容会在下章中详细论说。

第二章
上古中国思想文化概观

这一章将简单介绍中国上古思想文化的概况，为之后阐释和理解中国传统文化提供基本的框架和基点。

一

首先从中国古代文化的起源开始说。按照传统观念，中华文明肇端于三皇时代。参考现代考古学的研究成果，这个时代的下限大约在距今5500年以前。不过它的上限已经无法清楚地界定了。有人说在距今一万年前，也可能更早。大体上整个三皇时代都处于新石器时代中期以后。新石器时代也叫作磨制石器的时代。磨制石器意思是石头通过打磨制成工具。在此之前的是旧石器时代，也叫打制石器时代。这时的石器是敲打制成的，相比磨制石器要粗糙得多。中国古代的书籍里面没有考古学上这些分类，对文明最早期只有三皇时代一个总称，其中的"皇"还是后世追封的头衔。"三皇"名下包含了很多人物，远远不止三个，人们比较熟悉的伏羲、女娲、燧人、共工、神农都属此列。汉代以后的常见记载大都是在这些人物里面挑选三个，排列组合起来就是"三皇"了。之所以必须是"三"皇，乃是战国晚期以后为了配合三五历运的史观而有意为之的。因此才有了三皇、五帝、三王、五霸这样工整的归纳。另外，唐代以后还有一种卓尔不群的说法，认为三皇是天皇、地皇、人皇，以此来配合天、地、人三才说。这个说法和本书关系不大，暂且不去管它。

关于三皇时代以及其间的种种传说，在很长时间里一直被当作不实的记载，大家觉得这些故事的内容太虚妄。甚至早在司马迁写《史记》的时候就把这一段全部略掉了，理由之一就是认为史籍难征，所以只从五帝时代开始写起。① 但在春秋战国流传下来的典籍中，有着大量的关于上古之人生活状态的描述，像《庄子·盗跖》篇中写道：

> 古者禽兽多而人少，于是民皆巢居以避之，昼拾橡栗，暮栖木上，故命之曰"有巢氏之民"。古者民不知衣服，夏多积薪，冬则炀之，故命之曰"知生之民"。神农之世，卧则居居，起则于于，民知其母，不知其父，与麋鹿共处，耕而食，织而衣，无有相害之心，此至德之隆也。

类似这样的记载很多，反映出时人对三皇时代的一些共同的印象，比如说穴居野处②，民风质朴③，民众在圣人的带领下改善生存

---

① 其实这并不是司马迁略去三皇时代，从《五帝本纪》开始写《史记》的主要原因。这一点在第四章中还会详说。不过能够拿三皇事迹怪诞不经作为口实，说明这是当时已被广为接受的观点。
② 《易·系辞下》："上古穴居而野处。"
③ 《邓析子·转辞》："上古之民，质而敦朴。"

状况①，等等。尽管其中或多或少地掺杂了理想化且具有想象色彩的
成分，不过近年来出土的大量考古遗存已经印证了先人的描述大体
可信。

　　图 2-1 是甘肃秦安大地湾新石器时代遗址出土的一幅地画，画
成的年代在距今至少 6800 年。有人考证这是最早的伏羲和女娲的
画像，并且把它当作"三皇"传说古已有之的一个重要证据。

图 2-1　秦安大地湾遗址地画女娲伏羲

　　三皇时代人们大多以采集、渔猎、种植和畜牧谋生②，已经掌握
了多种多样的技术用以处理人与自然界的关系。然而当时人与外于
自己的万物之间完全不存在如西方思想世界中"主体—客体"分判
的理解模式。现在人们常说是运用技术是为了提高生存水平而对自
然界加以改造，这类颇具斗争、对抗意味的模式完全不适合用于理
解三皇时代的思想文化。③当然，为了族群的存续，人开始越来越

---

① 《韩非子·五蠹》：上古之世，人民少而禽兽众，人民不胜禽兽虫蛇，有圣人作，构木为巢以避
　　群害，而民悦之，使王天下，号曰有巢氏。民食果蓏蚌蛤，腥臊恶臭而伤害腹胃，民多疾病，
　　有圣人作，钻燧取火以化腥臊，而民说之，使王天下，号之曰燧人氏。
② 根据对神农的记忆可知当时正处于狩猎、采集文明向农业文明过渡的时段。
③ 以往对人类历史的理解，过分强调"生产力"、技术水平等，把人与自然的关系演绎为以对抗、
　　冲突为中心的关系模式。这种思路显然是受到西方主体性理论和与自然本根断裂的观念传统的
　　影响。

多地通过技术改变生存环境，例如农耕、建筑、用火，等等，但这些并不被看作人类"战胜"自然之举。在当时的观念中，技术本身就源于自然具有神圣性。技术的使用方式存在一系列的标准、仪式和禁忌，成立的基础正是源自技术本身的自然、神圣的属性。而附属于技术的林林总总的规矩，成为当时民众所需遵循之"法"的内容。[①] 人们过着"聚生群处"[②] 的生活，所以当时除了天人之法外，人域内有关人际关系与事物的法则同样存在。这些技术规则用传统的话语来说可叫作"礼俗"，类似于现代法学中所说的习惯法。不过有鉴于史料匮乏，我们对这些礼俗已经知之甚少了。上面这些话题非常复杂，对当代人来说似乎也不是太好理解，所以下章中还会展开详论。

之前谈及的三皇通常都被认为属于传说时代。因为它们太古老了，史籍中的记载很含糊，也没有确凿的证据去证明或证伪，人们姑且把它当作有虚幻甚至有魔幻成分的历史记忆的变形，所以称为传说。但是考古学的发掘已经获得了一些印证，和三皇时代关系最密切的叫作仰韶文化。

仰韶文化最显著的特征是彩陶，几乎所有出土的仰韶文化陶器都有彩绘，如图 2-2 所示便是非常具有代表性的器物，出土在西安半坡遗址，被称为人面鱼形盆。

图 2-2　西安半坡人面鱼形盆

图 2-3、图 2-4 也是仰韶文化的

---

① 有关于上古时代的技术性立法，在后文中将会有专门论述。

② 语出《吕氏春秋·恃君览》："昔太古常无君矣，其民聚生群处，知母不知父，无亲戚兄弟夫妇男女之别，无上下长幼之道。"

图 2-3　仰韶文化器物
（1）（左）

图 2-4　仰韶文化器物
（2）（右）

器物，据说是前者纹样是抽象的蛙的形状，后者是人面贝壳纹样的陶罐。

仰韶文化后期遗址中出现了向心式聚落格局，所有的房屋都围绕聚落中心开门。这表明当时已经出现了以聚落为单位的治权权威，有了明确的治理秩序，或可将之视为后世向心式"天下"格局的雏形。

仰韶文化的时限大概是新石器时代的晚期，时间段和三皇时代基本合辙。所覆盖的地域也基本上与三皇时代的文化核心区相合。所以现在很多人认为三皇的传说和仰韶文化基本上可以契合，但是具体的对应关系现在考古学家说得很隐晦，从来没有给出过定论。

三皇之后的第二个阶段是五帝时代，大致可以对应到考古学分期的新石器时代晚期至铜石并用时代，在距今 5500~4200 年存续。它的时间下限已经比较确定了，因为紧接其后的夏朝约在公元前 21 世纪建立。"五帝"按最常见的说法包括黄帝、颛顼、帝喾、尧和舜。这五个人据传说存在血缘关系，而且是代代相承。不过实际上可能间隔的时间会比较长，黄帝、颛顼、帝喾属于五帝时代早期，而尧和舜属于晚期，中间略去了一段时间没有被记录。现代考古发掘到尧的都城在山西省襄汾的陶寺，测定碳14后表明遗址的年代就在公元前22世纪左右。这印证了司马迁在《史记·五帝本纪》中对尧都的记载，表明史籍中记录的五帝故事所言不虚。相比较于三皇时代，五帝时代最大的变化是出现了政治实体——天下。至此，中国进入了政治时代，随之逐渐形成了泛政治化的文化特色。政治性的立法建制、意识形态立法、官僚制、刑制等也都在这个时代出现了。五帝时代的具体情况后文中还会详表，这里从略。

考古学研究表明，仰韶文化之后出现了龙山文化，两者有一段重叠期。龙山文化大致可以对应五帝时代晚期和禹夏时代早期，分布地点比仰韶文化更靠东一些，最有代表性的器物是黑陶。

龙山文化的黑陶没有任何彩绘纹样，通体黑亮，而且较之彩陶薄且坚硬（图2-5、图2-6）。这是因为用到了非常独特的烧制技术。但是在黑陶出现后的一段时间内，也就是和仰韶文化的重叠期出现了一种奇特的现象，不少原先使用彩陶的遗址出现了仿黑陶的器物。也就是说，有些地方的人们因为缺乏技术烧不出黑陶，只在原有的陶坯

图2-5　龙山文化黑陶壶　　　图2-6　龙山文化黑陶鼎

表面贴上一层黑色。现在看来这种没有任何实用价值又缺乏美感的做法显得有些不可理喻。但如果联系五帝时代的政治化和意识形态建构的种种举措，我们或可把这些看似蹩脚的仿制黑陶的行为理解为中央政权对地方进行文化控制的表现之一。好比说天子自上而下下达命令，所有的地方都不能用彩陶，全部要用黑陶。烧不出来的怎么办？于是只能贴成黑色。这可算得政权和政治统治的一个表征。而夏代文化开始有了"改正朔"的传统，传说中夏尚黑，崇尚水德，恰好和黑陶以及鲧禹家族与水的关系契合上了。后来的新王朝建立之初都要改正朔，其中仍然包含了颜色、服制，等等。而从龙山文化的扩张也可以看出当时的政权对于地方有直接的控制力。而且龙山文化出现了较仰韶文化更大规模的中心聚落（或可视为城市）。

　　五帝之后的第三个阶段是三王时代，也叫"三代"，包括夏、商、周三个王朝。通常认为从夏代开始中国历史进入了信史时代，或者说是历史的时代，而在此前则可以统称为传说时代。现在这个边界慢慢模糊，因为之前的故事也有一些被证明了可以被当作信史，而在三王时代仍有很多事件以传说的形式被记录下来。

　　与五帝而禹夏的过渡相对应，考古遗存中龙山文化之后紧接之下有二里头文化。二里头文化的发现历程很坎坷。民国时期史学界整体上都被顾颉刚为代表的古史辨学派和疑古思潮笼罩。对他们而言，古史中但凡是没有实物证据的记载全部被判定为后世"造伪"的产物，甚至包括战国诸子百家的作品也大都被认为是汉代以后伪造的。在这样的思潮之中，偏偏有个不合群的学者徐旭生和当时的主流历史学界唱反调，认为古史辨派过分疑古了。他坚信《史记》中记载的五帝、三王传说必有所本。当时的人因为发现了甲骨文，所以认为商代的历史还是真的；但是夏代还被看作虚构的朝代，甚至有很多人就是用看似很"科学"的方法论证夏代的传说是假的。徐老先生不同意这类"通说"，于是就按照《史记》给出的地点自己去发掘，数年之后，终于在二里头挖到了大型城址，后来被确定为夏朝的都城（图 2-7、图 2-8）。

这样一来，大家才慢慢地接受了夏代不伪。而且经过后来的持续发掘，发现二里头遗址和龙山文化具有连续性，只是到二里头文化开始更有建制、更有规模，更像帝国政权的都城。不过由于二里头文化遗址中没有出现像殷墟甲骨文那样可判读的文字记录，质疑二里头文化与夏代关系，乃至质疑夏代真实性的声音至今仍旧依稀尚存。

图 2-7　二里头宫殿遗址

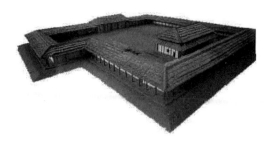

图 2-8　二里头宫殿复原图

　　挖到二里头遗址，说明徐先生对上古史和《史记》的判断无误，于是大家便循着《史记》的记载去进一步发掘，并有了大量收获。由挖到的二里头文化的遗址分布，可以看出夏启以后的帝国范围非常广，和《尚书·禹贡》中圈出的核心区以及九州的格局范围基本上一致。

　　商周两代由于考古发现并释读当时的文字作品，加上传世文献记载和大量考古遗存，大抵已经被当作"历史"而非"传说"时代来审视了。相关的情况将在后面的章节中详表。

二

　　顺着传说时代，还要再来专门谈一谈前章说到的中国没有神话而只有传说的问题。事实上中国古代曾经有过神话，只是这些神话在一次次的"人化"过程中被有意识地人为祛除了。这个过程很漫长，但是效果非常显著。不过在战国时期，由于周王朝官方对思想文化的控制力减弱了，那些原本不入主流的知识分子们挖掘到了一批存在于被遗忘边缘的古代材料，其中就不乏一些古老神话的零星记载，但是可惜始终没有能够拼接出完整的神话故事。其中的一些片段保留在《山海经》里，还有后来东晋时在汲冢古墓里发掘出来几种古书，例如著名的《竹书纪年》中也有少许。另外盘古的故事值得在这里多说上几句。

　　严格地说，盘古的故事是在中原主流文化，或者说汉族文化中保留下来的唯一的典型神话。尽管关于盘古的事迹有很多记载，表述也各种各样，古往今来有很多人把它描述得非常写意，但关键信息并无太大差异。

故事梗概大概是这样的：世界最开始时只是混沌，就像一只鸡蛋。在其中出现了唯一的一个人（或者说是神）——盘古。他不知怎的对这般混沌的状态非常不满，所以抄了把斧子把混沌砍开了。混沌被盘古砍破以后，天地两分，尔后方始呈现出了世界。仅仅是破开混沌，盘古还不满意，接着用手托着天，脚踩着地，身体在不断地长高，于是天地之间便形成了悬隔，有一说认为隔了九万丈，或者十万八千丈，等等。从此天就是天，地就是地，再也不可能合到一起。可是长成之日就是盘古殒命之时，不过他死后创造世界的工作仍然在继续。盘古的身体开始变形，像眼睛、鼻子、嘴、手、毛孔，血液等变成了世界上各种各样的存在物，诸如日月、星辰、山川、草木、动物，等等。以上就是盘古故事的大概，历史上出现的各个不同传本主体部分大都不外乎这些内容。

深究起来，盘古的神话其实很特异。首先，和盘古有关的大都流传在中国的南方。至今江南很多地方仍然保留有盘古庙、盘古祠，有一些山被命名为盘古山，甚至有的地方还有盘古墓。但这些在北方基本上看不到。其次，盘古的故事最早见于记载大约已经晚至三国时期。之前的文献，包括古史传说大量涌现的战国诸子作品中从未被人提及。而且非但没有盘古，就连其他的创世故事也都一概没有了，所以才有了屈原的《天问》：

> 遂古之初，谁传道之？
>
> 上下未形，何由考之？
>
> 冥昭瞢暗，谁能极之？
>
> 冯翼惟象，何以识之？
>
> 明明暗暗，惟时何为？

阴阳三合，何本何化?

圜则九重，孰营度之?

惟兹何功，孰初作之?

　　试想，战国晚期学识渊博的屈原对这些问题都感觉茫然无知了，为什么偏偏到了三国以后在中国南方开始大量出现了盘古的故事，连一般老百姓都知道世界是盘古用斧头劈出来的? 这个反差以及出现的时间点很是可疑，所以盘古故事的来源引起了怀疑。不过现在绝大部分研究者不认为盘古的故事是汉代以后造伪、杜撰的，而是意识到它的"籍贯"有问题。因为盘古的传说和古印度神话中原人普鲁沙（Purusa）的故事非常相似，只是细节上有些小差别。而三国时期恰好是印度文化随着佛教一起传进中国以后获得广泛影响力的开始。所以自从盘古的故事出现后不久，就有人认为它是古印度神话鸠占鹊巢的产物。原创还是舶来之争虽说一直到现在都没有停息，但现在大部分意见倾向于认为盘古故事是古印度婆罗门史诗《梨俱吠陀》中原人普鲁沙神话的变形，毕竟在这之前看不到中国文献里有任何一则如此完整的神话被保留下来。

　　既然盘古的神话并非中国原创，而是从印度人那里"借"来的，那么中国人为什么会接纳它，并且把它视同己出呢? 与这个现象形成鲜明对比的是，近代以来国人接触西方文化的时总是觉得距离很远，会自然而然地把它们当成很陌生的、不同质的文化看待。明代就已经随着西方传教士入华、在乡村广泛传播的基督教也是如此。这个反差本身非常值得玩味，背后隐含着中国传统文化和古印度文化的同质性，以及东西方文化之间根质上的差异，甚至冲突。

　　盘古—普鲁沙的故事反映出中国人和印度人对于世界的基本认识

都可被概括为"化生"。这与西方"创生"式的创世神话中有质的差别。盘古的神话有两个深层含义很重要：一是开辟，世界原来是由一体（即混沌）开辟而来。开辟之后，混沌（也包括盘古的身体在内）化生万物。这意味着世界本身是一体、同原的。中国也好，印度也好，对世界的基本理解都是这样。二是同原还包括另外一层含义——"同质"。尽管世界上各种各样的存在者有着千差万别的形态，但是根质上却同一不二。所以这个世界是由同一个本原化生而成的，所差者只是表现形式不一样。传统中国有句话叫"一体分殊"，无疑是最精到的概括。

相反，对比西方的创世神话，例如《旧约》的《创世纪》，在最开始记载的是神"创生"世界。神说要有光，要有草木，要有万物，要什么他就造出什么来。要有人，也就造出了人。这意味着神和人根本就是两分的。世界的根质和世界的存在，与终极、绝对、超验之域两相悬隔。世界被神创生出来，自始就只是神的对象、客体。古希腊人对世界的理解也是如此，例如说盖亚创造了大地，而不是化生出来的。如果对比盖亚和盘古，不难对创生和化生的差别有非常直观的感受。东西方两种文化对于世界的认识、对于人的认识的起点不一样，追求也不同。追求的问题我们后文再谈。

把握到中国和印度文化的同质性，就可以明白为什么三国以后中国人在观念上很容易就接受印度的原人普鲁沙神话，进而把它当作自己的故事。这种认同本身就反映出东方文化对于世界认识的一致性，所以看到这样的故事我们很有亲切感。说到这里，盘古的神话看来基本可以被排除到三皇传说之外去，不应该把它当作中国正统观念和文化的原创内容。先秦的文献里面不仅没有盘古，也没有其他的创世神话，确实也是事实。

　　另外还需要谈到，直观印象是古文献中记载的故事时代越是古老、内容越是光怪陆离的故事出现得越晚。在孔子的生年，也就是春秋时代晚期，人们只追溯到五帝时代的黄帝、颛顼、尧、舜、禹等，充其量讲一点伏羲作八卦的故事；但是到了战国中期以后，黄帝之前的女娲、神农、燧人、祝融等这些三皇时代的人物开始悉数登场。对于这种现象，有很多近代历史学家按照西方式的经验论和实证史观下了定论，说所有这些晚出上古的传说全是假的，甚至连记载他们的战国诸子作品也全是秦汉以后好事者伪造而成的。前文说到，这些打着给古史传说辨伪、祛魅旗号的学者在当时形成了一个相当主流的学派，叫作古史辨派。他们声言，为什么更加古老一些的西周、春秋时人不说伏羲、女娲、神农等三皇人物呢？为什么要等到战国的时候才陆续出现呢？这是因为战国以后百家争鸣，当时的思想家们为了和其他学派论争，为了压别人一头凭空想出来一些更古老的故事，所以说三皇五帝等全都是造伪的产品。这种解释和理解思路在近现代很长一段时间占据了主导地位，导致谨慎的历史学研究者完全不去讨论这些传说人物和故事，即便认识到三皇五帝不都是假的，也因为无法证明他们的"事实真实"性只好存而不论。说到底，出现这类"著名论断"的根本原因在于这些近代历史学家太过崇洋，并没有还原到当时的思想和社会环境中去，用心理解出现这种奇怪现象的原因，也没有用心理解中国文化，倒是有几分避之唯恐不及的念头，所以才会得出如此结论来。

　　实际上，因为西周的意识形态控制，官方的知识、话语对于思想规制很严，清理神话是一种官方行为，几乎所有的"怪力乱神"都被作为不好的东西祛除了。所以在宗周意识形态保持强势的状态下，主流的知识界没有人去谈论这些文化异端。但这并不意味着它们一点都没有留下。其中有一部分记忆始终散落在民间，可能其中的大部分由人们口传保留下来。直到社会大动荡，思想世界、知识分子没有人管的时候，大家才慢慢地敢放到台面上去谈论。所以到了战国类似的故事忽然多起来，这个现象本身并不难理解。

顺着这个思路，为什么古代中国的主流文化中没有神话的问题也就得到了解释。其中的关键就是意识形态在起作用，官方为之有意识地控制、消除神话。可是为什么官方要消除神话？因为神话始终会对政权产生很大，甚至是致命的威胁。这需要联系之前讲的世界同原、同质来理解。中国文化自始认为世界万物是一种同原、同质的状态，所有存在者都是唯一的"体"（上古时人谓之"神"，老子称之为"道"）化生而来。所以人的意义和世界的意义也是同质的，人只需要回归到原初的状态就圆满了。理解到这一层，就会产生像老子、庄子那般反对人为，崇尚无为，反对"天工人其代之"，讲究"自然而然"的思想。再进一步会引发不作为或者不服从的倾向。这类极端情况如果参比东汉时崇尚老子的太平道造反和黄巾起义，很容易就明白了。还有另外一层原因更加复杂：神话与神性有关，中国古代的政权的终极正当性需要建立在神性的基础上，两者之间实际上暗含着某种"竞争"关系。所以那些官方意识形态拼命地打压这些神话观念，从而建构出一种让人服从的文化。当然这里说的"服从"不是奴性的屈服，而是以文化认同为前提的"心悦诚服"。最终得以维系传统文化并使之能让人心悦诚服的核心，建立在一套具有强烈伦理性和宗亲性的道德原则和规则体系之上。这在下文谈中国文化特质，以及再后面谈帝喾和周公的时候还会说到。

三

最后，还需要概括性地谈谈中国传统文化的三大特质。首先是天人合一，或曰世界万有同原、同质、同归。之前已经多次谈到，尽管盘古的故事不是中国原创的，但是其中体现出的人和世界的同原、同质关系却为包括古代中国、印度在内的整个东方文化传统所共有。问题是天和人怎么合一呢？不是说直接在形式上就合在一处，而是根上、质上的同一。或者可以表述为世间万物都属于唯一之"体"（即"道"）的分殊、显形，没有质的冲突，所以不存在天人之间的对抗，也不会形成人为了自己的生存去战胜大自然之类的观念。与之形成强烈反差的是，当今这却被当作当然的命题，它背后的观念基础来自西方式的天人两分、人我两分、主客两分观念。在上古中国的观念世界中没有这种矛盾。《吕氏春秋·情欲》总结为："人之与天地也同。万物之形虽异，其情一体也。故古之治身与天下者，必法天地也。"人们相信人与自然同质、交感，人生活的环境乃是人神共处且万物有灵的，因而生活中必须首先遵循自然的法则与禁忌。至此，作为世界整体的大化流形的参与者，人的活动被看作宇宙万有之一隅，必须参照世界万物的启示来行事。这一点非常复杂，可以看作整个中国传统文化的核心要义所在，自然没有办法三言两语完全说清楚，在这里先只讲个大概。

第二种特性是泛政治性。前文已经说到，造成中国古代没有神话流传下来的主要原因是中国过早地进入了政治社会，过早地开始了意识形态立法和意识形态控制，人为地去祛除所有对被政治型构社会秩序和进行社会控制不利的知识。泛政治性同时意味着在中国社会中，任何一个问题都是政治问题，所以也就没有纯粹的个人生活。

中国文化的强烈政治性在当下国人的日常生活中仍旧很容易体会到。经常被人说到的例证是传统中国没有"私法"，也没有"私权利"。其实并非如此，严格来说，连纯粹的"私人"都不存在。这与特重个人、私权与私法的西方法文化对比显得尤其特殊。通常人们习惯从政治（政权、政府）对社会生活影响的角度来寻求解释，提出诸如政治主导型社会等解释。这类现代式的解说不能说不对，但是其中存在着一个与传统社会并不适合的预设：将政府和民众置于对立状态。如此预设背后的基础植根于西方文化，尤其是近代西方个人主义、自由主义观念。按照这些学理，个人的自由、利益既是目的，也是当然的前提。公权力和政府治理的存在更多地源于"无奈"，尽管西方学者大都承认亚里士多德"人是政治动物"的观点。近代西方启蒙学者们设想了很多方案来解释人类为什么会出现且需要政治，包括社会化个体之间冲突和带来的权利边界限制需求，群体安全与利益需求，个体之人能力的有限性，等等。无论其中哪一类解说，都认为公权力自始存在着对私人权益威胁、侵夺的可能性，所以不管人们究竟是以合意、契约还是其他方式让公权力获得了正当性并接受了它的管制，都不免会在受惠于政治治理的同时加以防限。公权力不受限制和约束必将泛滥并危害个人，已然成为了西方民众的常识。这些认识与西方文化传统的内质一体相关，诸如以人的生存为起点讨论问题、预设人性为私为恶、以主体为目的，等等。我们在理解中国传统法文化的泛政治性时，应当首先摒弃上述一众对当下中国产生广泛影响的观念预设。

为了更好地理解中国文化传统，就需要从人为什么需要政治，或者说政治、政权存在的合理性、必要性以及目的开始重建理解前提。简单地说，由于世代之变，人脱离了童蒙状态而有所觉悟，开始寻求主动作为时，需要先觉者（圣人）通过政治权力加以引导、规训、约束，否则便会堕至自以为是、谋私和混乱，造成与宇宙秩序背道而驰。其中要着重把握到：其一，政治是人主动参与世界的产物。其二，政治的目的在于实现人和合于大道，即世界整体秩序。尽管是各家主张的路径不同，但终极旨归则不二。其三，政治不是为了利益，更不是为了某个群体、个人的利益而存在。这些与西方世界理解的政治明显存在着巨大差别。

在古代中国，政治始终被看作整顿秩序和观念，意在消除混乱、克制私欲以证成大道，实现人类主动参与世界、和合于宇宙整体秩序的手段。因此它与人类生活的一切方面都有关联，但又不与人和其他存在者对抗。不过各家一致认为，政治要克制私欲、约束人为。为什么会这样呢？从最深层来看，人是具有能动性的特殊存在者，把存在自我之"私"归因于在者有限性，并以之为与大道之间的最主要隔阂。换句话说，所有的存在者都受制于存在的有限性，而不能够实现彻底的合道。此中人最为特殊，他的主观能动性本应用以证成和合于大道的状态，但由于同样受制于上述有限性，这些特殊的主观能力会被错误地用以维系、优化个体生存，而非证道。这就是为什么为私被认为具有反道属性并被有识之士加意抑制。按此，政治乃是先觉者用以引领、矫正后觉者，使得人们能够恰当地运用主观能动性参与整体秩序的必要手段。既是为了引领后觉者有序化并致证道，政治就需要对一般民众的思想观念、价值标准、行为模式、生活方式等方面加以引导和规训。统治者，特别是天子立法与按法而治便是最基本的方式之一。

关于泛政治性的形成与发展，以及人们为什么会接受这种文化形态，后文将结合黄帝、颛顼的故事进行解说。

　　第三种特性是泛伦理性，它的核心是血亲伦理和宗亲伦理。宗亲性对于当下的中国人来说可能越来越难以感受到，不过通常过年过节时还可以有很明显的体会，尤其是在乡村社会中，大家族、大家庭之间有隔不断的关系。有人说宗族文化和宗亲伦理是现代文明、工业化、城市化对传统文化冲击的最直接表现之一，很有道理。但是在早期社会，宗亲性是所有社会规则的基础。不过要特别注意，这不是简单的血亲伦理，不是人与人之间因为血亲关系自然而然地形成的一套伦理规则。血亲伦理的基本原则是亲亲，宗亲伦理的基本原则是尊尊，而传统文化的伦理性其实是以尊尊为基础的宗法制为中心建构起来的。或者说，宗法制区分包括长子、长孙，嫡长子、嫡长孙，要通过建立服制来明确人和人之间的等序关系。这个制度自西周初年的周公开始正式建立起来，而它的源头则要追溯到五帝时代前期的帝喾，在后面诸章中还会详细说到。

第三章
三皇时代与"技术"文明

　　这一章要专门谈谈进入政治社会之前的三皇时代。自现代史学兴起以来，关于"三皇"及其时代的真实性问题存在着三类不同的看法：一是以古史辨学派及其拥趸为代表，认为这是战国秦汉好事者造作的虚谈；二是以传统文史家意见为代表，以之为确有其人、其事的上古盛世；三是综合上述二者，将它们看作对上古特定时代的追忆，其中既有属实者，也不乏后人的观念掺杂其中，这类看法现在占据了主导。历史文献与考古人类学的整合研究说明，史传中的三皇时代大抵属于新石器时代中后期，至少会早于仰韶文化。不过具体的归属与判分仍已无从细究。

　　史传中关于"三皇"事迹的记载的确是到了战国时期的文献中才开始大量出现，传说的版本不一而足，也没有哪一种说法曾经获得过公认。除了比较抽象且特异的"天皇、地皇、人皇"说之外，其余诸说大都围绕伏羲、女娲、燧人、神农、祝融、共工、有巢氏等中心人物展开。这些名号很可能曾是某位上古先贤之名，后来被他们的部族袭用，所以后世会出现神农氏的若干世的记载。

　　尽管时下人们对三皇时代的了解仍旧非常有限，不过基本上可以明确，当时既没有后来意义上的"中国"，也不存在天下、邦国等形态各异的政治组织，社会呈现出零散的部落化自治状态，一定规模的群体组织及其内部分化和相互交往已经出现。组织化的生活意味着人在与外界（包括人，也包括自然界）的相处过程中，已经开始形成并遵循某些形态的"规矩"，现在人们称之为习惯、习惯法，等等。

一

我们从女娲开始说起，因为她的故事很大程度上反映了三皇时代前期的状况。传说中女娲有两大事迹格外著名，第一个是炼石补天。战国时的《列子·汤问》记载："天地亦物也。物有不足，故昔者女娲氏炼五色石以补其阙；断鳌之足以立四极。其后共工氏与颛顼争为帝，怒而触不周之山，折天柱，绝地维；故天倾西北，日月星辰就焉；地不满东南，故百川水潦归焉。"还见于《淮南子·冥览训》："往古之时，四极废，九州裂，天不兼覆，地不周载，火爁焱而不灭，水浩洋而不息，猛兽食颛民，鸷鸟攫老弱。于是女娲炼五色石以补苍天，断鳌足以立四极，杀黑龙以济冀州，积芦灰以止淫水。苍天补，四极正；淫水涸，冀州平；狡虫死，颛民生。"我们需要关注的关键信息是两处记载都提到的"五色石"。

五色石具体是什么，文献中没有详细记载，不过炼石的行为其实很容易想明白。炼石不就是冶金吗？人们用来冶炼的矿石大多都色彩斑斓，特别是铜矿石（图3-1）不就是彩的吗？所以女娲可以算得上是最早掌握冶金技术的人，因此她能够炼石去补天。此外人类最早运用的金属矿石取材大多来自从天而降的陨石（图3-2）。

图 3-1　铜矿石（左）

图 3-2　铁陨石（右）

陨石这种"属天"的来历使它们自身便具有神圣性，是故冶金技术也很自然地被看作有神性的技艺。可是冶炼金属何以能够补天呢？如果推断不错的话，应该和具有"通天"能力的巫术活动有关。

再来看女娲的另一项著名事迹，叫作抟土造人，意思是人类是女娲用泥土"造"出来的。汉代以后广为流传的叙述是："俗说天地开辟，未有人民。女娲抟黄土作人，剧务，力不暇供，乃引绳于泥中，举以为人。故富贵者，黄土人也；贫贱凡庸者，引绳人也。"①大意是说，天地开辟之后世上原本没有人，忽有一日女娲抟黄土把人制造出来了。最初她像做人偶那样一个个地捏制。可是由于工作太繁重，要造的人太多，不堪重负的女娲来不及逐个捏制。于是她把一根长绳浸在湿泥土中再拉举起来，人就一串串地做成了。可是这些绳子拉来的人相比较于捏出来的那些做工不够精致，所以人与人自始就存在着富贵睿智与贫贱凡庸之别。

这则传说中包含了好几个令人难解的地方：一是既然说世上没有人，女娲又非神，这岂不是自相矛盾了吗？这是个先有鸡还是先有蛋的无解追问。有人说女娲是神，似乎足以解决问题。特别是有

_____

① 《太平御览》卷七八引《风俗通》。

很多现代学者喜欢套用西方宗教人类学的研究方法，将她归为"母神"之类，似乎也说得颇有道理。但这却有悖于理解中国上古文化的一大前提：只有"人化"传说而无"神话"。二是女娲既然自发、自愿去造人，为什么会有工作繁重带来的紧迫感，甚至都到了忙不过来的境地？

　　如果我们把汉代人附加上的"创世"色彩剥离掉，上述问题就好理解了。女娲是早期部族对他们祖母种种追述性记忆叠加而成的复合形象。她被视为日后人口繁茂的大部族的创始者，[①] 所以她不是人类的创造者，而是某一个或一些部族名义上的创始人。这类似于后来西周人追忆他们族群母系血统渊源时溯及踩了巨人足印而生下后稷的姜嫄。商人也有类似的传说，他们的祖母简狄因为吞食燕子蛋而生下了契，这便是《诗经》中"天命玄鸟，降而生商"的典故。现代人大体都接受了人类社会演化由母系氏族进至父系氏族的观点。按照这个看法，女娲造人的传说大致可以对应到母系氏族社会前期。后人对前此以往的记忆几乎一片空白，因为那时人类大都处在完全意义上的神所主宰的世界中，完全依从于神而生存、生活，没有也不需要自主性和自我意识。既然自我都没有意义，当然也就不会费心费力去记载、传颂、纪念人的作为。但是到了女娲以后，较之往昔大不相同了。她可算中国古代第一个因为自己的"作为"而被记住的人。其实女娲的事迹前无古人，又被后人知悉，已经昭示了这个分别。特别是后世人们都记住了是女娲"造"了人，

---

① 女娲被后人视为媒神，有所谓"以其载媒，是以后世有国，是祀为皋禖之神"（《路史·后纪二》）；"女娲祷祠神，祈而为女媒，因置昏姻"（《路史·后纪二》，罗苹注引《风俗通》）。而且对这个媒神女娲的崇奉与祷拜遍布中华大地。关于女娲为媒神的传说，可参见闻一多《高唐神女传说之分析》（载《神话与诗》）中的考释。

而不是神直接创造出人，大有"天工人其代之"的意味。从之前一切交由神决断，万事听凭神安排，到这时作为人类祖母的女娲逐渐开始分担神的事务，同时也在分享、分有神圣的属性，很明显人的地位提升了。

可是女娲凭什么可以做原本专属于神的事情呢？能够做出"神样的"功业者绝不可能是一般泛泛之辈，必须具备或者获得了某种神性要质。后代为了强化这个印象，于是赋予了她蛇的身体，用与生殖崇拜密切相关的灵物来彰显女娲的神圣禀赋。熟悉神话的读者不难发现，蛇在各个民族文化早期的神话体系里往往都扮演着非常重要而且特殊角色。它本身包含了很多隐喻，除了象征生殖力，还象征着智慧，例如引诱夏娃去吃苹果的蛇。

再回过头来想，炼石和抟土造人两件事似乎都和"地"有关。炼石是取地上的五色石冶炼。不过五色石是陨石，从根本上说原属于"天"，当然这是另一个话题，在此暂不详表。抟土的土也从地上来。所以到了后世有人直以"女娲地出"[1]来为之概括，也可说女娲是最早地掌握了与"地"打交道技术的一类人的代表。所谓"地出"正表明，女娲是与地之神性相交通的特殊人物，因此得以掌握运用地上诸物，如泥土、矿石等的技法。[2]到了后来有"归美山，山石红丹，赫若彩绘；峨峨秀上，切霄邻景，名曰女娲石"[3]的说法，把有矿石属性的丹砂冠名作"女娲石"，恰好印证了女娲与"地"之间的密切关联。

---

① 《抱朴子·释滞》。

② 这种人—地之间的连接并非只属于女娲一人，它在先秦时代反复出现，并构成阴本传统的主要特质之一。其出现的原因和影响需要结合更多材料方能理解，因此留待后文解说。

③ 《太平御览》，卷五二引王歆之《南康记》。

不过本书中说的上古"技术"和现在人们日常谈到的技术含义非常不同，这需要还原到上古的思想环境中才能很好地理解。在女娲所处的三皇时期，人们的观念正处于从完全被神主宰的时代慢慢地脱离出来，转而进入人神交争时代的过渡期。[①] 这时主导世界的依旧还是自然神，万物有灵的观念大行其道。在这等观念背景之下，人和任何自然存在物发生关联与互动，都会被认为是在和自然神打交道。比如要砍一棵树，现在看来是很简单的事情，只要不违法就行。但是在当时砍树意味着人是在和树神打交道。如此一来，人要在树神的头上动斧子，必须已经得到了神的许可，或者遵照神的意旨行事才能算得上"合法"，否则便要遭到灾祸。其他人与自然的交互关系也是如此。有个稍晚一些的著名传说可以为之印证。众所周知，大禹治水之前，他的父亲鲧曾先行被尧派去治水，但是历经九年都没有获得成功，功败垂成后还被"殛死"了，意思是把他流放到极边的地区至死不能返回。相传鲧死以后变成了一种传说中的神兽黄罴。祝融用吴刀剖开鲧的肚子，禹从他的腹中生了出来。鲧、禹这一家人当然属于技术知识的掌握者，他们拥有治水的技术。而传说中鲧之所以治水失败，是因为他"窃帝之息壤"，就是从神那里偷了会自己生长的土用于治水，所以后来人们都说他堙土治水。这则故事反映出很多信息，包括技术掌握者的家族性、神性，技术本身的神性，等等。相关的细节和寓意待到第十章中再加细绎。这里只需注意，在当时的人看来，鲧治水失败的根本原因在

---

① 在这场转变中，中国没有像古希腊、古罗马、古印度、古希伯来等文明那样演化出典型的人格神，而是从自然神慢慢过渡到义理神。只不过之前的自然神和之后抽象化的自然神，如"天""帝"等存在明显差别。而"天""帝"等后期自然神又或多或少地具有了近似于人格神的位格和意志。相关讨论可参见第一章。

于他的偷窃行为，而不是技术路线选择错了。从神那里盗得息壤，意味着他和洪水打交道的技术没有得到神的许可，甚至可以说公然违背了神意，所以技术本身必定无效；非但如此，他本人还要遭受惩罚。女娲也具有相同的特质，她同样是掌握了和土地打交道技术的具有神性的特殊人物，所以可以炼石，可以补天，也可以抟土造人。

接着来说说神农，他也是最常被列为三皇的人物之一。神农也有两个事迹家喻户晓：一者如其名号，他是农耕技术的发明者，从此以后大家才会种植庄稼①；或者认为神农是农耕技术的重大革新者也可。其二是尝百草以"和药济人"②。相关记载很多见，例如《淮南子·修务训》云："神农尝百草之滋味，一日而遇七十毒。"晋代干宝《搜神记》卷一说："神农以赭鞭鞭百草，尽知其平毒寒温之性，臭味所主，以播百谷。"更晚一些的《广博物志》说："神农始究息脉，辩药性，制针灸，作巫方。"③ 所以神农也被誉为中医药行业的祖师爷。这两个事迹其实和女娲的作为相似，都与某种特殊的"地"上之物联系在一起。前面说到女娲和地上的"土""金"有关，神农事迹的共性是都与"木"有关。或者说得更直白些，他掌握了与植物打交道的技术。这类技术给他带来了特殊的声望，也使他为后人所纪念、称颂。当然史传中频繁出现的神农所指未必确指某个个人，而更可能是起自西北的某一族群中居领导地位的家族，其中若干代领袖的事迹被记录下来，汇聚到同一名号之下，于是成

---

① 《周易·系辞下》："包牺氏没，神农氏作，斫木为耜，揉木为耒，耒耨之利，以教天下，盖取诸《益》。"
② 《世本·作篇》。
③ 《广博物志》卷二二引《物原》。

了现在人们传说的神农。战国以后有"神农氏"的说法，还有神农若干"世"的记载都印证了这个判断。例如《尸子》记载"神农十七世有天下"①，《帝王世纪》说："神农氏在位百二十年，凡八世：帝承、帝临、帝明、帝直、帝来、帝哀、帝榆罔。"《史记·五帝本纪》在谈黄帝早年背景的时候说"神农氏世衰"，后来被黄帝取代的炎帝就是神农氏的最后一代领袖。

接下来再说共工这个经常以反派形象示人的传说人物。共工这个名号存在的时间也很长，最早见于三皇时期，之后在五帝之二的颛顼在位时又出现了，还和颛顼争做帝王，失败后怒触不周山，结果造成天柱折断。再往后到了尧舜时代，也就是五帝时代的末期还有关于共工的记载。这时的共工仍然极不安分，结果被舜当作"四凶"之一流放了。但之后"共工"又作为中央职官体系中的官职名之一出现在舜王廷中，由一个名叫垂的人充任。②共工存在了如此长的时间，说明这个名号和神农同样指一个家族而非单个个人。传说中共工的专长在于善用水土，和鲧禹家族的技术大体相同。按照史籍中的描述，差异或在于共工更善于治水，而鲧禹长于"敷土"。③但从广义上看共工和鲧禹家族都可算得上是熟通水性，掌握着与水、土有关的技术。

燧人、祝融这两个人物，分别代表了北方和南方传说系统中用火技术的掌握者。燧人的技艺通常被说成是钻木取火，其实并不很准确。先秦两汉传说中讲的是"钻燧取火"，但这个"燧"究竟是类似于打火石的"燧石"，还是容易被烧着的"燧木"，古人的看

---

① 《太平御览》卷七十八《皇王部》引。

② 事见《尚书·尧典》《尚书·舜典》。

③ 鲧禹家族长于敷土而非治水这个信息对理解他们的事迹非常重要。参见第十章中的论述。

法并不统一。故事原本就有两个版本，一是说"燧人钻木而造火"
（《世本·作篇》），或如《韩非子·五蠹》记作："有圣人作，钻燧取
火，以化腥臊，而民说之，使王天下，号之曰燧人氏。"还有一说
认为燧人用一种"燧木"来"造火社"①，如《拾遗记》记作："燧明
国有大树名燧，屈盘万顷。后有圣人，游至其国，有鸟啄树，粲然
火出，圣人感焉，因用小枝钻火，号燧人氏。"

　　"燧木"与燧人，很像"女娲石"和女娲的关系。总而言之，
燧人基于熟通木性而得生火之法。②掌握使用火的技术对先民的意
义不仅仅在于"未有火化，腥臊多，害肠胃"（《古史考》）。"燧人
始钻木取火，炮生为熟，令人无腹疾"③，这种生理层面的帮助让人
可以少受生食致病的困扰。但更深远的意义在于人可借此告别茹毛
饮血的兽性，渐入人文之境，并且获得人异于禽兽的自觉，这才是
人"有异于禽兽"④的关键。

　　祝融原本是南方传说中的人物，后来被归并到了中原的传说
体系中。他的故事大多比较神奇，《山海经·海外南经》中说："南
方祝融，兽身人面，乘两龙。"他的事迹也多和火有关，但不像燧
人那般老老实实地耍手艺钻燧，而是自己便能生火。燧人、祝融故
事之别很明显地反映出中国古代北方文化传统和南方文化传统之间

---

①　《白氏六帖事类集》卷三。

②　1930年代北京周口店山顶洞人遗址的发现，证明至少在距今3万余年以前，中华大地上的居
　　民就已经掌握了钻木取火的技术。由此也可反证三皇时代所历代之久远。到了秦安大地湾一
　　期，"房址内未发现灶坑，但在 F371 和 F372 穴壁上都有红烧土痕迹，当为生火所致。"（甘肃
　　省文物考古研究所编著：《秦安大地湾：新石器时代遗址发掘报告》，21 页，北京：文物出版社
　　2006）

③　《太平御览》卷七八引《礼含文嘉》。

④　《太平御览》卷七八引《礼含文嘉》。

的差异。[1] 简单地说，北方文化受到后来政治化影响，或者说规驯的程度更深，因此"人化"程度更高。南方文化传统则长期游离于中原文化之外，一直到了战国以后才开始融合，因此被人化得少一些，"神话"的色彩更加浓厚。如果去对比北方的《诗经》和南方的《楚辞》，可以很直观地体会到二者在文化风貌上的反差何其巨大。

"三皇"之中还有战国时已颇有名气的有巢氏，他最主要的功业在于改变了远古时代"穴处"的状态而让人们"巢处"，也就是用木料盖房子。[2]《庄子·盗跖》篇曰："古者禽兽多而人少，于是民皆巢居以避之。昼拾橡栗，暮栖木上，故命之曰有巢氏之民。"《韩非子·五蠹》载："上古之世，人民少而禽兽众，人民不胜禽兽虫蛇。有圣人作，构木为巢以避群害，而民悦之，使王天下，号曰有巢氏。"这两段记载意在表明，有巢氏的功绩在于利用树木搭建居所。之所以建筑房屋，目的之一在于"避害"，具有很明显的"理性—功利"思维的色彩。

说到这里，"三皇"系列中主要人物的事迹就大致介绍完了，就像前章说的，很简单，也很片段化。总结起来，女娲和"土""金"有关，因为她有抟土、炼石的故事。神农氏、有巢氏的技术与"木"有关，共工和"水""土"有关，燧人氏、祝融与"火"有关。这些技术特质放在一起，正好就是后世出现的"五行"。请注意这绝非

---

[1] 他的传说进入中原文化系统似乎晚于颛顼时代，不过渊源应该要早得多。郭璞注称之为"火神"。《吕氏春秋·审分览·勿躬》曰："祝融，神名。帝喾时的火官，后尊为火神，命为祝融。"汉人高诱注道："祝融，颛顼氏后，老童之子，吴回也，为高辛氏火正，死为火官之神。"先秦以来的文献对作为火神的祝融记载极少，且都和燧人并没有直接关联。可以推断他和燧人分别在南方"发明"了用火的技术。

[2] 见《太平御览》卷七八引《项峻始学篇》。

是巧合。之所以在三皇时代出现的传说正好和"五行"的内容相合，或者说后世的"五行"说恰好契合了三皇时代这些技术人的特质，实际上是精心安排的结果。

为什么要将水、火、木、金、土放到一起，并且遵照特殊的序列提出"五行"说？这个问题后文说到禹夏的时候再详细地说，这里只粗略地涉及一点：近代以来对"五行"最常见的理解，认为它是上古时中国人对于世界构成的解释，五行是构成世界的五种基本元素。这个论断很有问题，甚至可以说完全搞错了。传统中国思想中鲜有像西方人那样对世界构成、结构作出类似元素论的解说，或者把世界看作由某种或某些类型的基础粒子构成。对这类将"五行"作元素论式的理解，我们可以用一个最直接的例子来反证："五行"体系如果说是用来解释世界构成和运行的，那么它里面明显缺了一个元素——"气"。而人们都知道，先秦时，特别是到了战国以后，关于世界构成、生成、运行的各种论说，最常见且最被认同者莫过于气论。"五行"非止没有"气"，但凡是跟上天有关者一概没有。所有五种"行"都是属地的，并且与宇宙生成、构成的元素毫无关系。至于它究竟是什么，为什么会以这样的序列出现，还是留待后文讲说禹夏时再作解释。

二

回头来审视所有的这些"三皇"系列的传说人物，他们都拥有一种或几种技术，算得上是当时掌握关乎生存的关键的杰出人物。又鉴于三皇时代泛自然神（即万物有灵）的观念背景，掌握技术本身就意味着具有或者获得了神性，换言之，技术本身乃是神性的表征。这表明他们可以"合法地"和自然（即自然神）打交道。而这类神性显然非一般人可以企及的，所以技术掌握者必定都是些很特殊的人。他们的神技是怎么获得的呢？用后来道士们讲的种种遇神的故事来反推，大体不出三类：要么是神看中某人直接授予他的，要么是主动求得的，要么是因为特定的机缘巧合撞见的。① 不管怎么样都可算是因为有了神的眷顾，然后从神那里获得了与神打交道的许可，所以"三皇"们才可以具有神性并拥有"技术"。

"三皇"们掌握了和自然界打交道必需的合法方式，显然会是当时的社会中非常特殊的人，于是他们很自然地成为了各个族群的领袖，后人之所以会给他们冠以"皇"的名号正源于此。不过三皇的"皇"和后来政治社会中的帝、王、天子等含义并不一样，因为三皇时代显然还没政权和政治性的社会组织。当时社会的状况大抵是中国大地上林林总总散布着小部族，规模都不特别大。末期渐渐地出现了融合、兼并，出现了比较大规模的部族。所以当时的社会格局可以概称为"有治无政"②。女娲、神农们就是其中相对较大部族的领袖人物。这些人有神性，又因其神性而有技术。他们基于神性，通过所掌握的技术获得了权力以及特殊的社会地位。而当时的社会实态是万邦分治，这意味着"有治无政"，也就是各个部族自治，且没有更高层次的政权存在的状态。"三皇"们通过技术获得的权力，以此来治理社会，这就是"治权"。有些类似于老子说的

---

① 道教中的经籍虽然写成的时间大多比较晚，集中在魏晋南北朝甚至隋唐，但是其中很多内容，特别是与技术有关的内容实际上渊源非常古老，所以这些记载对今人理解古史传说时代的观念非常有帮助。有关人与神交往的故事，集中收录在元代赵道一的《历世真仙体道通鉴》中，可以参考。

② 与此相对，"政权"并不自始就有，而是到了后来五帝时代突然出现的，这到第五章中会详细解说。

"小国寡民，使有什伯之器而不用；使民重死而不远徙；虽有舟舆，无所乘之；虽有甲兵，无所陈之。使人复结绳而用之。至治之极。甘其食，美其服，安其居，乐其俗，邻国相望，鸡犬之声相闻，民至老死不相往来"（《老子》第八十章）。晋代张华《博物志·杂说上》中记载了"昔有巢氏有臣而贵，任之专国主断，已而夺之。臣怒而生变，有巢以亡"。这是技术贵族把持治权的写照，也是这类权力常见的归宿。另外一个著名的例子是神农氏的后人炎帝，司马迁在《史记·五帝本纪》描述在他治下"诸侯相侵伐，暴虐百姓，而神农氏弗能征"。"炎帝欲侵陵诸侯，诸侯咸归轩辕。"这意味着权力逐渐被用来获得和扩张私利。①

由此可见，技术是理解三皇时代的枢要。明白了技术的神圣性，作为技术贵族的"三皇"以及他们的事迹就很好理解了。他们是唯一有跟神沟通的合法资格的人，所以实际上在日常生活中扮演着人神交通的中介角色。任何人要与外界（包括自然界和人自身）打交道，都绕不开这些中介者。于是技术掌握者们的地位当然就非常特殊且不可或缺了。这使得他们拥有了权力。这个权力是自然神对世界的控制权的延伸，所以也可以说是特定人分享了原本专属于神的权力。其中的逻辑并不复杂：人通过掌握技术知识分享神权←技术知识来自神授←神对世界有绝对控制权。

在这种情景下，几乎所有的技术掌握者，像女娲、共工、燧人等产生了非常一致的选择：他们把技术垄断起来，以类似于俗称的"传男不传女，传内不传外"的方式在家族内一代一代传下去，绝不轻易让外人知悉。这样一来，形成了一批垄断技术知识，同时也

---

① 以上这些观点在第五章中会详细解释。

垄断权力的家族。所以后世人们才会看到在上自三皇，下至五帝之末的尧舜时期都有共工，他的技术连同名号、地位都一代一代地传承于家族内部。鲧、禹和夏启之间同样也是这种传递关系。他们之所以做出如此高度一致的选择，根本上源于"私"的意识和私欲。这也是中国古代"私"的意识最早的表现形态。后来之所以会有权力、财产等的私有化，都是从这样一种自觉演生而来的。但最开始被私有化的不是物化的财富，而是"知识"，特别是技术知识。因为知识私化也就意味着私化了权力、地位，更不用说财富了。

还要注意到，对"私"有自觉，同时也意味着人开始意识到自我价值和意义，或曰人类自我意识出现的标志。其中既包含着人类社会堕落的可能，也蕴含有阳德健动，反神而人为的可能性。这两方面对后世文化的影响殊为巨大，不过在三皇时代尚还只是萌动而已。

技术往往是一个部族得以生存延续的关键，因此这些技术的掌握者们便顺理成章地占据了部族的显赫地位，普遍产生了"贵族化"的倾向。所以可以把贵族化了的技术掌握者们称为"技术贵族"。[①]地位和身份贵族化带来的后果之一是使得技术贵族成了治权的掌握者。像神农又名"神农氏"，"氏"代表了一个部族。很明显，神农由于他的特殊的身份成为了一个部族的首领，甚至是部族的象征。有巢氏、燧人氏这些名号的广泛存在反映出上述情况在上古中华大地上具有普遍性。

---

① 这种情况在其他文化传统的早期也普遍存在。最常见的是巫师、祭祀这类掌握人神沟通的专门性技术的人往往在其部族中享有崇高的地位。例如古希腊神庙中的祭司。更典型的情况出现在古印度，四大种姓之首的婆罗门便是祭司阶层。

三

有了对上古时代技术和技术人的了解作基础，接下来还需要讨论技术人如何运用他们垄断掌握的技术来进行治理，这涉及技术如何"权力化"的问题。最初人没有权力去进行治理，更遑论制定法律。泛自然神的时代人为神所主宰是第一原则，因而人只能完全遵照神命去行事。后来出现了像女娲、神农这类的技术人，他们充当着一般人与神的中介，同时又具有"私"的意识。这样一些技术人绝不会把神的意志、命令，以及对人类社会颇有助益的技术知识直接且和盘托出式地传递给一般人，而势必在中间上下其手，让人知其然却不知其所以然，以此来保证自己家族的私利能够被最大化且代代持续。正是在做手脚的过程中，出现了可被称为"法律"的一系列行为规则；而这批特殊的技术人便是最早向人们发布名义上属之于神的法律之人。之所以说"发布"，表明这和现在常说的立法行为存在本质差别。因为当时人仍要听命于神，所有事务都由神决定，根本没有资格去"立法"，所以即便是具有神性且作为人神中介的技术贵族，也只能代表神来传达神意。从严格意义上说，他们充其量只是神法的转述者，能够洞悉神的意志并向众人传达出来而已。为什么必须经由他们之口来转述呢？这里需要联系前章谈过的一个前提来理解。在上古中国没有演化出典型意义的人格神，自然神没有人的形象，不会自己表达意志。所以直到孔子时还会有"天何言哉"（《论语·阳货》）的说法。自然神不会主动发布命令，那么就得由有能力和他沟通的人来代他说话，把神的意志、命令传达给俗众。于是需要一批掌握技术的中介者把神对人的要求转述出来作为人应当遵循的法律。

为了便于理解，下面通过一个具体例子来说明。

图 3-3 是山西省襄汾陶寺出土的古观象台遗址。陶寺遗址现在被公认为尧的都城的遗存。复原以后的观象台大致如图 3-4 的样态，有点像英国的巨石阵。

如复原图所示，观象台是用来记载日月星辰的运作轨迹的仪器。不过对当时人而言，记录日月星辰的运动轨迹并不是目的所在。与之相比，获得进一步的认识，包括天体的运行、四季的更迭、时令节气等知识更加重要。这些知识和之前讲到的三皇时代关于土、水、火、木、金等的知识一样都属于技术知识。有关天文的技术知识被汇总起来，当然也被特定技术人垄断。后来关于这些天文知识有一个总称，叫作天官学。用最简单的话说，它是关于天的一整套知识的总称。

图 3-3 襄汾陶寺古观象台遗址

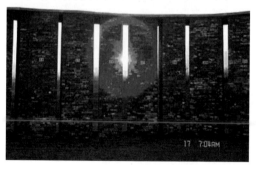

图 3-4 陶寺观象台遗址复原图

　　纯粹的知识本身和权力、法律以及治理尚且无关。例如法律要用来调整人的行为，而仅仅是一套有关天象的知识却并不直接影响人的行为，二者还差得很远。但掌握这些知识的技术人的目的也不在于拥有知识，而在于运用知识来掌控权力，治理社会，控制和规范人的行为。所以知识的掌握者就需要做些文章，以便将知识权力化、法律化。拿天官知识来说，掌握者们把这些知识改变了一个形态公布出来，所以一般人看到的并不是原原本本的知识本身，而是一种被称为"历法"的规则体系。

　　所有人都见过、用过历法，甚至现在每个人每天都在和历法打交道，以获知今天是哪一年的几月几日、星期几等信息。现在人们通用的历法是西方人制定的公历。现代以前中国人通用的是农历，又叫阴历。其实阴历，准确的写法应该是"殷历"，即殷商人的历法。而常说的农历更确切地说是夏历，即夏朝的历法，也就是孔子讲的"夏时"。它的具体内容，有一部分还保留在《礼记·月令》和《大戴礼记·夏小正》两篇文献中。

　　说到这里，告诉人们年、月、日、星期、节气等的历法似乎看起来还是和法律没关系。让我们再来看另一种历法的表现形态——皇历——相信就会很好理解了（图3-5）。通过图示中的皇历可以知道，它除了告诉人们某一天是哪一年哪一月中的哪一日，还规定在这个特定的日子里做什么是吉利的，做什么不利，或者说什么该做什么不该做。现在人们通常把它当作一种信则有不信则无的"参考"，斥之为迷信而

图3-5　皇历示例

断然排斥的也不在少数。但之前反复讲到，三皇时代人们必须听命于神，历法背后的基础是技术知识，技术知识背后的基础是神意。所以在那时人们的观念中，由掌握神性的天文知识的技术人"发布"出来的历法，性质远不仅是行为的参考而已，它更是具有强制性的行为规范，告诉人们在某一个特定的时间点上应该做什么，不应该做什么。而且那时历法的内容较之现在民间流传的皇历应该要远为复杂和精细。这样一来，历法从性质上说很明显就是一种法律了。它和现在的法律同样是用来规范、指导人的行为的权威性规则体系。

再者，因为历法和"天"联系在一起，而天的运行规则在当时人看来和天背后的自然神的"意志"相一致，于是人的行为从质上说与天的运行变化"同质"，这恰好印证了之前说到的中国文化的特质之一——"天人合一"。在这样的观念背景之下，人和宇宙之间具有很特殊的关联。人是宇宙的一分子，是宇宙整体运行演化的参与者。宇宙本身是一个整体，置身其中的任何个体之人以及他的作为都不是孤立的。包括人在内的所有存在者都以现代人难以理喻的方式关联在一起。所以在古时候会有一些现在看来很奇异的说法，像是做了亏心事会遭雷劈，等等，其实是天人合一观念的极端化、世俗化表达。而历法是其中比较常见的体现之一，从性质上说，它是由掌握特定技术知识的技术人公布出来的神法。

请注意，这些掌握关于天的技术知识的技术人虽说公布了历法，但是他们并没有公布历法背后的天官学技术知识。于是人们对于历法只会是知其然不知其所以然的状态，只能够照着它的规定去行事。天官学的知识本身则始终被一小部分人垄断性地掌握着，一直到了战国以后才慢慢流传出来一部分。秘传这套学问的人中有一部分成为了后来的史官。史官知识和职位始终家族性地传到西汉初年司马谈、司马迁父子那里。最后因为司马迁罹受宫刑，没有儿子，于是成了绝学。西汉以后各个王朝官方也有史官，但已经和早期天官学传统意义上的史官不是一回事了。两者之间最主要的差别在于后来的史官已经不再具有身份、血缘意义上的神性。早期史官传续与灭绝的情况恰好反映出技术知识长期以来被垄断性掌控于小家族中的实态，同时也表明这种垄断与秘传的风险：过于仰仗血亲关系和"传人"。大家都知道古代有很多技术、手艺到头来难免失传，究其原因绝大部分都和这种秘传的模式有关。

　　总结一下，通过历法可以认识到上古时以技术知识为支撑所阐述出来的一套法律，这套法律和现在的法律一样都是针对人的规范，直接影响到人，也直接形塑、规整人的行为、观念。或者说它为行为提供指引，也建立标准。再者，相对于遵照这些法律行事的人而言，法律本身是外部的，是由掌握技术知识的人转述出来的外部化的东西。还有其三，由于技术知识本身是神性的，掌握技术知识的技术人也具有神性，由他们表述出来的法律自然也就具有神性。

　　当然，历法只是这类早期法律中的一例。类似这种以神性和技术知识为支撑的法律还有很多，除了用天文知识作为基础，也有的以地理知识作为基础，还有一些现在看来很怪异的，像用气（即风）、水等的知识为基础建立的规则体系。但是归根到底它们都是用特殊的具有神性的知识为基础来建立规则以指引人、规制人的行为和观念。这类上古中国最早期的法律我们可以统称为"技术规则"。

四

之前还曾提及，这些技术知识的掌握者们有一个最大的共性是"私"。这批人要用所掌握知识来谋私，这从他们对技术知识加以垄断、秘传便可以看出来，转述法律的过程也是如此。他们只公布出所有技术知识中很小的一部分，这很小一部分还经过规则化以后以法律的形态示人。他们并不告知人们除了规则以外的任何知识，决不让人知道"所以然"。这样的做法背后正是"私"的观念在作祟。因为他们要用特定的手段、方法和特定的知识来维系个人的或者小群体、家族的地位、声望、权力，或者说白了就是他们私人的利益。这是中国古代私有制、私产的开端。[①] 这些技术人为了实现私欲的最大化做了很多文章，当然大前提都一样，就是任何行为不能悖离神意。之前提到鲧治水失败就是典型的反例，他正是因为违背了神的意志，结果治水不成功且罹受了最严厉的惩罚。不过虽说必须要按照神的意志做事，但并不意味着人在这个前提之下丝毫没有"运作"空间。技术知识的掌握者们在听命于神，按照神的意志传达神法的时候，尽管不能多做、多说乃至乱说，但是少做一点，少说一点却似乎很难算作渎神。而后世史官"述而不作"时展现出来的"书法""笔法"也有异曲同工之妙。通过历法的例子可以看出，隐藏关键信息，只宣示部分被规则化以后的技术知识，正是技术贵族们成就私欲的方法。这样的传统一直在延续，甚至到今天也依然存在。按照《道藏》中收录的丹书为什么炼不出金丹来呢，因为关

---

① 这个话题西方人自文艺复兴以后讨论得非常多，但是理解的方式、给出的结论都和我这里说的非常不同。我们在理解了上古时代的思想观念和文化之后会发现，所谓西方现代式的解释绝大多数都有严重偏差。

键口诀是秘传的。

此外，技术的掌握者们追求有效性，追求功用，从思维方式上说，具有明显的理性化、功利化的色彩。最初的神圣启示随着代际间的传递变得越发邈远和淡薄，人们越来越依靠人（像他的祖辈、父辈、师傅）而非神来获得技术。尽管技术知识从根源上说来自于"神"，但二者之间的直接关联已经在数代以后的技术贵族那里发生了显著变化，从最初以人对神的依赖获得有效技术知识，转变为将神视为技术知识及其衍生物（包括权力、资产、声望等）名义上的基础和至上的正当性标准渊源。这种情况也可以描述为一次神的隐退历程。当神退居幕后，技术贵族们运用技术知识的标准也随之发生变化，致用（有用性）取代神感成为了技术运用的第一原则。这时具有强烈的趋利避害倾向的理性思维方式自然会取代对神的虔敬和顺从成为思维方式主导。这种理性思维和功利至上的行为准则，将会在后世技术掌握者们那里始终存在并通过不同的形态表现出来。

神的隐退和讲求功利产生了两大变化：其一，技术规则和技术贵族的地位获得认同的直接基础，由原先的基于人对神的依赖、仰仗逐渐转变为通过技术本身的有效性来彰显其权威。其二，技术贵族们在定立规则的时候需要，也可以在有效性和私欲所需之间寻求平衡点。这就提供了人去思考、判断、操作的空间。巧妙地利用好它，便能在保持技术有效性的同时做到私欲和私利的最大化。而私利以对治权的掌握为直接表现，随之还派生出地位、声望、财富，等等。印证之一是在新石器时代中后期遗址中，通过墓葬规格和随葬品丰俭可以清晰地判分出财富分配不均和阶层分化。

可是人欲混入神意带来的绝不仅仅是技术贵族们私利的膨胀，

同时也会造成前所未有的危机，因为此时神圣性已转而通过技术的有效性来彰显了。人欲膨胀势必造成神性知识空间被挤占，换句话说，技术规则越是人化，就越可以给它的定立者带来"实惠"，同时也越发损害了技术知识本身的有效性。若干次的技术失效会减损技术规则乃至技术贵族们的神圣权威，甚至直接颠覆他们已有的地位和权力。这可谓是第一重危机，它带来的影响更多地集中在具体的技术贵族家族的命运上。

由人为化带来第二重危机是由"自我"这种具有强烈主体性的自觉造成的，影响较之前者要深远得多。技术知识、财富、权力的私化源于私欲，旨在成就"私我""自我"。随之而来的便是自我与群我，乃至整个外部世界的割裂和对立。原初人与万物、人与宇宙之间同原、同质、同归的状态自此受到了人的主体意识的挑战，主客体两分的态势初现端倪。小到人的族群内部的阶层分化和对抗性关系，大到族群间的冲突纷争，甚至人对整个外部世界及其背后的自然神主宰性的觊觎都因此自觉而衍生出来。由此，人化制度，或者说制度文明开始复杂化，且重心从阐释神意转向了落实人欲并为之提供边界与保障。私欲对象的所有权分配和流转方式设定成为了制度文明的核心要件，其中最主要的对象包括治权和物质财富。而器物文明和思想文化的重心也随之发生了转变。

从另一个角度来看，人的主体性自觉又使整个世界得以呈现出日益丰富的"人化"文明。为了成就私欲，人类开始反神。强烈的自我意识导致了所谓的"人文觉醒"，最极致化的表现便是普罗泰戈拉的"人是万物的尺度"这句名言。人的主观能动性被唤醒，并愈发成为文明的主导。在上古中国的最集中表现是以顺守、因循为基本方向的阴本文化逐渐让步于崇尚阳德、健动的阳动文化。

　　关于三皇时代传说，需要介绍的内容大致就是这些。在讨论这个话题的时候，我在反复强调当时是神主宰的世界这个前提。当时人们看待世界的方式，对世界的理解进路和现代人非常不同。我们先不去评论它正确与否，而更需要去理解这些观念、作为以及结果。所以需要还原到当时的观念世界中，要顺着三皇时代理解世界的思路去认识早期文化样态和演变。这个原则同样适用于接下来的所有章节。

第四章
伏羲的"阳德证道"与"立法"

一

前章谈论女娲、神农、祝融、燧人时说他们属于"三皇",但是汉代以后"三皇"中最著名的其实是尚未论及的伏羲。文献中常见的"三皇"人物的排列组合中,伏羲大都占有一席之地,而且基本上都被置于首位,例如说伏羲、女娲、神农,等等。但是伏羲之所以占据首位却并不是因为他时代最早,这里面大有讲究。实际上有关伏羲的传说,时代大致应处于三皇时代的末期,所以按照时间顺序伏羲本应该是三皇之末。但为什么后人要把他列为三皇之首呢?关键就在于他开创了"阳德证道"的传统。

再者,前章谈到三皇时代的特质之一是神法时代,当时最主要的法律是技术贵族以技术规则的形式转述出的神法。这时虽说由特殊的人负责制定技术规则,但是整体上说处于"立法"时代之前。

较之"转述""发布"法律,"立法"的特殊性在于由人主动地为人"创制"规范与准则。在早期的观念世界中,人类与外部世界的关系与现代观念背景下大相径庭。那是一个万物有灵的时代，人与天神、地祇、祖灵一道生活。一切改造外部世界和人自身的技术、方法均有神性。人的生存、生活不是基于与外部自然的对抗并改造之，而是以参与者的身份，作为世界整体的一部分融入、参与世界的运行流转。按照后世哲人的概括，这是一个因循大道流行而自然无为的时代。也恰是因此，三皇时代每每被战国以后学者，尤其是道家视为近乎理想状态的阶段。这时最高的法则，最抽象、最概括性的说法被老子及其后学抽象出来的"道"，为包括人在内的世界万有所共。

不过人是极不安分的生命形式，他们不会仅仅满足于因循神意而亦步亦趋地生存。人有欲望，此外还有特殊的对世界万物进行认识、反思、归纳甚至重新整合的冲动与能力。中国传统文化对这两种共存于人性的"动"的形式很早就有了清晰的认识，以"阴阳"为之概称。顺循大道之动的属性是"阴本"，与之相反者可以称为"阳动"。所以直观上"阳动"是与基于"阴本"的因循守道截然相反的立场和生活方式，是对外部世界和人自身进行改造和整顿的冲动和行为模式。

阳动的基础是人对外部世界与自身的需求、理解和主动反思，从一开始它就背离原生于世界之"道"的阴本顺动趋势。正是由于阳动是以人的独特智慧为基础的，从人的智识对世界的理解出发，故而所带来的是人对外部世界的改造、对抗和竞争。这样的"动"很容易造成混乱，因为个体之人对世界的理解千差万别。此时产生了对之加以规范并确立标准的需要，而"三皇"中的伏羲就是首开其门者，正是在这个意义上可以将伏羲看作中国历史上立法者的鼻祖。

　　在细说其事之前还需要来说说伏羲其人。有关他的记载比其他"三皇"人物要丰富得多，现在所能看到的最早的文献记录大多是战国时期的作品①，稍晚的集中在汉、晋时代。大致在这两个时段以后，伏羲的传说业已基本成型。从早期传说演化的总体情况看，战国到西汉初年是上古传说大量出现并相互碰撞、融合的时代。自古史辨学派开始，研究者倾向于认为存在晚出的传说迭加在早期传说系统之上的情况。从现象上说这个判断大体准确，但并不意味着这些传说本身在战国中期以后方始形成（或是到那时才被人臆造出来）。正相反，它们有着非常古老的渊源，由于战国中后期的特殊社会文化背景，方才有机会或者说有必要融会到中原文化系统中去，进而造成"叠加"现象。②这应该是今人对于战国时代起兴起的诸多新传说系统认识的前提。

　　在此前提下重新讨论伏羲的传说，还应该看到不同性质内容的传说有着不同的文化渊源；这与伏羲是中原（西部）、东夷和苗蛮三大文化传统都认同的早期圣人这个"异相"相为表里。③例如根据闻一多在《伏羲考》中所论，伏羲、女娲合称的传说与苗蛮文化

---

① 可以确定属于战国时期的包括《楚辞·大招》《系辞下》和长沙子弹库出土的帛书乙篇。另外，见引于《太平御览》《北堂书钞》等的《尸子》和传本《列子》《文子》。尽管有了一些出土文献的互证，但是具体篇章的作成年代仍旧存在争议。在确定相关文献成书年代的同时，也应该注意到，成书的年代与其所载内容的出现时代未必就有直接的对应关系，而仅能够将之视为该观念出现时代的下限。特别是在距离先秦时代较近的汉代，人们通过陆续获得的零碎先秦文献而对某些早期观念有所认识的情况是频频出现的。

② 有关这个问题的详细论说参见之前诸章。

③ 也有少数学者认为伏羲乃虚构的人物。如林声认为伏羲之传说实际源于《庄子》，乃是庄子"借外论道"之假托，是寓言，并非传自古远的上古帝王。伏羲的传说既不是古代华夏祖所固有，也不是自古苗蛮民族的遗裔传入的。见林声：《伏羲考——兼论对古代传说时代的研究》，载《江苏社会科学》，1994（1）。

有密切的渊源关系。^①近人徐旭生^②、丁山^③、冯天瑜^④、宫哲兵^⑤等人也有相似的主张。根据伏羲"风姓"的传说推知他与东夷，或者说东部集团存在关联。"太皞庖牺氏"的名号^⑥以及与太昊传说的关联，如"仇夷山，四绝孤立，太昊之治，伏羲生处"^⑦，再加上《周易·系辞下》罗列的包牺氏、神农氏、黄帝、尧、舜的序列，可见他与西部集团的关系极为密切。除了传世文献，伏羲与西部、东部和南部文化都有关联的情况在史前考古的遗存中也有反映。与西部文化的关系，体现在《竹书纪年》和《帝王世纪》均记载伏羲生于成纪，在今天的甘南天水一带^⑧，是古羌族活动的中心，有甘肃天水秦安大地湾遗存提供的印证^⑨；与东部文化的关联则在良渚文化遗存中有所表现^⑩；至于与南部苗蛮文化关联的材料，闻一多前揭文中已有详尽枚举，不必赘述。问题在于考古学上的证据并不支持中国文

① 参见闻一多:《伏羲考》，载《闻一多全集》，58~131 页，武汉，湖北人民出版社，1993。

② 参见徐旭生:《中国古史的传说时代（增订本）》，北京，文物出版社，1985。

③ 参见丁山:《中国古代宗教与神话考》，463~465 页，香港，龙门联合书局，1961。

④ 参见冯天瑜:《上古神话纵横谈》，54~58 页，上海，上海文艺出版社，1983。

⑤ 参见宫哲兵:《"伏羲作八卦"辨——论阴阳八卦源于苗蛮》，载《中南民族大学学报（社会科学版）》，1987（1）。

⑥ 见司马贞:《史记补三皇本纪》。

⑦ 《太平御览》卷七八引《遁甲开山图》。

⑧ 参见朱炳祥:《伏羲与中国文化》，52 页，武汉，湖北教育出版社，1996。

⑨ 参见甘肃省文物考古研究所:《秦安大地湾——新石器时代遗址发掘报告》，北京，文物出版社，2006；以及李建成:《从大地湾遗址文物看伏羲对人类的贡献》，载《天水师范学院学报》，2000（4）。

⑩ 参见董楚平:《伏羲：良渚文化的祖宗神》，载《杭州师范学院学报》，1999（4）。董氏前揭文中指出:"余杭出土的良渚文化神像是良渚文化的祖宗神，也即上帝。他的形象是鸟的头，龙的身躯。这个形象与神话人物伏羲相符。传说伏羲生于太湖，其出生地点与良渚文化分布地域也相符。伏羲的名字，还有古越语的特点。"我认为，伏羲在良渚文化中反映出的鸟首龙身的形象，恰好反映了伏羲并非本自东部文化，相反，这种混合型的图腾的出现，体现出东部文化对伏羲这一外来图腾的接纳。只不过接纳的原因、方式与程度均有待研究。

化和族群起源的"同原"说，那么上述三大文化圈均以伏羲为自己部族的早期圣人只有一种可能，即从某一文化中"吸纳"并经过改造与融合。其实如果换一个角度理解，可以认为伏羲的影响力广布天下，他的事迹与理念为各个部族所接受、认同，是接纳之后追认的结果。而这恰恰说明了予以伏羲这样一位"异质"于三皇序列的圣人特别关注的必要。

二

下面让我们从伏羲其人和他的故事开始寻绎。"伏羲"是最常见到的名号之一，不过在最早的记录《周易·系辞》中称他"庖牺氏"（图 4-1 ）。"庖牺"，从字面涵义可以推知，庖是他的职业，有些近似于现在的厨师；牺是牺牲，指的是祭祀时用作贡品的牲畜。所以"庖牺"一词其实表明了他的职业身份——一个以宰杀并制作和祭祀有关的牺牲为业的"厨子"。在理解时千万不要忽视了厨艺

图 4-1　伏羲木刻画像

是一种和之前女娲、神农的技艺性质相同的"技术"。庖厨之术与宰杀生灵有关，显然在那个时代也需要以神性为基础。所以从出身上看伏羲同样属于技术知识掌握者，或曰技术贵族之流。因此他有资格接触到，甚至去改动难以为俗众所知晓的技术知识。

还要特别注意庖牺氏的"牺"。简体的"牺"字看似无奇，但是如果换成繁体的"犧"字，问题就可以彰显出来了。注意构成字的部首中有个羊字，伏羲的"羲"也是这样，这是有讲究的。自打伏羲开始，中国的语言文字里但凡美好的东西的名称里大都带着"羊"字。例如"美"字、"善"字的上半部分，形容味美的"鲜"字，义气的"義"字，还有珍馐美味的"饈"（即"羞"）也有羊字作部首。为什么美好的事物都会和羊有关呢？有的人比较实在，把部首"羊"当作实有所指的羊来看待，而且去试验，例如把鱼和羊放在一起炖，看是不是这样就"鲜"了。事实上这些作为部首的"羊"的义涵不能对应实物来理解。之所以表示美好的字都用"羊"作部首其实是和伏羲有关。这些有"羊"组成的字以及它们所指的对象之所以被认定为好的，标准由伏羲定下。正是由于伏羲是中国文化史上第一个"人为"去制定价值标准的人，所以什么是美好的要由他设定的标准来判别。问题是为什么要偏偏是"羊"而不是别的部首呢？这又与伏羲的族属和地望有关。伏羲的部族生活在西北地区，大概位于现在的甘肃、宁夏、陕西西北部并及内蒙古的西南部一带。最初在这片区域生活的族群大多以牧羊为营生，"羊"成了他们族群文化的标志，或者图腾之一。这个族群中的一部分后来被称为"羌人"。注意"羌"同样也带有部首"羊"。所以伏羲无论是名字还是他的族属都与羊有关系，但这不是重点；更重要的是通过上述现象可以直观地感受到伏羲对中国文化的特殊影响，即自他开始人为地创设价值标准。

当然除了庖牺之外，还引申出很多别的名号，包括宓牺、伏羲、太昊、太皞，等等。它们大致分两组，一组是前面的宓牺、伏羲，基本上可看作庖牺一词的音转；后面的太皞、太昊属于另一类，是政治性的称号，表明他的出身、族属。伏羲是西北部的部族，被称为太昊氏，与东部东夷集团的少昊氏针锋相对。东夷和西部集团之间文化上的对立，当然也包括后来军事上的对立，一直是上古中国文明演化中的主要矛盾点。

辅之以甘肃秦安大地湾遗址提供的信息，伏羲传说的时间大概是在距今 6700~5500 年，也可能更晚一些。这个时段已经到了三皇时代末期。关于伏羲氏部族的地域，大致是在中国的西北部，此处也正是后来炎黄（部族）文化的发源地。在很长的一段时间内，这里主导了中国文化的演化方向。后来中心地往东南边迁了一些，转移到了陕西的中部和山西的西南部。说得更精确一些，传说中谈到伏羲生活在陇西的成纪，核心区域大概是现在甘肃天水一带，也与秦安大地湾遗址的地点相吻合。而且遗址中又有地画之类的遗存被发现，学者们大都认为和伏羲传说有关。[①] 后来大部分历史学家都认为伏羲部族起源地可以说明他是古代羌人的一支。其中的一部分后来人主到黄河中游一带，成为了炎黄部族，留在更西边的那些则被视为属于戎狄的羌人。这又与之前说

---

① 甘肃秦安大地湾遗址所出土的多种遗存及其地望，更有可能与传说中伏羲一系的文化传统有关。例如李建成指出：在大地湾一代社区中发现了这样一些原始符号：┼↓┐╫╫╫│┘┼╫。经碳 14 测定，大地湾遗址发掘的木炭标本距今 7800 年左右。考古专家认定，7800 年前后正是伏羲先民们所处的时代。这一发现和认定说明：伏羲是我国文字的最早创制人，伏羲画的八卦符号和大地湾遗址发现的原始符号是迄今为止发现的中国文字萌芽的最早标志。参见李建成：《从大地湾遗址文物看伏羲对人类的贡献》，载《天水师范学院学报》，2000（4）。

的"羊"和羌人有直接联系。

下面还需要简单谈谈传说的变化情况。伏羲的传说最早出现在《周易·系辞传》中①，这是孔子的学生记载孔子关于《周易》的思想的记录，写成时间大概是在春秋晚期到战国前期，文曰：

> 古者包牺氏之王天下也，仰则观象于天，俯则观法于地，观鸟兽之文与地之宜，近取诸身，远取诸物，于是始作八卦，以通神明之德，以类万物之情。作结绳而为网罟，以佃以渔，盖取诸《离》。(《周易·系辞下》)

文中谈及庖牺氏时尚没有出现"三皇"的称谓，也没有和女娲联系到一起。而汉代以后最大的变化是伏羲和女娲之间产生了紧密关联，甚至伏羲的形象也"女娲化"了。

图4-2和图4-3都是出土的汉代砖画，画上就是伏羲和女娲。

图4-2 汉代伏羲女娲砖画像1　　　　图4-3 汉代伏羲女娲砖画像2

---

① 《周易》的问题后文还会再作详细解释。

图 4-4　新疆阿斯塔纳伏羲女娲绢画

图 4-4 是 1965 年出土于新疆阿斯塔纳的伏羲女娲绢画。以上这些图像至少可以反映出两个方面的含义：一是当时伏羲和女娲的故事流传广泛，深入人心；二是他们的形象经过修整，到汉代已经很稳定了。这时的伏羲已经有了尾巴，像女娲一样人面蛇身。蛇的形象应该是从女娲传说中移植而来的，因为女娲的传说和生殖有关，而和生殖有关的传说人物（或母神）通常会被赋予蛇身的形象，这在其他很多民族的早期神话传说中也有非常一致的表现。到了汉代以后，伏羲被赋予了蛇身形象的同时，和女娲的关系出现了两类说法：一说他们是夫妻；另外一类认为他们是兄妹，同时又是夫妻。① 出现这种说法的原因后文中会谈到。

① 相关研究中典型者，诸如闻一多《伏羲考》(《闻一多全集》，湖北人民出版社 1993 年版，第 58~131 页)、徐旭生《中国古史的传说时代（增订本）》(文物出版社 1985 年版) 第六章 "所谓炎黄以前古史系统考"、丁山《中国古代宗教与神话考》(香港龙门联合书局 1961 年版，第 463~465 页)、余德章《"伏羲女娲·双龙" 画像砖试释》(《四川文物》1984 年第 3 期，第 46~48 页)、朱炳祥《伏羲与中国文化》(湖北教育出版社 1996 年版)、范立舟《伏羲、女娲神话与中国古代蛇崇拜》(《烟台大学学报（哲学社会科学版）》2002 年第 4 期，第 455~458 页)、马志荣《伏羲和伏羲文化初探——大地湾的启示》(《甘肃联合大学学报（社会科学版）》2007 年第 1 期，第 40~46 页)。上述这些研究从神话学、人类学、考古学、文献学等不同角度研究了有关伏羲、女娲的神话传说。

三

有了之前大段的铺垫之后，下面来看伏羲的事迹。[①]影响最深远，也是最重要的一项当属创制"八卦"。不过在大多数人眼中，八卦只被认为是用来算命的技术知识，类似这种算不得完全不对的浅见不免成为深入理解八卦体系和伏羲其人重大意义的阻碍。其实伏羲所创制的八卦体系不只是用于占算吉凶的低层次技术知识，更是一种特殊的、针对观念的立法。不过也不得不说，八卦的知识基础确实是筮占技术，而且它本身也的确可以用于占算。但是这套筮占知识经由伏羲创造性地重整，被赋予了更多功能。这个话题并不容易理解，需要仔细解说。

八卦是一套由名称、符号、方位、时令等复合而成的体系。常见的排列方式有两套：一为先天八卦（图4-5），一为后天八卦（图4-6）。据说先天八卦是伏羲八卦，后天八卦是文王八卦，从图

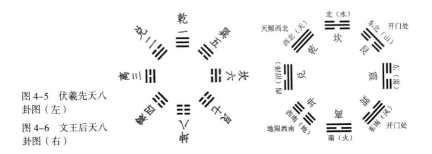

图4-5 伏羲先天八卦图（左）

图4-6 文王后天八卦图（右）

---

① 有关伏羲、女娲事迹的记载，散见于《周易·系辞下》《荀子·成相》《庄子·人间世》《胠箧》《缮性》《商君书·更法》《白虎通·德论》《论衡·齐世篇》《风俗通义·皇霸》《帝王世纪》《拾遗记》《世本》卷一以及长沙子弹库出土的帛书乙篇（见李零：《长沙子弹库楚帛书研究》，64~73页，北京，中华书局1985）等文献中。

示可知二者在位、序上存在差别。我们现在只讨论伏羲八卦的形态。八个卦包括乾、坤、震、巽、坎、离、艮、兑，分别对应各自不同的符号、方位，在一个闭合体系中成立。从最直观的印象上说，乾对应的是天，与它相反相对的是坤，对应地。乾卦的基本构成叫作阳爻，卦画作"—"，与它相反的叫阴爻，卦画作"--"。[①]巽卦，最典型的象是"风"，初爻是阴，二三两爻是阳。和它相反相对的卦是兑，它典型的象是泽，也有说是大水泊，其实低洼地积水了以后便是泽。再之后是离卦，典型的象是火、电。和它相反的卦是坎。关于坎的象，传统解释似乎有点问题。通常说坎象为水，实际上它的原初含义是指凸起的障碍物，人们经常说"没有过不去的坎"，取的就是这层意思。后来引申为困难、险阻。这些含义其实都和水没有什么关系。至于到了春秋战国以后为什么要以坎—水对应，其中有比较复杂的原因，这里不展开说了。接下来的一卦是震，典型的象为雷。它反过来对的是艮，艮之象为山。这是八卦最浅层的名、象对应关系。图 4-7 是六十四卦配进八卦体系的一种表现形式，复杂程度和变化显然比单纯的八卦要多得多。

　　图 4-8 中的是风水先生、堪舆家们的基本工具之一——罗盘，它的知识基础和八卦系统相一致。不过也有可能这套体系比八卦系统更加古老。罗盘的情况很复杂，并且和本书关系不大，不必深说了，还是来看八卦的知识来源。仍然回到《周易·系辞下》中这段被后世认为最权威的传说：

---

① 马志荣指出：大地湾的遗存告诉我们，"华胥"即"娲羲"，是女娲氏和伏羲氏部落联盟的称谓。大地湾是娲羲联盟的重要根据地，也是伏羲的出生地。大地湾先进的生产技术以及以太阳崇拜为核心的意识形态孕育了伏羲文化。有太阳就会发生阴阳（明暗）。"—""--"是太阳光作用于大地发生明暗（阴阳）现象的抽象符号，太极图是阴阳消长现象的图式化表现。（马志荣：《伏羲和伏羲文化初探——大地湾的启示》，40 页，载《甘肃联合大学学报（社会科学版）》，2007（1））

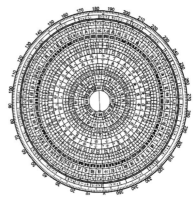

图 4-7　六十四卦体系分布图　　　　图 4-8　罗盘

古者包牺氏之王天下也，仰则观象于天，俯则观法于地，观鸟兽之文与地之宜，近取诸身，远取诸物，于是始作八卦，以通神明之德，以类万物之情。(《周易·系辞下》)

文中说到伏羲作成八卦的方法是仰观俯察，包括观天看地，看鸟兽的纹理，还要观察地上的诸物，然后就近取象于身，自远处取法万物，以这些为基础归纳、抽象而作得八卦。《系辞》的作者认为如此做成的八卦自始就有神性，它可以通达、感通神明，并具有将万物的情状类型化判分的功能。

要注意，尽管涉及了八卦与神圣的关系，但是《系辞》中始终没有说八卦是从神明那里得来的；相反它并不源于神授，而是通过伏羲仰观俯察之后自己创造出来一套理论，进而还能"通神明之德"。可以见得，伏羲所作的八卦和前章讲的那些秘不示人的技术知识有根本不同。早期技术人掌握的是神的知识，而八卦是一套由人"发明创造"出来的知识，这是两者最根本性的差异。还需要进一步理解，这套人为创制的理论体系是怎么得来呢？说它是伏羲发挥主观能动性的创制，并不意味着是他向壁虚造式地臆想出来的；恰恰相反，八卦有非常特殊的技术知识作为背景。下面有必要先来介绍一下这个背景。[①]

图 4-9 中的是河南舞阳贾湖出土的乌龟壳和石子组合。舞阳贾湖遗址大概属于新石器时代后期，比和伏羲直接相关的秦安大地湾遗址可能要更古老一些。[②] 遗址中发掘出很多乌龟壳，出土的时候背甲和腹甲捆叠在一起，中间的肉被取掉了，放入了不同数目的石子。[③] 考古学家们大多推测它和巫术活动有关，但是不知道具体怎

图 4-9　舞阳贾湖遗址龟壳和石子

---

① 近代以来关于八卦起源的讨论大体形成了如下诸说：a. 男根女阴说，见钱玄同：《答顾颉刚先生书》，《古史辨》第一册，第 77 页。b. 龟卜兆纹说，见余永梁：《易卦爻辞的时代及其作者》，载《史语所集刊》第 1 本；屈万里：《易卦源于龟卜考》，载《史语所集刊》第 27 本。c. 图画文字说，见郭沫若：《周易之制作年代》，载《青铜时代》，北京，人民出版社，1954。d. 数占说，见张政烺：《试论周初青铜器铭文中的易卦》，载《考古学报》，1980（4）；汪宁生：《论八卦起源》，载《考古》，1976（4）。e. 结绳说，f. 掷片说，等等。但均未得到学术界的公认。谨列于此以备考。

② 舞阳贾湖遗存的年代在距今 9000~7800 年，大致属于裴李岗文化类型。此时尚未出现彩陶。也就是说，龟占的使用的出现时间应当早于彩陶的广泛使用。这为推断传说中的伏羲氏时代基于早期龟占技法改制而成提供了支撑。参见河南省文物考古研究所：《舞阳贾湖》，第 966~969 页并彩版四一、四二、四三，北京，科学出版社，1999。

③ 相关情况，参见河南省文物考古研究所：《舞阳贾湖》，彩版四一、四二、四三。

么使用。[1]后来有位人类学家发现北美洲的印第安人也有类似的器具，确实是在巫术仪式中使用。方法是把龟壳的腹甲、背甲用绳子系起来，中间装上一定数目的石子。巫师把它们绑在腿上和手上跳舞。跳的时候石子会蹦出来，仪式结束后根据蹦出来石子数目进行占算。后来大家都接受了这个解释。由此可以知道，这是一套用来占算的工具，包含有两个关键物件，一是乌龟壳，另一是石子。它们在占验过程中各有不同的功能，石子用来算数，也就是占算，这和后来的八卦用一定数量的蓍草来占算机理相同，都可叫作数占。后世的三《易》(《连山》《归藏》《周易》) 均属于这类数占传统。占算期间龟只用来提供神圣性支撑。商代有很多甲骨文，其中一些刻在龟的腹甲上面。这时的龟同样也起到神圣性支撑的作用。而舞阳贾湖中使用龟的方式又和烧灼式的龟占不同。要理解其间的差异，需要先了解早期中国占验传统中烧灼占卜和数占两个类型的特

---

[1]　至于这些随葬龟壳的用途，学术界尚无一致认识，主要有：

（1）发声说，汪宁生先生在与北美印第安人的龟甲响器对比分析后认为，大汶口等遗址发现的随葬龟甲是宗教仪式上的一种乐器或法器，并参照印第安人的同类器命名为"龟甲响器"。(汪宁生：《释大汶口等地出土的龟甲器》，载《故宫文物月刊》(台湾) 第十一卷第 12 期) 我们曾认为可能是巫或乐使用的乐器，可称为"龟铃"。(张居中：《舞阳贾湖遗址出土的龟甲和骨笛》，载《华夏考古》1991 年第 2 期)

（2）灵物说，高广仁、邵望平在综合分析了大汶口等史前墓葬中随葬龟甲的现象后认为："从内装石子或背甲涂朱来看，似非日常用品，当与医、巫有关，或具有原始宗教上其他功能，是死者生前佩戴的灵物。因此可以说大汶口文化早期已经出现了龟灵观念。"(高广仁、邵望平：《中国史前时代的龟灵与犬牲》，载《中国考古学研究》，文物出版社 1986)

（3）甲囊说，刘林遗址第二次发掘报告的执笔者认为："龟甲六副都是背腹甲共出。均已破碎。有些背甲上穿有若干小圆孔。M182 发现的两副龟甲内均盛有小石子。龟甲的放置似无固定的位置。其用途可能系在皮带或织物上作为甲囊使用。"(南京博物院：《江苏邳县刘林新石器时代第二次发掘》，载《考古学报》，1965（2））

质和差别。①

　　烧灼观兆的占卜方法，根据考古发现，新石器时代后期多施用在羊、牛等的骨头上。②烧灼龟甲获取兆纹出现的时代要晚得多，最早见于龙山文化。③龙山文化以前用龟卜甲来占验似乎并不盛行。④从时空关系上看，龙山文化以降逐渐发展起来的占卜多出现在东方和南方，与传说中的伏羲的地域对应的可能性不大，而起家东夷的殷商文化则很好地承袭了这一传统。⑤

　　数占最早见于前述舞阳贾湖遗址中出土的背、腹甲的乌龟壳和石子。⑥这与汉代及之前的历史记忆情况形成了印证。《周易·颐》有"舍尔灵龟"之语。《淮南子·说林训》云："必问吉凶于龟者，

---

① 一说认为：中国历史上的占卜术主要有两大系统，一是灼卜，二是筮占。前者最早见于龙山时代的动物肩胛骨，到商代达到鼎盛，并有记录占卜内容和结果的甲骨文，为现代汉字的前身，因之，灼卜在中华文明史上占有重要的地位。后者在其基础上产生了八卦，对中华文明史也起到了非常重要的作用。（河南省文物考古研究所：《舞阳贾湖》，977 页）

② 高广仁：《中国史前时代的龟灵与犬牲》，《海岱区先秦考古论集》，北京：科学出版社 2000 年版。

③ 最早见于龙山文化早期郑州大河村遗址出土的一件龟甲（H170:27），据描述，其似抹角长方形，一端稍残。灼四孔。残长 14 厘米，宽 10 厘米。（郑州市文物考古研究所编著：《郑州大河村》，452 页、图版一五三，2，北京：科学出版社，2001）据崔波的统计和列表，在龙山文化早、中期的郑州大河村遗址出现了有卜骨灼的龟甲，可能是龙山文化时代最早的龟卜遗迹。此件标本据《郑州大河村》记载属于二里头文化期，描述作："卜骨 标本 1 件（H170:27）。龟甲。似抹角长方形，一端稍残。灼四孔。残长 14 厘米，宽 10 厘米"。（郑州市文物考古研究所编：《郑州大河村（上）》，第 452 页）但在图版中又列为龙山文化早期文物。（郑州市文物考古研究所编：《郑州大河村（下）》，图版一五三，2）孰是孰非有待澄清。另外还见于龙山文化类型的陕西临潼康家遗址。在总共出现骨卜的 29 处龙山、齐家文化类型遗址中属于极少数用例。参见崔波：《甲骨占卜源流探索》，第 26 页。

④ 可以推测这种将烧灼观兆与龟灵结合起来进行占卜的方法当为后起。

⑤ 海岱地区及长江流域史前文化中以龟随葬的文化现象及其所反映的"龟灵"观念，乃是商殷文化中"龟灵""龟卜"的渊源。也就是说在新石器时代晚期至夏、商时代初期，商人逐步接受了其东方与南方早已存在的龟灵观念，并从那里取得神龟（或以政治势力保证的贡品），与先商文化原有的占卜习俗结合而产生了龟卜。大约是在商代后期，即殷墟文化前期，龟卜才盛行起来。参见崔波：《甲骨占卜源流探索》，41 页。

⑥ 相关情况，可以参见河南省文物考古研究所：《舞阳贾湖》，彩版四一、四二、四三。

以其历岁久矣。"《史记·龟策列传》载："古者筮必称龟。"《汉书·律历志上》云："自伏羲画八卦，由数起，至黄帝、尧舜而大备。"古人这些认识涉及两方面问题：一是八卦"由数起"，这一点与舞阳贾湖遗存中的用龟情况和后世以《周易》为代表的筮占传统前后呼应。二是"筮必称龟"反映了"龟灵"观念，也就是说，纵使数占是通过操作某种媒介获得特定的数的技术，但神圣性却源自"龟"。或者可以理解为，龟在数占技法传统中并不具有工具性功能，而是充当"灵"的角色。①

　　数字占的方法后来多有演变，出现了众多形态。图4-10是出土在陕西省岐山县岐山脚下周原地区的甲骨，这是周人在打败商纣王之前的占验记录，图中刻写就是一卦，方法是把卦用数字的形式写下来，而不用符号表示阴阳爻。例如乾卦通常写作"☰"，先

图4-10　周原数字卦甲骨刻辞

周时候的人却直接写成数字，可以写成九九九，也可以写九七九、七九七、七七九、九九七等，这些都可以表示乾卦。产生差别的原因在于占算所得到的结果不同。占算的记录刻写在甲骨上，就是借甲骨来彰显占筮过程本身的神圣性。

　　并且应当注意到，与贾湖和凌家滩遗址中的龟占不同②，卜甲过

① 研究认为，继贾湖文化之后，墓葬中随葬龟甲现象被淮河流域大汶口文化的大墩子、刘林和花厅类型以及大汶口类型与汉水流域的仰韶文化下王岗类型、半坡类型所继承。（河南省文物考古研究所：《舞阳贾湖》，968页）

② 参见安徽省文物考古研究所：《安徽含山凌家滩新石器时代墓地发掘简报》，载《文物》，1989（4）。图版底本据张敬国编：《凌家滩文化研究》，彩版二、三，文物出版社2006。

程中龟被作为对象直接使用以获得"象"。这种方法与数占中以仅龟作为神圣性保证的思路大有区别，并且结合前人对商代甲骨占法的研究[1]，可知这种占验方法不再依赖于"数"，这也是后来的占筮与占卜的最显著的区别。

图 4-11 中的玉板和八卦图很像。上古的玉制品用途通常都和祭祀、通神有关。魏陈斌指出玉龟是我国古代河图洛书的母本，是《易经》产生的重要渊源（图 4-12、图 4-13）。[2] 尽管所论尚有多处更待进一步确证，但是龟与筮占的关联是可以肯定的。[3] 并且通过玉版和玉龟的结合，能够窥见抽象化的"象"开始融入龟灵之中。较之贾湖遗址中的龟甲与石子的组合，可看作有较重大的发展。图中玉板所呈现出的指向和后来常说的"八方"相一致。要注意，世界不是当然地应该被分成八个方向，这是人为划分的。在人类的不

图 4-11　凌家滩玉板

---

[1]　参见严一萍：《甲骨学》，台北：艺文印书馆，1978 年；彭裕商：《殷代卜法初探》，载宋镇豪、段志洪编：《甲骨文献集成》第 17 册，179~183 页，成都：四川大学出版社，2001 年。

[2]　魏陈斌：《凌家滩玉龟符号的研究——兼谈与古代河图洛书、〈易经〉的联系》，载《巢湖学院学报》，2010（1）。

[3]　关于凌家滩玉龟和卜版，学界的讨论已经非常热烈，成果集中收录在前引张敬国编《凌家滩文化研究》一书中，本文对之的基本理解和判断有赖于此书中诸家的研究成果，在此不一一枚举。

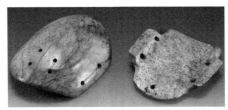

图 4-12 凌家滩玉龟 1　　　　图 4-13 凌家滩玉龟 2

同文化传统中，分的标准很多，有的分作四方，有的文化主张六方，还有在佛教中喜欢说十方。而中国传统说八方的特别多。八方和八卦都做了"八"的分类，显然不是巧合。[①]

　　再结合通过上章所述可知，与占验有关的技术、知识同样属于早期技术知识之一，自古被垄断在一小部分人的手中，这部分人在后世常被叫作巫觋，和西方的祭司相似。不过占验技术具有特殊性，和之前讲的人与自然打交道的那些技术有些差别。其他早期技术人虽然和自然神打交道，但大多不以充当专门性的中间人为目的，而巫觋的技术则是专门用来完成人和神之间的沟通，他们专门负责提供人神之间的媒介，可算是专业的"中介"者。这类知识的特殊性在三皇时代晚期开始慢慢凸显出来的，当然也被垄断在了一批人的手中。而伏羲创作八卦时就使用了这类知识。

　　前文说到，伏羲原本是个厨师，所以显然他不专门和神打交道。但是厨师也是技术人之一，而且这些负责宰杀动物的人在当时

① 魏陈斌指出玉龟是我国古代河图洛书的母本，是《易经》产生的重要渊源。（魏陈斌：《凌家滩玉龟符号的研究——兼谈与古代河图洛书、〈易经〉的联系》，载《巢湖学院学报》2009 年第 4 期，第 80 页）尽管其说尚有多处更待进一步确认，但是龟与筮占的关联是可以肯定的。并且，通过玉版和玉龟的结合，可以窥见抽象化的"象"开始融入龟灵之中。较之贾湖遗址中的龟甲与石子的组合，无疑可见较重大的发展。

非常特殊，因为他们和剥夺生命有关，须得借由特别的方式进行才能顺应神意，否则会有很严重的后果。后来帝制中国专门负责执行死刑的刽子手也被当作是一类特殊的职业，通常父子相继地传承，和早年间的宰杀动物的庖厨在神性考量上同出一理。不过除了具有神圣性的庖厨之外，伏羲可能通过某种方式获得了原本属于巫师的占验技术和知识，然后他拿这套知识来做了别的文章。

伏羲对占验技术和知识做出的最大改变在于把一套原来用来获取神意的技术知识，转化为了一套人为解释世界的知识。这个转变直到今天的口头语中都有体现。我们现在已经不再管这些执业者叫巫觋，而是称作"算命的"。注意这个"算"字，它意味着是人去算出命数、运势来，而不是直接向神去"问"命。看似不经意间，主导者实际上已经发生变化。原来所有的技术属于神，人只要也只能听神的话，按照神意和神命去做；到伏羲这里变成了人"算"，人可以通过自己掌握特定技术自己去解释世界，解释人类的命运。这是伏羲建构八卦体系带来的最根本性改变。

"命"如何算呢？《系辞》里提供了一段看似简短，事实上操作起来却非常复杂的解释：

> 大衍之数五十，其用四十有九。分而为二以象两，挂一以象三，揲之以四以象四时，归奇于扐以象闰。五岁再闰，故再扐而后挂。（《周易·系辞上》）

"大衍之数，其用四十有九"，说的是一共五十根特殊的蓍草，拿掉一根不用，剩下的四十九根分成两堆。接着开始从每堆取出特定数目的蓍草，然后除余数，这样会得到一个数字。很巧妙的是这个数字无论如何都会是六、七、八、九四个数中的一个，其中六、八对应阴爻，代表老阴、少阴；七、九对应阳爻，表示少阳、老阳。基于这些数字可以对应得到一个爻。按照上面的程序进行六次，一共得到六个数字便可以形成完整的一卦，至此占算的过程也就完成了。当得到了确定的一卦，再去看《周易》中对应的卦爻辞和卦象，就可以把所要占问问题的结果算出来。不过真正操作起来要麻烦得多，这里不详细说明了。谈这些意在表明：八卦系统的知识用于"算命"，是人去算，而不再像早期技术那样是为了去获知神意。这显然是一套可以在某种程度上摆脱神，甚至不管神的意志，由人自己去独立运作的全新知识和技术。这种转变对当时以及后世观念世界造成的影响非同小可。

　　由于八卦体系直接撼动了当时最神圣的巫卜知识的根基，原来和神连结最紧密的技术知识被转化成了人去解释世界的知识。这种转化是根本性的，以此为开端，中国文化获得了一个全新的演化方向。早先"三皇"们依赖神意的传统可概称为"阴本"。"阴本"意味着人们必须因循顺守地生活。所因循的自然就是神意了，顺守的无非是神所规定的一套秩序和规则。人按照因循顺守的方式，只能充当整个宇宙中的一个被动参与者而已。到了伏羲这里，阴本模式被彻底颠覆，转而人为地创造出一套以人的"阳动"（即以主观能动性为基础的健动）为中心理解和参与世界的方式。阳动的核心无疑是人要发挥主观能动性，依赖人对世界的认识、反思去解释世界，并且以此为基础来建构一套秩序，开创一种生活方式。很明显这和之前因循顺守神意的阴本传统完全相反。而这样两种方式之间复杂的互动关系，斗争也好，互相的借鉴也好，渗透也罢，构成了中国上古以来一直到两汉时代思想文化发展的主线之一。其中最典型的例子是老子和孔子的差异。老子守阴本，因此他一直在讲退、守、柔、静；孔子尚阳动，所以《易传》说"天行健，君子以自强不息"，这便是强调人要主动参与世界化育。阳动传统最早无疑是由伏羲肇端，也就是说之前只有"阴本"的传统，到了伏羲才开始讲"阳动"，而"阳动"的最主要理论载体就是他"创造"出来的八卦体系。

至于说伏羲作八卦是中国最早的"立法"行为，同样需要解释。八卦除了算命的功能之外，本身还是一套解释世界的体系，它把世界人为地分成了八个大的类别。之前已经说到，这个八分是人为的，并非必然，甚至具有些许任意性、偶然性。除了八分之外也可以分成六类、十类等，但是伏羲偏偏选择了分成八类，而他做此选择的具体原因后人并不确知。或因为"伏羲坐于方坛之上，听八风之气，乃画八卦"①，不过也只能算是一种猜测而已。可以明确的是，伏羲要用这八个类别，把世界上所有的存在者都涵盖进来，这就提供了全新的世界解释方案。后来在《周易》的《说卦传》中保留下了这种分类方式的一些印记。这些内容虽然写成于战国时期，但是它的来源却非常古老。

> 乾，健也。坤，顺也。震，动也。巽，入也。坎，陷也。离，丽也。艮，止也。兑，说也。
>
> 乾为马，坤为牛，震为龙，巽为鸡，坎为豕，离为雉，艮为狗，兑为羊。
>
> 乾为首，坤为腹，震足，巽为股，坎为耳，离为目，艮为手，兑为口。

---

① 《太平御览》卷九引《王子年拾遗记》。

乾，天也，故称乎父。坤，地也，故称乎母。震一索而得男，故谓之长男。巽一索而得女，故谓之长女。坎再索而得男，故谓之中男。离再索而得女，故谓之中女。艮三索而得男，故谓之少男。兑三索而得女，故谓之少女。

乾为天，为圆，为君，为父，为玉，为金，为寒，为冰，为大赤，为良马，为老马，为瘠马，为驳马，为木果。

坤为地，为母，为布，为釜，为吝啬，为均，为子母牛，为大舆，为文，为众，为柄，其于地也为黑。

震为雷，为龙，为玄黄，为敷，为大途，为长子，为决躁，为苍筤竹，为萑苇。其于马也，为善鸣，为足，为作足，为的颡。其于稼也，为反生。其究为健，为蕃鲜。

巽为木，为风，为长女，为绳直，为工，为白，为长，为高，为进退，为不果，为臭。其于人也，为寡发，为广颡，为多白眼，为近利市三倍，其究为躁卦。

坎为水，为沟渎，为隐伏，为矫輮，为弓轮。其于人也，为加忧，为心病，为耳痛，为血卦，为赤。其于马也，为美脊，为亟心，为下首，为薄蹄，为曳。其于舆也，为多眚，为通，为月，为盗。其于木也，为坚多心。

离为火，为日，为电，为中女，为甲胄，为戈兵。其于人也，为大腹。为乾卦，为鳖，为蟹，为蠃，为蚌，为龟。其于木也，为科上槁。

艮为山，为径路，为小石，为门阙，为果蓏，为阍寺，为指，为狗，为鼠，为黔喙之属。其于木也，为坚多节。

兑为泽，为少女，为巫，为口舌，为毁折，为附决。其于地也，为刚卤。为妾，为羊。(《周易·说卦》)

上述引文中绝大多数分类的理据今人已经不能真正理解了（表 4-1）。比如说乾之类中包括：为天，为圆，为君，为父，还算好理解，可为什么是玉，为什么有金，为什么又是寒又是冰？伏羲为什么把这些看起来全不相干的东西都放到乾的类中，其中的道理何在呢？还有"震"卦的名下为什么包含勇、大途、长子、决躁、苍筤竹、萑苇？这些也已不可解。为什么这样一系列现在看起来毫不相干的东西可以归成一类？说到底，这是基于伏羲对于世界的理解，所以他的分类是完全的人为方式，甚至可以说具有些许个性，有为外人不得而知的个人理解在其中。如此分类带来的影响是，原来很复杂的万物有灵的世界，通过归类的方式一下子被伏羲简单化了，简单到只有八个种类。按照八大类之分，世界上存在的任何一事一物都可被归到某一个特定的类里去，这就是"伏羲始画八卦，别八节，而化天下"[①]。世界上的万事万物，从现象上看无疑纷繁多

表 4-1

象元素序列 ＼ 八卦	乾	坤	震	巽	坎	离	艮	兑
自然对象	天	地	雷	风	水	火	山	泽
人体部位	首	腹	足	股	耳	目	手	口
家庭关系	父	母	长男	长女	中男	中女	少男	少女
物产	马、金、玉	牛、众	龙、大涂	鸡、木	豕、月、沟	雉、日、电	狗、径	羊、妾、巫
基本功能	健、刚	顺、藏	动、起	入、散	陷、润	丽、明	止	说
空间方位	西北	西南	正东	东南	正北	正南	东北	正西
时间季节	秋末冬初	夏末秋初	正春	春末夏初	正冬	正夏	冬末春初	正秋

---

① 《北堂书钞》卷一五三引《尸子》。

样，在人基于阳动的反思和行为介入以前，它们都按照合于道的自发、自在方式生长灭亡，既不需要被认识，也不需要有名称、分类。而一旦人开始尝试通过自己的智识认知万物生长运行之道，并欲图以之为己所用，命名、分类、归纳和抽象就成为了必要的途径。伏羲基于八卦对世界作出最基本的"八分"，并不是当时唯一的分类方式，阴阳二分和"三才"的天地人之分或许更为古老。不过相比较而言，八卦的分类更有具体指向的功能，尽管今人业已无从知悉其所依据的深层思想基础。这是八卦的第一个功能。

八卦第二个功能是通过这样一种人为的分类方式，为型构一套全新的秩序奠定基础。举个例子来说更便于理解。比方说乾、坤两卦，通过之前提到的伏羲先天八卦图，一则可以看到乾和坤的关系已被人为设定了：乾在上，坤在下。这种被人为设定的位置关系是伏羲对世界的总分类的内涵之一。再进一步，乾的象中有君，有父，有男；与之相对应，坤包含的是妇、女，还有妻，有子。结合到乾坤的上下位关系，就是乾在上坤在下，人类社会的基本秩序关系也就清楚了：后世所说的君为臣纲，夫为妻纲都能从这里演绎出来。二则，若仅从卦象上看，乾为纯阳，坤为纯阴，二者完全相反相对。可这并不涉及任何价值评判，也没有包含任何的位格关系，而仅仅是一种现象层面的描摹和归纳。但是乾与君同类，成为了极为重要的标志，使得乾具备了凌驾于其他七卦之上的地位。[①]

再者，处于君位的乾的运动（行为）方式是健动，状态为刚，这为君王设定了行为的基本方向和模式，即以健动的方式，以引领

---

① 要注意，坤卦名下的诸象中没有臣、民之类，说明乾的君位不仅是对坤而言，而且处于相对于其他七卦的凌驾地位。

者的姿态积极地通过主动的创制来参与世界。乾、君又与天同类，而与乾卦相对的坤与地同类，乾坤之间的上下位关系便明确化了。

同时父被置于与君同类，父在某种程度上具有了与君相类似的地位。这个地位恰好与坤卦下的母相对。由此，处于社会最基层位置的家庭被人为地政治化、等级化。父具有类似君、天的地位，既凌驾于坤类的母之上，也成为整个家庭的统领者。众所周知，新石器时代中后期，也就是三皇时代的家庭、家族尚多处于母系氏族状态，居于主导地位的本是女性家长和族长。八卦中给出的方案相对于其时代而言无疑有改革的意味，甚至具有颠覆性。在新的关系模式下，父与母的行事方式也同时被规定下来，父应按照健动的方式行为，崇尚积极、刚健的作为；母则须按顺守的方式行为，以退让、柔顺为尚。

上述由乾坤关系引出的天地关系结构，推展到人域世界形成了君对社会的凌驾性，父对家的凌驾性，君、父健动和民、母顺守的行为方式等规定性。这种设定首先针对的当然是人的观念。随着基本类观念的成形，对人们的自我定位、行为模式的确立和人类世界具体法则的建构，势必会产生长期的影响。后来传统文化中讲求的君父观念、父系家庭和家族的主导地位以及女性的在家庭乃至政治社会中的从属地位，都是八卦所确立的基本模式的延伸。

根据上面的论说不难看出，八卦体系基于新的类分，重新确立了存在者之于世界的定位，同时也通过相互位置关系的安排，为这些存在者的关系及相应的行为模式作出了界定。尽管发生作用的方式较之现代法律直接规范行为更为曲折，但这并不能掩盖八卦体系作为一种根本大法的性质。八卦对于人与人的关系、人和外物的关系，以及世界的基本构成结构、方式设定了新标准。同时八卦也提供了一个判别式，即以之为据来判断思想、行动是否合道。

　　后世之所以对伏羲八卦有着长久不衰的兴趣，无疑与具有神性的技术给它带来的有效性有关。同时也不能忽视，它在方法上为后人理解世界，特别是对政治化以后意识形态方面的构建提供了一个有效的范式，即将纷乱的现象和不同的进路加以收编，确立一套简单化的规范和标准。根据现有材料和推论，对于作为根本大"法"的八卦，我们大致可以归纳出以下几大特质：其一，八卦体系是一种以"阳德"为中心的立法，其中特别突出的是人为、健动两大属性。其二，八卦之法的目的在于向道还原。八卦体系是一个圆融的系统，这意味着世界的一切存在者均同原于道体，并作为参与者，以和合于道的方式存在。其三，作为法律的八卦体系，通过间接的方式规制、整肃人的观念和行为。

四

　　再来看伏羲的第二个事迹。相关传说也比较多见，如"取牺牲以充庖厨"（《帝王世纪》）。伏羲在先秦文籍中亦被称为"庖牺氏"（或"炮牺氏"）即缘于此。[①] 显然，他关注的庖厨有别于生民果腹的俗事，而更与祭祀相关。祭祀对于上古时期的先民而言其重要性不亚于个体生存，因为它直接关系到小及个人，大至整个族群的命运。三皇时代，庖厨是和祭祀有关的技术，知识掌握在"专业"的厨师们（也属于技术贵族）的手中。它的操作方式来自于神命，而

---

① 还有司马贞《史记补三皇本纪》承《帝王世纪》云："养牺牲以庖厨，故曰庖牺。"不过也有更为"玄理化"的解释，如晋代王嘉《拾遗记》卷一中说："庖者，包也，言包含万象。以牺牲登荐于百神，民服其圣，故曰庖牺，亦谓伏羲。"不过类似这样的解释，后人附会的成分很多。

且和其他技术一样都是秘传的。但是到了伏羲这里，有关庖厨的仪制以近似于立法的形式被公布出来。伏羲在祭祀方面创制的具体内容已不得而知，从简单的记载中推测，或许与后来盛行的"血祭"仪式有关。我们同样可以把这种创设看作他"立法"行为的一部分。这个举动的影响很大，因为这一套仪式本身就是和神性有关的知识，把它公之于众无疑打破了之前的技术人垄断神性知识的状态。从此以后，祭祀仪式开始公开化、制度化、法律化。

伏羲的第三项创制是"制婚嫁之仪"，意思很明确，就是创立婚嫁仪制。用现在的话来说，和制定婚姻法差不多。这些仪制的具体内容大多失传了，不过后人还知道一个很简短的细节，就是迎亲的时候要用俪皮。如唐代人司马贞记录说："于是始制嫁娶，以俪皮为礼。"[①]（《补三皇本纪》）现在人只知道俪皮是一种鹿皮，具体的形制已经无从得知。这个举措的性质类似于现在的送彩礼，而且还规定了具体要送什么样的彩礼。

创立婚嫁之制为什么对后世有如此巨大的影响？晋人王嘉一语道出其中的关键："始嫁娶以修人道。"（《拾遗记》）婚嫁制度意义在于奠定了中国社会的基本单元——家，这为后来整个中国传统社会所秉承。家是基于男女婚姻关系构成并推衍的社会单位，在中国社会中它的特殊意义在于：首先，家是一个具有弹性的社会单位，小至两口之家，大到百人甚至千人的大家族。其次，它使得社会结构具有同质性，从家庭到家族、宗族、氏族、国家，可以遵循同一套治理原则，故此才有后来"家、国、天下"一以贯之的思路。再

---

① 类似的记载还有："伏羲制以俪皮嫁娶之礼。"（《世本·作篇》）（茆泮林辑本）"伏羲制嫁娶，以俪皮为礼。"（《路史·后纪一》罗苹注引《古史考》）

次，也是最值得关注的一点，在于这使得中国文化自始与伦理、道德结合在了一起，因为道德的基础在于血亲伦理（及其利他属性）。也正是因此，西方式的基于个人利益的权利、自由、契约等观念及其发展出来的政治形态，在中国失去了滋长的土壤。[①] 对于中国古代的社会形态、文化及与之相伴随的观念而言，伏羲确立婚嫁制度实际上起到了奠定基本范式的作用。孔子在《春秋》中对标志着婚姻成立的"亲迎"青睐有加，背后的理据与伏羲所为完全一致。当然也另有一种可能，是由于中国文化在后世的发展中选择了以家—族—乡—国—天下为模式的结构，因而对于处于这一进路源头的伏羲加以特别的推崇；而在当时很可能还有诸多其他的尝试，但被后来的历史选择性地遗忘了。

由于有婚嫁方面的创制，使伏羲和女娲有了连结点。因为最早的女娲和生人有关，春秋战国以后女娲被赋予了一个新身份，成了媒神高媒（或曰皋祺）。至于为什么原本三皇时代末期的伏羲会变成了三皇之首，成了女娲的兄长、丈夫，其中的曲折后面再说。

伏羲第四个事迹通常被称作"造书契"。古人关于造书契解释很多，最常见的说法是伏羲发明了结绳记事的方法。如说他"造书契，以代结绳之政，由是文籍生焉"（《尚书序》）。但是现在看来，是结绳还是书写仍然值得商榷。为什么这么说呢？清末发现了甲骨文以后的很长一段时间内，大家都认为甲骨文是最古老的文字。但是后来通过对甲骨文的释读发现它并不太"古老"。因为现在发现的所有甲骨文都是商代武丁以后的文字，而武丁在位已经晚至商代的中后期。相比较于三皇五帝时代当然算不得古老。而且甲骨文很

---

① 关于这个话题，在后面的章节还将反复提及，在此从略。

成体系，已是相当成熟的文字系统。可以想见文字不可能从一开始出现就如此系统化，所以显然在甲骨文之前必定还有其他的书写形态。

不仅是按常理推断，随着考古发掘的深入，现在还有了实物证据。图 4-14 和图 4-15 是在伏羲的故地秦安大地湾遗址发现的陶器和一些陶器碎片，上面有很明显的刻画符。它们究竟是不是文字，学界争论了很久。比较保守的意见说不是文字，只是族徽一类的符号。但是越来越多的写有复杂刻画符的陶片被发现，让大家慢慢倾向于认为这些很可能就是最早期的文字形态，当然尚且比较简单。到了尧都，也就是山西襄汾陶寺遗址发现的陶片，上面的刻画符已经复杂得多了。大体上晚至公元前 2300 年左右，刻画符已经很系统，基本能够算作是文字了。总的来说，关于造书契的记载非常多样化，占据主导的是两种意见：一种认为是伏羲发明了文字；另一种则以为伏羲发明的是结绳记事的方法。现在大可不必纠结哪一种看法更近史实，即便两种都不切实亦无甚关系。更重要的是要通过这个传说认识到，伏羲创造了一种新式的"书面"记事方式。或者可以换一种说法，伏羲首次尝试为记录信息的方式立法。这种创制的重要性和意义，不妨结合秦始皇的"书同文"来理解。

图 4-14　秦安大地湾遗址陶片　　　　图 4-15　秦安大地湾遗址陶器

出现书面记录不只意味着有了可以用来传承文化、传承知识的技术。为什么要书写？为什么要为书写订立规则？如果按照早先的技术知识秘传的传统，所有的知识、技法都只会用口诀的方式传下来，不需要书写；因为一书写就有可能散播出去，容易"泄密"。只有口传的方式，一口出一耳入最为保险。而使用文字的方式书面地记载知识，这个行为本身就意味着对以往知识流传方式的反思和批判，它的直接作用便是公开知识。这表明伏羲有意识地把知识展现出来，存留下来，其中不仅有反对早期技术传统垄断知识的意味，同时也具有了"公"的端倪。

五

上文中顺序谈了伏羲的四个事迹：创制八卦，定庖厨之制，创设婚嫁制度，发明了记录知识的书写系统。如果把这四者和女娲、神农们的事迹相比较，可以发现其中存在显著的不同。"三皇"们之所以被人纪念，是因为他们提供人和自然打交道的技术。像发明了农耕技术或者炼石补了天，或者用火、治水等，都是人和自然打交道。而伏羲所有的创制都只和人有关，与自然之物没有直接关系。其实汉代儒生已经注意到了上述的差异，见于《白虎通·德论》篇的表述：

> 谓之伏羲者何？古之时未有三纲、六纪，民人但知其母，不知其父，能覆前而不能覆后，卧之詓詓，起之吁吁，饥即求食，饱即弃余，茹毛饮血而衣皮革。于是伏羲仰观象于天，俯察法于地，因夫妇正五行，始定人道，画八卦以治下。治下伏而化

之，故谓之伏羲也。谓之神农何？古之人民，皆食禽兽肉，至于神农，人民众多，禽兽不足。于是神农因天之时，分地之利，制耒耜，教民农作。神而化之，使民宜之，故谓之神农也。谓之燧人何？钻木燧取火，教民熟食，养人利性，避臭去毒，谓之燧人也。

用现在的话说，伏羲几乎所有的创举都属于"文化创制"。时下人们经常讲"人文"，也讲"人文化成"。什么叫"人文化成"呢？最简单地说就是把世界"人化"了，赋予自然之物以人为的印记。在中国文明的开端时期，首个尝试把世界用人化的方式呈现出来的就是伏羲。也正是因为他在文化上的业绩，方有王充"故夫宓牺之前，人民至质朴，卧者居居，坐者于于，群居聚处，知其母不识其父。至宓牺时，人民颇文，知欲诈愚，勇欲恐怯，强欲凌弱，众欲暴寡，故宓牺作八卦以治之"①的推论。所以以伏羲与女娲、燧人、神农等为两大类，也可以将他们的特质概括为"文（人）化"与"技术"二端。

我们再回过头来说之前没有展开的一个话题。伏羲是三皇时代末尾的一个特殊人物。他原来是个厨师，但是却不甘心只做厨师，反而立志要成为世界的解释者、立法者，而不是按照神意去生活的人。他要摆脱神意，基于自己的理解去解释世界。所以伏羲想办法弄到了一套巫师垄断的知识，以这样一些知识为基础，创制了八卦体系，用它来解释世界。而且伏羲不仅仅解释了世界，他还制定了一系列文化上的规则去规制人的生活，重构人的观念世界。这样一个人物当然应该被排除到之前那些与技术有关的"三皇"之外，因

① 见王充：《论衡·齐世篇》。

为他们本来就分属于两个相互对立的传统："三皇"们属于阴本的系统，我们也可以称之为技术知识系统或者技术传统；而伏羲是阳动传统的开创者，特立独行地追求以人文化成世界。

但是到了汉代以后，出现了越来越多的关于"三皇"的体系化传说。他们把上古的一些名人放到一起，编成三皇序列。编这些序列的时候，大家似乎都有一个不约而同的倾向，就是把伏羲放到最前面。比如说把伏羲、女娲、神农归作"三皇"，或者伏羲、女娲、燧人，或者伏羲、女娲、祝融，等等。为什么都要把伏羲放在最前面？这需要联系当时知识界的一个共同背景，就是当时人们将同样崇尚阳动的孔子的学问当作前提、常识来理解历史文化。特别是汉武帝以后，进入了儒家官学化的时代。儒学被列为官学以后儒生们开始掌握了话语权。这时开始重新整理早先的传说，他们选择了把祖师爷，也就是最先提出阳动传统的人放到所有的传说的第一位去，以此来凸显儒家的阳动立场的正当性，并建立起了"道统"观念。

同时，伏羲又和女娲之间产生了关联，这样的做法当然也是汉代人有意为之的结果。他们把伏羲和女娲塑造成夫妇兼兄妹的关系。按照当时的观念，夫要上位于妇，成为家庭关系主宰的同时，甚至在某些时候也主宰和决定着妻子。如此一来，女娲所代表的阴本传统就被置于了伏羲所代表的阳动传统之下。所以汉儒实际上用夫妇关系来把更古老的阴本和技术传统压制下去。这种做法具有明显的意识形态建构色彩，它背后其实反映的是阴本和阳动之间的斗争。最后斗争的结果表现为中国历史上阳动的一方占了主导地位，儒学的官方化和意识形态化就是标志之一。关于阴本、阳动两大传统交争的历程还将贯穿之后的章节。

下面还需要再谈谈之前说到的"解释"问题。我们说八卦首先是一个解释系统，同时是人去制定标准，人来解释世界一套体系。这里涉及了几个问题，首先是怎么去解释？之前谈到伏羲在解释世界时候仍然要有知识基础，他选择了巫卜的知识。但他用到这套知识最主要的动机是借用这种知识的神圣性。注意他只是借用，就像后来拿《周易》来算命的时候要用蓍草是一个道理。为什么要用蓍草呢？因为传说中蓍草本身很有神性，是神圣之物，占筮就是要借它的神性。其实用别的草，甚至牙签木棍算出来结果都一样。所以蓍草也好，伏羲时的巫卜知识也好，充其量只是一个象征，标志着他的创制随之具有神圣性。

第二个话题之前也曾谈到了一些，女娲和金、土有关，共工和水有关，祝融、燧人和火有关，神农则和木、土有关。这金、木、水、火、土不就是后世所说的"五行"吗？不过五行是到了更晚的时代，由于特殊的原因被放在一起提出来的。晚到夏王朝成立的前后，由大禹和他的儿子夏启明确地提出来。他们之所以要去归总出"五行"来，当然有特殊的原因，待到讲禹夏的时候再来细说。这里需要说明的是，以八卦为代表的解释体系与早期的五行相关的那类知识之间的差异。最重要的差别在于出发点不同：伏羲的解释完全是人化解释，它直接提供了新的类观念和新的世界秩序的图景。早先的技术人却只是告诉你由神那里来的技术知识的很少一部分，而且还不提供任何解说，只把它们用技术规则的形式呈现出来，让一般人只能按之而行。前面举例的时候说到的历法，包括皇历，便是典型。它没有任何解释，只是告诉人们某一天应该干什么，不该干什么。一般人无须，也不能知道为什么。

伏羲带来的转变从根本上说标志着人的自觉，也就是说从伏羲开始人的角色发生了变化。人再也不像其他存在者那般只能被动参与世界，反倒发现自己拥有智慧，可以解释世界，可以重整世界，甚至可以为世界提供一套秩序和标准。这引起了两重变化：一是参与世界方式的变化，人开始用主动的方式去参与世界、化成世界，不再是听命于神，任凭神说什么就是什么。二是人开始有使命感，人为什么要去阳动？特别是在人原本可以按照阴本的方式自给自足的时候。当然使命感不是为了个人的成就去作为，这涉及东西方文化的根本差异。人为了成就个人去作为的进路是非常典型的古希腊模式，也是现代西方文化坚守的基点。古希腊的智者学派学者普罗泰戈拉说"人是万物的尺度"，到了康德强调人的目的性和主体性，整个西方主流文化始终认为人的意义就在于自我成就。而在伏羲这里开出来的路径是，人作为为世界提供一套还原证成秩序的特殊存在者而作为。

请注意"还原证成"。八卦是一个闭合体，而不是开放体。包括后来衍生出来的太极图，还有像罗盘、六十四卦图等，在传统中国所有这类解释世界的图式都是圆融自足的闭合体。闭合体意味着世界要达到圆满自足，而圆满自足的状态不是纷繁复杂，反之应是简单化的。八卦就是简单化的典型体现，也反映出一种特殊的理想，且必须通过人的主观努力和积极作为去实现。怎么实现呢？伏羲提供了基本的方向和方式来重新组织人，重新解释世界。但是他提供的只是方向、路径，至于如何还原，要去到哪里，他没有做出具体交代。我们现在也不知道伏羲是否有了方案，是否尝试去践行，但无论如何都没有造成足够的影响力，所以现在已经不复可知。

总的来说，在三皇时代传说人物中，伏羲是最晚且最卓尔不群的特殊一位。关于他的事迹，大致可以归纳为四个方面，即作八卦、制庖厨仪制、制婚嫁仪制、造书契。比较女娲炼石补天、燧人发明用火、神农发明耕稼与医药等传说，不难看出伏羲的贡献集中在制度文化层面，而较少涉及器物文明和技术文化。所以伏羲的作为不在于助益民生，而旨在作出观念和社会制度层面的建构。所以有理由认为，伏羲是上古时代最早的"立法者"。

伏羲以后，三皇时代也就正式完结了。现在可以明确三皇时代有两个不同的文化传统，早先是技术的传统，技术传统秉持着因循顺守的参与世界的方式，它的代表人物以法律或者说神的法律的阐释者、转述者的身份出现，他们的基本立场是阴本和为私。另一类只有一个代表人物，就是伏羲。他寻求主动解释世界，要以阳动方式通过人主动地作为寻求世界秩序重整。伏羲的创制处处体现要为公，要反私，所以势必要反对当时的技术传统。不过伏羲只做了一部分工作，其中最重要的是提供了一套解释方案，为价值标准、意识形态立了法，成为后来整个阳动传统的第一个基点，但是也仅此而已。未竟的事业，则由黄帝、颛顼、帝喾、尧、舜、周公、孔子等渐次完成。这些圣王、圣哲或自发，或自觉于伏羲所开设的阳德证道路径，而这个前赴后继的圣人序列构成了中国文化的"道统"。

第五章
黄帝的"天下"与政道

一

上章说到，中国文化传统中有阳动与阴本二端，被后世奉为"三皇"之首的伏羲是以阳动方式理解和重构世界的开山鼻祖。相比较而言，阴本的传统具有更加久远的历史。不过由于奉行着顺守、因循天地自然之道，使得他们无意用主观能动重新划分、整饬人域秩序。通过把持具有神圣性的"技术"，他们以长养之"德"①获得认同并成为族群的领袖。在伏羲之后相当长的一个时期内②，阳动的传统似乎并没有光大，以"技术"为代表的阴本传统始终占据社会文化的主导地位。直到神农氏末期的炎帝时代，也就是大约公元前2300年前，情况才开始悄然发生变化。炎帝在位时，中国社会已然出现了某种"乱象"。《史记·五帝本纪》说："轩辕之时，神

---

① 这个"德"需要理解为恩德、恩惠。
② 《礼记·曲礼·正义》引谯周的话说"女娲之后，五十姓至神农；神农至炎帝一百三十五姓"，可见历时之久。

农氏世衰。诸侯相侵伐，暴虐百姓，而神农氏弗能征。"①这表明到了炎黄之际，以阴本为核心的社会秩序受到了空前的挑战，旧有的秩序模式已然无法再通过渐变的方式实现自我赓续。正是在此局势下，出现了一个叫作公孙轩辕的人，他近乎疯狂地进行了一系列大大小小的战争，让中国的历史文化发生了转折性的变化。自此，中国社会开始以政治化的形态重新整合。黄帝可算是接着伏羲开辟的阳动进路进行政治实践的第一人。当然，黄帝是否自觉地承袭伏羲，又是否直接受到伏羲的影响并不重要。同时黄帝也是三皇时代的终结者，亦是五帝时代和中国政治社会之"天下"的肇端者。有鉴于此，黄帝之于政治文化的影响无疑是空前的，有必要浓墨重彩地进行一番描述。

　　很多人都在追问，到底有没有黄帝这样一个人？实则任何一个划时代的历史人物通常看起来都比较猖狂。为了凸显与一般人迥异，后世会不断地给他附着上诸多近乎夸张的描述。这让黄帝看上去不像凡人，而更像是神。因此4000多年后的今天，人们回头再去审视这些伟人时，看到的通常是汇集了各种意义的符号，而不是某个个人。但可以肯定，黄帝其人连同他的传说确实渊源有自，只是随着时间久远慢慢被人们叠加、改造而显得有些扭曲变形了。

　　但是这些并不妨碍我们认识到黄帝的事迹作为对于中国文化，特别是政治文化的重要意义。现在经常说到的"天下"就和黄帝有关。传统中国始终没有现代意义上的"国家"概念，人们只讲家、国、天下。那时人们始终认为自己置身于天下政治、天下社

① 文中的诸侯、百姓等用语，是为西汉时对先秦社会历史描述中的习语，实则当时是否真就有如商周时期的"诸侯"，还是很有疑问的。

会。和现代的国家概念相比，"天下"很特殊。现代国家必须具有几个要素，最基本的包括人口、主权、领土（所以它得有明确的边界），还需要有一个具备控制能力的有效政府，等等。但是传统中国的"天下"不强调这些，它只讲究建立起一个中心点，即天下之"中"，中心周边的便是"中国"。这个中心点很特殊，它不是简单的武力中心或者经济中心，而是一个复合中心，最重要的是作为文化、道德的制高点。以此中心向外延伸，道德、文化的感召力能够扩及到哪里，哪里就属于天下的范围之内。天下只有化内、化外之别，而无内外悬隔、对立的边界。所以天下是一个开放的体系，最终在于要把整个宇宙都包到天下中来，这样天下就完满了。[①]

作为政体的"天下"，其开创者便是黄帝。也正是从他开创天下起，中国方始进入政治社会。而之前三皇时代的社会处于有治无政的状态。治是万邦分治的格局下的自治。当时有很多的小部族，他们自己治理自己，互相之间也有联系，甚至也有战争，但是并没有谁有特别明确的意识提出，所有人要以某种特殊的方式整合在一个整体性的秩序之中。到了黄帝上位以后，曾经的万邦分治和各自为治的局面都被颠覆了，此后的中国政治社会演化大体上沿着黄帝草创的模式展开。

由此可见，黄帝对中国文化的影响之巨，能出其右者可谓几希。他的事迹、功业所受的关注、研究，也达到了令人叹为观止的程度。然而迄今为止，围绕他的事迹仍有不少问题颇为令人困扰，且没有得到很好的解释。其中最紧要者有三：其一，黄帝为什么要在中华大地上发动亘古未有的全面战争，以至于"迁徙往来无常

---

① 其实这里介绍的仍只是"天下"概念表象的一部分。更加详尽的论说请参阅下编专论。

处，以师兵为营卫"(《史记·五帝本纪》)？其二，黄帝为什么在晚年突然罔顾天下，转而隐退去铸鼎修仙？其三，后世祖述黄帝的思想，至少涵盖今所谓政治哲学（如帛书《黄帝四经》）、军事（如《黄帝阴符经》）、宗教（主要是道教）、医学（如《黄帝内经》）等方面。这些学问为什么都要有意识地和黄帝"攀关系"？其实，上述三个问题中的每一个，前贤都已给出了诸多解释，其中也不乏言之成理者。然而这些看似合理的解释，却很难观照到所有问题。也就是说，至今缺乏对上述三个问题总的、同时在普遍意义上有说服力的解释。故此，有理由认为时至今日盛行的所有对黄帝的主流性的理解，并没有触及黄帝作为的深层动因。也正因如此，史传中的黄帝形象每每让人觉得唐突和不解。所以本章中要提出一个新的思路来为上面的三个问题，进而为黄帝的事迹、影响提供整体性的解说。

首先来看黄帝的身世。黄帝是何许人？自春秋战国时代以来众说纷纭。比较公认的说法来自《史记·五帝本纪》：

> 黄帝者，少典之子，姓公孙，名曰轩辕。生而神灵，弱而能言，幼而徇齐，长而敦敏，成而聪明。轩辕之时，神农氏世衰。诸侯相侵伐，暴虐百姓，而神农氏弗能征。

大致可以确定他以公孙为氏，名曰轩辕，故地与炎帝所在的神农氏部族相近，基于黄帝的出身、地望可以知道，他和早先的伏羲，还有更早的女娲等都属于西部集团。之前说伏羲活动的位置大概是在甘肃天水一带，与黄帝的故地相距并不太远。而在当时中国从大的文化格局上看大致可以分作三大文化圈，与西部集团形成鼎立之势的尚有东夷、南蛮两大文化集团。[①]西部集团主导者是炎黄部族，包括有后世著名的炎帝、黄帝，还有羌人。羌人的一部分演化成了姜姓部族，就是西周姜太公的祖先。在东部也有很强势的文化群体，被称为东夷，也叫少昊（或少皞）氏，他们的领袖是蚩尤。因为主要分为九大部族，所以也被称作九黎。另有一部分偏南到了淮河流域，后世称作淮夷。东部文化圈当时非常发达，具体情况后文再表。还有一个文化圈在南方。不过这个南方和我们现在所说的南方地缘上有差异，它大致以淮河、秦岭为限，淮河流域以南的绝大部分地区，包括安徽、河南的南部都属于南方。南方集团也有很深厚的文化基础，而且风貌和西北形成强烈的反差，与东部文化相对比较接近。当时的中国大概就是这三大文化圈，其中各自包含有很多小的部族，或者称为"方国"。小方国之间，大的文化圈之间交争不断。

司马迁把《五帝本纪》作为《史记》全书的首篇其实很有讲究。之前的三皇时代在书中全然不见踪影，对此他找了一个理由，说由于历时久远，材料不可信，于是只好不取，权且从五帝的时代开始写起。可是换个角度来看，五帝时代距离司马迁所处的西汉前中期同样不可谓不久远，他却写得惟妙惟肖，说明缺少文献材料只是个冠冕堂皇的借口。后来唐代人司马贞补了一篇《补三皇本纪》，显然没有领会司马迁的真实用意。司马迁为什么不写《三皇本纪》，与前章所说汉代儒生把伏羲放到女娲之前的做法背后的动机是相同

---

① 有关中国上古时期的文化集团，时至今日已经有了非常丰富的研究。其中具有代表性的包括傅斯年《夷夏东西说》（1934）、徐旭生《中国古史的传说时代》（广西师范大学出版社2003年版）、丁山：《古代神话与民族》（商务印书馆2005年版），另外张光直整合传统文献与考古人类学研究提出的三个文化集团并行发展的理论，当前得到了广泛的认可（参见张光直：《古代中国考古学》，辽宁教育出版社，2002）。

的。因为司马迁是个儒生，一个古文经学家，他也是有意识地把与儒家阳动立场相反的阴本传统的源头截断，从第一个真正通过自己的践行去作为天下，以阳动的方式实现社会秩序重整的创始者开始写起，所以才有了以《五帝本纪》，特别是黄帝为政治史开端的样貌。

按《史记》所述，公孙轩辕年轻时身逢"神农世衰"，且他的部族是神农氏（即炎帝）部族的盟友。之前提到三皇时代就有神农，他们垄断农耕技术，由此获得了部族的领导权，所以世世代代都被称作神农氏，一直往下延续到了三皇时代末期。在三皇末期神农氏部族（也包括其他各个部族）出现了一个很特殊的动向：开始四处发动战争，或者说当时社会中开始出现了普遍化的战乱。这就是前引司马迁所说"诸侯相侵伐，暴虐百姓"。虽然战乱无处不在，却没有人想去终止这种局面，当然也没有人有能力为之。为什么要打仗呢？很简单，为了抢夺资源。这不难理解。在万邦分治的状态下，各个自治的小部族之间产生接触以后，势必会产生争夺资源的情况。尤其是这些部族的领导者都是具有极强"私性"的技术贵族，他们占有、行使治权本身就以"私"作起点。而之所以到了三皇末期各个治权开始掠夺、占有财富，和技术本身神性折损有直接关系。之前谈到"三皇"们为了垄断神性知识而使用技术规则，其中不可避免地掺入了"人化"的印记。这会使技术损失神性，同时也势必降低技术本身的有效性。当这种折损累积到了一定量级，技术规则本身已经不能"当然"具有神圣性了，治权的正当性危机随之显现。于是治权的掌握者们需要转而寻求通过占有其他资源，如武力、财富、仪式等来彰显、巩固权威。私有化的对象也随之由知识拓展到了其他领域，实现途径之一正是兼并和掠夺式的战争。

同为技术贵族之一的神农氏显然也没有意愿去解决天下纷争的问题，而只在乎自己部族的得失。黄帝就成长在这样的特殊背景之下。

二

在黄帝的事迹中，史传中记载最多的莫过于战争。第一场著名的战争对手是炎帝，性质上应算作西部集团内部的部族间的争斗。此时黄帝尚且只是炎帝集团内部一个小部族的领导人，但是他背着炎帝纠集了一众部族去和炎帝打仗。这场战争打得极其惨烈，贾谊在《新书·益壤》中描述说："黄帝者，炎帝之兄也，炎帝无道，黄帝伐之涿鹿之野，血流漂杵，诛炎帝而兼其地，天下乃治。"还见于《庄子·盗跖》："战涿鹿之野，流血百里。"《史记·五帝本纪》则写道：

> 诸侯相侵伐，暴虐百姓，而神农氏弗能征。于是轩辕乃习用干戈，以征不享，诸侯咸来宾从。而蚩尤最为暴，莫能伐。炎帝欲侵陵诸侯，诸侯咸归轩辕。轩辕乃修德振兵，治五气，蓺五种，抚万民，度四方，教熊罴貔貅貙虎，以与炎帝战于阪泉之野。三战，然后得其志。

文中说到了黄帝打败炎帝的方法，诸如"修德振兵"，"治五气，艺五种，抚万民，度四方"。显然多少带有给黄帝脸上贴金的意味，这是后来历史叙事中常见的笔法。这段话描述到黄帝在战争中动用了熊罴貔貅等，以与炎帝战于阪泉之野。"熊罴貔貅貙虎"其实是当时的各个部族的图腾和族徽。除此之外，文中还隐含了一个信息格外值得注意，就是"战于阪泉之野"。我们先从战于阪泉之野的地点开始谈起。阪泉的东边是北京，西边是张家口，差不多就在两个城市中间。

之前谈到，炎帝、黄帝同属于西部集团，他们的"根据地"大概都在现在山西西部、陕西中部一带，有可能向西延伸到陕西西部和甘肃东、南部。炎帝和黄帝的老家明明都在大西北，但是他们部族内部领导权争夺的决战地却在华北平原的北部。换句话说，炎黄之战本来是炎黄部族，也就是西部文化集团内部的战争，为什么会发生在距离西部集团属地如此遥远的东北方？史籍的记载中对此没有任何交代，包括号称著史最讲究的司马迁也没有解释。

这里提供一种推论：黄帝和炎帝的战争是一场兵变，只有这样才能解释得通。具体来说，炎帝时的西部集团已经非常强大，强大到四处欺凌别的部族，大行掠夺战争。之前也许从未有过如此大规模的侵略战争，部族之间虽然互相有斗争，有小规模的战争，但是仅止于自己部族周边，没有大规模的集团联盟式的作战。但是到了炎帝治下，也就是三皇时代末期，情况发生了变化。西部集团开始以某种方式整合起来[1]，汇集成了一股很大的势力，这股强大的势力开始蠢蠢欲动地侵略其他部族，其中倾轧的最主要对象就是东夷。为什么是东夷呢？这还需要从当时的东夷文化说起。

从图 5-1、图 5-2 可以看出，红山文化考古遗存反映出典型的东夷文化非常重视巫蛊的特征，而且手工业极为发达。在距今有五六千年甚至更早的时候便能做出如此精美的玉器来，表明东夷文化至少在器物、物质文明方面的成就相当可观。红山文化的位置大

---

① 这种更大规模的部族联盟或许正是炎帝早期兼并战争的"成果"。

图 5-1　红山文化玉龙（左）
图 5-2　红山文化玉太阳神（右）

致是以今天东北地区西南部为中心，旁及华北、内蒙古的新石器时代后期文化。阪泉的位置恰好就在红山文化的西南角。

　　阪泉和红山文化的重叠关系意味着，炎帝率着大批族属、同盟离开自己的故地远征到东北，这里有比西部集团更好的器物、更发达的文明，非常吸引他们。而西部的炎黄部族故地，土地相对比较贫瘠。虽说炎帝和黄帝的时代气候不像现在这么干燥，相对更加温暖湿润一些，当时植被覆盖和雨量、气温还比较适合农耕，但是，这里的人们生活相较于东部地区还是很艰难的。当地的文明一直依赖人们勤勉地日夜操劳的状态来维系。从早先的炎帝和黄帝部族，到后来先周时代的周人生活都很艰苦。而东部的东夷文化不仅富裕得多，而且人们生活很悠闲，他们有大量的时间去制作精美的物件来祭祀和敬神，以此报答神明恩赐的好生活。后来同出自东夷的商人在器物文明和文化风貌上也是如此。

　　如此富庶、发达的东夷文明对于相对贫瘠艰苦的西部集团而言无疑具有强烈的吸引力，所以炎帝要去"侵凌"这里的"诸侯"。再说得直白一些，炎帝集合了一众西部集团的同盟军去远征东夷，欲行掠夺之事。而炎帝是神农氏的直系后代，属于技术贵族，是农

耕技术的掌握者，同时又是姜姓的部族。炎帝部族和同样生活在西
北的羌人这样一群游牧民族实则同根，而羌人的特质之一便是惯于
通过掠夺的方式侵扰中原文明，当然这是后话。所以可推断炎帝是
怀着抢夺欲远征去了东北。远征的过程自会遇到种种不顺利，因为
行进路线很长，从征的小部族又非常众多，难免内部矛盾重重。刚
刚到达东夷地界之际就发生了兵变，结果是作为小部族首领的黄帝
在阪泉把当时的盟军统帅炎帝颠覆了。这次兵变的结果是黄帝获得
了西部集团的统治权或者领导权。这是黄帝主导的第一次大战争。

　　这次战争的过程中还留下了刑天的传说，看似怪诞但又颇有深
意。刑天是个什么人物呢？《路史·后纪三》记载说："（神农）乃
命邢天作扶犁之乐，制丰年之咏，以荐厘来，是曰《下谋》。"由此
可知，他原本是炎帝的臣子，很有可能曾担任乐官类的要职。再根
据《山海经·海外西经》的记载："形天与帝至此争神，帝断其首，
葬之常羊之山。乃以乳为目，以脐为口，操干戚以舞。"干戚就是
他手上拿的斧头和盾牌。注意他的头被黄帝砍了，被砍头的原因是
谋反失败；谋反的起因是炎帝兵败，刑天是起来为炎帝鸣不平的旧
臣，但是他在武力上没有胜过黄帝，所以才罹受刀锯之刑而获致如
此不堪的形象（图5-3）。

图5-3　《山海经》中的刑天形象

我们再来看《淮南子·地形训》的记载："西方有形残之尸。"刑天的"天"就是颠，颠就是头，刑天其实就是砍头的意思。刑天可谓是中国历史上第一个有明文记载的受过肉刑之人。历史上出现过的肉刑有很多种，有刺字（墨）、割鼻子（劓）、砍脚趾、挖膝盖（膑），还有宫刑、砍头、车裂，等等。刑天是有明文史的第一个受肉刑者。他受的刑，后来有个术语叫作凿颠，或者叫大辟。其实细说起来两种方法不太一样，大辟是直接砍，凿颠是拿凿子钻头，不过总归都是头受刑。刑天的传说到汉代变化了，因为刑"天"不好理解，很多人已经不知道上古时"天"就是颠，颠就是头，故此传成了"形残"，因为他身体确实残缺了一块，而且少了头这一块必死无疑，所以叫"形残之尸"。

但是这个传说奇怪在刑天被镇压且砍头以后的状态。帝制时代以后中国的历朝历代，一个人要是被定上了叛国罪并接受了刑罚，非得万劫不复、身败名裂不可。可是反观刑天，他没有因为作乱且被砍头而为人所不齿，反而最后成神了，以另外一种形式复活过来。原因稍后一些再说。传说中提到"常羊之山"是刑天死后被安葬的地方。这个地点也很有讲究，和著名的西王母有联系，无疑也在强化刑天死后"成神"。

我们应如何看待炎黄之争呢？与之前以技术垄断为凭占据至高社会地位的神农氏相比，黄帝的选择显然是反传统的。他没有以新的、更具神圣性的技术为依仗，而是以直接的暴力斗争为方式实现对炎帝的反动。这种做法背后的观念基础与伏羲所开创的阳动之途恰好遥相呼应。所谓的阳动，即以人之主观能动为基础，对世界进行理解、反思和重构。伏羲创建的以八卦为代表的理解、类分和整饬世界的方式，无疑是阳动的典型表征。黄帝则采取了以军事斗争为手段的权力争夺和秩序颠覆、重构，同样是阳动的征显。自与炎帝争夺西部集团的领导权开始，黄帝就明确了不再因循顺守，反对早期技术传统，纯以人的能动为基础和手段改造人类社会。他确立的这种方式最终成为了后世中国政治社会型构的基础。

众所周知，政治体是以群居为生存方式的人类演进到一定时代方始兴起的社会组织模式。与之伴生的是权力、社会分化、武装斗争、制度文明，等等。这些显然都与天道自然性的自发秩序相悖离，乃是基于人的性情、理智、觉悟生发出来的人化（或曰"文化"）状态。表面上它似乎呈现出不安和躁动，然而加以更深层地考察不难发现，它的存在植根于人之所以为人的特殊禀赋和属性。人作为一种特异于世界其他一切存在者的特质，即在于具有反思能力和主观能动性，可以通过性智去认识和把握自身和外界，并且基于自己的认识对之进行整合、改造。也正是由于这种特殊的禀赋，使得人会产生自觉的使命意识，有意识地寻求"证道"并充当促成世界和合于大道的引领者，而不甘于作为被动因循神意的宇宙秩序参与者。黄帝很明显是在以他的作为践行着上述的自觉和使命。[1]

三

黄帝的第二次大战争发生在和蚩尤之间。蚩尤与刑天一样非常神奇。图 5-4 是汉代石刻蚩尤像。这幅画像给人最直接的观感是蚩尤不像人。还有，他手脚并用地抄着很多兵器。这种造型自有它的依据，因为蚩尤在他的有生之年已经被赋予了兵神、战神、刑神

---

[1] 关于人的属性、禀赋、能力、使命，可参阅下编专论。

的称号。这几个称谓其实是一个意思，"兵"是兵器的兵，因为善于用兵器，所以他又被称为战神。在最古老的时代，刑就是指肉刑，就是毁伤肉体的刑罚，是用金属工具来切割肉体。这样的刑罚用兵器完成，《左传》里记载春秋时人的观念中还有"大刑用甲兵"，意思是最大的刑罚就是战争。所以蚩尤的这个造像其实是在反映他是兵神、刑神。同时形

图 5-4　汉代石刻蚩尤像

象中又充斥着恐怖和邪恶的色彩，与之相类似的还有《路史》说到"蚩尤疏首虎膰，八肱八趾"[①]，更是显得夸张。这些传说中包含了很多深意，下面慢慢来谈。

　　先来讲蚩尤这个人物，传说他是东夷部族的领袖，《逸周书·尝麦解》记载："昔天之初，□作二后，乃设建典，命赤帝分正二卿，命蚩尤于宇少昊，以临四方。"前面说的黄帝也好，炎帝也好，也包括刑天，他们都出身西部，从西边往东北方向行军，到阪泉、涿鹿一代遇到了来自东夷的对手，其中最强大的莫过于蚩尤领导的九黎集团。九黎集团后来也被称作少昊氏，他们和几乎所有出身东夷的部族一样也以鸟为图腾。《左传》中"少皞氏鸟名官"的说法正脱生于此。九黎部族的文化很发达，红山文化出土的玉器是表现之一，另一个表现是冶金。由于冶金技术发达，制造出来的兵器自然也很高端，随之而来的便是战斗力强大。蚩尤被称为兵神、战神反

―――――――――

①　严可均编：《全上古三代秦汉三国六朝文》第 1 册，194 页，石家庄：河北教育出版社，1997。

映的就是这一点。所以九黎和西部集团作战时往往占有很大的优势。另外，东夷集团也以巫术而闻名。放到当时的观念背景中去理解，通神的能力自然也是"战斗力"。所以西部集团企图去侵伐东夷时，其实他们没有做好准备，没有想到对手会如此强大，因而过程变得异常艰苦。黄帝与蚩尤的战争大概发生在公元前 2000 多年，有人说是前 2697 年，也有人说是前 2397 年，到底哪一个为准不好说。后来道教说是前 2697 年，并且把它定做"道历元年"，依据也不得而知。

《史记》记载："黄帝乃征师诸侯，与蚩尤战于涿鹿之野，遂禽杀蚩尤。"看起来似乎很轻松，实则战争打得很不顺利。据汉代纬书《龙鱼河图》说："黄帝摄政时，有蚩尤兄弟八十一人，并兽身人语，铜头铁额，食砂石子，造立兵仗刀戟大弩，威震天下，诛杀无道，不仁慈。万民欲令黄帝行天子事，黄帝仁义，不能禁止蚩尤，遂不敌。黄帝仰天而叹。天遣玄女下授黄帝兵信神符，制伏蚩尤。"《通鉴》注说："蚩尤益肆其恶，出洋水，登九淖以伐炎帝榆冈于空桑。炎帝避居涿鹿，轩辕乃征师诸侯与蚩尤战于涿鹿之野。蚩尤作大雾，军士昏迷。轩辕为指南车以示四方，遂擒蚩尤戮之。"[1]《山海经》有另外一种传说："蚩尤作兵伐黄帝，黄帝乃令应龙攻之。冀州之野，应龙畜水，蚩尤请风伯雨师纵大风雨，黄帝乃下天女曰魃，雨止，遂杀蚩尤。"

决定性的涿鹿之战最终结果是黄帝获胜，蚩尤在战争中被杀。但是杀死蚩尤却没能够安顿天下。有两则记载很能说明问题：一则说："蚩尤殁后天下复扰乱不宁，黄帝遂画蚩尤形象以威天下，天

---

① 徐文靖：《竹书统笺》卷一，《四库全书》史部编年类。

下咸谓蚩尤不死，八方万邦皆为弭服。"（《龙鱼河图》）大意是蚩
尤被杀死以后，大家都不服黄帝。为此黄帝不得不重新画一张蚩尤
的画像，为的是让大家相信蚩尤成神了，如此才得以安服天下。蚩
尤"成神"很类似之前谈到的刑天。第二则记载说："黄帝得蚩尤而
明乎天道。"按照这个说法，似乎蚩尤没有死，反倒是臣服于黄帝，
所以黄帝可以得蚩尤而明天道，也就获得关于天的神圣性知识。其
实两则材料说的是同一个道理。因为黄帝所属的西部集团文化水平
太低，没有办法服众。这时候就要假装蚩尤没有死，甚至假装已经
把他收编了，然后用蚩尤部族原来用到的知识来统治东夷集团，所
以引文中才会说黄帝得蚩尤而明于天道。这也表明在没有掌握蚩尤
所拥有的那些文化、知识、技术甚至器物之前，黄帝原本是不通天
道的。而"明乎天道"这个说法本身就有很明显的巫术技术的印
记，因为在黄帝的时代，掌握巫术的人才能够通天道。所以这两则
记载反映出的最重要的信息是，黄帝通过武力征服的方式去开创一
个政治体的时候，遇到的最大问题来自意识形态方面。可以用武力
去打败人，使对手屈服，但是没有办法用武力让人心服。如果无法
让人对新政权的统治心服口服，战争将会无穷无尽，天下就永无宁
日，这是在黄帝与蚩尤的战争过程中已经遇到的问题。传说中黄帝
通过画一张蚩尤像把东夷乃至天下的人心问题解决了，但是事实的
情形远远没有这么简单。

　　黄帝当时看起来很忙碌，事业很繁盛，不断地打仗，因为"黄
帝始为天下，是故安而不顺"（《庄子·缮性》）。他不仅仅打败炎
帝，擒杀了蚩尤，而且一生大概有三分之二的时间都在征战。《史
记》里面记载说："天下有不顺者，黄帝从而征之，平者去之，披
山通道，未尝宁居。"他以兵营为家，因为到处都存在不服，所以

要打到对手屈服，然后旋即再征服别处；可是当他走后原来打过的
地方又不服了，于是不得不回过头来再打。因此，黄帝造成的混乱
其实要比炎帝侵凌东夷要严重得多。与此同时，给他带来困扰的不
仅仅是东夷，还有炎黄部族内部。"未尝宁居"同时也意味着他一
直受困于同样一个问题，就是如何去征服，而避免"征而不服"的
状态。

<h1 style="text-align:center">四</h1>

　　再回头来看这一系列战争的结果。虽说在黄帝隐退之前战争一
直在进行，天下始终没有达到安宁和谐的状态，但这并不意味着没
有成果。战争最重要的成果是造就了一个全新政治体——天下。尽
管前文已经谈及，但这里仍有必要对这个亘古未有的"天下"专门
作一解释。当今人们讲到的最主要的政治实体是国家。现代意义上
的国家当然不是中国自古以来就有的，制度和观念都慢慢形成于西
方近代以后。毋宁说，中国是近现代被作为国际社会秩序建构者的
西方列强们强行拖入这种国家模式的。人们现在讲到国家时都按照
西方的理路来说，认为必须有一些基本的要素，包括要有主权，要
有领土、人口，还要有政府、法律、军队，等等。这样构成的封闭
性政治体就叫作国家。国家和国家之间要划边界，各自有各自的主
权。这种模式很西方化，最初西方世界走出了封建时代以后，慢
慢地形成了民族国家观念，以民族为单元；然后民族国家的"民
族"概念慢慢地又被"主权"概念取代了；接下来"主权"概念又
被"民主"概念淡化了，最终形成了现在的状况。过程很复杂，这
里不仔细讨论了。这是现代政治体的第一种。第二种现代政治体是

所谓的"国际社会"，组成者包括主权国家，各种各样的国际组织。这些国际组织通过国家之间签订的条约形成，参与者可能是几个国家，也可能是世界上大部分国家，比如联合国。但这样的组织体本身很松散，虽说它具有类似于国家的形态，甚至在某种程度上分有了现代国家的权力，欧盟就是一个典型。无论是国际组织还是单一的民族国家，它们的基础都一样，就是主权。

而正如前文中反复说到的，黄帝开创的"天下"是完全不同于现代国家的政治体。或者说，黄帝通过武力方式开创的"天下"，可以看作中国历史上第一个成型的政治体。然而它既不同于现代意义上的国家，也迥异于以秦、汉、唐等为代表的帝国。这是以单一权力中心凌驾于其他所有部族治权之上的向心式的政治结构。首先要看到，作为政治体的天下是前所未有的，它不是早期社会自然演化、渐变的结果。不是自然而然地从三皇时代大家都是各自以为治的状态，然后慢慢地从小的分治到大的，再到更大一些的实体，最后演化成了天下。以往历史学家通常给出这样一种具有进化论色彩的渐进式的解释，其实不然。在稍早于黄帝的炎帝时代，仍然是分治的状态。尽管有了比较大的军事联盟，但是内部各个部族依旧各自为治。与之相对，黄帝开创的天下是一统式的结构。怎么叫一统呢，最直观的特征是只有一个中心。这个中心就是以"天子"为代表的政权，围绕着它建立起政治组织。单一中心的政权具有绝对凌驾式的地位，且内涵越是到了后来变得越复杂，逐渐包含了地理意义上的天下中心点，还有武力上的绝对优势，文化制高点，甚至还有最优越的道德品性，等等。这些质素复合而成的政治权力中心，构成了完整意义上的"天下之中"。当然其中各种质素的复合、叠加、融会经历了漫长的过程。在黄帝时天下的中心只有武力一个要素。战胜了兵刑之神蚩尤以后，黄帝自然成了那个时代最孔武有力的人，并且凭借他的武力创建起了把所有人都统合到单一秩序中的格局。《庄子·天运》说到的"黄帝之治天下，使民心一"应该是后人的附会，毕竟使人心服是黄帝始终未竟之业，不过事实证明"民心一"对于中央凌驾式的天下政体而言必不可少。

黄帝的武力能够波及的范围就在天下之内，没有也不需要固定的边界。但是这种情况到后来会慢慢地发生变化，成熟的状态是天下的中心的文化影响力、道德感召力能够扩展到哪里，哪里就属于天下之内。这就是"文化"，或曰以道德文教化成天下。"化"是往外散布，里面包含了教化、德化、归化，武力征服变得越来越不重要。可以说天下应该是"化"出来的，是用中心来化育、化成世界。通过"化"的方式，中心能够影响到哪里，哪里就算它的一部分，没有固定的边界。换句话说，天下只有已经化成的"化内"和尚未归化的"化外"之分，不像现代西方式的国家或者国际组织那样画地为牢。

为什么黄帝要花如此大的精力，用上大半辈子时间，去开辟出非常不稳定的政治体呢？从过程和结果来看，黄帝似乎并不关心对地方部族的实际控制，更非醉心于通过战争撷取资源和财富，而是专注于建构一种新的"秩序"。要理解这个问题，必须联系之前讲到的伏羲。前文反复说到，伏羲基于人对世界的理解，而非获知神意，尝试用自己的智慧去解释世界，提供了人基于主观能动性人为地解释世界的理论。不过伏羲仅仅提供了一种解释的方案，只能算是思想观念上的首次尝试，彰明了人确实可以不依赖神，主动地去解释、把握甚至匡饬世界。但是这些观念尚且没有在实践中落实。到了黄帝这里,他和伏羲用的是同样的思路,就是人可以基于自己的智力和力能去重新"建构"出新的秩序,整合世界,而不是按照原来那样因循神意生活。所以伏羲和黄帝的出发点都是"阳动",也同样都反对顺守神意的"阴本"文化。也正是因此,炎帝和黄帝表面上看虽然都侵凌了诸侯,但是性质绝然不同。炎帝的战争无非就是为了抢夺资源,满足私欲;而黄帝的战争不是为了抢东西,也不占领土地,他只要你表态服从他,只打到你服他就走了。黄帝征战在很大程度上更可算是基于理想主义的行为,因为他不计代价,不计成本,也不以攫取资源为目的,只为了实现一种追求。问题是黄帝的政治框架没有搭建完备,用纯粹武力的方式显然不能解决问题,相反,直接造成了征服以后的乱象。在长期的战争过程中间,各处不断地出现反叛,因为大家没有理由去臣服一个不在自己眼前的武力威胁,而且对黄帝的"理想"既不了解,也不认同。

由于年代久远,战争之外黄帝的具体政治举措在史籍中仅有零星的记录,最重要信息保存在了《史记·五帝本纪》之中:

> 官名皆以云命,为云师。置左右大监,监于万国。万国和,而鬼神山川封禅与为多焉。获宝鼎,迎日推厕。举风后、力牧、常先、大鸿以治民。顺天地之纪,幽明之占,死生之说,存亡之难。时播百谷草木,淳化鸟兽虫蛾,旁罗日月星辰水波土石金玉,劳勤心力耳目,节用水火材物。

从中反映出,黄帝针对人域内部和天人关系都做出了规定。其中天人法的核心在于"顺天地之纪,幽明之占,死生之说,存亡之难。时播百谷草木,淳化鸟兽虫蛾,旁罗日月星辰水波土石金玉,劳勤心力耳目，节用水火材物"。与之相应的记载见于《吕氏春秋·序意》："尝得学黄帝之所以诲颛顼矣，爰有大圜在上，大矩在下，汝能法之，为民父母。"由此可以窥见，黄帝的思想中有法天为治的路数。但这有可能叠加了后人的观念和修辞。

由政治性征服带来的各种影响中，重新整饬社会秩序，建构由战争获得的政治权威的正当性与神圣性成为当务之急，核心要务在于权力分配和建立运行机制，即引文中的"官名皆以云命，为云师。置左右大监，监于万国"和"举风后、力牧、常先、大鸿以治民"。《管子·五行》篇也说："昔者黄帝得蚩尤而明于天道，[1] 得大常而察于地利，得奢〈苍〉[2] 龙而辩于东方，得祝融而辩于南方，得大封而辩于西方，得后土而辩于北方，黄帝得六相而天地〈下〉治，神明至。蚩尤明乎天道，故使为当时；大常察乎地利，故使为廪者；奢〈苍〉龙辩乎东方，故使为土〈工〉师；祝融辩乎南方，故使为司徒；大封辩于西方，故使为司马；后土辩乎北方，故使为李。"又有《汉书·胡建传》中引《黄帝李法》曰："壁垒已定，穿窬不由路，是谓奸人，奸人者杀。"[3] 从这些片段性的记载多少可以窥见，当时立法建制的重心在于全局性地重新型构社会政治格局。

还有《淮南子·冥览训》载："昔者黄帝治天下，而力牧、太

① 北宋道士张君房编集的《云笈七签》卷一百《轩辕本纪》云：黄帝得蚩尤始明乎天文。赵道一《历世真仙体道通鉴·轩辕黄帝传》略同。

② 郭沫若据诸家论说云"奢"作"苍"。见郭沫若：《管子集校（三）》，载《郭沫若全集》（历史编第七卷），36页，北京，人民出版社，1984。

③ 其中的"李"，颜师古《注》引苏林曰："狱官名也。"《黄帝李法》在《汉书·艺文志》中已无著录，很可能业已亡佚。《汉书·天文志》颜氏《注》引孟康曰"兵书之法也。"颜师古曰："李者，法官之号也，总主征伐刑戮之事也，故称其书曰《李法》。"

山稽辅之，以治日月之行律，治阴阳之气，节四时之度，正律历之数，别男女，异雌雄，明上下，等贵贱，使强不掩弱，众不暴寡，人民保命而不夭，岁时孰而不凶，百官正而无私，上下调而无尤，法令明而不暗，辅佐公而不阿，田者不侵畔，渔者不争隈。道不拾遗，市不豫贾，城郭不关，邑无盗贼，鄙旅之人相让以财，狗彘吐菽粟于路，而无忿争之心。于是日月精明，星辰不失其行，风雨时节，五谷登孰，虎狼不妄噬，鸷鸟不妄搏，凤皇翔于庭，麒麟游于郊，青龙进驾，飞黄伏皁，诸北、儋耳之国，莫不献其贡职，然犹未及虑戏氏之道也。"《白虎通义》中说："黄帝作宫室，以避寒暑，此宫室之始也。"三皇时代的有巢氏被认为是房屋的创造者，这个说法广为流传。那么说黄帝作宫室，显然不是指用于一般居住的房舍而言，应是类似于宫殿、明堂等用作表征政治权威的建筑，可与《史记·封禅书》说的"黄帝时为五城十二楼"相照应[1]。许顺湛总结说："《管子》《世本》《帝王世纪》《路史》诸史书中，主要介绍了黄帝时期的政权机构或领导集团中的官员分工情况，涉及范围从天象历法到地理，从农业到手工业，从军队到监狱，从生产工具到谷物播种，从陶正到木正，从图画到文字，从衣着到食宿，从服牛到舟楫，从医药到蚕稼等，可以看到黄帝时代有一庞大的政治集团，有一庞大的知识分子集团。"[2]《商君书·画策》还谈道："黄帝之世，不麛不卵，官无供备之民，死不得用椁。……神农既没，以强胜弱，以众暴寡。故黄帝作为君臣上下之义，父子兄弟之礼，夫妇妃匹之合；内行刀锯，外用甲兵，故时变也。由此观之，神农非高

---

[1]　《汉书·郊祀志》亦载此事。《事物纪原》引《轩辕本纪》云："黄帝筑造五城。"又引《黄帝内传》说："帝既杀蚩尤，因之筑城阙。"《中华古今注·舆服》载"华盖，黄帝所作也"。

[2]　许顺湛：《五帝时代研究》，74~75 页，郑州：中州古籍出版社，2005。

于黄帝也，然其名尊者，以适于时也。"所有上面这些举措都具有基于政权对已有的技术规则加以再规范的意味。但是究竟有多少是实态，又有哪些是后人附会，现在已经无从考详。考虑到黄帝时政权的不稳固状态，即便这些建制当时确实存在，落实的情况想必也不太乐观。

另外，善于征战的黄帝对兵刑之法有所创建自然顺理成章。《通典》载："黄帝以兵定天下，此刑之大者。"[①] 这与"大刑用甲兵"[②] 的说法相合，具体内容有可能于后世所说的军法关系较密切。又有《韩非子·扬权》篇载，黄帝有言曰："上下一日百战。下匿其私，用试其上；上操度量，以割其下。"[③] 大意是说对待战争中得到的战利品，上级必须要依靠所立的规矩，阻止其下属私自藏匿。

尽管关于黄帝时期立法的具体状况已经寥寥无几，不过从这些略带夸张和修饰的记载中还是可以看出，黄帝开创政治性"天下"的影响也包括造就了以政治权力为基础的"法制"局面。所以可说黄帝的作为开启了中国思想文化传统中泛政治化的门径，不过他本人并没有完成征服之后天下之法、政治之法的完整构建工作。因为黄帝原本希冀以政治性的、基于武力的天下整合为方式，来实现对天下整体"道"的追求。然而结果却让他倍感失望，或者觉得力不从心。于是从现象上人们看到，黄帝的穷兵黩武甚至导致了天下大乱，接着在晚年时他突然选择了隐退。

---

① 《通典》卷一六三。

② 《国语·鲁语》载："大刑用甲兵，其次用斧钺。"《汉书·刑法志》也有引述。

③ 见王先慎：《韩非子集解》，上海书店 1986 年影印世界书局《诸子集成》本，第 36 页。虽说所记不可能是黄帝的原话，不过其所透露出的观念，或有所依，不必全盘否认其真实性。

五

　　黄帝晚年修仙的故事几乎尽人皆知，这和他早年间醉心于政治事业形成了非常大的反差。理解黄帝的这次转变，方能更好地理解其战争和天下政局。

　　关于黄帝晚年修仙，第一个事迹是铸鼎。现在有好几个地方都标榜自己是黄帝铸鼎处，其中最著名的要算河南省三门峡市的鼎原。从位置上来说，它和传说中的黄帝故地相距不太远。似乎可以理解为黄帝在外面金戈铁马了一大圈以后回到了原点，突然放弃政治追求，回到故土去铸鼎修仙了。

　　第二个传说是黄帝经过修炼，最终以白日飞升的形式离开了人世。袁珂《山海经校注》引《古今注》描述道："世称皇帝（黄帝）炼丹于凿砚山，乃得仙，乘龙上天。群臣援龙须，须堕而生草，曰龙须。"此事还见于《帝王世纪》："采首山之铜，铸鼎于荆山之上。鼎既成，有龙垂胡髯下迎黄帝。黄帝上骑，群臣后宫从上七十余人。龙乃上天，余小臣不得上，乃悉持龙髯。扳堕黄帝之弓。百姓仰望。帝既上天，抱其弓与龙髯而号，故后代因名其处曰鼎湖，其弓曰乌号。"[1]这类升仙的故事在后来的道教文献中流传得非常广。现在人们说"一人得道，鸡犬升天"的俗语，就是由黄帝飞升的故事引申而来的。

---

[1]　《意林》卷四引《汲冢书》云："黄帝仙去"；张华《博物志》亦曰："黄帝仙去，其臣左彻者削木为黄帝像，帅诸侯奉之。"《史记·封禅书》记述黄帝骑龙上天的传说，其文云："黄帝采首山铜，铸鼎于荆山下，鼎既成，有龙垂胡髯下，迎黄帝，黄帝上骑龙，群臣后宫从上者七十余人。"又："黄帝得仙上天，群臣葬其衣冠"。《抱朴子·极言》载抱朴子曰："按《荆山经》及《龙首记》，皆云黄帝服神丹之后，龙来迎之，群臣追慕，靡所措思，或取其几杖，立庙而祭之；或取其衣冠，葬而守之。"

要注意的是，黄帝升仙故事中包含着一个非常深刻的寓意，即个体与整体在证道方式上的紧张关系。黄帝最终是通过个体的修行获得证道，并由此得以"升天"，最终实现了一直以来所追求的合道。但是这种实现却与他早年力图通过建构政治性天下以实现人类整体性证道的初衷背道而驰。从前一则引文可以看出，除了他本人和"群臣后宫从上七十余人"，此外更无旁人。也就是说，黄帝没有在早年的政治行为中，同样也没有在晚年的个人性修道中实现全人类整体性合道。因为故事已经暗示了个体性修道只能够支持特殊个体或小群体，而非人类整体合道。故此可见二者之间所呈现出的是一种微妙的紧张关系。这个紧张关系自黄帝开始，一直贯穿整个中国传统历史文化。像后世儒家的内圣与外王，出仕与隐遁之分，佛教、道教中普度与隐修二分等都是其表现。①

至于黄帝飞升以后，还有一段传说："黄帝既仙去，其臣有左彻者，削木为黄帝之像，帅诸侯朝奉之。"② 可见升仙本身提供了一种独特的政治作用——政权借此获得了神圣性。

黄帝之所以在晚年选择了与前半生大相径庭的生活方式，并非由于志趣陡然发生了转变，而是迫于"天下"之困的无奈之举。之前说到，黄帝的"天下"可以说是基于武力"凭空"建立起来的，凌驾在原本处于零散状态的诸多部族之上的政治构架。尽管依稀可以看到伏羲之于世界宏大构想的理念的影子，然而之于事件本身而言确是前无古人之举。过去诸部族中的阶层和社会分化，以及权力生长，基础均在于技术垄断所带来的神圣性。这一点与西方文化有

---

① 关于黄帝成仙故事的隐喻及其中的紧张关系，在本文中仅作提示式的简论。

② 《太平御览》七十九引《抱朴子》曰："汲郡中《竹书》"云云，今《抱朴子》无此文）（《古本竹书纪年辑校》一卷。

显著差异。以狩猎、采集、农耕为主的中国文化，并没有产生出西方神话传说中那种以力能为中心的"英雄"。相反，传说中的上古圣贤们之所以备受纪念，在于他们所保有的技术既能"顺道"，又对万民有长养之"德"。女娲、共工、燧人、神农、祝融等，无不如此。黄帝的作为，与"三皇"们相比更加具有力能英雄的色彩。正是因为他的作为特异于早期社会文化传统，所开创的政治格局又不得不依托于原有的社会基础以寻求观念上的认同；否则将不得不一直通过不断地征伐来维系政治权力，这显然不是长久之计。建立权力的正当性和神圣性，乃是征伐之后的当务之急。由于没有前例可循，黄帝尝试了多种方式。其中《韩非子·十过》记录了其中之一："昔者黄帝合鬼神于泰山之上，驾象车而六蛟龙，毕方并辖，蚩尤居前，风伯进扫，雨师洒道，虎狼在前，鬼神在后，腾蛇伏地，凤皇覆上，大合鬼神，作为清角。"但他最终选择了最为直接和简便的方式，即企图通过创建神人之间的直接联系来获取这种神圣性"降授"。这就是他为何要"修道"。

《庄子·在宥》记载："黄帝立为天子十九年，令行天下。闻广成子在于空同之上，故往见之。"《黄帝内经》载："帝誓翦蚩尤，乃斋三日以告上帝。此斋戒之始也。"《通典》记载："黄帝封禅天地，则郊祀之始也。"《黄帝内经》又有："黄帝筑圆坛以祀天，方坛以祀地，则圆丘方泽之始也。"斋戒、郊祀、祀天地、铸鼎，无疑均是为人域政权寻求神圣性的举措。从这个意义上来理解，黄帝最终得道乘龙升天，无疑成了政治权力和天下正当性和神圣性的最好证明。且不论他晚年举措在当时收获了多少认同，由这些举动彰明的通过"阳动"开创出来的政治实体必须获得神圣性，借此获取正当性的思路已经清晰。换句话说，仅仅凭借武力而缺乏天命神意的立法建制无从长久立足。当然这些究竟是黄帝本人的认识，还是后世人反思之后追溯给他的，现在业已无从分判。

另外需要关注上引诸修仙传说中的两个意象：一个是鼎，另一个是龙。黄帝与鼎的故事在史传中保留了两种版本，一是说黄帝"得鼎"，如《史记·五帝本纪》《封禅书》等。《史记·封禅书》中齐人公孙卿札书有云："黄帝得宝鼎宛朐，问于鬼臾区，鬼臾区对曰：黄帝得宝鼎神策，是岁已西朔旦冬至，得天之纪，终而复始。于是黄帝迎日推策，后率二十岁，复朔旦冬至，凡二十推，三百八十年，黄帝仙登于天。"另一说黄帝"铸鼎"，如《论衡·道虚》记："黄帝采首山铜，铸鼎于荆山下。"①

鼎在中国古代一直被当作政权的象征。拥有宝鼎，往往意味着获得政治正当性的标志，同时表明政权具有了神圣性。大禹曾经铸过九鼎，成为他统治九州的标志。西周人曾经把九鼎迁了一次，这件事遭到了很大的非议。野心勃勃的楚昭王跑到东周的首都洛阳去见当时已经很衰败的周王，问问他鼎多重，这就是"问鼎中原"的由来，以此彰明楚昭王有觊觎中原之心。《左传》宣公二年记载，楚王入周问鼎之事时，王孙满的对答中说道："昔夏之方有德也，远方图物，贡金九牧，铸鼎象物，百物而为之备，使民知神、奸。"黄帝铸鼎显然也极具有象征意义，表明黄帝隐退之后仍在思考那个未尽的问题：如何安顿政权并使之获得认同。或者用现代话语来说，如何为他用武力去开创的天下寻找正当性、神圣性基础。

如果再细分，"铸鼎"是具有过程性的记录，究其要，一在"鼎"，一在"铸"。鼎的意义上文已表，下面主要讨论"铸"的意

①《帝王世纪》所录略同。

义。之前已说到，在早期中国，技术掌握在特定群体，亦即技术贵族们手中。黄帝并非其中的一员，而且他通过武力创建的"天下"恰是一种凌驾于这些技术贵族之上的政治权力。黄帝主政期间，天下呈现出的不稳定性，与这个新创生的政治体缺乏"技术"传统那般自始具备的神圣性有很大关系。此时的天子既不掌握任何技术知识，也不直接掌控社会治理，而仅仅通过武力征服来维系其政权显然不足以获得稳定。"铸"鼎实则表明黄帝有意识地寻求以武力之外的其他方式来巩固政权。这是铸鼎故事背后的又一层深意。

另外一个意象是龙。龙与中国古代的政治的关联很紧密。关于龙是一个真实动物还是属于纯粹想象的产物一直有争论。而且不仅中国有龙，西方人也有龙，西方的龙相对写实一点，更像恐龙。中国的龙更魔幻，显然不是真实存在的动物，而是人为构造出来的形象。注意这类为国人所认同的龙的形象，和之前谈到的红山文化的玉龙并不完全一样。虽说二者之间很可能有联系，但是有人在其中作出了改变。那么为什么要构造全然虚幻的龙的形象呢？质言之，是为了新立一个图腾。而新的图腾能够立起来，立得住，标志着意识形态的问题已经解决了。不过这件事情其实不是黄帝做的，而是黄帝的孙子颛顼做天子的时候完成的创举。所以黄帝在世时应该还没有很明确的龙的形象，甚至很可能也没有鼎，两者都是后人附会的，以此来告诉人们，黄帝已经在思考整个政权正当性的问题了。这与黄帝为什么要打仗，为什么突然又不打了，转而要去修仙也一理贯通。

黄帝发动战争的行为与他年少时就形成了的一种冲动有关，表现为他对炎帝的不满。问题是他为什么对炎帝不满？他不满什么？从之前说过的内容已经可以看出来，炎帝纠集了很多人去打东夷，为了掠夺，为了成就他们的私欲。而黄帝的战争不以满足私欲为目的。他不占领土地，不抢夺资源。相反黄帝的战争从开始到持续的过程中始终在对抗着私。而私又是技术知识掌握者们最看重的东西，他们以成就私的最大化为追求。所以我推断，从黄帝一开始发动战争之时就有一个念头——反私。黄帝这个特殊的观念就是之前反复所说的阳动的行为模式，是要以人的智慧、人的能力去重整世界。重整的目的是什么呢？这也许是黄帝的前半生从来没有深入思考的问题。他只忙于反对原来各自以为治，各自为了自己的私利去行事的状态。但是反对以后呢？他对这个问题很困惑，这可能是导致他晚年停止政治活动、战争行为而转去修仙的原因之一。

但是在战争期间，似乎情况发生了变化，局势没有照黄帝设想的那样发展。一者是反私变得没有止境，战争结束变得遥遥无期，不是预想中那样以一个好的出发点去打一场战争，打到所有人都被征服，然后都能自觉地按照黄帝设计的秩序去生活。实际的结果是大家都不服。为什么大家不服呢？关键之一在于黄帝没有掌握天道。当然"天道"这个概念也是到了义理化时代以后才有的。按早先的观念应该表述为黄帝不通神，或者神性不强。炎帝是神农之后，属于技术知识的掌握者，所以他自然具有通神的能力。蚩尤属于东夷部族，当地有"家为巫史"（《国语·楚语下》）的传统，意思是家家户户都可以自己做巫师，通过巫术去通神。所以无论炎帝、蚩尤都是通神的，也就是后人说的通天。但是黄帝却没有类似的出身和技术知识，不能通神、通天。不通神就意味着在当时的观念体系中黄帝的战争行为从性质上说自始就是渎神的，因此大家当然都不接受他。

不过似乎还有另一种可能：黄帝给出了某种政治方案，只是由于种种原因他没能亲力亲为地施行。为什么这么说呢？因为到了战国，兴起了一个学派，或者说是一种思潮，叫作"黄老学"，它祖述的是黄帝和老子。这个学派来势凶猛，到了战国中后期影响力大大超过了儒家、墨家等早先的显学，大有一统天下的知识分子之观念的趋势。黄老学的基石在"道"，讲的最多是道法和治术两大话题，也就是政和治的学问。这样一种讲"道"的学说被追溯到黄帝，自然非空穴来风。像马王堆出土的帛书《黄帝四经》，传世的《黄帝内经》《黄帝阴符经》都托黄帝之名[1]，本身就说明黄帝确实在某种程度上和"道"有关联。他的修仙和升仙也是和道之间有联系的表现之一。所以可以总括地说，黄帝前半生的政治实践和晚年的修道，其实都是在求道，只是采取了两种截然不同的方式。不过这个"道"究竟是什么，黄帝没有明说，更没有去作理论上的阐释，而是一直到老子那里才说透。黄帝只是在用行为表达怎样使全人类能够和合于道地生活，以及如何获得个体得道。这就是黄帝要人为地，反传统地把人类社会整合成新样态的原因。归根到底是为了求道，为了以"阳动"的方式，而不是因循顺守神意的方式去整合人，甚至化育整个世界。

---

[1]　据《汉书·艺文志》著录，"道家者流"收录《黄帝四经》四篇、《黄帝铭》六篇、《黄帝君臣》十篇、《杂黄帝》五十八篇，"阴阳家"收录《黄帝泰素》二十篇，"小说家"收录《黄帝说》四十篇，"兵家"收录《黄帝》十六篇、图三卷。"天文家"收录《黄帝杂子气》三十三篇，"历谱家"收录《黄帝五家历》三十三篇，"五行家"收录《黄帝阴阳》二十五卷、《黄帝诸子论阴阳》二十五卷，"杂占家"收录《黄帝长柳占梦》十一卷，"经方家"收录《黄帝内经》十八卷、《神农黄帝食禁》七卷，"房中家"收录《黄帝三王养阳方》二十卷，"神仙家"收录《黄帝杂子步引》十二卷、《黄帝岐伯按摩》十卷、《黄帝杂子芝菌》十八卷、《黄帝杂子十九方家》二十一卷。这些文献，除《黄帝内经》《黄帝四经》尚存外，其余皆已散佚。据后人考证，这些作品大抵是战国诸子托名黄帝而作。从文献学的角度看，这一结论无可指摘。问题在于，为何时人作这些种类的著述，要托名附会于黄帝，而非其他传说人物？

六

　　接着来谈一些和黄帝有关，涉及除了政制之外其他事迹的传说。第一是军律和音乐。传说中最早用于定音调的乐器，以及谱曲的规则是黄帝时开始出现的。后世律令、法律的"律"这个词就从音律拓展而来，最开始它的含义仅仅是行军时候的音乐，后来演化出"军律"（类似于军法），最终被用于指示人类社会的规范、规则、标准。行军的音律、军法和法律三者最大的共性在于规定性和规范性。据说黄帝的臣子中有一人负责帮他定律，叫作伶伦，是当时的最有名的音乐家。

　　第二是定度量衡。实用层面的度量衡是技术知识"规范化"的产物。度量衡和历法对于社会的意义和功能并无二致，它们都为人的生活提供标准化的规范。规范化之后，多重算一斤，多重是一两，不是一般人说了就算的，而是只有黄帝、政权给出的标准才有效，这是政治权力的表现。类似这种规范很多，它们以各种各样的方式集合起来，就使得所有人的生活都进入了一种泛政治性状态，也就是政治的影响无处不在。传统中国没有纯粹的私人生活，所谓隐私权的问题，私人空间的问题直到现代受了西方文化影响以后，中国人才慢慢开始意识到。在传统中国社会里大家没有，也不允许有这样的观念。而这种泛政治性的开端应该就在黄帝。

　　第三是传说黄帝的正妃嫘祖最早掌握了做丝织品的技术，是否属实难以确知，而关于黄帝为穿衣定制度的传说相比较而言更值得重视。《黄帝内传》说："帝伐蚩尤，乃服衮冕。"《世本》也记载："黄帝作旒冕，命臣胡曹作衣。"《淮南子·泛论训》说："伯余之初作衣也，緂麻索缕，手经指挂，其成犹网罗，后世为之胜。复以便其用。"汉人高诱注指出:"伯余,黄帝臣,一曰伯余黄帝。"衣服制度,显然是政治性立法的举措之一。后世历朝历代都很看重的"服制"便是承此而来。

第四是医药。著名的《黄帝内经》传说就是黄帝作的。对中医来说,《黄帝内经》很重要而且很有效,直到现在中医还把它当作一个专门的分支学科来对待。

第五是文字。文字和记事的重要性和功能讲伏羲的时候已经谈到过。文字最开始出现应该要远远早过黄帝的时代,那么为什么到黄帝时又旧事重提呢?其实黄帝与伏羲"造书契"一样,都是在为书写定立新的规范化标准。这也非常类似于秦始皇"书同文"之举,无疑是要彰显政治权力无处不在。

第六是水井。这不免有点奇怪。为什么会把发明水井归功给黄帝,或者黄帝的传说为什么会和水井联系起来?在中国古代有一种说法,现在还保留在《周易》里面,叫作"改邑不改井"。意思大致说是乡村社会中,甲村和乙村的边界如果发生了变化,可能会涉及水井。比如说这口水井开始是归甲村的,后来被划到乙村去了,但是井的归属权不变。或者说政治性的边界变化并不改动井的归属。如果用现在的话说,这是最早对私有财产权的明确官方保护。虽说明文提到的保护对象只是井,但不仅仅只有井受保护,因为井是当时一个很重要的象征。黄帝的故地是西部地区,这里尽管当时比较湿润,但仍然缺水,所以井是他们最重要的生活资源。改邑不改井说明政治权力在运行的过程中要向私有财产妥协,至于妥协的界限到底在哪里就不得而知了。但是这些已经可以作为私有财产的合法化的最早标志之一。

还有其他一些发明创造据传说也和黄帝有关,包括发明了造独木舟。这明显不合于史实，因为现在考古发现的独木舟遗存已经早至几万年前了。还有像发明弓箭，造房子等也被归功给了黄帝。很明显，所有这些都有可能来自后世的追溯性附会。理解的时候也应该将之看作黄帝为已有技术重新"立规矩"，而非创造新技术，发明新器物。

这些被归到黄帝名下的立法建制、发明创造行为，跟伏羲的创制很不同。几乎所有这些都与技术知识有关，包括音乐旋律、乐器的使用、医药、制衣，等等。以往这类知识都是被技术贵族们掌握且秘传着，公布出来的只有技术规则。黄帝原来是个不通天道的人，他自然无从掌握这类知识。但是通过建立政权，黄帝吸纳了一些人，像作乐的伶伦、造字的仓颉等。这些人可以为他提供技术知识。此后黄帝再把技术知识和政权结合在一起，用政权来规范这些知识，形成新的立法，以此来重塑社会观念和秩序。虽然制定出来的政制、法律的基础仍然是技术知识，但黄帝仰仗这些知识的同时改变了它们的属性。原来是由掌握制权技术的贵族各自去发布技术规则，这种"立法权"被黄帝收入了中央政权，完全由他自己充当立法者，制定规范。从中可以看出两个问题，一是黄帝有意识地从技术贵族的手中摄取权威，这是战争之外的另一场权力争夺。二是虽然黄帝用了很大的力气去改变社会的面貌，尝试建立凌驾于其他各个部族之上的政权，但是这些技术知识至少在当时的社会生活中仍然很重要。知识的掌握者依旧在社会治理过程中扮演重要角色，甚至可以说他们才是实际社会治理的主导者。黄帝作为政权的掌握者只能够去收编、利用这些人，而且他本身很可能也只知道规则，而不知道知识。这就造成对后来影响非常深远的格局，叫作政、治两分。

三皇时代是有治无政的时代，用于社会治理的权力、权威都是自然形成的，因为这些掌握技术知识的人有神性，他们又能够对民生有好处，所以当然地获得了权力（治权），成为社会治理的主导者，这是一个自然而然的状态。但是到了黄帝这里，"天下"政权本身是人为制造出来的，叠加在原本自然形成的治权之上。尽管黄帝尝试去控制治权，但限于当时政权的不负责也无能力进行具体的社会治理，甚至和老百姓的生活也没有直接关联，政权与实际上的社会治理、社会秩序维系之间尚形不成任何联系，充其量只能管着治权的掌握者。就等于说这时的社会有两层，一层是治权的掌握者，负责管理社会秩序和老百姓；另一层是政权的掌握者，管着治权掌握者。这样一种政、治两分的格局在很长一段时间里始终存在，同时也是政治社会和政治生活中最主要的矛盾，像之后君臣之间的斗争，再后来更集中地表现于君权和相权之间的斗争。中国历史上皇帝和宰相之间争权，制度设置上宰相这个官职废了又立，立了又废，其实是黄帝时就已经形成的政、治两分格局的孑遗。不过在黄帝时，甚至黄帝以后整个五帝时代，治权都更强大，实际上它控制着整个社会的治理。相应地，政权越到五帝时代的后期，越是变成了一种象征意义上的存在。这个情况在尧舜做天子的时候发展到了极致，也造成了中国历史由五帝时代一转而进入了家天下的"三王"时代。

七

话题再回到黄帝。可以说黄帝是个枢纽性的人物，自他以后中国进入了政治社会。政治社会相较于之前的三皇时代，最典型的特征是有政有治。在黄帝的生年，这个改变应该很让当时的人们费解。时人不免会想：我们为什么需要一个凌驾在我们头顶上的忽然出现的政权？当然一般的老百姓应该没有太大的反感，因为政权不直接和他们发生关系，只管着他们的领导人，也就是那些治权的掌管者。但是黄帝开创的格局被持续下来了，尽管很不稳定。持续的时间一长，大家都把它当成一个当然的状态，影响就大了。影响大到一直到了民国，大家都在以天下为念，而不局限于"中国"。人们在讨论社会的问题、人的问题，始终是以天下为基础，"中国"只是天下的中心部分。这造成了中国文化本身展现出一种非常开放且有包容性的气象，因为天下自始就提供了开放的格局，它要容纳一切人类造就出来的文明，并且把它们重新整合。像中土文化早先整合佛教就是个很典型的例子。面对一个完全异质的外国文化，中国文化可以把它整合成自己文化的一部分。放到现实中，也就是备受西方文化影响的当下来思考中国文化的未来发展方向和方式，这非常具有启发意义。

另外，这样一个统一体式的政治理念，一直被认为是后世中国应该追求的当然状态。其实我们看一看中国的历史，大分裂的时代和大统一的时代，如果算年数的话几乎可以等量齐观，所以如果要从算数的角度上看，分裂和统一都应该被看作常态。但是几乎在所有中国人的心目中都会认为一统才是常态，而纷争、割据的时代属于非常态。这种印象是谁加给我们的呢？它的开端者毋庸置疑是黄帝，而且被后世政权和知识人反复叠加、强化。

再者，黄帝通过造就政治天下的行为，宣示了一种有效的阳动模式，意味着人的的确确可以通过自己的作为，而不仰仗神的力量去重整自己的世界。在伏羲那里这尚且只是一个想法，给了一些解释。做不做得了他不知道，世人也都不知道。黄帝则亲身实践了，而且做成了，尽管其中还有很多问题，但是至少他开创了一个可为、当为且能为的先例。

　　总结一下，自黄帝以后，中国社会开始走出了有治无政的三皇时代，进入了有政有治的政治社会。不过黄帝用战争的方式来结束这种技术贵族们掌握治权且各自以为治的时代，并不意味着完全颠覆。恰恰相反，他似乎并没有触动原有的治权格局，而仅仅是在其上又叠加了一个凌驾性的政权。这个局面引出了两个后世被彰大的问题：其一是政权不治，其二是治权与政权的紧张对抗关系。其实这在当时已经显露出了一些端倪。天下可以武力取，却不能仅以武力安服并形成秩序。尽管黄帝有可能采取了诸如"万国和，而鬼神山川封禅与为多焉"和"置左右大监，监于万国"等方法，甚至试图通过个体修仙赋予政权神圣性和正当性，但是政权的认同问题始终没有彻底解决。直到后来经由颛顼"绝地天通"式的意识形态改革，方才制度性地解决了黄帝的困境。也可以说，颛顼通过政权对神圣性的垄断，使之获得了坚实的正当性基础。但是政权不"治"，即政权与治权的分隔一直在对政权造成困扰，最终到了禹、启的时代，秉持技术传统的治权最终完成了对伏羲—黄帝道统的颠覆。

第六章
颛顼与帝喾：意识形态立法和宗亲化

一

黄帝仙逝之后，按照他的宏愿继续完善"天下"者代有其人，首推颛顼。他通常被认为是五帝时代的第二个天子，"黄帝死七年，其臣左彻乃立颛顼"（《路史·后纪》六）。《帝王世纪》记载："帝颛顼高阳氏，黄帝之孙，昌意之子，姬姓也。母曰景仆，蜀山氏女，为昌意正妃，谓之女枢。"①他究竟是不是黄帝的直系孙子，是不是五帝时代的第二个天子，都已难以证实，但也无须太过介意。因为最重要的是他确实继续着黄帝的事业，这才是我们关注的重心。春秋时人说"黄帝能成命百物，以明民共财，颛顼能修之"（《国语·鲁语上》），就是这种关系的写照。

不过颛顼的身世颇有些神奇，这里先来做一介绍。颛顼又号高阳氏。在传说中颛顼是黄帝的孙子，意味着从血统上颛顼有成为天子的正当性。所以这个传说也可能有后人的粉饰，不过他与黄帝属

---

① 《太平御览》卷七九《皇王部》四。

于同一部族应该没有问题。虽说他在族属上属于西部集团，因而籍贯应该也是在山西、陕西一带，但是在他成长的过程中却和东夷有很深的关系。有记载说颛顼"宇于少昊"（《逸周书·尝麦解》），字面意思是他在少昊的屋檐下长大。而少昊乃是东夷的领袖，这个情况显得很奇特。颛顼是西部集团的天子继承人，为什么会在童年、少年时期被置于东夷之地呢？他究竟是做人质被送到东夷去呢，还是曾经被人抢走了，待到成年后方才返回？具体情节很难还原了，也没有特别详细的记载。但是结合黄帝征伐乃至"收服"东夷，我们可以做一个大胆的猜测：颛顼很可能是黄帝征伐东夷后政治性联姻的"成果"，且被东夷的首领培养成人。①

颛顼成年之际的政治社会最突出的特征是长年战争之后乱象丛生。黄帝撒手不管政事，隐退去修仙以后，天下比黄帝连年征战时更混乱。因为曾几何时，各地还为黄帝的威武所慑服；黄帝一死，天下最会打仗、能够打败战神的人死了，武力威慑不复存在，而人们对新政权的认同却尚未建立起来，这时天下势必会大乱。不过凌驾式政权和天下格局持续存在了下来。请注意，这个时期出现了第一次旨在抢夺天子之位的战争，即共工与颛顼争帝的传说，其背后的寓意后文再谈。

颛顼做天子后施行了两项很特别的举措，一项叫作"绝地天通"，另外一项是创造龙图腾。"绝地天通"很难理解，最古老的记载保留在西周穆王时期的《尚书·吕刑》中，文曰：

> 上帝监民，罔有馨香德，刑发闻惟腥。皇帝哀矜庶戮之不

---

① 当前有学者推断五帝时代是炎黄、东夷两大集团轮流做天子。如果置于东夷部族在黄帝之后部分归化的大背景下来审视，这个观点应可成立。

辜，报虐以威，遏绝苗民，无世在下。乃命重、黎，绝地天通，
罔有降格。群后之逮在下，明明棐常，鳏寡无盖。

　　文中尽管没有直接提到颛顼，但根据其他文献互证可知说的正
是颛顼时候的事。到了春秋时代，就连不少有知识的人都已经不明
白了，楚昭王曾怀疑颛顼怎么能够把天地之间的交通隔断？难道在
这之前的人可以上天吗？如果不能上天，如何能去绝通呢？当时的
问答是这样的：

　　　　昭王问于观射父，曰："《周书》所谓重、黎寔使天地不通
　　者，何也？若无然，民将能登天乎？"
　　　　对曰："非此之谓也。古者民神不杂。民之精爽不携贰者，
　　而又能齐肃衷正，其智能上下比义，其圣能光远宣朗，其明能光
　　照之，其聪能月彻之，如是则明神降之，在男曰觋，在女曰巫。
　　是使制神之处位次主，而为之牲器时服，而后使先圣之后之有光
　　烈，而能知山川之号、高祖之主、宗庙之事、昭穆之世、齐敬之
　　勤、礼节之宜、威仪之则、容貌之崇、忠信之质、禋洁之服，而
　　敬恭明神者，以为之祝。使名姓之后，能知四时之生、牺牲之
　　物、玉帛之类、采服之仪、彝器之量、次主之度、屏摄之位、坛
　　场之所、上下之神、氏姓之出，而心率旧典者为之宗。于是乎有
　　天地神民类物之官，是谓五官，各司其序，不相乱也。民是以能
　　有忠信，神是以能有明德，民神异业，敬而不渎，故神降之嘉
　　生，民以物享，祸灾不至，求用不匮。及少暤之衰也，九黎乱
　　德，民神杂糅，不可方物。夫人作享，家为巫史，无有要质。民
　　匮于祀，而不知其福。烝享无度，民神同位。民渎齐盟，无有严
　　威。神狎民则，不蠲其为。嘉生不降，无物以享。祸灾荐臻，莫

尽其气。颛顼受之，乃命南正重司天以属神，命火正黎司地以属民，使复旧常，无相侵渎，是谓绝地天通。其后，三苗复九黎之德，尧复育重、黎之后，不忘旧者，使复典之。以至于夏、商，故重、黎氏世叙天地，而别其分主者也。其在周，程伯休父其后也，当宣王时，失其官守，而为司马氏。宠神其祖，以取威于民，曰：'重寔上天，黎寔下地。'遭世之乱，而莫之能御也。不然，夫天地成而不变，何比之有？"（《国语·楚语下》）

观射父的对答涉及的内容很多，概括一下，大意是说在颛顼"绝地天通"之前，社会处于一种"家为巫史"的状态。之前曾经讲过，这种局面原本只在东夷才有，因为东夷的巫术特别发达。到了后来，西部集团和东部集团经过长年混战，双方文化也开始交融。黄帝从东夷汲取不少先进的文化带到西部去，由此"家为巫史"的现象也开始散播，导致了各个地方都呈现这样的局面。"家为巫史"意味着家家户户都可以通神，而黄帝原来没有控制住天下的主要原因之一是他本人不通神，政权也不通神，或者说天子和政权都不具有比一般人更高的神性。待到他从蚩尤那里学了"天道"，建立了一些制度，尝试去巩固天下的时候，似乎也能通达一点天道和神性了。但是随之而来的东夷文化扩散又造成家家户户都通神，家家户户都可以去参度神意，如此一来局面变得不可收拾，天子通神与否已经显得没有意义了。在这种状态下每个人都可以为自己的行为做出最终的解释，或者说每个人都掌握终极标准，对自己行为有最终的判断、解释权。因为任何人都可以事事直接去问神，意味着任何人以此为据做任何事情当然都是对的，因为他遵从了神的旨意。这无疑使得政权的权威性、正当性和控制力遭受非常严重的挑战。政权，包括立法在内的任何作为都会变得没有说服力和约束力，因为大家都可以直接通天以获得神的具有绝对性和终极性的指令。这是颛顼"绝地天通"之前的大背景，也是亟待政权改变的状况。

"绝地天通"的具体操作涉及两个关键人物（也包括他们的家族）。一个叫作重，另一个叫作黎。颛顼让重专门管天，或者说专门掌握和天有关的知识。黎负责管地上的，其中也包含人世的知识和事务。这样就人为地造成了天地两分，属天的知识和神有关的事务全部归重，而和地有关的事务全部归黎。与此相对的是，在更早的三皇时代，所有掌握治权的技术贵族，包括女娲、共工、神农、燧人等都是属地的。之前还谈到"五行"，其中的金、木、水、火、土也都全部属地。而这些属地的技术人原来是有神性的，地上的一切存在物也都有神性。在那个泛自然神的时代其实根本无所谓严格的天地之别，神遍布于世界的各个角落。可是到了颛顼这里，他用政治权力，甚至以政权的武力为基础来作出一个严格的分判，强行地将天地之间分开。所有属地的知识、技术和存在物，包括人都被设定为属于"世俗"领域，不通神，也不可径自寻求通神。与此相对，只有属天的知识才通神。这是完全人为造成的分判。

天地两分并不意味着天地之间不需要沟通了，人们行为处事时仍然需要神圣性支撑。但这时候只能去求助唯一一个人——颛顼，只有他才有资格和能力把天地（或者说圣俗）双方联系起来。除了颛顼和由他授权的重的家族之外，任何其他人都不再具有这类能力。而日常的地上的世俗事务都由黎和他的下属负责管理。事情合于神意与否，只有颛顼能够提供具有权威和神性的"标准"答案。这样颛顼就成为当时社会中唯一的大巫，也就是唯一可以通天、通神的人。这个变化的影响很剧烈，也很深远。

当然，能够把这个空前的变革落实下来，说明颛顼的政治能力非凡。毕竟要改变人的思想观念比单纯的制度变革艰难得多，特别是在"家为巫史"已经成为常态的社会中。至于他如何去推行的细节已不可知，不过可以想见颛顼其人定有卓越超凡的政治能力，另外应该和他少年、青年时代在东夷的生活，也就是"宇于少昊"的经历有关。东夷自古便以巫术极其发达著称，颛顼在东夷生活，且受东夷首领少昊氏抚养，很容易接触并学习到巫术知识与技艺。他只有在巫蛊的技术上达到相当高的水平，才能够控制住重和黎这两个本来就是当时最高层次巫师的重臣。至此，所有民间的私人性的通神行为全部不合法，任何人都不能够以自己的行为，或者自己的知识基础具有神圣性为由获得行事的正当性。政权成为当时能够为一切行为提供合法与否，或者神圣与否判断的唯一主体。此间受影响，或者说被削弱最甚的自然是技术知识掌握者们。至此，天下政权完成了它的第一次意识形态的建构。自此以后，政权，也就是天下之"中"除了单纯的武力之外，还附着了一层内涵——至高无上的神圣性。只有政权才掌握与神沟通、解释神意的能力，无疑使之成为了世界上神圣性的制高点。这是颛顼作出的巨大改变，由此始终困扰黄帝的"认同"（或曰"心服"）问题得到了制度性解决。

二

颛顼的第二大创举是制造龙图腾。前章说到中国的龙和西方的龙不一样，西方的龙更有写实的意味，虽说也被附加了一些质素，比如长翅膀，或者能喷火，等等，但整体而言更像恐龙。有研究说，这是由于人类渗透在 DNA 里的文化基因对恐龙时代有记忆。当然，在恐龙时代，如果按进化论的观点，人类远祖是叫作鼩鼱的动物，体型小得像老鼠一样，它对遮天蔽日般的恐龙有着刻骨铭心的恐惧记忆，所以几乎所有人类传说中都有龙的印象。这个推测是否可靠暂且不论，权且备作一说。不过中国的龙和西方的龙，还有古巴比伦文化等的龙形象很不一样却是事实。

　　图 6-1、图 6-2 两幅图是经常见到的中国和西方的龙的形象。中国龙的形象中复合了很多动物的特质。其一是蛇身，之前讲三皇时代说过女娲就是蛇身，之后的伏羲也被赋予了这个形象，可见蛇始终是西部集团的主要图腾之一。东部集团的图腾大多是鸟，鸟图腾中出现最多的是鹰，而龙有鹰眼和鹰爪。此外龙还有牛的鼻子、马的嘴巴、麒麟的角（有的人说是鹿角），以及乌龟或者鳖的腿。所以中国的龙是很复杂的拼合体。除了图案之外，华表是龙的另一种载体，也是最具有政治意味的表现（图 6-3）。

图 6-1　中国的龙　　　　　　　　　　　图 6-2　西方的龙形象

图 6-3　华表

　　问题是为什么要拼一个这样的虚拟的龙出来？这和华表本身的性质相同，它就是一个图腾。在其他的早期文化传统中，尤其是像美洲、非洲，经常可以看到各式各样的图腾。图腾的意义就在于标明一个部族的神圣性基础和最高的权威。要理解到，中国的龙是典型的人造之物，作为图腾被尊崇。这种形态的龙出现以后，中国文化中再没有类似于恐龙形象的龙。因为此后人们已经不认同那样的龙的形象了。这个情况也和下文还会详论的颛顼对"天"的改变性质一样。只是天的改变更虚一些，一般人不容易注意到；龙的变化则很明显，跃然纸上。一种文化观念的改变由政权自上而下来完成，这是颛顼以后中国政治文化的一大特色，也是之前谈到的中国文化泛政治性特质的体现之一。

　　图 6-4 中的遗存发现于河南省濮阳市一个叫西水坡的地方，是个墓葬遗址。墓中出土了迄今可见的最早的龙虎相配图案。墓主人的左右是用贝壳摆成的龙虎造型。这种摆放被认为是后世左青龙右白虎的原型，其中龙的形象已经和常见的龙非常神似了。考古学家

图 6-4　濮阳西水坡
M47 墓

通过对墓葬做的碳 14 鉴定，认定墓葬所处时代和颛顼时期差不多。濮阳正好在东夷和西部集团的分界线上，地理位置非常特殊。但是很可惜，这座墓被发掘出来的原因是当地赶在修水库之前做了一次集中的文物普查。当时抢救性发掘出来后拍了照片，之后不久这个地点成了水库的蓄水区，整个被淹没了。出土的文物全都被转移到了一个仓库里面，尽量按照片复原出来。据考古简报的记载，其实当时墓主人周围的遗存远远不止这对龙虎，还有不少都来不及细致发掘清理。所以墓葬究竟有多大，还有哪些惊人的遗迹，或许永远不可能知道了。发掘简报公布以后，很多学者对它进行了研究，不过大多是从星象和巫术方面去讨论的，还有龙虎和后来道教道术的关系，等等，很少有人去关注它的政治意义。如果结合墓葬的地点、时代和龙的形象，再联系颛顼的传说，不难发现它具有很强烈的指向性。做个大胆的推测，这里很有可能就是颛顼家族或重家族的墓。而颛顼创制龙图腾的目的，最主要是做政治性的宣示，把所有的部族和图腾中最有神性、威力的部分集合到单一图腾上面，然后把它当作自己部族，或者政权的图腾。如此一来便意味着政权是当时天下最强大、最神性的权威。

三

　　上面讲到颛顼两个事迹，一个是"绝地天通"，还有一个是创制龙图腾。这两者有着共同的性质，简而言之，它们都是为意识形态进行的立法。通过这两个具有象征意义的举措[1]，颛顼为政治权力建立了除武力之外的新基础，或者说是把神圣性叠加到了原本只有单一武力质素的"天下之中"去。如此一来，困扰黄帝半生的天下政权正当性和认同问题得到了解决。不过这只是作用之一，此外还有另外一个作用同样也值得重视。

　　这需要再从绝地天通说起。简单地说，绝地天通意味着一般人不能通天（神）了。三皇时代的"天"是泛自然神意义上的天，和其他的地上的山川河岳、草木生灵等存在一样都是神的显化，也可以说天本身就是神。但是回头去想一想便知，在中国上古传说里，早期像三皇时代传说中那些人物的所有事迹都只和地有关，没有任何技术知识附着于天、来自于天。如果转去看其他的文化传统，几乎所有早期的神话故事一定都和天神有关，但是在中国却没有。为什么会这样呢？其实并不是原本就没有关于天神的神话和传说，而是这些内容被有意地清理掉了。这种清理行为很可能就始于颛顼。正是因为颛顼绝地天通，使得天和人之间原来的联系断裂了。这种联系原本在东夷部族中保持得最好，颛顼年少时在东夷成长的经历为他学习、利用东夷文化中的巫术知识提供了便利，而绝地天通反过来又针对的是东夷文化并压制了东夷。天和人之间的关系断裂，意味着颛顼成为了唯一掌握神意，能够据之对一切世俗事务作

---

[1]　绝地天通和龙图腾很可能只是一系列举措中最具有代表性的两项，当时用到的手段、举措很可能不止于此，不过其他细节现在已不可知了。

出解释和终极裁断的人，虽说他分派了重来掌管属天的知识。自此以后，原本自然神意义上的天在一般人的观念和知识中就不复存在了，因为所有关于天的知识都要经过颛顼的解释或者认可才会变成合法的知识而为人所知。为了成就对天命和属天知识的垄断，那些颛顼不认可的关于天的神话、传说当然要被全部清除掉。所以后来我们看不到任何和天神有关的传说，原因便在于此。颛顼的这个举动对后世影响极其巨大，此后的周公、孔子、秦始皇的文化建设，还有汉武帝的罢黜百家独尊儒术，清人的文字狱等，其实都是颛顼式的文化清理和意识形态立法模式的继续。

这种改变还有另外一个影响，就是原始自然神意义上的"天"没有了。但是在当时几乎所有人的观念里，都认为天是在人类之上的有神性的超越性存在。颛顼当然不能直接把它废掉不用而另起炉灶。他仍然要借天说话，这种做法一直往后传，像后来在朝代更迭革命的时候也说天命。在颛顼这里的改变是他把原来自然神意义上的天转化成了一个经由他描述、解释出来的天。这个天和后世祭天仪式中的天一样，转变成了意义象征和义理符号，而原来自然神意义上的天已经被压制到没有太多存在空间了。颛顼以后所有关于天的知识都经由政治权力筛选，或者重新作过解释，与之前自然神意义上的天之间形成了泾渭分明的界限。

下面看颛顼的第三项创制。汉代的《淮南子·齐俗训》记载："帝颛顼之法，妇人不辟男子于路者，拂之于四达之衢。"① 意思是说颛顼立法规定，如果女人在路上不主动给男人让路，就要把她置

---

① 虽说这是汉代人的追忆式表述，不过内容很值得重视。因为从其他的记录来看，《淮南子》所搜罗的有关上古时期的传说，资料大多直接本于先秦且不少都言之有据。

于四通八达的大路口示众，作为羞辱性的惩罚。现在能知道的颛顼的具体立法措施极少，这甚至可以算得上是唯一一条了。它的内容现在看起来比较荒诞，不过其中蕴含的信息很重要。从这样一项立法可以很明显地看出，颛顼依托政治权力设定了一个基本的社会分判原则，简单地说是男人的地位要高于女人，甚至可以说男人对女人而言处于凌驾性的地位。这样的关系在之前讲伏羲的时候已经谈到，它和乾、坤的设置相对应。伏羲在八卦中设定的观念模式，颛顼时已经以立法的方式落实到了基层社会。反倒是伏羲由于没有政权作为依托，使他更多只能在观念层面做文章。

颛顼这项立法还意味着由全部人口的一半去统治另外一半，因为女人作为一半完全服从于男人的统治。这造成了政治权力只需要去统治占总人数一半的男人，再让男人去统治女人，这是降低政治成本的方法。同时政治权力原来是凌驾性的，甚至处于近乎"悬空"地叠加在当时各个部族的治权之上的状态。这种黄帝建构的政、治两分的格局在颛顼时开始发生了改变。政权的影响开始直接渗透到了社会最底层，开始直接针对作为社会基本构成单元的家庭进行立法。如此一来，家庭关系如何成立、如何合法地存续都要由最高的政治权力说了算，无疑带来的影响也很剧烈。我们反复说中国传统文化有泛政治化特质，也就是什么事情都跟政治联系在一起。这种泛政治化倾向从颛顼开始已经有了明确的制度化、法律化表现。《淮南子·齐俗训》中引述这项立法，表明汉代知识人已明确地意识到它关乎社会秩序格局的型构。

颛顼的第四项事迹是战争。颛顼参与的最著名的一场战争的对手是共工。之前也多次谈过颛顼和共工两人"争帝"，结果共工输了。失败以后共工一气之下撞倒了不周山，导致天地之间原来

的平衡关系发生改变，因为不周山原本是天柱。天柱一断，西北
边的天压下来，相对而言也就是西北边的地势增高了。这样一来
造成了中国地势上西高东低的状态。共工这个神奇且又极不安分
的人物很早便已出现，作为技术贵族，他掌控与水土相关的知识，
能够通过掌控水去兴水患，并以之来牟利。共工和颛顼之间关于
帝位的战争反映出，虽然黄帝花了很大的力气去创立天下政权，
并尝试用它来统治原来所有的治权，颛顼也耗费很大的精力去做
意识形态立法的工作，但掌握在这些技术贵族手中的治权却仍旧
没有对政权百依百顺。这些技术贵族和治权对政权的威胁始终不
绝，这是共工作乱一事反映出的第一方面的问题。第二个方面的
问题在于，颛顼最终赢得了帝位争夺战。赢了可以说是巧合，也
可以说当时政权还是相对比较强大的。因为从颛顼其他的事迹来
看，颛顼似乎并不是十分尚武功的人，所以最终的胜利表明天下
政权相对来说比较稳固了。

　　第二场战争是平九黎之乱。九黎是东夷的主干。从出身和经历
上来说，颛顼跟东夷有深切的关联。之前说到关于他"宇于少昊"
的记载，就是年少时曾经在东夷长大。而东夷从黄帝的时代开始便
是极不安分的一支，至少对于西部集团和他们建立的政权而言是如
此。黄帝和蚩尤的战争正是西部集团和东部集团之间的战争，结果
并没有带来东夷完全的臣服，隐忧仍旧存在，直到颛顼打完这一仗
以后形势才有了根本性改变。并且颛顼不是止于武力征服，还有
"绝地天通"的举措相配套。而"绝地天通"之后，由重和黎分别
去掌管天和地，只对颛顼负责的重就来自东夷，表明颛顼业已实际
上控制了东夷的主要部族。因此可以推想，军事上控制了东夷部族
以后，颛顼没有像黄帝那样仅止于以力服人，他采取了具有主动融

合、融会色彩的制度性的方案去解决问题，把东夷部族中那些最具有神性的，像重那样的巫师们吸纳到政权的体系当中来，使之成为体制内的政权参与者，再通过他们来控制东夷。这样"服"的问题就基本上解决了。

下面来总结一下颛顼的事迹。之前谈到的第一个方面是意识形态。绝地天通也好，创制龙图腾也好，其实都是在意识形态上做文章。为什么要在意识形态上做文章呢？因为黄帝的作为存在短板，他只能以武力让人屈服，但是始终没有办法使人心服，无法让人真正认同他建立起来的政权。如此混乱的局面到了颛顼时通过意识形态立法的方式解决了，这是他的第一大功绩。

第二个功绩是他对东夷部族的处置。把东夷部族像重这样的顶尖的技术贵族，也包括他们的制度文化融会到西部集团，特别是政权里面，使之成为统治集团的一部分。他创造的龙图腾就吸纳了很多跟东夷的图腾有关的内容。政权展示出的包容性使得原先东西方的界限开始慢慢地淡化。

第三个功绩是家庭关系的政治化、法律化，或者说政治权力渗透进了家庭。颛顼对于男人和女人关系的立法行为是一个标志，所有的社会关系，包括婚姻关系、家庭关系，都属于政治权力控制的范围，都变成了政治性的关系。自此以后，再没有完全意义上的私人关系，自然也不会衍生出现代式的隐私权、个人中心主义以及自由主义，等等。在颛顼之前的时代，技术贵族还有比较强烈的个人性、私权性的政治活动，到颛顼以后这些都被政权一点点地去除，直至完全不复存在。

再看最后一个方面。有人称黄帝建立的政体为"帝国"。帝国是现代人的说法，当然和当时的情况不太一样，总之是一个政治实体，经由颛顼一系列的制度创建慢慢开始稳定下来。至少天下之人在这样一种制度环境和文化环境下会慢慢地对"天下之中"形成认同感。一方面认为人们都属于同一个天下，另一方面认同天子和政权存在的正当性。当然其中仍然有各种各样的势力之间的斗争，时而潜藏，时而会激化出来。有一些矛盾潜伏了很长时间，到最后才激化，这待后面说到尧舜时期再论。至少整个天下格局到了颛顼在位时基本稳定下来了，而且还包容了早先的西部炎黄集团和东夷集团两大文化传统，通过政治权力主导使它们开始大规模地互相融会。不过在融会的过程中有一个问题颛顼没有解决。因为他只注重利用属天的知识，加上用东夷文化的一套巫术知识来型构新的意识形态，也只侧重用政治权力自顶层直接往下渗透和控制，所以这种模式其实有很大的隐忧。一旦天子，或者政治权力的核心集团被摧毁了，那么整个天下也势必随之被颠覆。说得直白些，颠覆一个王朝最简单有效的方法是把天子除掉，这种做法在帝制中国的历史上屡见不鲜。而这与颛顼所开创的传统不无关系。

四

再看颛顼之后五帝时代的第三位天子，名叫帝喾。

帝喾应该算得上五帝系列中最没有名气的一位，不像黄帝家喻户晓，颛顼也有很多人知道，因为他有"绝地天通"的创举。五帝时代末期的尧和舜知道的人更多，这缘于他们有禅让的事迹，加上还有孔子和儒家"言必称尧舜"的大力宣扬。相形之下帝喾的名气要小得多。先来看图6-5这幅画，画中的帝喾是个很绅士的形象，

图 6-5　帝喾画像

没有什么奇形怪状特征。之前罗列了很多形象，有的头上长角，有的长相凶恶。而这里的帝喾分明就是一个慈祥的老爷爷。切不可小看了这些画像，它们也能直观地反映出人们对传说人物和他们的事迹的理解。

　　其实帝喾在上古时代非常有名，只是到了后来他的作为被人们日用而不知了，所以显得不特别，于是大家慢慢地不再把他当作谈资。先来看《史记》的论说："喾者，考也，成也。言其考明法度，醇美喾然若酒之芬香也。"大意是说，帝喾的喾即是"考"，考是成的意思，这个名号说他考明法度，醇美喾然象酒的芳香。显然帝喾也是一个在立法建制上有功绩的人，所以有了这样的名号。关于"喾"这个名号的另一种解释要从"夋"字说起。夋的本义大抵是走路走得很慢的样子，它在甲骨文中写作"𡕢"。王国维先生考定出这就是商人对帝喾的称呼。战国时成书的《山海经》里有帝俊，"俊"由"夋"形转而来，指的是同一个人。所以在文献中帝喾大概有三个名号：帝喾、帝夋和帝俊。下面来看他的出身和特质：

　　　　帝颛顼高阳者，黄帝之孙而昌意之子也。静渊以有谋，疏通而知事；养材以任地，载时以象天，依鬼神以制义，治气以教化，絜诚以祭祀。北至于幽陵，南至于交阯，西至于流沙，东至于蟠木。动静之物，大小之神，日月所照，莫不砥属。

帝喾高辛者，黄帝之曾孙也。高辛父曰蟜极，蟜极父曰玄嚣，玄嚣父曰黄帝。自玄嚣与蟜极皆不得在位，至高辛即帝位。高辛于颛顼为族子。高辛生而神灵，自言其名。普施利物，不于其身。聪以知远，明以察微。顺天之义，知民之急。仁而威，惠而信，脩身而天下服。取地之财而节用之，抚教万民而利诲之，历日月而迎送之，明鬼神而敬事之。其色郁郁，其德嶷嶷。其动也时，其服也士。帝喾溉执中而遍天下，日月所照，风雨所至，莫不从服。

上面引的两段话都出自《史记·五帝本纪》，前一段说颛顼，后一段在论帝喾。司马迁在描述颛顼的时候说他"静渊以有谋"，意思是有城府、有谋略；然后说"依鬼神以制义"，这一层之前讲颛顼的意识形态在立法时表现得明确了，他显然是用巫术在通神问题上做了大文章。再来看对帝喾的评论。说他"普施利物，不于其身"，似乎像常言说的专门利人，毫不利己的意思；接着说"仁而威，惠而信，修身而天下服"，这样的形象明显和颛顼有很大差别。大体上颛顼是个很精明强干而且善于权谋手段的人，帝喾则俨然一副尊尊长者的形象，既乐善好施，又能身体力行于道德教化。通常传说里的人物大多很神秘，颇有神怪色彩。像颛顼本人就是个大巫，能"绝地天通"。黄帝也是如此，他可以从九天玄女那里求来兵信神符去和蚩尤打仗。但是帝喾没有这些怪异的事迹，反而看起来好似儒家式的谦谦君子。这种和传说时代其他人物颇有反差的状况其实已经反映出了帝喾的作为和影响的特质。关于这些稍后再解说，首先还是从他的出身说起。

根据司马迁的记载，帝喾是黄帝的曾孙，比颛顼小一辈，但是他跟颛顼不是直系血亲。颛顼这支很特别，他有一半的血统来自东夷。而帝喾应该是在西北土生土长。文献中帝喾年少时代的记录几乎为零，他如何能够继承颛顼的位置成为天子也完全没有记载。似乎在从出生到继承天子之位的这段时间里，帝喾并没有什么过人且值得纪念的事迹。

接着来看他做天子的事迹。说起来也很奇怪，作为五帝之一的帝喾，在做天子的阶段也几乎没有什么著名的壮举被记录下来。似乎他当天子仅仅只是守成而已，什么"大事"也没做。这个现象放在三皇、五帝们中间显得很特异，因为其他诸位无不是功绩昭著。但是帝喾有一点格外突出：很会生儿子，或者说子嗣格外多。

> 昔高阳氏有才子八人，苍舒、隤敳、梼戭、大临、龙降、庭坚、仲容、叔达，齐圣广渊，明允笃诚，天下之民谓之八恺。高辛氏有才子八人，伯奋、仲堪、叔献、季仲、伯虎、仲熊、叔豹、季狸，忠肃共懿，宣慈惠和，天下之民谓之八元。此十六族也，世济其美，不陨其名，以至于尧，尧不能举。舜臣尧，举八恺，使主后土，以揆百事，莫不时序，地平天成。举八元，使布五教于四方，父义、母慈、兄友、弟恭、子孝，内平外成。（《史记·五帝本纪》）

上面这段话讲到了两组人，一组叫八恺，一组叫八元。八恺是颛顼的八个儿子，八元是帝喾的八个儿子。注意两组描述之间的差异。帝喾的八个儿子后来在尧舜的时代还当官，负责教化，教化的内容是"父义、母慈、兄友、弟恭、子孝"。这些被称为"五教"

的内容和对之前引用的对帝喾本人的描述前后非常一致。再对比颛顼的八个儿子，从名字上就可以看出来，他们是一批"奇形怪状"的人，仍然在做颛顼擅长的那些神圣之事，和帝喾的后人算得上泾渭分明。接下来再看帝喾其他的子嗣：

> 帝俊生晏龙，晏龙是为琴瑟。帝俊有子八人，是始为歌舞。（《山海经·海内经》）
>
> 帝喾卜其四妃之子，皆有天下，上妃有邰氏之女，曰姜嫄，而生后稷，次妃有娀氏之女，曰简狄，而生契，次妃陈锋氏之女，曰庆都，生帝尧，下妃娵訾氏之女，曰常仪，生挚。（《世本·帝系》）
>
> 东南海之外，甘水之间，有羲和之国。有女子名曰羲和，方日浴于甘渊。羲和者，帝俊之妻，生十日。（《山海经·大荒南经》）
>
> 羿有穷氏，未闻其姓，其先帝喾。以世掌射故，以是加赐以弓矢。（《帝王世纪》）
>
> 大荒之中，有山名曰合虚，日月所出。有中容之国。帝俊生中容，中容人食兽、木实，使四鸟：豹、虎、熊、罴。（《山海经·大荒东经》）
>
> 有司幽之国。帝俊生晏龙，晏龙生司幽，司幽生思士，不妻；思女，不夫。食黍食兽，是使四鸟。（《山海经·大荒东经》）
>
> 有襄山，又有重阴之山。有人食兽，曰季釐。帝俊生季釐，故曰季釐之国。有缗渊，少昊生倍伐，倍伐降处缗渊。有水四方，名曰俊坛。（《山海经·大荒南经》）
>
> 有白民之国。帝俊生帝鸿，帝鸿生白民。白民销姓，黍食，使四鸟：虎、豹、熊、罴。（《山海经·大荒东经》）

　　　　有黑齿之国。帝俊生黑齿，姜姓，黍食，使四鸟。(《山海经·大荒东经》)

　　　　帝俊生三身，三身生义均。义均是始为巧倕，是始作下民百巧。(《山海经·海内经》)

　　上面这些全部是关于帝喾子嗣的记载，尤其是《山海经》里记录得特别多。其中晏龙是与音乐有关的早期人物。还有很著名的姜嫄，她生了后稷，后稷是西周人的祖宗，所以帝喾也算得上周人的始祖。有娀氏之女简狄据传也是帝喾的妃子之一，她生下了契，是商人的始祖。《诗经》中有"天命玄鸟，降而生商"的传说，那个吞了玄鸟(燕子)蛋生契的就是简狄。契就是商人的先公，但往上追溯，帝喾才是始。前面提到甲骨文里有"夋"，说明商人自己也确实认同帝喾(即帝夋)是他们的先公。他的妃子还有羲和，也就是颛顼时管天的重的后人。帝喾的直系后代还有尧，还有后羿。就是那个有射太阳传说的后羿，他是东方部族传说中的人物。却也被当作了帝喾的后人。其他的还有很多，不再一一详说了。

　　帝喾的妃子、子嗣如此众多的现象很奇怪，从表面上看似乎他没做什么事情，专门生儿子去了。对此需要换一个角度来理解。所有这些传说中涉及的部族，包括后来发展壮大起来的周人、商人，显然来自于不同文化分支的不同部族。商人是典型的东夷之后，周人则是西北部的炎黄部族的苗裔，除此之外上面的引文还谈到了其他很多不同的部族。这些部族却都自觉自愿地追认帝喾为他们的祖先。所以可以反过来理解，不是帝喾生了这么多儿子，而是后来大家都追认他为祖先。形成这种认同就是帝喾的最大的功绩，因为他让所有的人处于同"宗"的认同感之中。

　　以上事迹用现在的话说，可谓给天下奠定了伦理化、宗亲化的基调，方式是借助血亲和宗亲关系。血亲是自然意义上的血缘关系，像父母生下儿女后他们之间建立的自然性血缘联系便是血亲关系。另外一层是宗亲关系，人们之所以要不断地去追溯自己的祖先，是因为祖先给人带来的是身份上的铭牌式的意义，意味着人的文化归属和自我认同感的根基。天下从原来黄帝的单一式武力征服，到颛顼强势地意识形态立法以矫正观念，始终都在寻求认同。待到帝喾以后形成宗族式、血亲性的自觉认同，其间的变化非常之大。帝喾用什么方式去完成了这个转变现在已经不得而知。或许真的是他很能生儿子，所以后代散布得很广；但除此之外必定还用到了一些别的方法，像制度上的手段，可惜已经没有更多的记载能供今人考察。

　　正是因为伦理化和宗亲化使得人们对天下政权的认同有了新的、更加稳固的依托，所以帝喾这样一个看起来几乎什么都没做的天子，会被追认为五帝之一。我们现在看到的五帝系统，黄帝、颛顼和帝喾代表天下开辟、建立和巩固的前半期，而之后的尧和舜则是末期，中间的部分通常被省略了。黄帝首开其门，没搞定的部分由颛顼帮忙修补，大体而言都是关于天事务，完成了自上而下的控制，到了帝喾这里则实现了整体性的自下而上的认同。这个局面的形成意味着天下政权有了武力、天命和伦理三重根基，普遍认同感已经建立起来，显得非常稳固了。为什么至今人们都说自己属于华夏文明？为什么认同自己是炎黄的后人？这样一种具有血脉归属性质的认同感哪里来的呢？追溯到源头就是帝喾。而在之前大家互不相属，只认自己是黄帝之后、少皞之后等，对天下本身没有身份上的认同和归属感。

　　此外还需要注意到其他一些记载。《大戴礼记》《礼记·祭法》都说"帝喾能序星辰以著众"，这显然和天文历法有关。孤立地

看，它的意义已经不太好理解，不过可以联系下面这个记载来寻求
解释：

> 　　大荒之中，有山名曰鞠陵于天、东极、离瞀，日月所出。
> （有人）名曰折丹。东方曰折，来风曰俊，处东极以出入风。
> （《山海经·大荒东经》）

文中"东方曰折，来风曰俊"，意思是说东方来的风名为俊。
当时东南西北四个方向本身就是不同的神，各自有各自的名字。不
像现在人把它们都看作"风"，而是四个不同的神。其中东方吹来
的风就叫俊，即夋，就是帝喾。这个传说很有可能意味着在帝喾死
后，或者在他有生之年就已经被看作是风神之一。说"帝喾能叙星
辰以著众"和被当作风神其实一体相关。由此可以推知，帝喾似乎
在颛顼的工作之上再推进了一步。因为颛顼"绝地天通"以后，天
子控制了属天的知识，成为了最高的神性知识的代言人。同时颛顼
把原先自然神意义的天遮蔽起来，所有自然意义上的内涵都被他的
义理解释代替了。这样做的好处是使得天子有了绝对的解释力和权
威性，所有的人、物、事是不是符合神意都由天子作出最终解释和
判定。当然这个看似对天子和政权极其有利的局面其实也暗含着风
险，最主要者在于原来那些由自然神演化出来的技术知识本身仍旧
有效，且效用并不会因为颛顼用政治权力去断绝人神交通转而马上
消失，也不会因为政权把它排斥到边缘就不存在了。颛顼这样一
种人为去抬高政权神性的举动会受到那些仍旧有效的技术知识冲
击。所以颛顼的创制本身虽然影响力很大，效果看起来也不错，但
是仍有隐患。帝喾试图把这样一个遗留问题的存在空间堵上，方案
之一是他自己成神，而且还是一个来自于东方的神，如此一来就当

然地具有了东夷原有的神性。只不过他用到的这种方法并不直接，甚至可以说很曲折，后人很难理解却又卓有成效。

至此，五帝时代前半期的三个人物都介绍完了，这属于天下的开创期。简单地说黄帝破天荒第一次用武力凭空创造了一个政治实体。自此以后中华大地上才有了中国、天下，甚至所谓的华夏的格局，原本分而自治的人们都被拢在一起。黄帝之所以要这样做，不是为了谋私，不像后世家天下的集权专制天子那般把天下当成私产。他有明确的实践冲动，这个冲动和伏羲相同，是要用人的能力，依靠人的主观能动性去整合人类，重塑社会，而不再依托于神的主宰。但由于他没有处理好征服和屈服之间的关系，导致武力征服创设的天下实体很松散，到处是战乱，而黄帝自己则选择了隐退修仙。接下来颛顼为天子时，作为政体的天下方始获得安顿。颛顼施政的重心是为政权建构了新的神圣性、正当性基础，通过"绝地天通"和树立龙图腾等意识形态立法，使政权获得天下人的认同，也可说是借助改变价值标准和观念寻求新秩序的基础。这些无疑得益于颛顼卓绝的个人能力和自上而下的控制力。天子之位再传到了帝喾，他通过建构伦理性的、具有血亲和宗亲色彩的社会关系模式，实现了自下而上对政权的认同。这两项工作完成后，天下这个政治实体已经基本稳固，获得了长久稳定存续的基础。还要看到，帝喾的伦理性建构还处于比较原始的状态，不过即便这样，认同感的影响力也能够随着政权一道向外"化成"天下，政权的权力中心也慢慢地成了复合的状态。它包含有武力的因素；也包含文化上的质素，像意识形态的、宗教性的；同时又成为宗亲关系谱系的制高点。由此，中国上古政治社会已然初具规模，为后世发展奠定了基点，也示明了方向。

第七章
尧的政治道德化与政、治之争

一

　　众所周知，尧是孔子眼中最伟大的上古圣王，所以他说："大哉！尧之为君也，巍巍乎！唯天为大，唯尧则之。"(《论语·泰伯》)可是这个几乎被后人接受为常识的认识却颇有诡异之处。之前说到，尧、舜是五帝时代末期的最后两位天子，也可以说是炎黄"天下"的末代天子，再往后就一改而成了禹夏的家天下，儒家通常把由"五帝"而"三王"的变化看作一场堕落。照这个思路上溯，尧、舜并不是能够挽狂澜于既倒的人物，何以配得上圣王之称？再者，通常历史上的开国君主以及王朝前中期的明君容易被后人记住，像汉高祖、唐太宗、明太祖，等等。末代皇帝也比较出名，当然是大多因为他们失国了而被当作"反面典型"，例如夏桀、商纣、周幽王，还有那个倒霉的崇祯，等等。人们极少对倒数第二位天子有深刻的印象，更不用说以之为圣王了。然而，尧却是绝无仅有的例外。这些反常的情况暗示着尧之所以被孔子尊崇至极，背后的原因必定非常深刻且不寻常，需要我们格外用心地去理解。不过在析说尧的事迹之前，有必要先简单回顾一下中国上古的政、治两分格局，同时也对应中国早期文化演化过程中存在的深层的，道统（阳动）与技术（阴本）传统互动、交争和融合的结构关系。这也是理解尧舜时代的关键。虽说之前诸章中已经分散地论述过了，此处仍做一归纳，以便理解后文。

上古文化肇端于三皇时代的伏羲、女娲。传说中的伏羲与女娲一说是兄妹，一说是夫妻，二人均为人首蛇身之象。如果在贯穿上古中国历史文化的纵向维度上观察，其中的隐喻便是中国文化自始便已有了两端的分化和并立，即以伏羲为代表的阳动的，人借由其能动性创造秩序的传统和以女娲为代表的，以技术为核心，具有强烈私性、垄断倾向的文化传统。自女娲以后，诸如燧人氏、神农氏、祝融、共工等均是技术传统的代表。传统意义上的三皇时代，技术知识的垄断者们占据了社会的主导地位。他们所代表的亦即"阴本传统"。承续"有治无政"的三皇时代而来的是黄帝肇始的五帝时代。至此，中国开始步入政、治并存的社会状态。黄帝便是此政治社会的开创者。不过在政治实体，也就是"天下"形成以前，思想观念上的准备早已有之，开创这种"政"的思想端绪者就是伏羲。伏羲的业绩，归结起来大致包括作八卦、结绳造书契、制婚嫁制度和立庖厨之制。与技术贵族们的事迹不同，这些业绩都属于社会文化的精神层面，关乎人与人，而非人与神之间的关系，代表着通过人的能动性去理解、把握世界，并为人域世界创制"规矩"的最早努力。这恰好与技术贵族们因循顺守的以技术知识治理人间大相径庭。因此伏羲不失为中国历史上第一个"立法者"。

三皇时代"有治无政"和"万邦分治"的格局延续到神农氏的最后一位领袖炎帝之时卅始受到挑战。首先作出挑战的是黄帝，方式是武力征服，最大的成就是创建以炎黄部族凌驾于其他万千部族之上的政治性的"天下"结构。这无疑是一大转折点，从此中国历史进入了以"天下"模式为基础的政治社会。不过黄帝凭借的并非是对某种技术垄断获取的神圣性，他的创举更类似于伏羲所肇起的阳动方式，人为地对世界的重整。所以可说黄帝承接了伏羲而形成了"道统"，它集中地表现在政权和政道层面。然而对于伏羲—黄帝的道统而言，除了重建社会、政治、文化秩序，更为重要的是确立政权的神圣性与正当性。对此，黄帝的选择是试图通过直接的"修道"和对原有的掌握神圣性知识的部族的收编获取正当性。他开辟的路径后来被证明是有效的。自黄帝以降的五帝时代，实际上正是基于"道统"的炎黄天下的传续。黄帝之后，颛顼和帝喾在政权和"道统"的巩固过程中都扮演了重要的角色。以"绝地天通"为标志，颛顼可谓是政权主导意识形态立法的第一人，并且型构了天、人两分，圣、俗两分和政、治两分的格局。帝喾则通过宗法化力图重新形塑权力结构和社会构成。

到了五帝之末的尧舜时期，基本的政治格局是象征"道统"的天子统摄大量握有技术知识的"技术传统"代表，也可视为政权与治权并存交争的局面。不过从《尚书·尧典》的记载来看，尧时这个格局中的权力平衡已经悄然发生了变化。从尧迫于四岳的压力遣鲧去治水，舜上台后殛"四凶"而又不得不让鲧之子禹治水，禹在治水成功之后获得声望并成为舜的继任者几个重大事件可以看出，"技术传统"的势力开始重新抬头。与共工相似，鲧—禹是一个垄断了有关"水"的知识和技术的部族的代表，尧舜对之的忌惮溢于言表，却又无奈于他们长久以来对技术的垄断性掌握而不得不任用之。最终的结果众所周知，禹死启继，开启了中国历史上的第一个家天下王朝——夏。

二

让我们把目光再转回到尧的身上。尧生活于五帝末期，公元前23至前22世纪。关于他的出身，《史记·五帝本纪》里只有非常简略的记载：

> 帝尧者，放勋。其仁如天，其知如神。就之如日，望之如云。富而不骄，贵而不舒。黄收纯衣，彤车乘白马。能明驯德，以亲九族。九族既睦，便章百姓。百姓昭明，合和万国。（《史记·五帝本纪》）

综合现有的文献材料，大致可知唐是尧的"氏"，也标志着他的籍贯。古人称他陶唐氏，一则表明他出身的地望在古唐国，国都大致和山西汾襄陶寺遗址的地点重合。二则可能意味着唐尧家族世代具有制作陶器的技术和知识。前章谈帝喾时提到尧这一族也追认帝喾为祖先。无论这种追溯是否属实，至少他出自西部的炎黄部族，而且对黄帝至于帝喾的天下主动认同毋庸置疑。

关于尧当天子时，也就是五帝末期的政治社会环境和文化背景，结合传世文献和陶寺的遗存，我们可以窥知其概况。正如本章开篇时所说，黄帝以后，天下政权传续到尧时已经算得上历时久远了，尽管究竟经历了多长时间还无法确知。可以想见，绝大部分人已经把有政、有治的社会作为一种当然且事实的状态而接受下来了。天下政权的制度文明和器物文明，以及思想文化都越来越成熟，甚至逐渐具有了"帝国"的样貌。陶寺遗址出现的城郭和宫殿向人们展示了早期帝都的风貌。从图7-1至图7-3可以看出，当时的天官学、彩陶工艺和书写技术已经具有了相当高的水平。不少学

图 7-1　陶寺古观象台遗址复原

图 7-2　陶寺遗址朱书龙纹盘（左）

图 7-3　陶寺遗址刻字陶壶（右）

者根据陶器上的刻画符指出，当时应该已经有了比较成型的文字书写系统。而图中陶壶上的红色文字，据考定是"尧"字的雏形，只是这个结论是否确实尚且存疑。

但这些并不意味着掌握政权的天子可以高枕无忧。恰恰相反，早先不得已而保留的政、治两分格局为治权掌握者，也就是渊源古老的技术贵族们实际掌控社会提供了越来越多的空间，他们甚至已经开始对天子和政权形成直接挑战。政、治权力之争构成了当时政治社会的一大主题。按照原先的制度安排，天子掌握政权，凌驾于治权之上并控制治权掌握者，但是不参与具体的社会治理；治权掌握者仍由古已有之的技术贵族充任，他们同时也是地方势力的代表，按理应该认同政权并受之节度。当然事实的情况远不像理论上那样完美。

五帝末年还有一个值得重视，而且影响巨大的背景是大洪水。若是顺着传统的历史叙事来看，治理洪水直接造成了禹上位，甚至直接导致了五帝时代向家天下的三王时代的堕落。然而这场洪水究竟是否像描述中的那样"滔天"，而且是否真的存在过全国性的大洪水都值得怀疑。这个话题留待讨论禹夏的专章中再加深论。

三

关于尧在位时的事迹，按《尚书·尧典》中的记载大体上可以分作两大部分：第一部分有关于尧治天时之事，第二部分涉及地上（人间）事务的几件"大事"。这种始于颛顼时代的天、地两分恰好对应政、治两分的基本形态。颛顼"绝地天通"的直接目的在于通过对属天知识的垄断性掌握使政权获得正当性。正是有此基础，政治权力的掌握者方才能够以"天子"的身份君临天下，而天子通过垄断属天（即神性）事务来保有政权的神圣性和正当性。

按照颛顼的设计，属天的知识被南正重家族所垄断，到了尧的时代依旧如此。天官羲和正是重的苗裔。[1] 他们垄断有关天的知识，

---

[1] 关于《尧典》中的"羲和"，今古文经学有不同的理解。《山海经》《吕氏春秋》等先秦著作中亦有记录。见刘起釪：《尚书校释译论》，33~34 页，北京，中华书局，2005。

并运用这些知识为人域立法，也就是"敬授民时"。具体举措如下：

> 乃命羲和，钦若昊天，历象日月星辰，敬授民时。

> 分命羲仲，宅嵎夷，曰旸谷。寅宾出日，平秩东作。日中，星鸟，以殷仲春。厥民析，鸟兽孳尾。

> 申命羲叔，宅南交。平秩南为，敬致。日永，星火，以正仲夏。厥民因，鸟兽希革。

> 分命和仲，宅西，曰昧谷。寅饯纳日，平秩西成。宵中，星虚，以殷仲秋。厥民夷，鸟兽毛毨。

> 申命和叔，宅朔方，曰幽都。平在朔易。日短，星昴，以正仲冬。厥民隩，鸟兽氄毛

> 帝曰："咨！汝羲暨和。期三百有六旬有六日，以闰月定四时，成岁。允厘百工，庶绩咸熙。"（《尚书·尧典》）

文中出现羲仲、羲叔、和仲、和叔四人主事，表明此时羲和家族共同掌管属天的知识。而这种四分对应四方的状态，与帝喾时的四方风模式正相照应。之前反复说到的陶寺古观象台遗址的考古发现，正可表明《尧典》中的记载不虚（图7-4）。

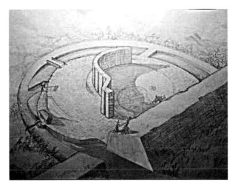

图7-4　陶寺古观象台遗址复原2

尧对"地上"（人间）事务并没有直接且具体的治理举措，因为他从未真正参与到社会治理中去，也没有掌握治权。当时天子仅能够通过有限的人事任免权，即遴选治理"地"上事务的人选以参与其中，并宣示政权的临在。按此，天、地知识与治理技法分隔的格局非常清晰。与属天知识垄断于羲和形成鲜明对比的是属地知识与权力的不确定性。《尧典》中紧接着羲和"定四时成岁"之后，开始了一长段关于治权归属人选确定过程的记载。其中充斥着政权与治权之间的斗争、博弈。下面先来解析尧时王廷的几次主要纷争：

第一次是"登庸"之争，《书》云：

> 帝曰："畴咨若时登庸？"放齐曰："胤子朱启明。"帝曰："吁！嚚讼可乎？"
>
> 帝曰："畴咨若予采？"驩兜曰："都！共工方鸠僝功。"帝曰："吁！静言庸违，象恭滔天。"

上引两段文字，"登庸"和"若予采"，实际上都指尧在寻找能主政之人。首先，放齐推荐尧的儿子丹朱，但被尧以不忠信而好争讼（"嚚讼"），即丹朱的德行有问题为由否定了。[①] 放齐的身份已难考证，历代研究者都不甚了了，仅说是尧时的"臣名"。无论放齐出于什么目的推举尧之子朱，这个提议没有被尧认同。

第二次驩兜推荐了共工，被尧以"静言庸违，象恭滔天"为由拒绝。这同样是以"德"为标准的否定性评价。文中的驩兜、共工二人在尧时具有相当高的政治地位，而到舜当政之初又被列为"四

---

① 《史记·五帝本纪》记作："尧曰：'谁可顺此事？'放齐曰：'嗣子丹朱开明。'尧曰：'吁！顽凶，不用。'"

凶"而遭流放。据《山海经》记载，驩兜是南方苗民祖神。[1] 共工的传说至少可以上溯至颛顼时代，甚至更早的三皇时代。相传他与颛顼争帝位，失败后一怒撞倒不周山，致天柱折断，地势向东南倾斜。[2] 至于他的名号，《左传·昭公十七年》说"为水师而水名"，郑玄注《尧典》时也说"共工，水官名"，《国语·周语下》还记载他曾治水失败。由此可见，尧时的共工是掌握有关水土知识的技术贵族的代表人物。

有鉴于此，可以推测这一次"选贤"很有可能是针对已经出现的水患问题。尽管尧否定丹朱和共工都以品德为由，但实际的原因并不相同。否定丹朱是因为他根本不具备治水的技术知识和能力；否定共工是因为驩兜、共工两家在尧的王廷上都是掌握治权的实权派，代表着技术贵族和地方势力。说得简单一些，他们是和尧对着干的人。压制共工当然是出于尧的本心，也是出于政治上的考虑，有意要压制技术人以使之无法染指政权。当然尧的选择代价很大，影响更是巨大。他建立了一个用"德"来衡量、评价人的新准则，而否定了唯"才"是用的传统治权评价机制。但是在同时，他又没有坚守一向被认为是"德"的基础的血亲伦理。尧把自己的儿子丹朱说成是一个无德的人，当然也难免会暗示着他自己也存在伦理方面的问题。因此要提出的"德"的血亲基础并不稳固，它只是被当成一个口实。但是就当时的情况来说这无疑是个很高明的做法。要注意，尧时"德"与后世含义差别很大，它仅仅涉及品行方面，而

---

[1] 古籍和民间传说中关于驩兜的记载数量众多，其中比较确定者包括：1. 其与苗蛮有渊源关系；2. 在尧舜时代被当作"四凶"受刑。马世之：《驩兜与崇山》，载《史学月刊》，2004（7）：118~120 页。

[2] 见《淮南子·天文训》及《论衡·顺鼓》《谈天》二篇。

不具备明确的伦理义涵。

随着丹朱和共工被否定，这次选贤不了了之，并没有解决问题。拖延反而使得尧面对着更加严重的水患。于是就有了下面专门关于治水人选的记录：

> 帝曰："咨！四岳，汤汤洪水方割，荡荡怀山襄陵，浩浩滔天。下民其咨，有能俾乂？"佥曰："于！鲧哉。"帝曰："吁！咈哉，方命圮族。"岳曰："异哉！试可乃已。"帝曰："往，钦哉！"九载，绩用弗成。（《尚书·尧典》）

这一段的大意是尧在专门寻求治水之人，得到的反馈是一致推举（"佥曰"）鲧。从《山海经·海内经》"鲧窃帝之息壤以湮洪水，不待帝命"和《墨子·尚贤中》"昔者伯鲧，帝之元子"等记载可知，鲧必是掌握治水技法，具有神圣性的技术贵族（图7-5）。

关于四岳，各注疏家的看法不一而足，有的认为只是官名，或以之为西北姜姓部族的祖宗神①，《国语·周语下》则说四岳是共工的从孙。大体上四岳、共工、鲧都出身炎黄部族，属于西部集团，但是和尧分属于技术贵族和道统两端，分别掌管中央的治权和政权。

当时尧的王廷上有两大家族善于治理水患，一家是共工，另外一家是鲧。共工是传统的水土知识掌握者，数代之前已经很兴旺了，鲧的家族则可能是后起的新兴技术贵族，因为对于这一

图7-5 崇伯鲧像

---

① 见刘起釪：《尚书校释译论》，第78页。

家族的早期状况鲜有提及。前次挑选主政者时，共工就被尧以人品有问题为由否定了，所以再要找人去治水患时不再有人提名共工。四岳和鲧都是姜姓，从族属上来说他们都属于炎帝部族的后裔，所以四岳推举鲧并不奇怪。而鲧又掌握治水技术，恰好符合职分的要求。但是尧对这个人选也不满意，他用了同样理由，指出鲧"性很戾，好比方名，命而行事，辄毁败善类"（即"方命圮族"）①，试图以此回绝四岳。鲧人品有什么问题呢？按照尧的说法大致可以理解为恃才放旷，很高傲，不听话。这种桀骜不驯且自大的状态，其实为所有的技术贵族所共。②但是这次四岳非常坚持，他们很强势地主张让鲧去试一试。四岳能够这样做，可以反映出尧在王廷中并没有很强的控制力，甚至已经对这些治权的掌握者几乎到了无可奈何的地步。尽管他前两次以无"德"为口实反对了技术贵族上位，但是到了真正需要运用技术知识去治理社会的时候，特别是像治理水患这样需要专门技术能力的治理行为，又不得不依赖掌握技术的旧贵族。所以尧的处境实际上非常尴尬。四岳的强硬态度当然有他的道理，因为鲧确实是一个按照当时的权力结构，或者是知识背景最合适去完成治水任务的人。经过一番斗争，最终还是以尧被迫妥协，鲧被派去治水告终。后来的结果人们都知道，鲧治水九年而未得成功。

　　至于鲧为什么没有成功，有很多说法。通常认为，问题出在他采取堙土而非疏导的技术路线。堙土就是填土，哪里的水大他就在

---

① 语出伪孔传。见《尚书正义》卷一。

② 技术贵族们的这种共性特质很值得重视，因为直到今天技术知识的掌握者仍旧具有这种心态。这与他们自认为通达神意—真理有直接关系。这些对于理解技术主导型文明，特别是其社会文化状况非常重要。

哪个地方填土，有些类似于现在的人工造岛的技术。后来绝大部分人，尤其是现代人都说他的失败的关键就在于选错了方法。理由是当时水太大了，填土的方法反而造成了更多的堵塞。这类现代式的理解大多是站在技术本身的有效性上去讨论问题。按照上古时人的理解，鲧治水没有成功关键是由于他"窃帝之息壤"。说得直白些，鲧用来治水的材料和方法都是偷来的。本来这种埋土的方法应该有效，因为他用到的并非一般土壤，而是一种自己会长的有神性的"息壤"。既然这种土自己每天会生长，也就不在乎水量多少了。所以在当时人的观念中用息壤埋土治水本应成功，但是问题出在了鲧使用的技术没有神的许可，偷窃意味着技术本身失去了神性。而前文一直在强调，在当时的观念中任何技术一旦没有神性，或者违背了神命便自然会无效。所以在当时人看来，完全是因为偷窃行为违反神意，才导致了鲧治水失败。由此引出了另一问题：鲧为什么要去偷窃神圣之物？任何文献材料对这个问题都没有直接或间接的回应。我们大致可以顺着技术贵族们共同的近乎"无利不起早"的行事风格来推想，鲧是为了治水成功而企图使用超越他自身神性能力之上的技术，并希冀以此获利。而这个"利"，到禹治水成功以后变得很明显了，乃是可以作为私产的"天下"。

如果再结合当时尧王廷内的情况去理解，似乎还有另一种可能性：一个违背了尧的本意在外治水治了九年的人，尧能不给他使点绊子吗？上面有人使绊子，加上使用的技术没有神性，如果这样还能治水成功，那鲧只可能是神了。按照尧的本意，他显然不希望鲧治水能够成功。为什么会这样呢？因为鲧一旦凭借技术治水成功了，他将会获得空前的声望，毕竟治水解决了天下民生的大问题。通过获得声望，鲧便会掌握人心，势必也就意味着下一次再推选执政者或是选举禅让对象的时候，他上位的可能性会很大。这才是尧所最为担心的。而事实上类似的一幕到了尧的继承人舜那里就上演了。禹凭借着治水成功获得了功绩、声望和人心，理所当然地成了天子之位继承者，进而伏羲—黄帝的道统随之中断。这是后话，暂且不谈。究竟鲧在治水过程中有什么作为，也待到第十章中再作详表。

回到尧不希望鲧成功的话题。如他所愿，鲧没能成功治水。然后奇怪的一幕出现了：在鲧治水九年没有成功以后，治水的事情就搁下了，尧的工作重心迅速转向了选定一名继承者，并且让他在自己的生年就开始执政。似乎洪水治或不治对尧而言已经变得不甚重要，至少尧已经不那么关心。然而结合舜继位以后的情况来看，大水始终存在，甚至大到民不聊生的程度，中间似乎并没有间断。那么尧为什么会选择性地忽略洪水问题，为什么不再选人去治水了呢？这是因为对于当时的天子而言，同样也是对于当时的政权来说，民生不是关注的首要问题。按照颛顼以来持守的天地两分、政治两分格局，天子和民众之间并没有建立直接的联系。天子只对天负责，是因为有了天命，所以他可以做天子。而老百姓的生活怎么样，那是治理者，也就是握有技术知识的治权掌握者管的事情，本来就不应该由天子负责，所以天子可以选择不加过问。这样无疑造成了王政和民生之间明显的断裂。尧当时派人去治水，似乎是想在王、民之间建立起一种新的直接联系，但是结果表明并不成功。可这对于原有的政治格局而言并没有太大的影响，所以治水一事被尧搁置了。这和后来人们所理解的作为圣人的尧舜如何行德政，如何治天下的认识大相径庭。类似这种看法具有相当强烈的以今度古之嫌。当时有德无德的评价也只是到了尧的时候才直接投射到个人身上去，用来评价人的品性操守，这和政治本身对于民生有没有关照根本无关。

再接下来是著名的继位之争：

> 帝曰："咨！四岳。朕在位七十载，汝能庸命，巽朕位？"岳曰："否德忝帝位。"曰："明明扬侧陋。"师锡帝曰："有鳏在下，曰虞舜。"帝曰："俞？予闻，如何？"岳曰："瞽子，父顽，母嚣，象傲；克谐以孝，烝烝乂，不格奸。"帝曰："我其试哉！女于时，观厥刑于二女。"厘降二女于妫汭，嫔于虞。帝曰："钦哉！"

所引一段是《尚书·尧典》（下称《尧典》）中关于禅让的记录，不过其中隐含的信息却绝非人们常说的选贤与能那般简单。引文的大意是，关于选立继承人，尧首先是向四岳询问是否愿意继位，但是四岳以"否德忝帝位"为由拒绝了。而后才说到要"明明扬侧陋"，于是众人荐举舜。尧又向四岳询问，得到了肯定的答复后才决定试用之。由此可见，尧选立舜为继承人，实乃朝中各种势力相互妥协的结果，亦可谓是在妥协基础上的"选贤与能"。

在这一次遴选继任者的过程中，之前的很多障碍已经被排除了。比如像尧的儿子丹朱已经被否定了，曾经呼声很高的共工也是如此，鲧同样也不行，治水都治不好，或者说本职工作都做不好的人，显然也不可能。除此之外另有一个大问题：在尧的王廷中把握治权的那些技术贵族当然不愿意让尧的亲信，也就是天官系的人物去继承天子的位置，这样对他们而言很不利；而尧自然也不愿意让技术贵族继天子位。在此局面下，尧首先想到的是把位置让给四岳，这应该理解为一种不得不做的姿态。因为四岳在当时王廷的地位之高仅次于天子。加上四岳毕竟跟尧同宗，都属于西部集团，同时又是地方实权派，和那些治权掌握者比较类似。

于是尧说四岳你来做天子吧，四岳回答说"否德忝帝位"，意思是我德行不好，配不上做天子。尧接着马上让四岳另外推举一个人选。这段简短的问答其实大有深意。我们都知道中国古代在授受过程中通常都有辞让（或曰推让）的惯例，一方说你来做吧，一方谦让；授者坚持要给，受者再次推辞；授者继续坚持，受者以勉为其难的姿态接受。之后舜禅位给禹的时候便是如此，《尚书·大禹谟》中有明文可征。但是在尧和四岳的对话中，尧说四岳你来做吧，四岳推辞说不要，尧马上就说那算了，另外推举别人吧。从中可以看出尧并不情愿让四岳成为继承人，又不得不询问他的意见。此后让四岳推举了舜，即"明明扬侧陋"。乍看起来尧和四岳做了当时他们自认为很明智的选择，找到舜这个草根来充数。这是历史上经常出现的权力斗争中的一种平衡方式。中国历史上相对少一些，因为后来有制度化的嫡长继承制，王位继承往往除了少数特殊情况下你死我活的斗争之外，大都还是讲规矩的。如果去看欧洲中世纪的选王和王位继承会有更直观的体会。通常选王是由几个势力比较大的封建诸侯推举一个势力最小、能力最差的贵族来做国王。因为势力最小者为王不会对任何一个既有的封建领主造成直接的威胁，而只能在各大势力之间充当调和人、和事佬。这样的人选对各方来说都能接受。四岳推举舜的情形与之相类似。照此来看，舜确实是不二人选：他有好德之名，在血统上又是黄帝的后人，而且还是一个草根，在王廷中没有势力，看起来不会对任何一方造成直接威胁。这样的人做天子，原来的政治格局还可以维持，甚至对治权掌握者还更有利一些。而从之前的情况看，尧似乎也是这么个和事佬儿的角色，他支使不动任何一个真正掌握治权的贵族。所以在四岳提名之后，大家迅速达成了协议，确定让舜来做接班人。尧的政治生涯似乎到舜开始执政以后就截止了，不过其实他还活着，只是淡出了政治舞台，过了二十八年以后才崩殂。

　　下面再来对上述几次"斗争"的深义作些分析。之前引到的几段文字都是关于尧所处理的"地上"事务的记录，其中包括了选执政官、选治水者和选立继承人三个方面。最引人注目的是，几乎每一次人事任免都伴随着尧与王廷重臣之间的意见分歧、争议和妥协。从中丝毫看不出"垂衣裳而天下治"（《周易·系辞下》）的圣人气象，反倒可见尧虽是天子，但王廷的实权却把持在地方贵族和技术贵族的手中，且双方之间矛盾重重。故可认为，尧在位时的王廷呈现出典型的政权、治权分离、博弈的格局。作为"天子"，尧是政权的掌握者，代表着"天下"，政权的正当性来自于"天命"。在实践层面上，这种天命在身的状态须通过对属天的知识、技术的垄断来维系。

　　尧在王廷的主要对手包括四岳、驩兜、共工、鲧。通过前文的介绍可知，这些人物有两个显著的特点：一是地方贵族的代表者；二是都掌握特定的地上事务的治理技术。实际上，这两点在上古政治社会中本就密不可分。

　　尽管天子名义上是最高位的政权掌握者，但他并不直接参与社会治理，也不掌握治权。通过《尧典》可以看出，治权分属于各个地方技术贵族。政、治之间的关联很大程度上通过人事任免这个纽带来建立。表面上看，唯有凭借天子的授命，治权的行使方具有正当性。但天了的授权本身却受到诸多限制。首先，行使治权与治理的具体事务相关联，最终的决定因素在于治理的业绩。而相关的治理技术，亦即属地的知识、技法，长期以来由地方技术贵族所垄断。如治理水土，大有非共工、鲧禹不可之势。因此，尧即便是选贤也只能是在有限的人选中择优而立。其次，地方技术贵族们通过有效地行使治权，取得功绩，很自然地可以收俘民心，赢取社会声望，并积累相当的权威。技术贵族们恰是基于已有的权威，干预和制约政权的行使，特别是人事任免。

另外，由于治权获得声望、权威会对政权构成挑战，甚至直接影响到天子之位的传续，所以尧在作出决定的过程中与技术贵族们反复博弈。实际上，上面三段关于人事的争论也可以理解为是一个大问题的三次表现。尧的目的在于寻找一个既有能力处理地上事务（当时主要是洪水），又能够维系政道统绪的人物。他否定自己的儿子丹朱，用了"品德"作为理由，真正的目的在于以此创设一种以"德"（品行）为唯一评价标准，对抗和取代原先有利于技术贵族的唯"才"是用的用人原则，或曰德主才辅。这样一来，他可以用同样的理由来阻止已有重权并可能对政权构成威胁的共工和鲧。①

四

回头去想，孔子分外推崇尧，认为他是上古最伟大的圣人；但从文献记载中几乎看不出来尧何以为圣，似乎他没有任何具体的职务，对任何事务都没有最终决断权，并且他想干的事情大都也没干成。那么尧为什么、凭什么是圣人呢？还有本章开篇说到，尧是五

———————————

① 尧的这个以德行而非才能评定人选的评价机制，或许较之其选贤本身更为孔子所看重。对此，后文还将论述。

帝时代的倒数第二个天子。后世人们对任何一个朝代，通常不会特别记得倒数第二个天子是谁，而且末世天子通常昏君为多。基于以上两方面，尧所以为圣人确实很难理解。为此，需要结合当时的背景以及尧的作为再加思考。首先要看到，尧始终坚守着自黄帝到颛顼以来的政治传统，后来儒家把它叫作道统。因为在老子、孔子以前主要通过政治主导的形式显现，所以也有人把它叫作政统、政道，总之是一种特殊的以阳德健动（即阳动）为内核的政治统绪。当然其中也包括血统上的承继，自黄帝传到尧，再往后传到舜，整个历程中天子的位置始终在炎黄部族内部流传。备受后世推崇的禅让制，世人最看重的是选贤与能。但实际上选贤是有条件的，首先是从血统上身份得合法，须得是炎黄部族成员的才有资格，除此之外其他人没资格被选为天子。所以可把五帝的禅让制看作在一个大的宗族范围内选择继承人，而不是直接传给儿子。虽说是选立家族之外的人来做天子，但血统没有乱。其次，在政治格局上尧仍然坚守自从颛顼以来的政、治两分格局，政权始终在把持着和天有关的知识，亦即掌握天道和天命。《尚书》中所载尧在任时唯一一件积极作为的事情是派出羲和四人去四方"敬授民时"，颁定历法；而其他社会治理方面的职事全部由掌控治权的技术贵族们打理。最后，政权持守了"天下之中"。作为政治体的天下自从黄帝打造起来以后，不断在叠加新的内容，具有了武力、宗教、伦理这些因素。这种中心辐射式的格局到尧舜的时候仍然成立。不过在尧时发生的变化是掌握治权的技术贵族势力变得越来越大，不断地冲击、挑战政权，甚至有很多次尝试僭越政、治两分的格局，想直接掌握政权，这就是四岳推举执政者的时候为什么会力荐共工的原因。在这非常危急的时刻，也就是政权开始急速衰落的情势下，政治两分的格局变得越来越不稳固，尧却仍在想尽方法坚守祖制。他用到的方法其实很多，包括直接打压，也包括建立新的德主才辅的评价标准。尧尝试用这种方式来打压治权掌握者们的蠢蠢欲动，甚至把自己儿子都黜出去了。另外，尧做了一件很明智的举动，就是在最后选立接班人的时候选定了舜。舜是几乎能解决所有问题的人选，他的心智、能力、作为等容下章再加细说。总的来说，虽然出身低微，但舜却是中国整个政治史上最顶尖的政治家，他几乎通过自己的作为解决了尧所挥之不去的所有问题，只可惜最后败给了洪水。而正是由于尧提拔重用了舜，使得政、治两分的格局获得了一次新生的可能。这一切都是在看似不经意间完成的，貌似尧什么也没有刻意去做。后来说尧"垂衣裳而治天下"，字面意思是尧就往天子的位置上一坐，什么事都不干，所有事情都自动解决了。其实这些看似被动完成的事情中蕴含了尧的政治智慧和坚韧。在"无为"之下他保证了对于早期传统的坚守，这是尧伟大的地方，也是他成为圣人的原因之一。

原因之二是孔子的处境和尧非常相似，他们都有同样的使命，叫作"继绝"。孔子觉得自从文王、周公以来，道统要绝了。春秋时代已经礼崩乐坏，但是孔子要力挽狂澜，而当时所有的人似乎都既不理解，也不支持他。更有甚者几乎绝大部分人都在用一种功利化的态度，以讲究成效，讲求力能的思路看待政治。只有孔子守住了黄帝以来的道统，要去匡复以成就基于人的主观能动性寻求全人类和合于大道的"天下"。无论处境、心态还是作为上，他与尧都很相似。从这个角度去理解孔子为什么首推尧，看得出大有与他个人处境和自我定位相照应的意思。

还有更加重要的第三点，前面谈到尧的作为、不作为中，没有一丁点"为己"和"成私"的意味。我们更多看到的是尧以舍己（也包括舍弃自己的儿子丹朱）的方式寻求政道统绪能够保全。这种近乎纯粹的"公"，是孔子以尧冠绝于诸圣王的最主要原因。

尧主政时还出现了另外一个值得关注的变化：几乎所有对尧的事迹的记载，都表现出"人化"的转向，看不到神的直接影响了。早先自然神和人之间通过技术掌握者的中介而始终有密切关联。所以鲧治水其实是他代表神在治水，鲧和神的关联很紧密。但是在尧的治下，所有的问题似乎都变成了人的问题，怎么捋顺人世上的关系是重中之重。政治的核心，或者说政权的核心要务也已经从原来关注天人之际，转到了如何安定人事上，尤其是在尧建立了德主才辅的标准以后。如果以才为标准去评定人，实际上仍旧是以技术能力作为标准，而这同样会再次关联到神意。但是标准转化到德（即人的品行），所有的问题就只和人相关，在人域之内就可以解决所有问题。这个转变促成了后世整个文化开始往"人化"的方向转变，神越来越隐退到边缘、幕后去了。这也可算是尧接着颛顼"绝地天通"进一步展开的后续工作，同样是尧的功绩之一，它的影响力之于整个中国文化而言可以说是空前的。

第八章
舜的"变法"、官僚制与集权化

一

尧时政局清晰地表现为政权、治权分立的格局。尧是政权的代表者，政权的正当性来自于"天"。王廷中四岳、共工、鲧、驩兜则是治权掌握者的代表，他们负责"地上"（或曰"属地"）事务，也就是一般意义上的社会治理。这些人通常具有双重身份：一是地方实权势力的代表，二是技术知识的垄断性掌握者。治权掌握者们在尧时事实上已经足以对政权构成威胁，并正通过人事任免反复进行着这种挑战。

舜最终被确立为接班人，一则鲧治水的失败给备受挤压的政权提供了难得的喘息之机，暂时止息了技术贵族们的气焰。再度任命治水人选业已到了舜执政以后。可以认为，尧有意识地利用了这一段"空闲"来解决政权继承人的问题。因为一旦治水这个当时最关乎民生的问题获得解决，技术贵族将摄取空前的声望和权威，更可能直接挑战甚至侵夺天子之位。舜最终传位给禹正是尧所竭力避免的局面。二则舜既是炎黄部族传人，具有掌管政权的身份上的正当性。① 同时舜又出身低微，技术贵族亦以为不至于旋即对他们原有的权力构成威胁。所以这次禅让的人选是尧与作为治权掌握者的技术贵族们，即政权与治权双方最大妥协的结果。

不过除了身份的正当性这个必要条件之外，尧更看重的是舜的政治能力和智慧。四岳口中的舜是"瞽子，父顽，母嚚，象傲；克谐以孝，烝烝乂，不格奸。"（《尚书·舜典》）简而言之，他能够将非常复杂的家庭关系处理好。这种能力与尧时主政者以处理政权与治权掌握者关系为第一要务的要求恰相一致，这也在舜执政期间表现得极为明显。这些内容后文中还将一一谈到。

首先对舜做个简单介绍。传说中舜的形象很特别，从他的名字中便可以反映出来。人们常说虞舜，虞是氏，舜是号，名叫重华。重华的字面意思是双重光华，得名的原因据说是舜有四个瞳孔。按照古人的观念，有四个瞳孔的人能够昼见阳夜见阴，也就是说舜似乎有点特异功能，能直接看到鬼神。当然现代人对这个传说有很多"科学"的解释，例如说他的爸爸瞽叟并不是瞎子，而是有家族病史的眼疾，所以舜的眼睛也有问题；有人说得更具体，认为舜的家族祖传青光眼，所以看起来就像四个瞳孔一样。不管是缘自家族病还是天赋异禀的特异功能，这个传说主要是在暗示人们舜天生具有神性，而且智能特别出众。这对理解舜的政治生涯非常重要。联系古代常见的瞽史，瞽叟之瞽很可能也有特殊的神性义涵，而不是纯指目盲。

之前曾经提到过，舜的家族属于黄帝、帝喾之后，算是没落了的炎黄苗裔。从血统上说他很高贵，也因此有成为天子的基本资

---

① 关于舜的血统和身世，可见于《史记·五帝本纪》的叙述。

格。虽说祖先相同，但舜和尧不是一支，而且他家中道衰败了，所以到舜的时候只能以农耕渔猎为生。同时他与东夷之间有很深的关系，传说他的生母就有东夷血统，而这个血统为舜提供了类似于颛顼的通神能力。

更不寻常的是舜的家庭状况，按之前所引的八字概括："瞽子，父顽，母嚚，象傲"。"瞽子"说明舜是瞎老头的儿子。这个瞎老头瞽叟非常顽固，或者说是顽劣。舜的生母早亡，之后他有了一个很不明事理且又凶悍的后妈，所以说"母嚚"。舜的后妈很不喜欢他，只宠溺自己的亲生儿子，也就是舜的同父异母弟弟象。象也非常嚣张顽劣，而且他每天都在想办法置舜于死地，以便替代他成为家族身份和财富的继承人。在这样的家境里，舜居然可以在极其复杂凶险的家庭中活得很自在，还能以善于处理家庭关系著称，且孝顺之名远扬四方。这里已经透露出尧之所以会看重舜这样一个草根人物的原因，关键在于他非常善于处理人际关系，当时的天子也正需要有如此出众的"治人"能力。尧选定舜的真实原因与四岳看重他的草根出身和孝亲的名声绝然不同。特殊的身份、血统让他具有了成为天子接班人的资格，破落的家境又使掌握治权蠢蠢欲动的技术贵族们觉得对自己没有太大的冲击力。正是这几重因素共同作用，当时大家都公认舜这人可以一试。

获得群臣认可后，尧迅速开始了对舜的试用，给他设定的第一个试用方案是下嫁自己的两个女儿给他。这个举动足可见得尧的用心之深：如果不是已经非常认同舜，断然不会把女儿嫁给他。显然此时尧已经有了破釜沉舟之心。同时嫁两个女儿给舜也是一种考查，因为这会使得舜的家庭关系进一步复杂化。一个打鱼种地的农民一下子娶了两位公主，而且他的父母和弟弟对他又那样不善。如此一来象也更有决心要杀舜了，因为得手之后象非但可以继承舜的爵位，还可以占有他的两位妻子。如果说舜在这样的情况下，既能把公主调教得服服帖帖，又能还像原来一样把家里的关系协调好，无疑进一步证明了舜的的确确具有异乎寻常的治人能力，势必也会加强尧禅位给他的决心。表面看起来尧的赌注下得有点大，不过也不乏精心准备。例如尧还派了自己的九个儿子随着两位公主一起到舜居住的地方去了，一则有保镖的功能，二则当然也可行审查之事。结果证明尧的眼光不错，舜果然能义服两位公主，而其间象几度费尽心机的谋杀也被舜巧妙地闪避开了。[1] 即便是对这些令人不齿的举动心知肚明，舜还能保证家人和平共处。有了这些作为基础，尧展开了对舜下一阶段的考察。

关于试用的第二阶段，在《尚书·舜典》中有这么一段记载：

> 慎徽五典，五典克从；纳于百揆，百揆时叙；宾于四门，四门穆穆；纳于大麓，烈风雷雨弗迷。

其中包含几个步骤。第一步骤是关于"五典"，即是五种伦常的考查，包括父子、兄弟、夫妇之间的关系，有鉴于舜以往的作为，考查自然合格。第二步骤是把舜安放到百官的序列中去，结果发现他治官的能力也很强，百官被他调教得十分有序。接下来第三步叫作"宾于四门"。宾就是接待地方使臣，着重考察他处理与地方关系的能力。这方面舜也做得很好。第三步骤是把舜独自置于一座大山脚下。可是任凭刮大风，下大雨，打大雷，他都不迷路。与前面那些对基本执政能力的考察相比，这里涉及了比较特殊的方

---

[1] 《孟子》书中详尽地记录了这些情节，可资参考。

面，可说是通天、通神的能力。因为自从颛顼以来所有天子都作为唯一感神通天的人直接和天相关联。所以这一步与其说是考察，不如说是尧在帮助舜彰显神性，为他即天子之位提供神圣支撑。前面说到舜有"重华"，且在血脉上与东夷有关，故也可认为舜与生俱来就有某种感神通天的才能。尧则更通过一次场景化的展示，让他的此等能力为世人所周知。

上述试用为期三年，舜已然通过了重重考查，于是有了接下来的继位。当然这次继位是假继位，因为尧还健在，但舜实际上已经继了天子之位，行天子之事。这是自尧以来开辟的新政治传统。后来被很多有野心、想做天子又不愿意名正言顺地去做的人学会了，称之为居摄或摄政。像周公、曹操以及称帝以前的王莽等一大批人物都是如此。为什么要居摄呢？可以参考像王莽、袁世凯等人的经历来理解。因为做天子风险很大，在实际获得全面的控制力之前贸然地跻身天子之位，很有可能被当作篡位者而面临天下共讨之的危险，也给诸多反对者以可乘之机。由此可见尧和舜都很明智，没有贸贸然地迈过这一步去，而是利用尧的扶持，让舜尽可能长时间地主政以累积经验、声望和实力。后世很多朝代中皇帝早早地确立太子并让他处理政务，也是同样的道理。

二

舜在摄政以后做的第一件事当然是祭天，然后祭祖。不过舜在祭祀的时候，遇到了一个前所未有的困境：如果舜做天子的话，祭祖应该祭自己的祖宗，但问题是他当时并没有真正成为天子，他的祖宗和尧的祖宗又有差别，这时祭祖应该祭谁的祖宗呢？后世的儒生们在强为之解的时候贡献了五花八门的说法，有的认为舜直接祭天却没有祭祖，有的说他祭的是尧的祖宗，也有说舜祭的是自己的祖宗。这个问题至今仍然无从确解。不过对舜而言最主要的乃是祭天，因为祭天意味着把他要代尧摄天子位的事情告诉天，天也认可了，摄政才称得上合法。所以顺利举行祭天仪式是舜合法居摄并代行天子之政的一大标志。况且在颛顼天地两分格局固定下来之后，天子、政权之所以得以存续，最重要的基础是天命，当然也在于垄断属天的知识。所以舜上台后首先祭天，和尧当政时以"敬授民时"为第一要务性质上完全一致。

祭天之后舜开始着手进行的第一件与人世有关的事务——巡狩。尧的常例是命令羲和家族的四人沿着东西南北四个方向分别去考察天时、民情以及各地的方物，然后编订历法以"敬授民时"。整个过程中尧并不亲力亲为，仅仅派遣羲和去四方，所以说他"垂衣裳以治天下"。这意味着在尧主政时天子和地方之间没有直接关联，中央和地方的纽带实际上系诸羲和家族。而羲和也是事实上掌握属天知识并行立法权者，尧只是法律政令名义上的发布人而已。到了舜执政时情况为之一变，下述举措可以看作对原有中央与地方政治格局以及"天子"职分加以改革的最明确表达：

> 正月上日，受终于文祖。在璇玑玉衡，以齐七政。肆类于上帝，禋于六宗，望于山川，遍于群神。辑五瑞。既月乃日，觐四岳群牧，班瑞于群后。岁二月，东巡守，至于岱宗，柴。望秩于山川，肆觐东后。协时月正日，同律度量衡。修五礼、五玉、三帛、二生、一死贽。如五器，卒乃复。五月南巡守，至于南岳，如岱礼。八月西巡守，至于西岳，如初。十有一月朔巡守，至于

北岳，如西礼。归，格于艺祖，用特。五载一巡守，群后四朝。敷奏以言，明试以功，车服以庸。（《尚书·舜典》）

舜亲自到四方巡守，主要的事务也是祭祀。通过与天和神的直接交流宣示他的权力临在，在此之后方始行政。亲自巡狩，意味着舜开始亲力亲为，企图在中央政权和地方之间建立直接的联系。巡狩自然是带着军队去的，且到了每一地都要进行祭祀。祭祀的顺序是先祭天，再祭祀当地的山川神。在祭祀的仪式过程中舜做了一种肯定会让当时各个地方势力感到非常不安的举动：他用非常隆重的仪式祭天，然后用了"望"的方式，类似于今人说的行注目礼，就算把地上的山、川、河流等其他的神祇一并祭祀完了。这个举动意在明确天地之间，也就是中央与地方、政权与治权的关系格局。舜通过祭祀仪制的规格差别来宣示天最重要，除了天以外，其他所有的神祇都在天子之下。这本来是颛顼以后政权想要达到的局面，只是以往的天子对地方没有控制力，所以天子只能在京城里面象征性地做一做。现在舜已经开始公然到各个地方去宣示这种以天统地的格局。能够如此大张旗鼓地行事，并且能够做成，说明舜在试用期处理中央和地方的关系时已经做好了相关准备工作，在一定程度上打压了地方势力。不过他具体使用了哪些措施已经不得而知。从这个行为也可以看出舜企图收紧中央对地方的控制，这是自从黄帝以来历代天子从来不曾真正做到的。而舜开创的巡狩制度，被此后整个传统中国历史各个朝代承袭下来，几乎所有的天子都会运用这种方式宣示政权对于天下的临在和控制。除了即位后须得马上进行以外，之后可能间隔几年或者十几年进行一次。

实施了巡狩制度以后，中央和地方的关系开始发生微妙的变化。天子要干涉地方事务，这是舜释放出的重大信号。另外一个信号同样值得关注：原本天子需要通过羲和家族去通天，并且打理和地方的关系。现在羲和家族也被撇到一边，天子直接处理天、地的事务，不再由羲和代理。由此可见舜有明显的集权化倾向。对内（政权内部）废黜了原来掌管属天知识的重（即羲和）家族而由他本人直接通天；对外要让本属于技术贵族掌握的地方治权，至少一部分要由天子和政权来掌握，这些都是由巡狩带来的变化。

有了巡守制的成功，舜接下来变得更加大胆激进，开始改革刑制：

> 象以典刑，流宥五刑，鞭作官刑，扑作教刑，金作赎刑。眚灾肆赦，怙终贼刑。钦哉，钦哉，惟刑之恤哉！（《尚书·舜典》）

这段话时下经常被研究法律史的学者引述。文中包含了很多信息，当然有不少难以理解的表述。"象以典刑"，后来人们通常认为指的就是"象刑"。理解象刑这种特殊刑制的关键在"象"，[①]大意是说本当要用肉刑，实际上只以别的更轻的惩罚来象征一下。例如死刑并不真的砍头，而是给受刑者戴个很奇怪的帽子，象征已经砍过头了。后世解释的象刑大概就是这个意思，更具体的内容到下章专门讲狱讼与刑罚的时候再来讨论。这里只需要明了，早期在部族内部并没有对部族成员直接动用肉刑的传统，那时用类似象刑的耻辱性惩罚就足够了。耻辱刑的功能在于让受刑者觉得面子上挂不住，

---

① 参考"唐虞之象刑，上刑赭衣不纯，中刑杂屦，下刑墨幪。"（《尚书大传》）"治古无肉刑，而有象刑：墨黥，慅婴，共、艾毕，非、封腰、杀、赭衣而不纯。治古如是。"（《荀子·正论》）有虞之诛，以幪巾当墨，以草缨当劓，以菲履当刖，以艾韠当宫，布衣无领当大辟，此有虞之诛也。（《慎子》）

在部族里面抬不起头来，以此促使他改过自新，也可以儆效尤。当然这只有在部族内部，这种具有血亲社群、熟人社会特质的特定群体中才行得通。舜刑制改革的第一个工作是把象刑规范化了，并将之融会到一个大的刑制体系之中。或者说，把曾经不被当作"刑"的道德耻辱惩罚刑罚化，使之与肉刑同质。这个刑制的体系包括的内容很多，既有纯粹展示性的耻辱性，也包括抽鞭子（鞭刑）、打板子（扑刑）、罚金，还有一个最重的是流刑，即流放。

一般来说，流放是早期人类社会各个文化传统中族内刑里最重的一种惩罚方式。不过东西方文化的不同传统和不同的社会背景、生活方式导致了流放的功能和意义不太一样。对于西方文化源头的古希腊人来说，流放同时也意味着一次再生。因为被流放后可以去开拓殖民地，且一旦成功了，他既可以成为殖民地城邦的统治者，也能够作为殖民地首领再次与母邦取得联系，甚至获得庇护。但是于上古的中国人而言，在以农业文化为根底的社会环境当中，被流放意味着出去等死，因为没有任何部族会愿意吸纳一个被流放的人，而且当时中国也没有像古代西方和中东地区那样的大规模的流民群体。因此被流放，失去了身份和归属，意味着要独自维持生计。而那时人少禽兽多，习惯了群居农耕生活的单个人面对这样的环境，无疑会凶多吉少。所以说流刑是族内最严重的刑罚。

除了新的刑制外，舜还树立了一些新的刑法原则，其实也是司法审判的原则，例如区分故意和过失，即"眚灾肆赦"，意思是如果是非故意的行为，或者自然灾害引起的造成类似于故意犯罪后果的行为全部赦免，不加处罚。"怙终贼刑"的意思是存在有恶意的，死不悔改的罪犯必须要施用刑罚。在整个人类的刑法史上，舜这种针对犯罪主观方面的有意识的区分可算建立得很早。此外，还有一个原则可以概括为恤刑。"恤"的意思不是体恤，也不是宽恕。很多人把它解释为从宽从轻用刑政策，其实有误。恤即谨慎，就是要把刑法和刑罚作为一件很慎重的事情来对待。第三个原则是"以刑统罪"。这个原则一直为后世所秉持，成为了整个中国法律史文化中很特殊的传统。现代刑事立法中最常见的做法是"以罪统刑"，就是先确定犯了什么罪，然后再规定施用什么处罚。但是在古代中国，自从舜以后都是以刑统罪，先告知有哪些刑罚，然后在刑罚的名目下面再去规定罪名。

　　从上面这些举措可以看出来，舜擅长运用立法建制的方式进行改革，或者说他是个喜欢立法的人。那么舜为什么要在刑制上大做文章呢？最直接的目的便是"流四凶"，质言之就是要搞一场浩大的政治清洗。①"四凶"是谁呢？共工，这是尧的王廷上一个蠢蠢欲动的实权派；驩兜②，同样是尧时王廷的实权派；三苗，是东夷的地方部族，实力雄厚，而且屡屡和炎黄部族有冲突；鲧，尧时负责治水的实权派。这四家可以说都是在地方具有很大势力的部族，其中至少有三家曾在尧的王廷中掌握实权，同时具有明显的技术贵族特质。显然舜是要拿地方势力和治权掌握者的代表人物来杀鸡儆猴，所以首要的就是流放治权掌握者中最有势力且对政权威胁最大的几个领袖人物。

　　这背后隐含的问题是：舜凭什么能流放这些权贵，仅仅是因为他建立了一套新的刑制吗？显然不可能如此简单，否则尧也定一套

---

① 对共工、驩兜、鲧的处置，战国文献中常常将之归于尧的作为。这可能与当时尧舜合称的习惯，以及舜在做出这些处置的时候尧尚未真正"退位"有关。在此，我们更看重的是这些事件的象征意义和功能。

② 有不少现代学者认为驩兜就是尧的儿子丹朱，也即是古籍中的灌头氏。这类看法有一些考据方面的依据，可以参考。

新制度不就解决问题了？事实上在和技术官僚的治权掌握者的斗争中，舜已经开始占优势了，他集中掌握了比尧多得多的权力。之前谈到的巡狩是这种权力收聚的举措和标志之一。只有获得了相对优势的地位，才能够顺利地处置这些实权派。而"流四凶"的举措又不失为一个转折点，从此以后，似乎舜已经建立起了政权相对于治权的绝对优势。舜的这些作为一方面是在打击、打压原来的治权势力，另一方面是在以集权于天子的方式扩张政权。他强化政权的基本思路，一则要让政权能够延伸到原来治权的控制领域中去，二则要让政权能够下落到地方。

按照《尚书》"四罪而天下咸服"的记载，说明放逐了这四个大的技术贵族势力以后，政权所受到的阻力和威胁要小得多了。其中"窜三苗于三危"是对后世影响极大的举措。舜把原来东部地区的苗民，也就是东夷的一些极度不安定、不愿意归化的旁支部族全部整体性地迁移，或者说流放到了西北。这开启了解决地方问题的一种全新方案，就是把整族人流放，或者整族人整体性地迁徙，通过这样的方式来稳固统治和改变社会文化、社会秩序。后来历史上经常用到这种方式，像是西周打赢了商人后把商人的旧族整族往外迁，秦始皇也曾有类似的政策和举措。而迄今为止中国呈现出来的民族融和局面，也是历史上一次次地部族、民族整体性迁徙，并与当地部族相融会而形成的面貌。

另一个特别的是鲧被"殛死"。"殛死"大体上有两种解释，一是流放并处死，二是流放至极边，至死不得返还。按《启筮》中的说法，第一种解释更加合理。可是殛死却招致了很意外的后果，鲧到那里"现原形"了，变成了一只黄黑，然后还从他的肚子里面生出了禹。后来禹又回到舜的王廷做了官。这则故事的信息量很大，在后面谈禹的时候还会专门讨论。

从上面这些情况可以看出，流放在当时确实能够起到作用，达到政治上清洗整肃的目的，但是却不能彻底解决问题，比如无法避免禹后来起事和对政权的颠覆。相比较而言，通过立法性、制度性的建构获得的效果更长久一些。

三

下面再来看舜的政制、官制改革，这是他在位期间对后世影响最大的举措。简单地说，政制改革有两大内容，第一方面叫作立十二牧。"牧"就是牧养、蓄养的意思。它与后来《管子·牧民》篇里对职官牧民的设定思路一致，意味着牧养老百姓的技艺。立十二牧意味着把天下分为十二个州，舜任命了十二个负责治民的官员，正好对应每一个州派一个。这表明政权已经获得了地方的人事任命权，舜可以指派顺从于自己的官员去各地进行管理。但是事实上这十二牧到底在地方上发挥多大的作用，权力有多大，是不是对地方基层有人事任免和实际掌控权，这些已经无从得知。但是并不妨碍我们把十二牧看作舜为收紧中央政权对地方治权的控制而立新法、建新制的一大标志。或者可以表述为，舜通过立法建制的方式使得政权能够制度性地直接地参与、分享地方治权。

第二方面是改革中央的官僚制度。我们来看《尚书》中的记载：

> 舜曰："咨，四岳！有能奋庸熙帝之载，使宅百揆亮采，惠畴？"佥曰："伯禹作司空。"帝曰："俞，咨！禹，汝平水土，

惟时懋哉！"禹拜稽首，让于稷、契暨皋陶。帝曰："俞，汝往哉！"

帝曰："弃，黎民阻饥，汝后稷，播时百谷。"

帝曰："契，百姓不亲，五品不逊。汝作司徒，敬敷五教，在宽。"

帝曰："皋陶，蛮夷猾夏，寇贼奸宄。汝作士，五刑有服，五服三就。五流有宅，五宅三居。惟明克允！"

帝曰："畴若予工？"佥曰："垂哉！"帝曰："俞，咨！垂，汝共工。"垂拜稽首，让于殳斨暨伯与。帝曰："俞，往哉！汝谐。"

帝曰："畴若予上下草木鸟兽？"佥曰："益哉！"帝曰："俞，咨！益，汝作朕虞。"益拜稽首，让于朱虎、熊罴。帝曰："俞，往哉！汝谐。

帝曰："咨！四岳，有能典朕三礼？"佥曰："伯夷！"帝曰："俞，咨！伯，汝作秩宗。夙夜惟寅，直哉惟清。"伯拜稽首，让于夔、龙。帝曰："俞，往，钦哉！"

帝曰："夔！命汝典乐，教胄子，直而温，宽而栗，刚而无虐，简而无傲。诗言志，歌永言，声依永，律和声。八音克谐，无相夺伦，神人以和。"夔曰："于！予击石拊石，百兽率舞。"

帝曰："龙，朕堲谗说殄行，震惊朕师。命汝作纳言，夙夜出纳朕命，惟允！"

为了便于理解，我把它简化如下：

司空——禹

后稷——弃

司徒——契

士——皋陶

工（共工）——垂

虞——益（伯益）

秩宗——伯夷

典乐——夔

纳言——龙

要言之，舜重新设置了中央官僚体制。首先谈到的是司空。司空是管匠作营造之类、有关建筑技术职分的官僚，类似现在俗称的基建工作。司空的长官是鲧的儿子禹。在舜建立新官僚制度时，禹已回到了王廷。注意禹跟舜之间有杀父之仇。两人表面上看来倒是相安无事，但细想起来这个任命却不禁让人费解。一方面，舜既然有意视鲧作四凶之一而将之殛死，为何还要重用他的儿子？这显然和技术贵族所垄断的技术知识在社会治理中具有不可或缺的重要性有关。另外或许也和四岳的扶持，也就是王廷中的权力斗争和制衡有关。总之舜有不得已之处。另一方面，面对有杀父之仇的舜，禹果真能够捐弃前嫌，一心治公吗？抑或是他仅以此来韬光养晦，等待再兴之日？历史证明，后一种推断更接近禹的本心。有关这些，将在第十章细说。

后稷类似于现在农业部部长，负责教老百姓播种谷物粮食，长官的名字叫弃，是周人的祖先，帝喾的后人。弃的母亲姓姜，叫姜嫄，传说因为踩了巨人的脚印所以怀孕生了弃。这些待到第十二章论及先周故事时再作详表。

司徒类似于教育部，掌教化、训导，主事者名叫契，是商人的祖先，东夷出身。传说是简狄吞燕子蛋而生契，于是有了"天命玄鸟，降而生商"的诗句。而且契也自诩为帝喾之后。弃和契的身世都很特殊，他们是否真的是帝喾的直系后代，还是出于政治上考虑的托名，现在没有定说。关于契会在第十一章中详论。

"士"这个官职在当时管理两大类事务：一是掌管军队，二是负责狱讼刑罚。它的长官是皋陶。皋陶的出身也很特殊，出身属于东夷一支的淮夷。皋陶的形象后来演变成了著名的狱神，有关他的具体情况将在第九章中细说。

"工"负责管理工程，这是以前被当作"四凶"流放的共工掌管的职分。它的长官叫垂，是共工家族的后裔。而在此后"共工"被用来作为"工"这个职官的名称。禹和垂在舜的王廷为官，再次表明单以刑罚的方式并不能彻底解决技术贵族把持治权的问题。

接下来还有"虞"，是管山林畜牧狩猎的官职，也负责豢养马匹，长官叫益，也称伯益。他是春秋战国时的秦人能追认到的最早的祖先。关于伯益的出身，人们现在基本确定他是东夷之后，有的传说认为他是皋陶的儿子。同时伯益是之后禹准备禅让的对象，也是整个中央官僚体系各正职官中最年轻、资历最浅的一位。所以后来禹才假意要把天下禅让给他，结果他最终没能够掌握政权，被摄政已久的禹的儿子启取而代之了。

还有"秩宗"，掌宗族秩序、关系，这些都涉及后来儒生讲的最狭义的礼仪之"礼"。不过早期的礼主要管的是神事。人在祭祀时使用祭品、器物按照仪制进行的仪式被称为礼，所以秩宗也掌管人神之间的关系。这套仪制仪式非常复杂，而且有很严格的标准，一般人无从悉知，但又不可或缺。在秩宗的官职系统中产生了一类人，掌握礼的知识，并为人提供仪礼指引，叫作"儒"。后来儒生、儒家就由此脱生出来。最早的儒是专业性很强的职业，专门去指导人在特定的场合，像祭祀、婚丧嫁娶中施行特殊的仪式，类似于今

图 8-1　青铜器上的夔纹

天人们熟知的司仪。孔子由于家境和身份的原因，少年时学了儒的知识，之后从事儒这种职业。而且他当时做得很出色，算得上是鲁国很出名的"金牌司仪"。孔子的学问以儒的知识，也就是礼乐知识为起点，所以他的学生以及后来的学派都袭取了儒的称谓，儒家就是这样来的。

　　接着是主管"典乐"的夔。夔是典乐之职的官长，也是一个部族的名号，同时还是一种图腾的名称。商代青铜器上出现了很多夔纹，图样中的怪兽就是作为图腾的夔（图 8-1）。

　　典乐顾名思义就是掌管音乐。在上古时期，音乐、诗歌、舞蹈都用于通神，所以典乐也是具有神性的职务，掌握很特殊的一类技术，与音乐、歌舞有关。夔来历不明，但他具有相当的神性，因为《尚书》中说他的音乐可以感天动地，甚至感动鬼神，感化禽兽，这些显然非常人之力所能及。

　　最后一个职务"纳言"，长官叫作龙。很奇怪的是，关于龙这个人文献中没有任何记载。但是纳言一职很值得重视。纳就和现在出纳的纳是一个意思，管出管进。管出意味着纳言负责把天子的命令向外发布，和后来太监、钦差拿着圣旨出去宣读很像。同时纳言又把他在外界听到的有关政务、治理的言论报告给天子。这可看作后世监察御史之类职官的前身。纳言到舜这里才被当作独立的中央级的官职被设置出来，目的应该是控制官僚和监察地方。在其之下也衍生出一系列的职官，比如后来周代很有名的采诗官。《诗经》中的《国风》就是周朝的采诗官从民间采访来的。为什么要采诗呢？因为老百姓经常会议论政治，涉及天子、官员的政策和治理状况。从民间的歌谣、诗句甚至顺口溜中可以听到很多和政权、治权有关的信息，好的方面有人歌颂，不好的方面有人咒骂。把其中最有价值和代表性的诗歌收纳来呈现给天子看，让天子直接了解地方社会治理、民风民情实态。这无疑提供了下情上达的途径。所以纳言实际上的权力非常大，他直接对天子负责，监视所有其他的官员。自舜开始把它当作中央一级的官设置出来，这个做法为后来的整个帝制时代的中国所延续。不过在漫长的演化过程中孕育出了一些新的规则，例如以"位卑权重"的方式安置纳言类的职官，以此来达至权力平衡。对舜而言，设置纳言官职的直接目的在于控制治权、技术贵族和地方势力，有着明显的扩张中央政权控制力的意味。后世这类官僚成为了天子集权的象征。尤其像明代以后，天子开始寻求个人专制独裁时，往往会产生多个类似纳言的部门，像东西厂、锦衣卫，等等。所以纳言类官职的兴衰后世也成了中央政权权力扩张与收缩的风向标。上述这些是舜改革以后的中央官制的大致情况。

之前说到，舜看起来格外喜欢在制度上做文章。虽说舜以前似乎也有各种各样的职官，但是那些记载相对来说，一则可信度比较低，二则职权并不分明，还不构成严格意义上的体系化官僚系统。而真正严格、完整的中央官僚体制到了舜时才以上面这样一种模式呈现出来，且后世中国的中央官僚体制的建制大抵都是顺着这个体系发展起来的，虽说其中不乏拓展、合并、分离、收缩，但大致不出舜奠定的格局。

上述的中央官僚制度和职官任命中还隐含了其他一些信息。像司空禹是典型的技术官僚，农政官弃、共工垂、虞官伯益以及典乐夔都掌握技术；与之相对的是掌教化的司徒契，掌军事和刑罚的士官皋陶，掌礼的秩宗伯夷和纳言龙不属于原来的治权的范围。或许原先治权掌握者也在做类似的工作，但没有把它们单列成一个职官。所以舜的新官僚体系形成，意味着原来的治权运行的机制和权力格局被打破了。某些曾经附着于技术贵族治权的权力被单独分隔出来，交由新官职掌管。换句话说通过设置新衙门，把原来的职权分散了。这些新分出来的权力的掌握者们都不是原来的技术贵族，而是由舜在原先掌握治权的技术贵族之外提拔起来的，或者换句话说都是舜新近选用的心腹。尤其是皋陶，后来成了舜的王廷上唯一能和禹分庭抗礼的人物①。这样，实际上形成了文官化的官僚体系。新设立的职官和任用的官僚们基本上都是文职官员，和早期的技术官僚大不相同。舜通过新立文职官员分化原先治权模式的官僚体系，目的自然是要分化治权；而新设置的这些文职官员全部对天子负责，被纳入政权的系统之中。如此一来政权无疑对传统治权掌握者形成了新的冲击，甚至可以说政权在与治权的博弈中占到了上风。

我们可以看到，舜前期是在中央与地方的关系上作出调整，将中央政权渗透到地方；又针对技术贵族群体进行了打压，标志是"流四凶"；再接下来是调整中央官僚体制以图分化治权，打造了文官化体制。类似这样的文官化体制自舜以后反复被强化，到西周

---

① 参见《尚书》中《皋陶谟》《大禹谟》和《益稷》中皋陶与禹的对话。

时官僚体系中所有的正职官员全部由文官担任。好比说农业部部长由不懂农业的政治性文官担任，副职官可能是懂农业技术的技术官僚。所以今人经常说到的外行领导内行其实渊源有自。如果去读《周礼》会发现，甚至连帮天子做饭的御厨机构中，领导厨师的正职官也是文职官；还有给天子治病的太医院，院长也是没有医术的文职官。这些文职官只对天子负责，掌握技术的人最高只能做到副职，他们不具有决策权。更有甚者，技术人只能做"吏"，而不能做"官"。这就形成了新型的官僚制度体系，即官—吏体系。吏是做事的，有技术但没有政治前途；而做官的主要得政治觉悟高。这些也都可认为是在舜的官僚制改革基础上的进一步演化的结果。这套体系最重要的目的，同时也是其功能在于压制技术人、压制技术知识。压制的力度非常大，所以到了春秋战国时代，技术人和技术知识被主流文化排挤到了极其边缘化的位置。像懂得医药的人变成了游方的医生，类似于现在说的赤脚医生；懂得占卜占筮的人被称为术士、方士。所有掌握技术的知识者，要么被官僚机构整编进入吏的体系，要么被排挤到社会的最边缘，去做那些大家都看不起的职业，身份也很卑微。

究其原因，根本在于政权始终对于技术知识本身的神性有忌惮。从颛顼开始的绝对天通就是一种压制技术知识的方案。尔后政权不断地去强化这种压制，结果是把掌握技术知识的人向最边缘的位置挤压。挤压到技术人和技术知识无法进入正统的话语圈。只有让技术人的声音没人听，他们的神性才最不可能被人重视，也就失去了挑战政权正当性的可能。不过到后来措施做得越来越隐秘，方法也更制度化，直到技术人最后变成了方士之流，再往后使他们成为了出家人（道士），隔离于世俗社会之外。毕竟神圣性是自古以

来政权正当性的依托所在，并且政权所凭借的神圣性仅仅是统治者
自己的"解释"。之前反复说到，中国上古的政权是黄帝基于武力，
以阳动的方式人为创造出来的，没有当然的神圣性。这样的一个人
为的政权，自然会惧怕"先天"具有神性的技术人，两者之间的矛
盾不可弥合。而掌握技术的人觉得自己天生通神，能够当然地代表
神意，没有理由要被一班俗人统治。反过来政权掌握者们觉得自己
事实上居于统治地位，且政权本身又是"道"的载体，自当加以固
守。这是为什么后来舜和禹之间的关系非常紧张的深层原因，也是
禹上台以后把整个炎黄天下彻底翻覆掉的最主要原因。

当然舜在位期间还有一项重要决策，就是任命禹治水。[①] 这是
直接导致他的政权被颠覆，且又不得不如此的决定。其中恰好体现
了技术贵族的独特优势。正是由于对"地上"的技术知识的垄断性
掌握，舜在面对洪水时不得不寻求具有水文水利知识的鲧、禹家族
来主事。要注意，这时我们一定不能忽视舜"殛死"禹的父亲鲧所
带来的潜在影响。而禹恰是利用治水成功所获得的声望和权威获得
了政权并随之建立了一个治权统摄政权的政治格局，并且经由他的
儿子夏启，开启了中国家天下的历史。

四

至此，可以总结舜的事迹和业绩。舜主要的业绩都集中在立法
建制方面，其中最主要者莫过于建立了一套文官化的官僚制。这对

---

① 这个事件被记载于《古文尚书·大禹谟》中。据清代阎若璩以降对《古文尚书》的考证，今人
大都认定此篇系晋代伪作。但舜任命禹治水之事遍见于早期文献及《史记·夏本纪》中，其事
属实大抵无疑问。

后来造成的影响很大，成为了后世官僚制的蓝本，也是治权分配方案的模本。同时舜也开启了新的政治方法传统，即通过制度建构的方式去解决权力分配和纷争问题。这种方法显然在尧的时候不曾使用，彼时更仰仗选对人而非建好制度；更早的颛顼、帝喾时代似乎也不这么做。随着文官化官僚制而来的是政权重建，主要包括三个方面：第一是重新清理曾经被政权把持的通天的途径，舜用到的方法就是取消羲和，也就是重家族的权柄，天子直接和天之间建立联系；第二是改变了中央政权和地方之间的关系，举措是重整地方祭祀仪制和派出十二牧，这样一来将地方首长的人事任免权收归了中央；第三是通过中央的官职改革分化原来的治权。而舜所有这些举措的直接目的，当然是为了打压治权，压制技术贵族。其中还有更深层目的，意在建立由天子主导的集权式政权。事实上舜所有的改制，都有将权力收归政权，更准确地说是聚拢到天子手中的功能。于是最早的集权制的雏形出现了，这时已不再遵循之前的政、治两分，天、人两分的格局。

　　舜为什么会有这样的思路？有一些记载似乎透露了端倪。舜重孝道广为人知，也可说他非常看重血亲伦理。这点和尧大不相同。前章谈到尧为了达成特殊的政治目的，完成他的政治使命，首先把儿子丹朱豁出去了。舜的做法截然不同。舜有个非常想要杀自己的弟弟象，但是他上台以后却给象找了一块封地，把他封为了贵族。对于这个举动，后世不少人提出过质疑，认为既然舜是圣王，他的弟弟又是那样顽劣的杀人未遂者，是个道德败坏的人物，舜以天子的身份封象去做地方诸侯，岂不是祸害当地老百姓吗？其中隐含政治权力、政治责任和血亲伦理之间的冲突，同时也是公与私之间的冲突。舜置身于这种冲突中选择的是血亲伦理为上。通过这件事我们可以做一些推衍：如果到了舜弥留之际，他是不是会有意把天子之位传给他的儿子呢？因为对舜而言血亲伦理最为重要。根据舜之前的种种作为来看，这个想法并非无稽之谈。如果真是如此，舜建立一套集权式的政权模式，改变天下的格局，都可以看作是在为把天子之位传给他的儿子做准备，进而中国第一个家天下王朝的出现就会是在舜和他的儿子商均代际，而不是后来禹和启了。不过似乎天不遂人愿，治水打乱了舜的所有部署。但恰恰正是由于有了这样一系列的准备，事实上给后来禹建立集权式的家天下做好了铺垫。这也是在孔子眼中舜不及尧伟大，还被拿来和禹并称的原因。①

舜的一生的作为既有和尧一样挽狂澜于既倒的功业，毕竟他没有让政道倾覆；又开启了通过立法建制来稳固政治权力的新模式。但是他在做这些工作的过程中始终有血亲伦理至上的具有"私"性的考量，似乎这也是为什么在尧舜两个人的评价问题上孔子更欣赏尧。从这个角度上看，黄帝以来的公天下的堕落其实在尧舜代际已然昭著，舜大有为私而公的意图，只是他没有成功。

---

① 孔子之前，舜禹并称在文献中无迹可寻。由此可以断定孔子此言特有所指，结合前文，用意当在针砭二人的"私化"倾向。

第九章
皋陶之刑与伯夷之礼

一

在舜的官僚体系中，和现代意义上的法律文化最直接相关者无疑是"做士"的皋陶和"典礼"的伯夷，以及他们所掌管的刑和礼。单独来看，刑和礼都是法律；放在一起则二者各表一端。大致可说，刑标明社会容忍的最低限度并提供矫正机制；礼则彰明高尚色彩的行为准则并提供典范机制。考虑到这两方面之于法律文化的特殊重要性，这一章中专门讨论刑、礼以及皋陶和伯夷的"做士""典礼"事迹。

首先从刑的字形入手：最早的刑字如图 9–1 左边的写法，通常叫作井刀刑，同时还有右边的写法，差别就在于冒头（井）和不冒头（开）。其实两者乃是两个完全不同的字，但是在后来的演化中合而为一了。简单地说，左边的是"型范"的"型"，右边的是"刑罚"的"刑"。所谓型范就是模型，后来衍生出来规矩、标准、规范等含义，再后来

图 9–1 古文"刑"的两种字形

也指代法律。刑罚的刑，也被称为"井刀刑"。对它的本义有好几种猜测，第一种猜测说刀就是一把刀，井是犯人戴的枷，后来叫桎梏，两个部首都表示刑罚，所以刑是个表意字。另外一种说法认为"刀"形的部首其实是个人，"井"是个棺材，表示人受刑死后装到棺材里。但是哪一种猜测对就不知道了，也不用太深究，现在主要讨论的是刑这个词的内涵。

刑罚的刑，最原始的含义是针对肉体的毁伤。注意一定是要针对肉体，且会留下永久印记的那类毁伤。这种刑就是后人常说的肉刑。我们知道后来肉刑有很多种形式，殷周时代制度化的"五刑"算得上典型表现，其中最严重的是死刑。死刑也有很多方法，最常见的是斩和绞，此外还有腰斩、凌迟之类。由重到轻的第二种叫作宫刑；第三种是砍小腿，叫剕或刖，或者是挖膝盖，叫膑；第四种是割鼻子，叫劓；第五种是刺字，叫作黥，也称墨刑。

考诸文献，肉刑至少在蚩尤时代已经出现了，黄帝融并了作为"刑神"的蚩尤所创立的刑罚，进而有了最初的刑制。[1] 到了舜主政时，新的"五刑"体系开始出现。前章引述过《舜典》："象以典刑，流宥五刑，鞭作官刑，扑作教刑，金作赎刑。"虽说对于文中"五刑"的含义历代注疏家歧见纷纭，不过这则记载至少告诉人们"五刑"并非皋陶的创制，在此之前应该已经制度化了。"五刑有服，五服三就。五流有宅，五宅三居"是舜对皋陶行其职守的要求，也反映出皋陶的职分。这个稍后再谈。

在皋陶以前的上古传说中，有两个人物和"刑"有直接关系，而且这两位又都与黄帝有关，分别是刑天（也写作邢天、形天、

---

[1]　详见本书第三章。

形夭等）和蚩尤。在炎黄二帝之前是否存在后世制度化的差等式
"刑"（即肉刑）已经不得而知。不过自黄帝开始便有明确的用刑记
录，并且出现了第一批受过肉刑的刑余之人——刑天和被奉为"刑
神"的蚩尤，这反映出最早"刑"具有强烈的政治属性，是政治斗
争（战争）的手段，而非一般的常态化社会治理机制。

　　刑天这个人物之前谈到了一些，关于他的记载最早出现在战国
时代成书的《山海经》中，其中《海外西经》说："形天与帝至此争
神，帝断其首，葬之常羊之山。乃以乳为目，以脐为口，操干戚以
舞。"① 到了汉代《淮南子·地形训》中记录了"西方有形残之尸"，
据高诱注："形残之尸，于是以两乳为目，腹脐为窍，操干戚以舞。
天神断其手后，天帝断其首也。"干戚，按照郭璞注所说，"干，盾
也；戚，斧也"②。如此怪异的形象，很容易被人视为荒诞不经。实
则古史传说时代任何一种夸张的描述，每每是群体对史事中最重要
方面的记忆变形，而非虚构。

　　《山海经·大荒西经》则记录了"常羊之山"的情况："大荒之
中，有山名曰常阳之山，日月所入。"③ 这个地点和西王母所处的地
点很近，《大荒西经》中"常阳之山"句前段说：

　　　　西海之南，流沙之滨，赤水之后，黑水之前，有大山，名曰
　　　昆仑之丘。有神，人面虎身，有文有尾，皆白，处之。其下有弱

---

① 《大荒西经》还有一则记载曰："有人无首，操戈盾立，名曰夏耕之尸。故成汤伐夏桀于章山，
　　克之，斩耕厥前。耕既立，无首，走厥咎，乃降于巫山。"这个形象和前引"刑天"很像，但时
　　代晚了很多。
② 袁珂：《山海经校注》，215 页，上海，上海古籍出版社，1980。
③ 《大荒西经》篇末还有一则记载曰："西南，大荒之中隅，有偏句、常羊之山。"对这个地点的分
　　析，参见上引袁珂书，216 页。

水之渊环之，其外有炎火之山，投物辄然。有人戴胜，虎齿，有
豹尾，穴处，名曰西王母。此山万物尽有。

从上面这些记载中可以看出，刑天的地望非常偏西，到了昆
仑山附近，很可能处在神农氏部族的西部。《路史·后纪三》记：
"（神农）乃命邢天作扶犁之乐，制丰年之咏，以荐厘来，是曰《下
谋》。"袁珂说："刑天，炎帝之臣；刑天之神话，乃黄帝与炎帝斗争
神话之一部分，状其斗志靡懈，死犹未已也。"①刑天、黄帝之战算
得上一场西部集团内部的权力斗争，而刑天无疑是因败北而受刑。
受刑、舞蹈与不服从，乃是《山海经》简短记载中透露出的最重要
的信息。

刑天作为史有明文的第一个受刑者，他的形象向世人昭示出这
个时代施加于肉体的刑罚与精神层面并没有直接关联，也没有附加
道德减等和耻辱性内涵，甚至在某些情况下刑罚成为了受刑者由现
实世界一转而升入神圣世界的中介。类似的情形还出现在更晚一些
的鲧身上。相传鲧由于治水失败②而被列为"四凶"之一，遭到舜
"殛死"之刑。《归藏·启筮》说："鲧殛死，三岁不腐，副之以吴刀，
是用出禹。"③被殛死以后，鲧也表现出了强烈的神性，并且传递给
了禹。受刑非但没有带来人格"减等"，反而引起神性彰显的情况
反复出现，暗示着当时的肉刑与具有血亲伦理意味的族群内部关系
并无太大关联性，因此并不附着伦理内涵。也可以说，舜之前的刑
罚仅仅作为政权进行政治斗争的工具，与行之于社会内部的治权，

---

① 袁珂：《山海经校注》，215 页。
② 当然这只是冠冕堂皇的理由，真实的原因前章已明，此处不重述。
③ 《全上古三代秦汉三国六朝文》卷一五引。

以及社会治理本身并不存在直接联系。尽管舜有意识地在制度层面作出了改变，但是社会观念却没有一蹴而就地随之变化。甚至从传说中还反映出，时人似乎对政权所动用的刑罚具有强烈而普遍的反感，毕竟五帝们的政权本身就是在颠覆原有万邦分治和各自以为治的格局而人为造作出来的东西，它对旧秩序的"侵扰"难免让人感到不安。同时，尽管原来掌握治权的技术贵族们参与到政权体系之中，但总体上说他们处于被压制的状态，因而每每以各种各样的方式寻求反抗、争夺权力甚至觊觎政权。被舜殛死的"四凶"都是这类人物的代表，此时社会舆论似乎对他们保持了强烈的认同和同情感，神化就是体现之一。

作为肉刑之祖的蚩尤之所以被赋予"刑神""兵神"之号，源于蚩尤所属的东夷部族在金属冶炼方面具有独特技术。可以想见，使用金属兵器在打斗或战争中较之石质、木质兵器会有压倒性的优势。由此可知，在黄帝时代施用的"刑"（即肉刑）与使用金属毁伤肉体有关。《国语·鲁语上》记载了臧文仲对鲁僖公的一段言论：

> 大刑用甲兵，其次用斧钺，中刑用刀锯，其次用钻笮，薄刑用鞭扑，以威民也。故大者陈之原野，小者致之市朝，五刑三次，是无隐也。

这段话法律史家讨论刑制起源的时候经常引用，内容基本上符合之前对黄帝时代刑罚的推断。所以蚩尤获得"刑神"的名号，也反映出当时刑罚的两大特质：肉体损伤和政权斗争。

最初的"刑"专属于政权，并不涉及治权的领域，也就是肉刑不用于族群之内。那么，族群内部的社会治理中，对秩序、禁忌等的违反者应该有另一套与"刑"不同的惩罚机制。"象刑"提供了理解这一机制的线索。"象刑"一语最早见于《尚书·舜典》的"象以典刑"，到了战国时代，屡有论家进行解说，例如《邓析子·转辞》中说"上古象刑而民不犯教，今有墨劓不以为耻，斯民所以乱多治少也"。《荀子·正论》认为：

> 世俗之为说者曰："治古无肉刑，而有象刑：墨黥，慅婴，共、艾毕，菲、封屦、杀、赭衣而不纯。治古如是。"是不然。以为治邪？则人固莫触罪，非独不用肉刑，亦不用象刑矣。以为人或触罪矣，而直轻其刑，然则是杀人者不死，伤人者不刑也。罪至重而刑至轻，庸人不知恶矣，乱莫大焉。凡刑人之本，禁暴恶恶，且惩其未也。杀人者不死，而伤人者不刑，是谓惠暴而宽贼也，非恶恶也。故象刑殆非生于治古，并起于乱今也。

尽管荀子本人对古代无肉刑而有象刑的"通说"并不认同，甚至还表示反对。但"世俗之为说者曰"说明当时这类理解广为人知。《慎子》中有更为详尽的解释：

> 有虞之诛，以幪巾当墨，以草缨当劓，以菲履当刖，以艾韠当宫，布衣无领当大辟，此有虞之诛也。斩人肢体，凿其肌肤，谓之刑；画衣冠，异章服，谓之戮。上世用戮而民不犯也，当世用刑而民不从。昔者，天子手能衣而宰夫设服，足能行而相者导进，口能言而行人称辞，故无失言失礼也。（《太平御览》卷六四五引）

到了汉代，类似《慎子》的"画像"说逐渐成为对"象刑"的官方解释，如伏胜《尚书大传》中说：

> 唐虞象刑而民不敢犯，苗民用刑而民渐兴犯。

还有如"唐虞之象刑，上刑赭衣不纯，中刑杂屦，下刑墨幪。"东汉郑玄《尚书注》曰："纯，绿也。时人尚德义，犯刑者但易之衣服自为大耻。屦，履也。幪，巾也。使不得冠饰。"

众所周知，《尚书》中的篇章普遍存在被重述的现象。秦博士伏胜口传下来的《今文尚书》很有可能是春秋时人重述过的文本。"象刑"这个概念本身应该就是东周以后从对早期刑制的追溯性描述中概括出来的概念。从这个意义上说，荀子认为画像说"起于乱今"并非全无道理。然而，象刑这个概念的存在，表明东周时人依稀记得上古时有一些既类似又有别于当时的刑罚的制度设置，所以用了"象刑"这个词来作限定。现在需要阐明，究竟上古时这类有别于肉刑的"象刑"是什么。

简单说来，战国时常说的象刑是适用于部族内部成员的耻辱刑。首先，通过对刑制起源的论说可知，五帝时代及之前的"象刑"绝非当时政权所施用的"刑"（即肉刑）。不过二者显然存在某种共性，其中最显著者莫过于惩罚。也就是说，狭义的肉刑之"刑"和"象刑"都是针对特定人的惩戒、处罚。其次，也是更重要的，是需要理解"象刑"与狭义的"刑"（肉刑）之间的差异。而最为前提性的一点在于：象刑是一种由治权主导，施用于族群内部的一般性惩罚机制。因此，它存在的历史要远远长于炎黄争帝时方始出现的"（肉）刑"，并且形式也和动用刀锯斧兵钻凿的"刑"明显有差。

上古时期族群多以血亲为纽带聚合而成，无论是小规模的氏族，还是略晚以后扩大化了的胞族、部落，等等。考古人类学和民族志学者反复论证过了这一点，应该比较准确。以血亲关系、姻亲关系为基础，社群形成了一套独特的伦理规则和评价机制，纵使还不能与后世的道德伦理原则等量齐观，但具有相当的相似性。在这样的社会环境中，违反法律不仅仅意味着破坏社会秩序，同时也意味着亵渎神灵①、违背祖制和道德败坏。因此，犯法者当然必须受到惩罚。以当时族群的容忍程度为限，相应的惩罚可分为惩戒性和驱逐性两类。

驱逐性惩罚以放逐为代表，广泛存在于上古各个文化传统中，并且在很长一段时期内得到了保留。像中国古代的"流刑"、古希腊的陶片放逐法等都是典型表现。前章说到，上古中国社会中一个人被所属的群体驱逐，后果将会异常严重。他会因此失去身份，失去生活来源，同时也失去保护，成为孤立于世界的纯生物性个体，能够生存下来的可能性微乎其微。惩戒性惩罚实际上以教化为主，辅之以惩罚，意在使过错者能够受到教训并回到自我矫正以重回正轨。这种惩戒的主要方法是羞辱，并以此激发犯罪者的道德自觉。颛顼时代将有罪的妇女置于"四达之衢"，以及后来《周礼》中"不齿三年"的规定都属于这类惩罚。

不过上面两类惩罚都没有涉及肉体毁伤方面的内容，这是族群内部惩罚与"（肉）刑"的最大差异。应该说在通常情况下，以血亲伦理为基本纽带的族群内部不能容许肉刑存在。对此，只要结合后来儒家以为身体发肤受之父母而竭力倡导予以保全的理论就很容易理解了。身体不是仅仅属于个体之人的私人性物品，恰恰相反，它同时与自然神和祖灵相联系，这就意味着，无论在神圣性层面还是与祖制相关的习惯层面，人为损害身体的行为都缺乏成立的基础。

---

① 早期法律基于具有神性的技术知识，故此破坏法律的行为在性质上也当然构成了渎神。可以结合第一章的论说来理解。

　　"象刑"其实是惩戒性惩罚的代名词。
这个名称应该是刑制成熟以后追忆和追溯
的产物。作为早期族内惩罚机制，它不会
具有肉刑的内容，当然也不会是"参照"
后起的肉刑等刑制来作制度设计，自然也
不会有"象刑"之名。所以战国时人所说
的"象"，只是五帝时代以后的人用后来
的刑制去比附早期族内刑（象刑）的内容
（图 9-2）。

图 9-2　狱神神龛

　　之前说到，象刑所用的惩罚以耻辱为主要机制。这与战国以
后人们对象刑内容的追述正相吻合。前引《慎子》佚文中说"有
虞之诛，以幪巾当墨，以草缨当劓，以菲履当刖，以艾韠当宫，
布衣无领当大辟"，如果排除"当"之后的附会性内容，幪巾、草
缨、菲履、艾韠、布衣无领这类奇装异服，其实都意在标示受惩
罚者区分于一般社会成员的"不正常"状态，或者说是一种人格
侮辱等。

<h1 style="text-align:center">二</h1>

　　接下来我们讨论理官和皋陶。"理官"是中国传统政治社会中
长期存在的一类官职的总名，也有不少的文献写作"李"。当代学
者们习惯将它与西方司法体系中的法官作等量齐观。实则二者之间
颇有差异。

　　什么是"理官"呢？古人有两种解说，其一是说因为这类官长
的职责主要是"评理"，所以被称为"理官"；其二是说往古断案是

在李树下，故而以"李"名官。现在大家都觉得前一种说法比较合理，后者显得荒诞。不过历史上真实的情况，也未必就不是今人眼中看似荒诞者。倒是今人为什么觉得前说"合理"同样是值得讨论的问题。很明显，前者之所以被认为合理，是因为人们都接受"理官"是评理之官的解释。至于它原初时究竟怎样得名，并不影响对其基本状况的理解，加上时代茫远，考实无望，因此也就不需去纠结。到了西周初年还有昭公在棠树下理讼的事迹，说明李树下理讼的传说并非全无所本。

中国历史上最早的理官是皋陶（也作咎繇、咎陶、繇虞）。[①]也可以认为，尧、舜、禹时期，也就是五帝时代的末期，政治文化的发展出现了新的局面，而皋陶是其表征之一。同时读《尚书·虞夏书》可以体会到，皋陶是虞舜王廷举足轻重的人物。

皋陶出身的地望大体属于东夷一支的淮夷。"皋陶鸟喙"（《白虎通·圣人》）的传说也印证了他的东夷族属，因为早期文化传统中东夷各部大多崇拜鸟图腾，"鸟喙"就是鸟图腾在群体记忆过程中的变形。这一点对接下来理解皋陶的"技术"与"职分"很重要。刘起釪考证他是"群舒地区偃姓族的祖宗神"。大致在今天安徽省西部的六安、霍邱两县。又据《秘籍新书》引《姓纂》云："帝颛顼高阳之裔，颛顼生大业，大业生女莘，女莘生咎繇，为尧理官，因

---

① 据韩玉德考证：关于皋陶的称谓，文献所记不同：一曰皋陶。见诸《尚书》之《尧典》《皋陶谟》，《左传》文公五年，《论语·颜渊》及《荀子·非相》等；二曰咎繇。见诸《世本》之《作》篇、《氏姓》篇，《史记》之《五帝本纪》《夏本纪》及《汉书》之《武帝纪》《古今人表》《百官公卿表·序》《刑法志》《路温舒传》《扬雄传》《晁错传》，《后汉书·张衡列传》等；三曰皋繇。见诸《汉书·地理志》下六国原注等；四曰咎陶。见诸今本《竹书纪年》等。从上引文献的时间先后看，大致汉以前称皋陶，次咎繇，而称皋陶、咎陶者较少。皋与咎、陶与繇，古音相似通假，故有同音异字之异称。见韩玉德：《皋陶考论》，载《管子学刊》，1997（4）：85页。

姓李氏。"然而《唐书·宗室世系表》说："李氏出自嬴姓，帝颛顼
高阳氏生大业，大业生女莘，女莘生皋陶。"则传闻异辞了（倒合
于刘师培所倡偃姓即嬴姓说）。至《夏本纪·正义》引《帝王纪》
云："皋陶生于曲阜。曲阜，偃地。故帝因之而以赐姓曰偃。"这就
把皋陶定在曲阜了。[①] 不过总体来说，"关于皋陶的族属与地望，据
文献所记及当今学者的研究，应为虞夏之际东夷族的首领、淮夷族
的祖先"[②]。《左传》文公五年"臧文仲闻六与蓼灭，曰：'皋陶、庭坚
不祀，忽诸？德之不建，民之无援，哀哉。'"其中的"六"国就是
淮夷，可以印证学者们的推论。根据这些复杂而精细的考证，把皋
陶看作上古时代淮夷中的一个著名部族的首领应无大过。同时，和
共工、神农等一样，在特定语境、场景中出现的皋陶指的是这个部
族首领，但未必是某个特定的单一个体。另一说认为皋陶的名号和
陶唐氏（尧）的名号一样，都和制陶器的技术有关，这个说法可供
参考。[③]

　　皋陶以地方大族的身份进入尧舜王廷任职，合乎当时时政、治
权组成的常态，掌握治权的四岳、共工、鲧、禹等都是如此。不过
在尧主政时皋陶还默默无闻，甚至有可能尚未获得进入王廷核心圈
的资格，到了舜进行政制改革之际才被重用，所以颜回曾说："舜
有天下，选于众，举皋陶，不仁者远矣。"（《论语·颜渊》）到战国
以后，人们关于皋陶事迹的认识已经比较一致了，《孟子·尽心上》
说"舜为天子，皋陶为士"；《管子·法法》说"舜之有天下也，禹

① 刘起釪：《尚书校释译论》，218 页。
② 韩玉德：《皋陶考论》，载《管子学刊》，1997（4）：86 页。《路史》引《年代历》云："皋陶，少昊四世孙。"《史记·夏本纪·正义》引《帝王纪》云："皋陶生于曲阜。曲阜偃地，故帝因之而以赐姓曰偃。"
③ 参见刘起釪：《尚书校释译论》，221~222 页。

为司空，契为司徒，皋陶为李，后稷为田，此四士者，天下之贤人也，犹尚精一德以事其君。"①《文子·精诚》说："皋陶暗而为大理，天下无虐刑，何贵乎言者也。"《今本竹书纪年》有"（舜）三年，命咎陶作刑"②。这里提到的"士""理""李"是西周至战国时期的司法官员的职称，他们通常掌管狱讼之事。可见这时皋陶已然成为这一职守的理想范型。尽管如此，由于历时久远，人们对皋陶的认识很明显地经历了一系列变化，所以皋陶形象便呈现出不一而足的样态。下面先清理一下这些传说。

最初的记载来自《尚书·舜典》：

> 舜曰："咨，四岳！有能奋庸熙帝之载，使宅百揆亮采，惠畴？"佥曰："伯禹作司空。"帝曰："俞，咨！禹，汝平水土，惟时懋哉！"禹拜稽首，让于稷、契暨皋陶。帝曰："俞，汝往哉！"……帝（舜）曰："皋陶，蛮夷猾夏，寇贼奸宄。汝作士，五刑有服，五服三就。五流有宅，五宅三居。惟明克允！"

大意是说，舜先向四岳询问谁合适任主匠作的司空，大家都推举禹，任命时禹让于后稷、契和皋陶，不过舜坚持了原命。之后舜对皋陶说，蛮夷侵扰中国，兵匪奸诈不息。因此任用皋陶作"士"。要求五刑轻重得中，既服五刑，当就三处。五刑之流，各有所居，度其远近，为三等之居，并要求"维明能信"。③

这里皋陶所任的"士"是一个怎样的官职呢？东汉人马融说他是"狱官之长"。郑玄以为："士，察也，主察狱讼之事。"唐人张守

---

① 刘向校、戴望校正：《管子》，93页，上海，上海书店，1986，影印世界书局《诸子集成》本。
② 《北堂书钞》十七引《纪年》："命咎陶作刑。"不系年世。
③ 《史记·五帝本纪》所据今文《尚书》"惟明克允"写作"维明能信"。

节则说："若大理卿也。"后人比较一致的意见是皋陶所任的"士"，属于和狱讼、刑罚有关的官长。不过在《舜典》中不曾说到狱讼，更多的是在强调如何对蛮夷、寇贼使用刑罚，并且提出了两个基本的用刑原则，即"明"和"允（信）"。可以肯定，皋陶很好地贯彻了舜的指示，故此方有《文子·精诚》说的"皋陶喑而为大理，天下无虐刑"的局面。士的职分则包含了后世的兵和刑两者，不过在当时族际间的军事和肉刑本是一事，所以士官的职分也兵刑不分，士既是军队的领导，也是司法的掌管者。

　　还有必要说一说何谓"理"官。众所周知，皋陶的事迹，在于对狱讼与罪行的处理，也就是所谓的"士""理""李"的职守。先秦史籍中常见的理、李、士等是主理狱讼的官员，因此，这个话题要从"狱讼"谈起。

　　"狱讼"二字各有其义，意义相近，却不全同。郑玄《周礼注》云："争罪曰狱，争财曰讼。"贾公彦《疏》谓："狱讼相对，故狱为争罪，讼为争财。若狱讼不相对，则争财亦为狱。"① 这种狱讼之分是相对的，也有学者对此提出了质疑。"狱"，《说文》"狱，确也"的解释不甚明确。"讼"，《说文》解释道："讼，争也。……以手曰争，以言曰讼。"说得简单一些，"狱讼"就是大到需要由官方介入的纷争。由于含义相近，战国以后人们在使用中不再加以严格区分，例如《诗经·召南》"谁谓女无家，何以速我狱？"汉代毛《传》就解释为："狱，讼也。"而在《周礼·地官·大司徒》中称："凡万民之不服教而有狱讼者，与有地治者听而断之，其附于刑者归于士。"这则材料中说得很清楚，"士"所管理的是狱讼中"附于刑"的那

---

① 贾公彦：《周礼注疏》。

一部分。而不必涉及刑罚者，与"教"相关，由司徒之属来管辖。并且舜把（肉）刑、流、宥、象（刑）合一，实际上意味着对刑制进行了改革。从此以后刑的内涵超越了单纯的肉刑，而指称所有的刑罚。这个变化的意义非常重大，意味着肉刑与象刑同质化。

尚有另一种说法，认为皋陶在尧时就已居此职，见于《少昊纪》之"大业取少典氏之曰华生，颛虞帝求旃以为士师，颛一振褐而不仁者远，乃立犴狱，造科律，听狱执中，为虞之氏而天下亡冤，封之于皋，是曰皋陶。"考虑到《尚书·舜典》（简称《舜典》）中有一段尧晚年舜执政时的记录作："象以典刑，流宥五刑，鞭作官刑，扑作教刑，金作赎刑。眚灾肆赦，怙终贼刑。钦哉，钦哉，惟刑之恤哉！"《少昊纪》中的记载应有所本。这个说法提供了一个很重要的信息：后人所纪念的皋陶应非一人，而是长期掌管刑罚的一个家族的称号，类似于早期掌握农业技法的神农氏、掌握天文知识的羲和、掌握水土知识的共工，等等。前几章中曾反复说到，掌握技术性知识的家族，具有天然的神圣性，并且倾向于将他们掌握的知识与技法垄断起来，仅在小范围内传承。皋陶的家族似乎也是如此，恰好有一则材料可以印证。《归藏·郑母经》中有"明夷曰：昔夏后启上乘龙飞，以登飞天，皋陶占之曰：吉。"[1]这说明皋陶在夏代王廷仍旧居于要职。自尧至启，非一人的寿命可及，因此皋陶只能是一个家族之号，此其一。皋陶能"占"，说明他在身份上具有神圣性，[2]类似通过技术知识带来的神圣性而跻身通神者行列

---

[1] 《太平御览》卷九二九案。《路史·后纪》十四引《归藏·郑母经》："明夷曰：'夏后启筮御龙飞升于天。'"与上文连为一条。

[2] 另外《论衡·是应》篇记载了一则轶闻："儒者说云：觟𧣾虎者，一角之羊也，性知有罪。皋陶治狱，其罪疑者令羊触之，有罪则触，无罪则不触。斯盖天生一角圣兽，助狱为验，故皋陶敬羊，起坐事之。"这个故事似乎可以看作是对皋陶本身具有神性并用于断案的早期印象的推衍所致。

的情况与史官、乐官和巫卜官等如出一辙。有理由相信时人业已将狱讼、审判等事的处理作为一种专门的身份和技术来看待，而"皋陶"很可能是上述身份的代名词，同时也是相关技法的垄断者。由于他们在尧、舜、禹时代的出色事迹，后人们将之视为理官职业和文化的模范是很好理解的。这是其二。

不过之前说到的那些被垄断的，先天具有神圣禀赋的技术知识，无论是关乎天文、地理、水火，还是匠作，等等，均涉及人神之际。尚不曾见到有专门关乎人域秩序的，特别是政治性的知识和技术跻身此行列。如此说来，皋陶可谓是首例。尧舜的政治权力原本由黄帝通过武力压制、征服旧的以技术贵族为立法者的社会秩序建构起来。这种权力在自我维系的过程中，无疑也吸纳了以往技术贵族的成功经验，特别是通过垄断知识来获取对权力的长久保有。颛顼时代意识形态创制可谓开了先河。不过纵使是有"绝地天通"的壮举，颛顼并没有企图设置新的知识垄断，而是利用政治权力的认可来分化过去的知识贵族，并形成对他们的控制。像皋陶家族这样把基于政治权力而生的社会控制方法作为专门的知识、技术加以垄断性保有和传承的，未见有先例存在。这个家族的崛起向我们释放出一个信号：五帝末期中国政治社会正在步入"治道"与"治术"并进的时代。

问题在于，皋陶所掌握的究竟是什么技术？后人的说法不一。其一，有的说是"听狱"，也就是断案，战国时已有了"听狱不后皋陶"[①]的观念。其二，有的说是掌刑，即执掌五刑之类的刑罚，这个说法即源于对《尚书》的理解。其三，也有认为皋陶有编

---

① 《尸子·分》。

订"刑"的功绩。《左传》昭公十四年文曰："《夏书》曰：'昏、墨、贼，杀。'皋陶之刑也。"《吕氏春秋·君守》也说"皋陶作刑"。其四，汉初陆贾《新语·道基》说："铄金镂木，分苞烧殖，以备器械，于是民知轻重，好利恶难，避劳就逸；于是皋陶乃立狱制罪，县赏设罚，异是非，明好恶，检奸邪，消佚乱。"这是认为皋陶创立了从审判到刑罚的一系列制度，成为以威势惩罚维系社会秩序的第一人。我更倾向于认同第四种，也就是陆贾的理解，因为综合先秦各家关于皋陶的传说来看，《新语》中的表述最为全面。①

由此，还需要追问皋陶的具体创制有哪些？《文子·精诚》中说："皋陶喑而为大理，天下无虐刑，何贵乎言者也。"《尸子·仁意》说："听狱折衷者，皋陶也。"②《大戴礼记·五帝德》曰："皋陶作士，忠信疏通，知民之情。"上述的一系列议论反映出，皋陶将"民情""衷（中）"融入对狱讼与刑罚的处理，以达至"天下无虐刑"和"异是非，明好恶，检奸邪，消佚乱"的局面是其最大成就。对这些内涵，《古文尚书·大禹谟》作出了精辟的归纳，文曰："皋陶，惟兹臣庶，罔或干予正。汝作士，明于五刑，以弼五教。期于予治，刑期于无刑，民协于中，时乃功，懋哉。"

不过，关于皋陶狱讼刑罚的原则，在《尚书·舜典》中的两则记载所体现出的都不是他本人的创设：第一则是"象以典刑，流宥五刑，鞭作官刑，扑作教刑，金作赎刑。眚灾肆赦，怙终贼刑。钦哉，钦哉，惟刑之恤哉！"这应该是舜执政以后的举措，此时尧尚

---

① 又通过《风俗通义·佚文》中引《皋陶谟》"虞始造律"的文字，可以推测虞舜之时有可能将道、术结合的新型狱讼刑罚之制以某种形式的立法确定下来了。至于它是否被命名为"律"倒是很值得存疑。

② 《韩诗外传》二："夫辟土殖谷者，后稷也；决江疏河者，禹也；听狱折中者，皋陶也。然而圣后者，尧也。"盖本此，亦见《淮南子·诠言训》。

在位。第二则是前面引过的"汝作士，五刑有服，五服三就。五流有宅，五宅三居。惟明克允！"这是舜任命皋陶为士时的训诫。为什么舜反复强调有关恤刑、明刑的原则？如果尧时业已掌管狱讼刑罚的皋陶家族早已为此，则无须再由舜来详加申说。这里似乎透露出，虞舜之前的皋陶只是掌握有技术化的狱讼、刑罚之术，而到了舜执政时开始要求在技术运用之时融入"德"的元素，并且将"德"作为凌驾于技术之上的原则。舜所带来的这种转变，与之对尧时业已衰颓的政道的挽救和复兴的宏愿不无关系。有关狱刑的技术，《古文尚书·大禹谟》（下称《大禹谟》）中有一段非常翔实的记录：

> 皋陶曰："帝德罔愆，临下以简，御众以宽；罚弗及嗣，赏延于世。宥过无大，刑故无小；罪疑惟轻，功疑惟重；与其杀不辜，宁失不经；好生之德，洽于民心，兹用不犯于有司。"帝曰："俾予从欲以治，四方风动，惟乃之休。"

这段文字常为法律史家征引，用以说明上古刑制。[①] 据之，在审理案件的过程中融入道德因素，考虑情理云云，被视为当然的法则。从"听狱"到"立狱制罪，县赏设罚"，既是一种具有很强技术性的事务，同时又从来不曾被认为是可以自足于技术的治理之术。它被看作是整个政治治理图景中的一环，因此遵从的不仅仅是狱讼刑罚之法，还需要将社会伦常、礼俗和政治秩序作为更加根本的原则。

---

① 鉴于清末以来对《古文尚书》真实性的质疑以及近年来清华简对此论的作证，我们很难不对《大禹谟》中的上述记录，以及《大禹谟》全篇的作成年代持有怀疑。最为保守地说，它有可能是成于东晋梅赜献《书》之前不久，为托古之作。不过，其中所反映的观念，或多或少地反映了时人对上古时期观念、思想、史迹的印象和总结，因而不乏借鉴意义。

通过对后人皋陶成就的追忆不难看出，在传统文化的语境中，法律、刑罚以及主理之的官员，其目标在于明确是非标准，教人向善，消弭奸邪，最终营造具有道德制高点的社会秩序局面。

虞舜时代的皋陶为后世的理、士之官，以及对狱讼、刑罚的处理定立了标准。理官本人的德行与理讼、狱刑的处理技术同样、甚至更加重要。所以有"禹染于皋陶、伯益"[①]之说，可见其品格之高。《论语·颜渊》载子夏曰："富哉言乎！舜有天下，选于众，举皋陶，不仁者远矣。"《管子·法法》亦说："舜之有天下也，禹为司空，契为司徒，皋陶为李，后稷为田，此四士者，天下之贤人也，犹尚精一德以事其君。"[②]

三

说过刑和理官，接着来谈谈礼和典礼官，也就是秩宗伯夷。首先也从字形开始解说。

如图 9-3 所示，最左边的是甲骨文中的礼，中间是西周金文中的写法，右边则是隶书，和繁体的楷书"禮"字完全一致。从字形的演变可知，"豊"是它的本字，用于指示神性的偏旁"礻"是战国以后叠加上去的。关于"豊"，分解开来看，下面一半是"豆"。古时候豆是一种祭器，可以用来盛祭祀用的贡品。所以豊很明显是个表意字，原义应该是指盛着祭品的豆。于是，关于上古时

图 9-3 "礼"的字形

---

① 《墨子·所染》。

② 刘向校、戴望校正：《管子》，93 页，上海，上海书店，1986，影印世界书局《诸子集成》本。

期礼的起源的推测应运而生了，认为礼最初是祭祀时的仪制。

顺着这个思路，首先便可注意到礼与神的关系，因为它用于祭祀。古人祭祀的对象大致分三类，一是天神，二是地祇，三是祖灵（或曰人鬼）。当然结合前面诸章所述可知，这是经过颛顼整肃以后方才呈现出的三分格局。绝大多数祭祀都是神圣性仪式，它的功能在于提供人神之间的交通。这就意味着祭祀的参与者，仪式的主持者、掌握者们本身具有神性。联系前章对秩宗的解说应该有比较直观的印象。

其次，除了人神交通之外，礼还有一项重要的功能，即：

> 夫礼之初，始诸饮食，其燔黍捭豚，污尊而抔饮，蒉桴而土鼓，犹若可以致其敬于鬼神。及其死也，升屋而号，告曰："皋某复！"然后饭腥而苴孰。故天望而地藏也，体魄则降，知气在上，故死者北首，生者南乡，皆从其初。（《礼记·礼运》）

按照引文中的解释，礼可以用来分别俗与圣的事务，而这种分别对于社会而言是必须的。同时表述中有借着圣俗之分，为仪式化的礼赋予了一个质的内涵——敬。孔子和之后的儒生在这个"敬"上做了很多文章，通过它彻底把原本以神性为重的礼的内涵转化到人事层面。所以孔子说"祭神如神在"，意味着祭祀的时候神在不在已经不重要了，他也觉得不必关心，重要的是人要有敬神一般的崇敬之心。

最后，既然说礼本是祭祀时的仪制，本身具有通神的属性，那么不免产生一个问题：最早的仪制从何而来？按照我们对上古观念世界的理解，这类仪制最初显然不可能是人凭着主观能动性"发明创造"出来的。在当时的人看来，它们必定源自神授。而能够掌握这类仪制的人，也必是能直接接受神启者。如果把与礼的仪制有关的知识看作一套技术，那么礼仪的掌握者其实也应判归早期技术贵族一类。放眼其他文化传统，包括古希腊、古罗马、古希伯来以及以原住民状态生活的印第安人、非洲人，不难发现他们的祭祀仪制通常也都掌握在祭祀、巫师等群体中最有神性之人手中，而且往往以世袭方式流传。

从历时的演化情况看，礼大体上经历了下面一系列变化：

> 祭祀中的歌舞仪制（技术）—习惯性认同（礼俗）—附着权力要求的仪制（权力的遴选、认可）—附着伦理质素—文质分别（附着义理、儒家）

最初礼通过以歌舞、巫术仪式为中心的内容区分神圣与世俗，成为了一套标示神圣性的仪制。由于各个部族之间对神圣的认识，以及人神沟通的方式存在差异，而这些差异最典型地表现在他们所崇尚的神，以及祭神的礼仪之上，所以作为神圣仪制的礼也就随之成为了地方传统的标志。久而久之，地方化的习俗、习惯也被称为礼俗。当然内容中的绝大部分仍旧与神事相关。按照我们对三皇时代的理解，这时"礼"与权力已经形成了紧密关联，这些礼仪、礼俗定立和施行的权柄基本上由技术贵族们所把持。治权和礼事实上处于相互依存的状态。随着黄帝开创"天下"而步入政治社会以后，凌驾性的政权开始寻求控制礼，以此来控制治权。基本的方式是遴选和认可。从已有的地方性礼仪、礼俗中遴选一部分合于政权需求和意愿者，通过官方认同、宣示的方式为之打上政权的印记。这样一来原本由地方治权所掌控的礼中被叠加进了政权的成分。与此同时，有相当一部分的礼俗被政权抛弃，或者被宣布为非法。这无疑是政权之于天下凌驾性地位的体现。类似的情况到了帝制时代

仍在持续，最典型的例证莫过于毁禁淫祠行为。当然，这种政权自
上而下的强势介入并不能够实现政权对礼俗的完全掌控，且断绝地
方治权与之的联系。更常见的情况是中央政权颁布一套遴选、整肃
后的礼仪制度，与此同时地方性的礼俗仍在地方治权的维系下赓续
着。于是便逐渐地形成了官方化的礼仪、礼制与地方性礼俗并存的
局面。通常情况下政权默认这种状态，但是一旦政权需要收束权力
或者整顿社会秩序，礼俗就会成为清整的对象，会有一批礼俗被宣
布为非法，遭到废止或严禁，以此来宣示政权临在。

　　礼俗的内涵自始就包含血亲伦理的成分，尤其是在以农耕文
明为主的中原地区。地方秩序以家庭为基本单元，进而层层推展为
家族、部族，等等，呈现出自然秩序的状态。随着政权内涵的变
化，官方的礼仪在认同原有血亲本位的地方秩序的同时，开始在其
上叠加进了宗亲伦理。这个变化不仅重新设定了礼的根基，同时也
意在改变地方秩序的基础，即把原来的家族本位转化为宗族本位。
之前谈过帝喾在其间所起到的作用，不过他所带来的实际制度层面
的影响到底如何很难确知。真正奠定后世礼文化格局者莫过于西周
初年的周公制礼。而直到西周中期以后，这套官方化的宗亲本位的
礼才真正落实到了基层社会中。关于这些将在后面的篇章中专门介
绍。当然，再往后随着西周政治权威、意识形态的堕落，也就是所
谓"礼崩乐坏"的局面下，政权定立的礼仪产生了严重的"文"重
于"质"的倾向，礼沦为了一套仅用来装点门面的繁文缛节。在此
情势之下，孔子开始了一场标榜"复礼"的文化重建，表面上以尊
周为名，实则将周公所确定的礼的宗亲本位一概而为"仁"本位，
意在将"文质彬彬"的"礼"的根基直接建立在"人道"之上，使
之与天地之道乃至大道一体贯通，崇立"夫礼，天之经也，地之义

也，民之行也"（《左传》昭公二十五年）的新观念。

由此可知，礼的功能也在随之发生变化，最初它的功能很单一，只是通神的技术，进而被赋予了秩序内涵，通过分别与差序来形构以血亲伦理为本位的地方秩序；再进一步，礼被打上了政权的印记，成为用以宣示政权临在的政治秩序的标志，并且被用于彰显政治正当性；最后经过孔子的改造，复又成为了通达人道与真理的门径。

四

理解了"礼"的演化历程之后，便可重新审视：舜为什么要让伯夷来典"礼"？这个问题就像为何任命皋陶作士一样值得思考，首先需要从四岳开始说起。最早在《尚书·尧典》中出现了"四岳"，是尧王廷的重臣。对这个称谓通常有两种解释，一说是官名，另一说则以为是四方诸侯的总称。[①]传说中四岳姜姓，刘起釪认为"四岳"可能是"太岳"（即西岳）的讹称，岳是雍州的"岳山"，即《禹贡》的"山"。[②]伯夷是起自西部的炎黄部族中姜姓一支的苗裔，当无可疑。他和四岳之间有着某种联系，不过具体的细节已经不能确知。

---

① 见《汉书·百官表》和《国语·郑语》韦昭注。

② 刘起釪有一段考证很有意思，他说：四岳最早为古代西方姜姓部族的宗祖神，是由他们居地的山岳之神衍成部族祖先神的。这一部族辗转居住在嵩山以西达于甘陇一带，古时叫"九州戎"所居的地区内。他们最早的留居地即今陕西陇县境的丛山"四岳"是他们境内的首要险地（《左传·昭公四年》），为全族所尊奉，他们就自称为这一山岳之神"四岳"的后代（《左传·襄公十四年》）。而他们的这位宗神"四岳"协助禹治水有功，由皇天赐姓姜，同时还赐称吕氏（《国语·周语下》，古时同姓中再分为氏）。其中申、吕、齐、许在西周时已东进成为华夏族诸侯（《国语·周语》），九州地区内的"姜氏戎"，则到东周时还保持少数民族地位（《左传·襄公十四年》）。（以上参看顾刚师《九州岛之戎与戎禹》。）但"四岳"二字在一些古籍中写作'太岳'，而且太岳是配天的（《左传》《隐公十一年》、《庄公二十三年》）。显见'太岳'可能是原称。"（刘起釪：《尚书校释译论》，78页）

《尚书·吕刑》的开篇有一段以"若古有训"发语的传说，其中提到：

> 皇帝清问下民鳏寡有辞于苗。德威惟畏，德明惟明。乃命三后，恤功于民。伯夷降典，折民惟刑；禹平水土，主名山川；稷降播种，家殖嘉谷。三后成功，惟殷于民。

《墨子·尚贤中》也曾征引。《世本》也说"伯夷作五刑"[1]。与之相印证的记载来自《尚书·尧典》：

> 帝（舜）曰："咨！四岳，有能典朕三礼？"佥曰："伯夷！"帝曰："俞，咨！伯夷，汝作秩宗。夙夜惟寅，直哉惟清。"伯夷拜稽首，让于夔、龙。帝曰："俞，往，钦哉！"

可见伯夷是为舜"典三礼"的官。这个伯夷被春秋以后的姜姓诸侯（齐、吕、申、纪）追为先祖。《山海经·海内经》记有："伯夷父生西岳，西岳生先龙，先龙是始生氐羌，氐羌乞姓。"曾有一批古史辩派学者以为皋陶、伯夷和许由同为一人[2]，并不可信。伯夷之所被置于三后之首，和传说的讲述者"吕命王"为姜姓之后，追尊其祖有关。[3]文中谈到"伯夷降典折民惟刑"，意思是说伯夷制定"典"，用型范来规制民众。这和《舜典》中舜命伯夷"典朕三礼"的记录遥相呼应。很明显，此中出现的典、刑都是行为规范，也就是法律。也可以说上古时代的典礼之礼和制刑之刑是一回事。[4]那么，"降典"

---

① 《太平御览》卷六三六引。
② 如章炳麟、杨宽、童书业等。参见《古史辨》七上、杨宽《中国上古史导论》、《古史辨》五、童书业《五行说起源的讨论》及其《春秋左传研究》之《皋陶》《四岳伯夷》诸条。
③ 关于《吕刑》中的种种问题，请一并参见后面的专章讨论。
④ 关于上古"礼"和"刑"的关系，后面会专门讨论。

的伯夷，其实就是具体法律的制定者，或曰立法者。与之相应，他所"典"的"三礼"，应被理解为行为仪式、规范的三个最基本大类。

一个起自西部之戎的姜姓贵族伯夷，凭什么能够被舜选立为秩宗而典三礼？或者说，伯夷具有何种才／德，能够胜任具体法律规范制定的职分？《舜典》中说到伯夷的官名叫"秩宗"。顾名思义，秩就是秩序、排列顺序，宗就是宗族。伯夷的工作是给宗族安排秩序，规定仪制，所以他的主要职分是"典礼"。前文说到了礼的来源，它的演化经历很长的过程，到了舜主政的时代，正是要通过政权自上而下地把宗亲伦理、宗法制贯注到"礼"中去，以此宣示政权临在的阶段。和舜的职官制度改革一样，"典礼"也是为了加强政权的控制力。其间他把一部分原本归属于治权的，也就是曾经由技术贵族们掌管的一些职务单列出来，使之成为政权直接控制的一部分，秩宗就是其中之一。

之前反复说到，颛顼绝地天通以后把所有的神都收束到了"天"上，人神交通被颛顼垄断起来了。但是事实的情况却是政权主导的自上而下的改革并没有造成绝对意义上的分隔，也就是说在落实的时候难免打上折扣，毕竟颛顼主政时中央对地方的影响力相当有限。那时地上还是有很多人鬼、祖灵和地祇。当然在颛顼以后所有的时代，鬼始终都是不合法的，政权不认可，却又禁之不绝，而且还不能选择视而不见，因为它们会影响人，影响社会秩序，进而影响政权的统治。这些地上的祖先神、鬼和山川河岳等地祇共同构成了当时不受政权控制的神圣之物。典礼的目的其实就是把天以外的这样一系列神圣性存在，以及与之打交道的技术、规则、仪式统统收归中央政权管制。在收编之前，人们自有一套方法去和其打交道，各部族与鬼神和人沟通的方式、仪制还都不一样。这些后来都称作礼俗。但是到了舜这里，他要把所有的礼俗全部收编起来，然后通过政权用制定规则的方式对原来的礼俗进行筛选和改编，这便会形成一套由官方发布出来的制度化、法律化的"礼"。以立法的形式颁布礼的制度就叫作"典礼"，由此礼俗转变成了礼制，成为了被打上政权标签的"王法"的一部分。这是礼在演化过程中的一次阶段性转变，而最早开始实际主持这场变革的人就是伯夷。所以并不是说礼是从伯夷时候才开始有的，而是到了伯夷时变成了一种政治性的制度化存在。在此之后礼有了两分：所有合乎礼制的，由政权所认可的礼仪是合法的，剩下的那些民间仍然在行用、流传的礼俗处于一个灰色地带，也可以说它是不合法的，当然大多数时候政权选择不去管它。可是到了政权要收紧控制力的时候，便会宣布某些礼俗非法。这是后世长期以来不断地在反复实践的一种模式。前者说到的毁禁淫祠，常出现在政权要收束权力，加强对地方控制的时候。当权者宣布一批神庙和神事活动非法，把这些庙宇祠堂判作淫祠。中国历史上有很多次大规模地清除淫祠的行为，包括一些土地庙、山神庙，还有树神、河神的小祭坛都遭了殃。但是很少有人认识到这样的一系列制度、举措的开山者就是伯夷。

完成了关于伯夷典礼的简单介绍后，对五帝时代的讲说至此也告一段落了。这是中国开始步入政治社会的第一个阶段，持续了差不多几百到一千年，甚至有可能更久。这一阶段的开创者是黄帝，最后一位天子是舜。在孔子的眼中舜是圣人，因为他用了一种新的方式，即建立成系列的文官化的官僚制度，意图从制度建构上去控制和维护黄帝以来的政权和道统。可惜的是，制度的力量毕竟有限，而且人终究没有斗过天，当那场旷古未有的大洪水再次袭来，他所有的努力便都付之东流了。

第十章
禹夏的家天下、集权与法治化

一

五帝时代随着舜的禅位最终被禹终结，接下来中国的历史进入了"三王"时代，也称"三代"，即夏、商、周三个王朝。五帝到三王之间，社会形态、政治结构、政治模式发生了剧变，同时也被看作从公天下到家天下、私天下的堕落。在《礼记·礼运》篇中虽然说得很隐晦，没有点出禹夏之名，但是实际上批判的就是从禹启父子开始天下为私。而"天下为私"质言之即是政权为私，这和五帝时代政权为公、治权为私的状态完全悖反。为了深入理解这场剧变，我们需要花一些篇幅来讲其中最关键的人物——鲧和禹。

先说一个很有意思的现象。在中国传统文化中，在对人的称谓上存在"小"和"大"的分别，其中包含着强烈的价值评判。例如说一个人非常不错，称之为"大人"；反过来则是"小人"。现在俗语中经常说"大哥"和"小弟"也是如此。甚至像不法之徒中的"业界传奇"叫江洋大盗，反过来只能称作小毛贼。为什么要说这样的一个话题呢？因为在最早的时期，禹并没有被冠上"大"的称呼，到了战国以后方才有人把他尊作大禹，而且当时没有得到公认。这说明先秦时代人们对禹的评价不像对黄帝、尧、舜那样一致。最早称"大禹"的是墨子。在此之前的孔子口中，以及《尚书》等文献里面基本只说禹。墨子以后的儒家学者也都不说大禹，这是因为儒家对禹的评价中存在着微辞。试比较孔子"唯天为大唯尧则之"和"禹吾无间然矣"两段论说，高下之差便可立见。到了战国出现《礼记·礼运》篇之后，儒生们开始明白地讲到了大同、小康两世之分，竖起了天下为公的大旗。《礼记·礼运》可算是儒家第一次把"公"的话题直白地说出来，也是他们公然把对禹的微辞宣示出来的标志。而在更早先，儒生们囿于作为他们理论根基的亲亲和宗亲伦理固有的"私"性，不太公开地讲"公"，孟子甚至还曾经因为公私之间难以自洽而被人诘责。① 为什么儒家会不说"大禹"？根本原因就在于禹颠覆了公天下，把天下、政权转变为一家一族的私产。这样的一种堂而皇之地以天下为私产的举动，其实不仅仅是儒生，到了战国晚期几乎所有以求道、证道为旨归的知识分子都在批判。

　　虽说春秋战国以儒家为代表的大部分知识分子对禹有微词，但是墨子却对他特别推崇，此外还有一个人对禹的青睐达到了近乎无以复加的程度，他就是秦始皇。这两人崇禹的原因有共性也有差别。墨子是工匠出身，而禹曾充任掌管水土、匠作的司空，他们都是技术传统的代表人物，无论在思维方式、价值观上存在很多相通的地方。秦始皇特别看重禹同样与技术传统有关，毕竟秦人的祖先伯益和禹同在舜的王廷任职，出任掌管山林田猎畜牧的虞官，二人

---

① 　参见《孟子》书中孟子与桃应关于"窃负而逃"问题的答问。

还曾一道治水。秦始皇开辟的一统式帝制天下，无论是中央集权的状态、运行方式还是规模格局和禹打造的中央集权式家天下几乎如出一辙。二人最大的不同在于禹以政、治合一的方式把权力垄断到了一个家族之中，而秦始皇则更变本加厉地将天下私于一个家庭，甚至私于唯一的个人——皇帝。因此后人也把秦始皇的天下定性为个人专制独裁。可以说禹给秦始皇的政治提供了近乎完美的范本，所以无怪秦始皇对禹崇拜有加，哪怕是刻石纪念自己功业的时候，也要把禹拿出来称颂一番。

到了现代，一般人观念中的禹大抵被看作这般形象：

> 禹与益和后稷一起，召集百姓前来协助，他视察河道，并检讨鲧治水失败的原因。禹总结了其父亲治水失败的教训，改革治水方法以疏导河川治水为主导，用水利向低处流的自然趋势，疏通了九河。禹亲自率领老百姓风餐露宿，整天泡在泥水里疏通河道，把平地的积水导入江河，再引入海洋。禹坚韧不拔，勇于开拓的精神，经过了十三年治理，终于取得了成功，消除中原洪水泛滥的灾祸。大禹整治黄河水患有功，受舜禅让继帝位。夏禹王登天子之位，并以自己的封国夏为天下之号，宣告夏王朝正式建立。①

按照上面的说法，禹兢兢业业、任劳任怨、历经艰险、跋山涉水，功被四海只为拯救苍生，德行功业之伟大堪称旷古烁今。而略通古史者都知道，禹传天子之位给儿子启，将中国历史由禅让式的五帝时代一转而带入了长达4000余年的家天下，这在儒生们看

---

① 参见 https://zh.wikipedia.org/wiki/%E7%A6%B9。

来是可耻的堕落。或许由于秦汉以后家天下已经积重难返，意识形态层面的控制使得上述非议至少在民间观念中被淡化了许多，但是战国时儒生谈到的"堕落"问题却不能忽视。为什么会由"大道之行""天下为公"的"大同"之世堕落至"天下为家"？最常见的解释大都归结为私欲使然。于是问题就来了：一个以三过家门而不入，全心为民治水且勤勉俭朴形象示人的禹，为何又是那个私欲膨胀，天下为家的始作俑者？判若两人是因为治水时的禹堕落成了传子不传贤的禹，还是其中更有曲折？

　　要把上面的问题全盘解说清楚，还需要从那场旷古未有的"大"洪水说起。[1] 相传尧时便已洪水泛滥，到了"荡荡怀山襄陵，浩浩滔天"（《尚书·尧典》）的程度。不少人把它与古巴比伦、古希伯来以及印第安人、玛雅人和苗民等神话史诗中的大洪水记忆关联起来[2]，还结合了气象史知识，认为这恰好是上古时代地球经历的一次温期，全球普遍温暖潮湿，降雨量暴增，冰川大面积消融，海平面上升等引发了全球性大洪水。最近据说还发现了诺亚方舟的遗骸[3]，更让这类推测显得有理有据。

　　实际上古人对史前大洪水的记忆很可能由多次洪水复合而成。地球第四纪冰期自 12 000 年前开始消退，气候转暖致使冰河大量融化泛滥，海平面不断上升，吞没了原本裸露着的大陆架和陆桥，淹没了许多海岸和部分陆地。这或许构成了创世洪水记忆的原型。上古中国也曾受到这场具有毁灭性的全球大洪水的影响，而且在文化

---

[1]　我在"大"上打了引号，用意稍后自得分明。

[2]　参见《吉尔伽美什》《奇马尔波波卡绘图文字书》《波波尔－乌夫》《玛雅圣书》《圣经·旧约》等。

[3]　报道见 http://tech.sina.com.cn/d/2010-04-28/18084123728.shtml。

记忆中留下了印记，如《淮南子·冥览训》中说到"望古之际，四极废，九州裂，天不兼覆，地不周载，火炎炎而不灭，水浟浟而不息"。但这和尧舜时的大水是两回事。之后地球多次经历由寒冷期向温暖期转变，其间应该都发生过规模不同的洪水。最近的一次是在约公元前24—前22世纪末北半球小冰期之后，由于气候回暖而造成全球各地发生洪灾，《旧约》中诺亚方舟的故事大约就在这个时期。[①] 夏朝建立大致已确定在公元前21世纪[②]，之前五帝时代末期的尧、舜、禹到夏启间隔三代，至多不过200年，时间上大体合辙。气象史研究者们通常认为公元前22—前21世纪交替时全球气候普遍开始走出小冰期，温度上升加速了冰川的融化，北半球许多河流的中下游聚居区域发生洪灾，这些正好印证了大禹治水的传说。然而在此之前的公元前24—前22世纪，北半球正处于小冰期，似乎又可对应到舜派禹伐三苗时"夏有冰……五谷变化"[③]的异象。问题是禹征三苗发生在他治水八年之后，受禅为天子之前。那么先治水而后再经历冰期，与气象史界定出的先冰期之后发生洪水恰好相反。这其中的矛盾怎么解释呢？难道传说中的大禹治水发生在真正的大洪水到来之前的寒冷期？说得更直接一些：尧舜时代究竟有没有"滔天"洪水颇值得怀疑。

我们不妨再来审视与通说相反的另一类看法，其中最极端者

① 参见 [德] 沃尔夫刚·贝林格：《气候的文明史：从冰川时代到全球变暖》，史军译，35~69页，北京，社会科学文献出版社，2012；[瑞士] 许靖华：《气候创造历史》，甘锡安译，11~32页，北京，生活·读书·新知三联书店，2014。

② 参见夏商周断代工程专家组编：《夏商周断代工程1996—2000年阶段成果报告：简本》，74~82页，北京，世界图书出版公司，2001。

③ 参见《墨子·非攻下》："昔者三苗大乱，天命殛之，日妖宵出，雨血三朝，龙生于庙，犬哭于市，夏有冰，地坼及泉，五谷变化，民乃大振，高阳乃命玄宫，禹亲把天之瑞令以征有苗，四电诱祗。有神人面鸟身，若瑾以待，镋矢有苗之祥，苗师大乱，后乃遂几。"

认为尧时水患原本算不得多大规模，甚至有可能只是一条叫作"共水"的河泛滥成灾，后来传着传着出了讹误，把"共"读成了音近的"洪"①，于是先民就误将共水之灾与更早的史前大洪水记忆合并在了一起。这样一来似乎颠覆了长久以来的常识，着实有些让人难以接受。毕竟先秦书中多次提到了这场大水②，若是仅仅尧都附近一条共水河怎至于有如此大的影响呢？于是这类解释也当存疑。然而近年来被认定为尧都的陶寺遗址中丝毫没有见到大洪水的遗迹③，又不免让人怀疑"滔天"的真实性。

综合《尚书》等古文献中所记，可知自尧做天子时便"自认为"经历着大洪水，但是水究竟大到什么程度，波及范围有多广，造成了怎样的实际影响却已无从考详。或者，如果真的仅仅是小小的共水之灾，那么究竟是尧在故意夸大其词，还是有谁刻意让尧觉得这是一场滔天大水？考虑到尧"垂衣裳而治"的风格，以及缺少对地方治理的实际参与和掌控，没有巡狩，也没有"纳言"直接向他传递信息，尧得到的信息的可靠性值得怀疑。

面对洪水，尧最先让四岳推荐治水者，四岳荐举了禹的父亲，有崇部落的首领鲧。有崇氏属于炎黄部族的一支，他们的首领鲧掌握治水用土的技艺，却因为傲慢轻侮、恃才放旷，人缘不是太好。《尚书》中尧说他性格顽劣凶狠，不易约束且危害同族。④后来《左

---

① 参见徐旭生：《中国古史的传说时代》，北京，中华书局，1985。

② 例如《山海经·海内经》之"洪水滔天，鲧窃息壤以湮洪水"；《孟子·滕文公》之"当尧之时，天下犹未平。洪水横流，泛滥于天下"；"水逆行，泛滥于中国"；《楚辞·天问》之"洪泉极深，何以填之？地方九则，何以坟之"；等等。

③ 参见中国社会科学院考古研究所、山西省临汾市文物局编著：《襄汾陶寺——1978—1985 年发掘报告》，北京，文物出版社，2015。

④ 据《史记·夏本纪·索隐》引《连山易》之"鲧封于崇"，《国语·周语》称鲧为"崇伯鲧"。

传》里也说他"不可教训，不知话言，告之则顽，舍之则嚚，傲很明德，以乱天常"。总之鲧这些"人品"问题成为了尧拒绝四岳提议的口实。不过由于四岳一再坚持，尧最终不得已作出了任命。这件事的结局尽人皆知了，鲧在外治水历时九年而未能成功。①

对于鲧治水未能奏效，一般都认为关键在于他使用了错误的治理方法——堙土（即填土），这恰好和他的儿子禹用疏导的方式治水大获成功形成了鲜明对比。随之还引申出来不少推断，诸如鲧违背自然规律，等等。类似这些理解不可说全无道理，但太过"现代"而背离了当时的思想文化环境。古老的解释来自《山海经·海内经》："鲧窃帝之息壤以堙洪水，不待帝命，帝令祝融杀于羽郊。"意思是说鲧没有获得"帝"的许可，把原本属于帝的一种能够自我生长（膨胀）的"息壤"偷窃出来用于治水。所以鲧非但没有获得成功，反而因此受到诛杀丢了性命。②乍看起来，这个不经之说充满怪力乱神意味，但却更加契合上古思想文化和观念世界。我们不妨先把其中隐含的信息诸个剥离出来分别理解。一则，鲧可以直接到"帝"，也就是最高自然神那里去偷东西③，足以见得他具有通神的本领，本就不是个凡人。后来墨子把他说成神的儿子④，还有不少

---

① 据《尚书·尧典》，帝曰："咨！四岳，汤汤洪水方割，荡荡怀山襄陵，浩浩滔天。下民其咨，有能俾乂？"佥曰："於！鲧哉。"帝曰："吁！咈哉，方命圮族。"岳曰："异哉！试可乃已。"帝曰："往，钦哉！"九载，绩用弗成。

② 这和普罗米修斯盗火而受到惩罚的故事有些类似。两者异同以及背后的机理，参见本书第三章。

③ 用"帝"来指称最高神大概到了商代以后方才出现。《山海经》晚至战国中后期才在世间流传，无论它的内容如何故旧，但表述方面肯定做出了适合于当时人理解的改动。至于禹的时候这个"帝"应该称作什么，对本文所关切的问题而言并不重要，因此不去讨论。只要把握中国上古时的神以无人格的泛自然神形态示人就足矣。

④ "昔者伯鲧，帝之元子。"（《墨子·尚贤中》）

传说认为待到他死以后，居然化作一种名曰"黄罴"的神兽，同样也印证了鲧本有神性。[1] 二则，治水失败的原因不在于用错了技术，而是因为鲧使用的埋土之术来源不正且渎神，造成技术由于缺乏神的授命而不可能获得有效性。这个说法似乎会让今人难以理解，所以要稍加解释。

之前数章中反复谈到，上古时的中国人自认为处于万物有灵的世界中，对他们而言，一切自然之物和现象，乃至人的身体、生命都是神的显化且由神所主宰。尽管到了伏羲、黄帝开出道统之后神的影响力一直在削弱，但形式上以及一般观念中其主宰性到了五帝末期仍旧存在。人和世界打交道，意图对环境作出改变，无不是在和神发生互动。好比说伐木，切不可简单地理解为砍树而已，在时人观念中这乃是在和树神打交道。如果没有经过树神允许就行砍伐之事，那么这个行为便属于渎神，伐木者自当受到神的惩罚。所以和自然打交道的一切行为，包括农牧、渔猎、开山、生火、造房子，等等，都必须得到神的许可，并遵循神所授权的方式进行。这些方式中所包含的技术知识来自于神，当然本身也都具有神性。既如此，技术知识显然也非一般人可得觊觎，必是如鲧那般和神具有某种沟通能力的特殊之人方可知悉。

反过来说，鲧可以通神，能够掌握神性的技术知识，也正是由于他本人具有非同一般的神性。是故纵使他恃才放旷，骄纵跋扈，仍旧因为有"才"（即技术知识）而为四岳推举去治水。但由于他以渎神方式窃取神的息壤，终致使治水无成乃至殒命。

---

[1] 《国语·晋语八》："昔者鲧违帝命，殛之于羽山，化为黄能以入于羽渊。"《左传》昭公七年亦云："昔尧殛鲧于羽山，其神化为黄能以入于羽渊。"也有如《山海经·海内经》记曰："鲧死，三岁不腐，剖之以吴刀，化为黄龙。"《神异经》则认为他变成了梼杌。

问题在于，鲧不可能对上述后果全无所知，那么他为什么还要冒着大不韪去神那里偷息壤？这需要结合鲧治水的情况来理解。可是鲧究竟怎么治的水，九年里做了哪些事情，现在已经难知其详。诸如《尚书》等官方记载往往语焉不详，仅可知他用到了埋土的方法。不过，战国以后诸子不经意间谈到看似与治水无关的"夏鲧作城"，甚至认为他是筑造城郭的鼻祖①，其实已经道破了天机：息壤、埋土分明就是筑城的缩影。②鲧借着治水的名义到地方大兴土木，看似是为阻挡洪水而堆土为坝，实则是在兴工破土营造城郭。这样一来，鲧对尧有所欺瞒，阳奉阴违也已经昭然若揭了。

鲧为什么要汲汲于营造城郭呢？待后面详解了禹治水之后自会明了。这里暂且不说，先转去看另一个异象：鲧在外九年治水没有成功，按照道理来说，如果真有滔天洪水且致民不聊生，那么理应再派人去治理。但尧并没有这么做，反而径直把治水之事放下了，一门心思去选择执政者。③这个怪异的情况之所以出现，有两个推论可为之解：要么尧由于有了新的政治任务，无心去关注大水、民生之类。如果是这样，那么如此罔顾民生的天子居然被孔子奉为圣王之极，显然于理不通。要么是多年之后尧终于确认了洪水远没有被渲染的那般程度，更明白了鲧以治水为名阴行营造之事。于是他终结了这场可能导致不可意料之后果的治水闹剧。

当然随着阴谋败露和天子不再支持，鲧的政治生命随之终结了。有一则记载说尧处死了鲧，也有的说是"帝"派祝融把他杀

---

① 《吕氏春秋·君守》云："奚仲作车，仓颉作书，后稷作稼，皋陶作刑，昆吾作陶，夏鲧作城，此六人者，所作当矣。"另《吴越春秋》载："鲧筑城以卫君，造郭以守民，此城郭之始也。"《淮南子·原道训》更是给出鲧作城池的高度："昔夏鲧作三仞之城。"
② "埋土"的意象是填土，"息壤"的意象是土壤在增益，两者恰好可以对应。
③ 事见《尚书·尧典》和《史记·五帝本纪》。

了。但更多人倾向于相信《尚书》的说法，鲧直到舜被遴选出来，通过三年试用期进而开始主政以后方被"殛死"，属于舜"流四凶"这场政治大清洗中的环节之一。其间在尧主政时握有大权而至不可一世，甚至把持朝纲并不听调度的共工、欢兜、鲧、三苗都被流放至极边地区，至死不得回还。[1]至此，鲧和尧、舜分持两相对立的政治立场，且明争暗斗的情况已被推上了台面。

<h2 style="text-align:center">二</h2>

　　鲧被殛死之后不知历经多少春秋，舜找到了他的儿子禹来担任司空之职，并且还让他子承父业去"平水土"[2]。舜既亲手用刑致其父身死异乡，为何还会重用罪人之子？用今人的话说，天涯何处无芳草，何必非禹不可？

　　这还要从禹的特殊身世说起。先简单讲讲他的家世和出身，禹的族姓是姒。早期的所有的姓基本上都是"女"作偏旁，像周人的姬姓，后来人认为这是早期的母系氏族的孑遗，是否准确难以考详。总之禹是姒姓，他的名字叫文命。我们都知道他是鲧的儿子。鲧原来是有封地的贵族，尧的时代封在崇，故此也叫崇伯鲧，属于早期的地方贵族。禹继承了他父亲的身份和封地。禹的母亲是有莘氏，出自当时很有名的另一个部族。所以禹的出身可谓是兼有官二代、富二代两重属性，同时也处于技术知识秘传传统之中。相传鲧

---

[1]　《尚书·舜典》载："流共工于幽州，放欢兜于崇山，窜三苗于三危，殛鲧于羽山，四罪而天下咸服。"

[2]　舜曰："咨，四岳！有能奋庸熙帝之载，使宅百揆亮采，惠畴？"佥曰："伯禹作司空。"帝曰："俞，咨！禹，汝平水土，惟时懋哉！"禹拜稽首，让于稷、契暨皋陶。帝曰："俞，汝往哉！"（《尚书·舜典》）

被流放死后，三年尸身不腐，人用吴刀剖开其腹而禹从中生出。①
是可知禹几乎完整地继承了鲧的"内质"，当然也包括与水土有关
的技术知识和神性。这是禹的基本的背景。

　　之前反复说到，上古时代所有技术知识都被垄断起来，只流传
于极小的范围（例如家族）之内。鲧禹家族代相保有治水技术乃是
当时的常态。因为技术知识与神性、地位、身份甚至权力联系在一
起，垄断技术势必能将私利最大化。大而言之，"私"性主导为所
有技术知识掌握者，乃至一切技术文明所共有，并不仅限于上古中
国。最先被私有化的无疑就是知识，尔后渐次推展到权力、身份、
财物，等等。而成就私欲和实现自我私利最大化也主导着技术知识
掌握者的行为。神农氏十七世②，以及在女娲、颛顼、尧、舜的时代
都出现了"共工"。可知神农、共工等绝非仅指一人，而是在特定
家族内长期传续的名号，这其实就是技术知识垄断性、私人性流传
的表征和后果。

　　尧时王廷有共工和鲧两人（即两大家族）垄断水土方面的技术
知识。相比较于曾经和颛顼争过地位的共工家族，鲧、禹显然"内
敛"得多，尽管仍旧不失于傲慢、专横。还原到舜的处境中去理
解，尽管共工和鲧两大家族的"首恶"已被惩处，但治水土的技术
仍旧由这两家所把持。而且即便不遭遇泛滥天下的大洪水，对于农
耕为主的社会而言治水土仍是政治社会治理中不可或缺之务，于是

---

① 《归藏·启筮》"鲧殛死，三岁不腐，副之以吴刀，是用出禹。"
② 神农的事迹，散见于《淮南子·主术训》《修务训》《白虎通·五行》《春秋元命苞》《世本·作篇》《帝王世纪》《搜神记》《述异记》《拾遗记》等书中。《太平御览》卷七十八《皇王部》引《尸子》"神农十七世有天下"，《帝王世纪》说："神农氏在位百二十年，凡八世：帝承、帝临、帝明、帝直、帝来、帝衰、帝榆罔。"《史记·五帝本纪》在说黄帝早年背景的时候说"神农氏世衰"，而且现在不少研究都认为后来被黄帝取代的炎帝，就是神农氏的最后一代王。

两害相权取其轻，舜选择了相对而言"低调"一些的禹做司空。

《尚书·舜典》记载这次任命的笔法颇为玄妙。^①舜在尧崩后正式即天子位，完成登基仪式之后便开始任命一系列官吏。他首先向四岳询问谁能够助成天子之业，董理百官职事，其实和尧当年挑选舜做执政者性质相同。而曾经罔顾尧的顾虑强势推荐鲧去治水的四岳，此时看似答非所问地共推"伯禹作司空"。这足以把四岳与鲧禹家族同声相应，同气相求的关系表现得淋漓尽致。^②有了四岳支持，禹得以在舜的王廷立足，并且一举成为了众官长之首。放眼之后整个传统中国政治史，由掌管匠作营造的司空做中央官僚领袖无论放在哪个时期都不免显得极不寻常。^③而舜在委任时只说到让禹去"平水土"，却没有像尧那样专门强调"汤汤洪水方割，荡荡怀山襄陵，浩浩滔天"（《尚书·尧典》）。似乎可以理解为这是在有意识地回避治水问题。

禹为什么心甘情愿地事奉舜这个杀父仇人？仅仅是因为认识到鲧有罪，所以"禹不敢怨，而反事之"（《吕氏春秋·行论》）；还是他以德报怨；抑或是像勾践在吴那般忍辱负重而别有所图？特别是他长期保持着勤勉、节俭^④，更示人以自律的形象，而这却与《尚书》中治水成功之后那个居功自傲，目无帝舜的形象正相悖反。前

---

① 《舜典》原文作：舜曰："咨，四岳！有能奋庸熙帝之载，使宅百揆亮采，惠畴？"佥曰："伯禹作司空。"帝曰："俞，咨！禹，汝平水土，惟时懋哉！"禹拜稽首，让于稷、契暨皋陶。帝曰："俞，汝往哉！"

② 四岳和鲧禹家族为什么会有如此默契，"决定性"因素尚难确知。不过，同为西部集团成员、地方贵族、技术知识掌握等背景想必起到了很大作用。舜在此后，特别是禹治水还朝后疏远了四岳，甚至有可能直接剥夺了他们的权柄。所以《皋陶谟》《益稷》等文献，甚至是禹、启为天子之后，王廷已经不复有四岳的身影。

③ 而之所以让人觉得反常，源于人们已经对西周以后文官化且压制技术知识的官僚体系习以为常。

④ 《说苑》记载，禹"卑小宫室，损薄饮食，土阶三等，衣裳细布"。

后如此大的反差其实已经表明了禹初为官时是在隐忍以图勃发。

有了鲧阳为治水而阴修城郭在先，禹究竟是不是真去治水了似乎也变得颇为可疑。这时我们还是需要回到那个老问题：究竟曾经有没有过大洪水？

前面说到尧似乎意识到鲧之所为大有猫腻而终止了所谓的"治水"，一直到几十年后舜任命禹为司空方才旧事重提。殆至八年治水结束之后的一次王廷对话中，我们才得以从禹口中获知梗概。他对帝舜和皋陶自陈说：洪水滔天，环山没陵，下民困苦。我不得已而舟行、陆行、泥行、山行，到山岭勘立界牌。伯益随同前往，为民提供肉食。我开决九条大河使之通达四海，深挖沟渠小河使之汇流于大川。后稷随后教民播种而艰苦耕作，终得有粮食。通过迁徙使民安居于有资源处。于是民众都能够吃上粮食，地方万邦随之大治。[1] 此后禹还说到自己不顾儿子启初生便外出大兴土功，致方圆五千里内形成了五服等制格局。内建十二州，外通四海，在地方建立五"长"为官，使之各司其职。最后只剩下苗民顽劣，拒绝改造，留待帝舜来决断。[2]

禹这段自述中谈到了很多内容，其中有真也有假，有如实汇报也不乏夸大其词，是述职更是自显其能。因为他言说的对象乃是与自己貌合神离的杀父仇人帝舜，以及那个被他视为对手乃至心腹大

---

① 《尚书·益稷》载，禹曰："洪水滔天，浩浩怀山襄陵，下民昏垫。予乘四载，随山刊木，暨益奏庶鲜食。予决九川，距四海，浚畎浍距川；暨稷播，奏庶艰食鲜食。懋迁有无，化居。烝民乃粒，万邦作乂。"

② 《尚书·益稷》载，禹曰："予创若时，娶于涂山，辛壬癸甲。启呱呱而泣，予弗子，惟荒度土功。弼成五服，至于五千。州十有二师，外薄四海，咸建五长，各迪有功，苗顽弗即工，帝其念哉！"

患的皋陶。① 让我们先把这些内容清理一番。

根据禹自己所说，洪水泛滥、黎民饥馑、不得安居和资源匮乏四大背景共同构成了治水的必要性。这些情况从来不曾出自帝舜之口，有理由推断是禹在试图把它们灌输给舜，以此来营造大水不得不"大"治的紧迫性。有了这些铺垫，且随后被任命为司空，禹获得了"平水土"之权。于是他与时任农政官后稷的弃，以及掌管山林渔猎的虞官伯益结成同盟，打着治水的名号一道离开都城，开启了一场旷古未有的改造。

他们从王城出发，行进路线大致循着向东，向西南，向西北，最后转向东回到王城。足迹几乎遍布了整个中国大地。② 行进过程中，禹首先组织人马布下土方，到山上树立界石牌，为高山大川奠立基址。这些就是著名的《禹贡》开篇所说："禹敷土，随山刊木，奠高山大川。"③《禹贡》由于没有了舜和皋陶"在场"造成的限制，所以把一切表达得格外分明。

俗见都以为禹反对他父亲鲧堙土治水之法而以开掘疏导为务，与《禹贡》中首先说"敷土"岂不存在明显的冲突？事实上布土方（敷土）有两层真实用意：一面是未曾来水先叠坝，当然这更是作为"口实"而存在；另一面禹又在接着完成他父亲的堙土造城。④与此同时还在高山崇岭之上刊立新界牌。连在一起看，三个举措与

---

① 禹和皋陶、皋陶和舜之间的复杂关系，请参见本书第九章。

② 如果要严格地说，应当至少除去东三省和东南、西南沿海地区与海南和台湾等岛屿以及极边地区。

③ 西周时的《燹公盨》铭云："天令禹尃（敷）土，隓（随）山濬（浚）川，乃差（差）豪（地）埶（设）征。"（李学勤：《论燹公盨及其重要意义》，《中国历史文物》2002年第6期，第5页。）这两句恰好和《禹贡》的记载相印证。

④ 《诗经·长发》："洪水茫茫，禹敷下土方。"

其说是治水，倒不如看作在为行将到来的大洪水做准备。接着，他还详尽调查了沿途各地的风土人情、土质地貌和物产情况。这些看似与治水毫无直接关系的行为却进行得异常细致周到。这不免让人对禹的真实动机产生怀疑。而在向舜自显其能时，禹又对这些足以让人心生疑虑的作为只字不提，更显出他有意隐瞒真实用心，大有明修栈道暗度陈仓之意。

三

完成了上述一系列工作之后，禹方才真正开始治水工程，即为后人所熟知的疏导工作。然而禹对舜说开凿和疏浚的总方针为"决九川，距四海，浚畎浍距川"（《尚书·益稷》），也就是之前说的开决九条大河使之通达四海，深挖沟渠，使小河汇流于大川。但事实的情况并非如此。后世学者根据《禹贡》复原了总括为"导山导水"的一系列作为。根据这些研究人们发现，禹确实在大力疏导，甚至开辟、创造新的水道，但并不以引水入海为旨归，相反却是有意识地造就条条水路通冀州式的河流网络。

为什么要花费如此巨大心血去建立一套水道网络呢（图 10-1）？其实《禹贡》题名已经明示了禹的真实用意在于建立并维系贡赋（即税收）体系有效运转。众所周知，古代重物运输以水路为主，把河道人为地连成网络，意在方便将地方缴纳的实物型贡赋运送到王都。

说到这里，再回头来审视导山导水之前的几大举措，旋即会有恍然大悟之感。禹筑城、叠坝，于高处重新勘界和调查风物，都是他依托水路重新"设计"天下的前期准备。当这些工作完成后，他

图 10-1 黄河中上游河道

便可以"放水"了。

相传山西河津禹门口（图 10-2）的黄河豁口形河道就是禹治水所为。① 只需对比前一图中黄河中上游河道与禹门口以下河道便见得，若此处确为禹所凿开，则当时下游将面临何等水患。结合之前对种种记载的分析，这或许才是禹治水的实态。② 甚至可以说，禹处心积虑地造成了一场大洪水。也正是由于类似的开掘由禹主导且

图 10-2 禹门口

---

① 或可对应《禹贡》中"导河积石，至于龙门"。《水经注》载："龙门为禹所凿，广八十步，岩际镌迹尚存。"

② 根据地质学研究，黄河在公元前 2050±150 年有过一次大变道，由东流（山东入海）转为北流（河北、天津入海）。参见 http://news.sina.com.cn/o/2016-08-06/doc-ifxuszpp2994666.shtml，http://news.xinhuanet.com/mrdx/2016-08/12/c_135588695.htm。

受控于他，便可以解释为何禹可以预见水患将至而做好了各项准备工作。

更进一步说，水路和贡赋尚非禹的终极目的，也不是成就他的终极目的的唯一手段。随着凿开禹门口式这般的"治水"，如同下山猛虎般的大水势必淹没下游的土地甚至丘陵，也会冲毁原住民们的家园。洪水将使原有的地方聚落，连同已有的疆界都随之不复存在。幸存者不得不涌向不曾罹受水患的高地。这时，禹事先刊立的界牌可提供指引，让那些高筑城墙水坝的新城成为流离者们的落脚点。如此一来，原有的地方秩序、组织方式、生活方式统统都被打破，人们被迫以禹所希望的方式重新集结。随之没落的当然还有曾经的地方治权、贵族乃至他们所信赖仰仗的地方神。

后来道教中有"禹步"（图10-3），相传禹治水积劳成疾，身病偏枯，行走艰难而有此行状。后世巫师、道士效之以为巫术之法。[①]

图10-3　禹步法示例

为什么后世巫师要去效法，甚至尊崇禹治水时的"病态"步伐？其实积劳成疾而病态、跛腿等只是俗众之见。联系鲧禹家族本身的神性和前述禹治水时对地方原有山川神和地方神祇的态度，方能理解像禹步这般怪异的行止本就是巫术行为，一则由于运用技

---

① 《尸子·君治》："禹于是疏河决江，十年未阚其家，手不爪，胫不毛，生偏枯之疾，步不相过，人曰禹步。"杨雄《法言·重黎》"巫步多禹"晋李轨注云："（禹）治水土，涉山川，病足，故行跛也……而俗巫多效禹步。"葛洪《抱朴子·登涉》："禹步法：正立，右足在前，左足在后，次复前右足，以左足从右足并，是一步也。次复前右足，次前左足，以右足从左足并，是二步也。次复前右足，以左足从右足并，是三步也。如此禹步之道毕矣。"《北史·艺术传上》："及至汾河，遇水暴长，桥坏，船渡艰难。是人乃临水禹步，以一符投水中，流便绝。"

术知识来平水土本就具有仰仗于神的意思，许是有鉴于鲧之渎神，禹格外注意尊神；二则意在通过此举来彰显自身神性并压制地方诸神。可说重建地方人神秩序乃禹治水的第二层用意。当然这也是建立中央集权对地方控制的举措之一。

再者，通过《禹贡》可知，禹所有这些举措乃自王都所在的冀州开始，有条不紊地逐州进行的。请注意，在他实际操作过程中，天下被分作了九州，而非如对舜所陈说的"内建十二州"。若是查阅《尚书》中《尧典》《舜典》可知尧舜时天下原本分为十二州。但禹借着在外治水，利用所谓导山导水重新把天下划成了九州，并且还刻意对舜隐瞒此事，说明绝非由于外力方不得已，实乃有意为之。

据上述，禹依司空"平水土"的职权，借着治水之名做出一众与治水无甚关系，甚至背道而驰的举措。殆至大功告成之时，他业已变天下十二州为九州；摧毁了原有地方社群组织和信仰系统；刊立新界标，重建新城；普查地方地理与物产；以冀州为中心建成了全国性水陆交通网和贡赋体系。所有这些归总到一起，足以彰显出禹的真实用心——建构与尧舜，乃至之前三皇、五帝时代判然有别的全新天下政治格局。这些才是禹的追求。

四

接下来的问题是禹为什么要改弦更张且又戮力亲为，大费周章地去尝试型构新天下？又为什么要把天下改易成这般状态？与尧舜乃至整个五帝时代的天下相比，这究竟是怎样的天下？如果用最简单的话来概括，禹想要打造一个集权化的家天下。税制、法治、吏治三者成为了维系其有效运作的关键。

禹之前五帝时代的天下，基本格局为政、治两分。自黄帝草创，历经颛顼绝地天通式神权垄断和意识形态立法，帝喾初步宗法化，殆及尧舜之时，天子已成为天下之空间、武力、天（神）命、宗法乃至文化制高点的象征，但他的权力却始终不及治权。于是尧时日常职事只在颁定历法以"敬授民时"，以此彰显其垄断性掌控天命和属天的知识；另外就只剩下处理像四岳、共工、鲧、驩兜之类治权掌握者们的关系。通常情况下天子还会遴选出一位执政者来主持日常政务。负责具体社会治理的四岳等"大臣"是技术知识掌握者，同时也是地方势力在中央王廷的代表。从尧在任命鲧问题上采取的退让、妥协姿态可见得，治权掌握者们有足够的能力与天子抗衡，并且不甚服从约束。由于没有治权，不参与社会治理，是故天子虽是天下名义上的"共主"，实则处于近乎被架空的失控状态。所谓中央政权更多的是一种象征，意味着存在整合式秩序；事实上政权本身并没有真正地实现掌控。地方以相对独立状态自我治理和维系，中央则依托于天子本人所属的邦国维持日常运作，同时或许能够得到地方的少量"朝贡"。整个体制大致与西周分封制成型之后的天下格局相仿。缺少强大的财力、人力使得中央政权无力供养大规模的官吏体系和常备军队，这一点与缺乏对地方控制力恰好形成了"恶性循环"。所以尧作天子时的处境已经相当窘迫，甚至到了经常被来自地方的技术、治权掌握者们"逼宫"的境地。尽管他的继任者舜运用铁腕政策清理一度位高权重而又不安分的"四凶"，意在取得杀一儆百之效，并且尝试通过重建中央官僚体制来强化政权控制力。但是这些举措并不能从根本上解决天子孱弱的痼疾，或者改制举措由于未能触及地方秩序和治权的根基而流于表面，无法根本性地扭转时局。所以舜继位前期一度强势的政权并没有持久性，甚至是在新官上任三把火后旋即重陷于困顿。

　　出身技术传统且长期掌握治权、参与实际社会治理的禹，当然会以全然不同于尧舜的立场审视以往政权所存在的问题。部分由于他的差异化视角，也部分缘于他个人的智能，禹将所有积弊的症结归总到了政权对天下的控制方式上。为此，加强中央控制力和削弱地方势力必需双管齐下。通过建立赋税系统，中央政权可以长期稳定地获得大量财富，使之具备了供养大规模官僚系统和常备军的能力。这无疑有赖于"导山导水"型构的全国性水陆交通网。而贡赋制能够有效运转，必须依靠直接对中央政权负责，且能直接下落到基层的征收体系。也就是说，禹需要一大批直接受控于他，能够执行税赋征收之职又不至于因为握有实权而不受约束、中饱私囊或者像以往的治权掌握者那样骄纵跋扈的执行者。寄希望于如此大量的职官自觉地安分守己并不现实，于是禹为之创制了类似于后世吏治和法治的制度性治理方式。吏治的精要在于权重位低，而法治的核心则在于事无巨细严格作出法律化、标准化规定且严格按法而治。按法而治必以规范化制度和权力运行为基础；而规范化、标准化的思路，正与技术传统的惯常思维方式相一致。这并不难理解，直至现代，技术从业者，诸如木匠、裁缝、建筑师、程序员等，他们从事本职工作无疑需要一系列技术规范并以标准化工具为依托，所以禹倾向于选择这种治理方式明显渊源有自，和他的出身与思维习惯非常契合。后世推崇法治的墨子在这方面和禹并无二致。

　　若是仅在中央层面强化中央集权，舜的困境将不可避免。地方势力原本掌管治权，想要从他们手中夺走权力，像舜那样仅寄希望于增设官职来分权明显是不够的。禹很可能意识到了舜改制中的问题，转而采取了更加彻底的方案：借助大洪水来破坏原有的地方社群、聚落和权力格局，并侵夺地方神。这样一来便釜底抽薪式地摧毁了朝中贵族们在地方的根基。于是，想要维系权柄，只有服从禹命并寄希望于来自政权的任命。

当然，禹如此大费周章地变革和重建秩序，对旧贵族不遗余力地予以打击，势必为自己招来"众怒"，失去"人心"。[1] 禹对此极为在意且又颇感无奈。为了脱困，他不得不选择和与舜同心同德，且同以善得人心著称的皋陶结成相互妥协式的同盟，方才使这个危机得以缓解。而五帝政道统绪也因为禹夏政权不得不容纳皋陶而得以不绝如缕。

基于中央和地方同时重建，禹得以成功地构筑起全新的天下：借助洪水，他创造出了全新的天下格局，将之分作九州以区别尧舜时的十二州，形成八州拱卫冀州之势。通过建新城、淹故地迫使人民迁徙并按照他的设计重新聚合。由此摧垮了旧技术贵族们的地方势力和地方神依托。通过导山导水，建成遍及全国的水路交通网络，以此助成中央政权推行全国化贡赋制度，并且在实行过程中通过吏治、法治、税制形成集权化、规范化的权力运行机制。"天子"由此可以摆脱五帝时代政、治二分之困而成为专制者。尽管此时他尚不是天子，但是把天下治权尽收入手中之后，舜除了把天下禅位于他之外已别无选择了。

当然，以上所有创制的前提是禹意图成为天子，并把政权化为技术知识那般足以垄断于家族内部的私产。禹还意识到，欲把天下

---

[1]　注意这里说的是"人心"而非"民心"。春秋以前的话语环境中，"人"通常仅用于指称贵族，而不及庶民，更遑论庶民以下的奴婢、皂隶等贱人。

政权由整合人类而使之和合于道的公器转为一家一姓之私产，或曰把曾经那个通过选贤与能的方式，为炎黄部族所共有的天下政权一转而变成私产，让自己的子子孙孙们专有，还有另一层工作需要进行。所有种种和五帝时代大相径庭的创制，无论在实际运作中如何行之有效，终究还要以获得天下认同为基础。为此，禹还需要一个强大到让人无以反驳的"说法"来说服万民，也好让之后的儿孙们洞悉并遵从他的宏愿。

偶然也好，神定也罢，洛水中一只背壳上有着神奇图样的老龟出现在禹的面前，仿佛一举为禹解决了所有这些顾虑。

图中龟背上的就是"洛书"（图10-4）。[①]禹继承了父亲鲧充满神性的血统，自然能够洞悉这常人看来不知所云的图样，并且把它们一一用凡人可以理解的话语转述出来。于是人们才能明白，原来这些奇怪的点点线线（图10-5），乃是神授予禹和他家族的一部大

图10-4　洛书

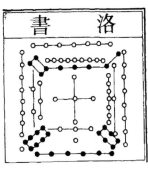

图10-5　宋人"还原"的洛书

---

① 《论衡·正说》篇云："禹之时，得《洛书》，书从洛水中出，《洪范》九章是也。故伏羲以卦治天下，禹案《洪范》以治洪水。"马融《尚书大传注》曰："初禹治水，得神龟负文于洛，于以尽得天人阴阳之用。"《三国志·魏志》辛毗等奏曰："至于河洛之书，著于《洪范》，则殷周效而用之矣。"（皮锡瑞：《今文尚书考证》卷十一，第243页。）

法，内容则关乎政权、治理的所有至要方面。执此在手，可表明执掌政权获得神命；而无此则不足以治天下。

禹就像以往对待技术知识一样，让子孙们秘传洛书的内容。于是天下遍知禹、启因有洛书而有天下，却始终不知其内容。历经夏商两代，直到武王克殷以后，才从殷商遗老箕子口中获知其详。而周人的史官把箕子口述的内容原封不动地记录下来，保留在《尚书》之中，是故此后但凡识字者均可一览无余，这便是大名鼎鼎的《洪范》。题名的"洪范"两字意思就是"大法"。箕子声称夏商两代所以能有天下、治天下之根本在于《洪范》中的九类大法（即"九畴"），断非虚言。《孔传》誉其为"天地之大法"。① 朱熹也称："今人只管要说治道，这是治道最紧切处。……天下之事，其大者大概备于此矣。"②

真正在图案式"洛书"中读出五行、五事、八政、五纪、皇极、三德、稽疑、庶征、五福、六极这"九畴"内容者，也就是把图像与特定义涵关联起来的其实只有禹一人。作为神意唯一的解释者，可以想见禹会在其中充分表达自己的诉求。这与三皇时代技术出身的治权掌握者们将神性技术知识"法律化"为技术规则，并在其中掺杂私意的做法并无二致。然而，箕子对周武王的陈说并不能再现禹之《洪范》的原貌③，但至少我们可以从其中一些部分中窥知其要④。篇幅所限，这里我只谈其中与最能直接彰显禹之王道的九畴、皇极和五行三方面。

---

① 孔颖达：《尚书正义》，黄怀信整理，446 页，上海，上海古籍出版社，2007。
② 黎靖德编：《朱子语类》，2041 页，北京，中华书局，1986。
③ 有多种原因造成了这种局面，其中至少包括历时弥久、多次授受带来的讹变；商人为了适应自己政权需要而有意识作伪的改变，箕子为了保持对周人的"理论优势"而在陈说中有所保留。
④ 这里我无意全面且详尽地申说《洪范》全篇的微言与大义。只提足以彰明禹之"王道"的九畴、皇极、五行几个话题挑出来略加解说。

直接彰明《洪范》禹为意识形态立法者的莫过于"九畴"。禹将有天下、治天下之要略归总为九类，与他将天下划分为九州，以及传说中铸造九鼎明显基于一以贯之的理念。并且他还不是简单地尚"九"，而是推崇"八— 一"格局（图10-6），类似于八州拱卫冀州的九州模式。

四	九	二
三	五	七
八	一	六

图 10-6　九畴
"八— 一"模式

"八— 一"模式下居于"五"位，即中心者无疑是九畴之枢要，《洪范》名之曰"皇极"（图10-7）。汉代以后儒家经生训读为"大中"①，虽于义可通却未得其要旨。结合禹创制的本意，无疑像清儒那般释为"王法"或"王道"更为妥帖②。禹之王道一言以蔽之无非是"遵王"。箕子已经把这层意思说得极为明白了：

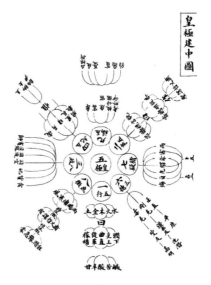

图 10-7　皇极建中图③

> 无偏无陂，遵王之义；无有作好，遵王之道；无有作恶，遵

---

① 如《尔雅·释诂》："洪，大也""范，法也"。《孔传》说："洪，大，范，法，谓天地之大法。""所以恢弘至道，示人主以规范也。"朱熹说，《洪范》"是治道最紧切处"。"天之下事，其大者大概备于此矣。"（《朱子全书》，卷三十四《尚书·洪范》）。历代关于《洪范》注疏与解读，参见张兵的博士论文：《〈洪范〉阐释研究》，济南，山东大学博士论文，2005。

② 清代以后，将"皇"释为"王"的意见呈现主流化的趋势。刘起釪先生指出"皇"字原作"王"，见汉代今文。"皇"字为汉人训当时"皇"已训君并高于王的用法所改。刘节不知今文原字，致提出误说。（刘起釪：《〈洪范〉成书时代考》，403页，载《尚书研究要论》，齐鲁书社，2007）

③ 孙家鼐等：《钦定书经图说》第十册，光绪三十一年（1905）武英殿石印大本。

王之路。无偏无党，王道荡荡；无党无偏，王道平平；无反无
侧，王道正直。

　　要言之，这段话的意思是说一切言说、行止乃至观念中的是非
和价值标准都要不偏不倚地正好合于"王道"。不少学者注意到这
段话中最早出现了"王道"一词，但它与后世儒家本自周公之政而
开立的"王道"存在根本差异。① 如此强势地主张遵王，确实绝少
见诸前代。

　　但是"皇极"并没有解释集权正当性的问题，或曰：人们凭什
么要对天子惟命是从？其实另外的八畴都提供了解释，而其中最具
说服力（即神性）者莫过于第一畴——"五行"。

　　五行为什么是第一等的大法呢？它和政治、治理看起来似乎压
根没有联系。这个问题很困扰后世的学者。儒生们在注《尚书》的
时候采取了很多方案来为"五行"和政治统治建立关联，但是强为
之解者居多。当代学者最常见的说法为五行是构成世界的基本元
素，在古人看来世界由水、火、木、金、土构成。做出这种推论的
依据来自西方的元素论。古希腊智者学派以前的思想家们有很多关
于元素的理论解说，有的把火看作世界构成的基本元素，有的主
气，也有的主原子论，还有最早的泰勒斯主张水是基本元素。这
些说法在近代以后的中国哲学界、史学界拥趸甚多，但是却完全错
了。举一个最典型的反例就足以彰明元素论者的谬误。在中国古代
对于世界构成的认识中，最有代表性的理论叫气论。上古以来，特
别是到了战国时，以气为基本构成元素解释宇宙构成的例子不胜枚
举，甚至一直持续到今天的民众观念中。比如说精气神，这是一种

————————

①　关于禹夏"王道"，下文中还有说明。

非常具有中国特色的解释世界的方法。但是在《洪范》"五行"里却缺少了"气"。其实远在尧舜以前，气的观念早已出现，像之前提到的四方风就是对气的认识的一种表达。如果"五行"是用来解释世界的话，那么自然应该也有气。这就是元素论不能自圆其说的地方。印度也有类似的说法名为"四大"，或者叫"五大"，包括地、水、火、风、空，用它们来解释世界构成，其中的风就是气。所以《洪范》"五行"并不能用构成世界的基本元素这个思路来理解。

再者，历代的注疏家中有很多人注意到"五行"水、火、木、金、土的顺序是有讲究的，战国时有阴阳五行学说，其五行讲的是相生相克，顺序和《洪范》五行不同，是金、木、水、火、土。这个差异对于理解《洪范》"五行"的性质非常重要。

下面来说一种更加合理的解释。前文反复谈到，三皇时代几乎所有的获得治权的人都掌握一种或几种技术。技术用什么作为标志呢？比如像神农以木和土为标志，女娲是土和金，燧人是木和火，有巢是木，鲧、禹家族是水，共工是水和土。所以如果把这些技术贵族们掌握的技术用抽象的符号来概括，表现出来的就是"五行"。而且需要特别注意，五行中的每一项都是"地"上的，和天没关系。为什么与天无关呢？因为在颛顼"绝地天通"以后，天被分出去成为了与技术传统相反的政道、道统的象征，此后的技术贵族只掌握属地的知识。到了禹的时候，这个格局早已被固定下来，并且成为了常识性的观念。禹要通过《洪范》来奠定技术贵族掌握政权的根基，势必要把他们与黄帝、颛顼们的道统相反的立场树立起来，并且使之意识形态化。所以作为技术贵族传统标志的"地"上的"五行"就被作为了第一等的大法。并且由于禹的家族掌握治水技术，为了彰显他的家族在众多技术贵族中的卓尔不群，自然要把"水"放到五行之首。所以《洪范》"五行"从性质上说其实就是一种意识形态立法。它之所以成为政治性大法的内容，并不是因为与具体的统治、治理事务有关，而是它本身就是技术贵族统治天下的标志。

五行章不仅谈到了五行的概念，还提供了一个系列式模型如下：

水—润下—咸

火—炎上—苦

木—曲直—酸

金—从革—辛

土—稼穑—甘

很多注疏家都注意到，根据后人常用的类观念来审视，这个模型内在的分类标准并不统一。"'润下''炎上''曲直''从革'，即是水、火、木、金体有本性。其稼穑以人事为名，非是土之本性，生物是土之本性，其稼穑非土本性也。"① 如果厘分得更细致一些，润下、炎上可以说是水、火的"自然之常性"；曲直、从革虽可视为土、金之属性，但已经附着了人为的痕迹；而稼穑更是土对人而言的功用。这类不恰的出现有两种可能：一是后人解释所依凭的类观念与原作者不同；二是作者有意识地通过这种差别表达某种深意。或者，这两种可能性兼而有之。

关于五行经由五性与五味的关联方式，《白虎通·五行》篇解释为：

① 孔颖达：《尚书正义》卷十一，453 页。

> 水味所以咸何？是其性也。所以北方咸者，万物咸与，所
> 以坚之也，犹五味得咸乃坚也。木味所以酸何？东方，万物之生
> 也，酸者以达生也，犹五味得酸乃达也。火味所以苦何？南方主
> 长养，苦者所以长养也，犹五味须苦可以养也。金味所以辛何？
> 西方煞伤成物，辛所以煞伤之也，犹五味得辛乃委煞也。土味所
> 以甘何？中央者，中和也，故甘，犹五味以甘为主也。

通过五味，外在的五行就与人联系在一起了。而将神与人、外部世界与人作整体化的理解，并为之提供有效的勾连机制，乃是《洪范》九畴的重要特质。

同时要看到，五行不是简单意义上的五个"行"平铺的状态，它其实是四"行"围绕水，以水为中心的向心格局。这样的以几类去包围、拱卫一个中心的状态，类似于《禹贡》之九州的八州去拱卫冀州。

总体来说，《洪范》全篇无非是在解决三大问题：其一，天子专制集权的成立和行使；其二，治理；其三，人神关系的整饬。而归根到底，所有这些内容都在围绕天子权力而展开。也可以说，《洪范》乃是君主得以保有和施用专制集权控制天下的一部"秘笈"。而禹之"王道"为天子专制型中央集权的"治道"。[①]

五

除了意识形态立法，禹在刑制方面也有重要的创制。春秋时晋国饱学之士叔向追述："夏有乱政而作《禹刑》，商有乱政而

---

① 关于《洪范》的义理，下章中还将进一步阐发。

作《汤刑》，周有乱政而作《九刑》，三辟之兴，皆叔世也。"（《左传·昭公六年》）一直以来，人们都认同这个说法，并认为中国古代最早的"刑书"起自禹夏时代。而在此之前并不存在严格且规范化的肉刑和刑书制度，而以名之曰"象刑"的道德耻辱刑为常态。为什么古人不约而同地认为是禹创立了引领夏商周三代的新刑制？这个创制的意义应当如何理解？窃以为其中至少有两层义涵与之前说到的禹的新"天下"密切相关，在此不得不表：其一是规范化治理（即法治）；其二是重建"天下"秩序，破除自古以来的"族"际边界。

前章说到，中国历史上的肉刑与政治社会相伴出现，古人之所谓"大刑""兵刑"与战争同义。[1]毁伤身体发肤的行为仅仅发生在族际交兵过程中。传说最早的受刑者之一为刑天，由于参与炎黄战争而被黄帝斩首[2]；二为东夷九黎首领蚩尤，不敌黄帝于涿鹿而致身首异处。[3]

相较于施用于族际战争的肉刑，族内一直不使用毁伤肉体的惩罚机制，而以耻辱刑为常制。其著名者如颛顼规定女子行路时必须避让男子，违者将被置于四通八达的路口示众。[4]后人习惯以"象刑"为名来总称这类族内的耻辱性惩罚措施。

---

① "古者大刑用甲兵，中刑用刀锯，薄刑用鞭扑。自兹厥后，狙诈弥繁。"（房玄龄等：《晋书·刑法志》，917页，北京，中华书局，1974。）

② 《山海经·海外西经》载："形天与帝至此争神，帝断其首，葬之常羊之山，乃以乳为目，以脐为口，操干戚以舞。"此外也见于《淮南子·坠形训》："西方有形残之尸。"高诱注云"形残之尸，于是以两乳为目，腹脐为寇，操干戚以舞。天神断其手后，天帝断其首也。"按照袁珂先生之论："刑天者，亦犹蚩尤夸父，奋起而为炎帝复仇，以与黄帝抗争者也。"（袁珂：《山海经校注》，259页，成都：巴蜀书社，1993。）

③ 《史记·五帝本纪》载蚩尤作乱后"黄帝乃徵师诸侯，与蚩尤战于涿鹿之野，遂禽杀蚩尤"。

④ 《淮南子·齐俗训》："帝颛顼之法，妇人不辟男子于路者，拂之于四达之衢。"

　　那么上古时为什么族内不用肉刑呢？常见解释有二：一是传统儒生以为五帝时天子有德，故以象刑替代肉刑，且能够做到"画衣裳而民不犯"（《春秋繁露·王道》），以彰显不忍人之心；二是认为在当时的环境下，族内仅用耻辱刑已经足够用了。仅就维持社会秩序而言，族内不需要更加严厉的惩罚机制。[①]其实还有第三个，也是最重要的原因常被人们忽略。"身体发肤受之父母，不敢毁伤，孝之始也"（《孝经》）之说，并非只是儒家的创见，相反自古有之。同族意味着同为一系祖灵所生养、荫庇。毁伤同族人的身体，势必意味着侵犯彼此所共尊奉的祖灵。置身在那个万物有灵，神明主宰的观念环境下，主动冒犯祖灵之举不可能被认同，更遑论将之合法化、制度化。因此，直到舜在位时针对族内最重的刑罚也止于流放。[②]把"象刑"理解为以奇装异服比附、替代原本应实行的墨、劓、刖、宫、大辟等肉刑，其实是后世（自战国时起）以今度古的扭曲式理解。[③]族内耻辱刑与族际肉刑同时存在，不是"象刑"为了减轻肉刑之故而被"发明"出来的。甚至，当时这类耻辱性惩罚本就不应被称作"刑"。[④]

　　不过自从黄帝以后中国进入政治社会，因为有了作为政治体的"天下"，天下之内"族"的边界在渐次发生变化。大体上到尧舜时

---

①　晁福林引述明代思想家吕坤"五刑不如一耻"论说上古刑罚观念中耻辱刑的功能与意义，颇为可取。（参见晁福林：《"五刑不如一耻"——先秦时期刑法观念的一个特色》，载《社会科学辑刊》2014（3）：114~120页）

②　即著名的"流四凶"。鲧被殛死便是其中之一。见诸《尚书·舜典》。

③　如《白虎通》云："画象者，其衣服象五刑也。犯墨者蒙巾，犯劓者赭著其衣，犯膑者以墨蒙其膑，犯宫者扉，大辟者布衣无领。"《荀子·正论》中对当时通识中的"象刑"观念大加质疑，可作为时人已然对象刑之原义不甚了了的旁证。

④　"刑"最初仅仅只肉刑，施用于外族。把族内与族外惩罚融会起来形成单一体制，并俱名之曰"刑"者恰好就是禹。

为止，刑制的趋势应该是原本的族内刑的适用范围逐渐扩大。但禹使用刑罚的原则却与五帝时代呈现截然不同的态势。基于"天下"本位，禹选择将针对族内的耻辱刑与针对族外的肉刑合并起来，统属于"刑书"制度。这实际上意味着原本仅施用于族外的肉刑适用范围扩展到族内。最典型的例证是夏启在讨伐作乱的有扈氏时对属下声言"不用命，戮于社"（《尚书·甘誓》），已然将肉刑中最重者用于内部惩罚。

造成这个改变的直接原因莫过于"天下"，也就是政权性质、功能和结构的变化。或者说得更直接一些，这由禹寻求政、治权合一和中央集权体制的需求所造成。由于集权化，原本的地方分治状态被强行打破，当然遭受侵扰的也包括地方原本的人口聚集和社会组成方式。过去以宗族为中心的地方社群被强行纳入集权化的中央—地方格局中，造成的后果之一便是原先的族际边界被政治意义上的行政区划边界所取代，也可理解为地方秩序的血亲基础被政治化并为政治权力为基础所取代。① 若非这种全局性的天下格局被重塑，原有的血亲—宗亲社群的基础地位被动摇，则既无肉刑族内化的可能，也无必要。

禹时兵、刑两分，肉刑与象刑整合，带来了刑罚功能上的变化。不过刑却在两分的同时也分享了兵的政治功能，即专属于政权并作为其象征。由此便可理解为何要说"夏有乱政而作禹刑"。通常将"乱政"理解为政治社会衰颓，如叔向说"三辟之兴，皆叔世也"。汉人服虔进一步解释说："政衰为叔世。叔世踰于季世，

---

① 当然这并不意味着地方聚落的血亲、宗亲属性消失，只是它们的基础性地位让位于政治权力。

季世不能作辟也。"① 近有沈家本言"刑书不起于始盛之时"② 等说，这类解释显然受到了儒生释读《吕刑》的影响。事实上我们应该与《禹刑》所具有的政权象征意义联系在一起，把所谓的"乱政"理解为革命与政权更迭。当然，将《禹刑》为首的刑书新建制理解为"叔世"的标志也不无道理，毕竟它与天下政权的私化，即家天下相伴生。这在后人看来确实是政权由"公"而"私"堕落的表征之一。③

再者《禹刑》究竟是何体例、内容现已无从知悉。④ 杨雄《法言·先知篇》言"夏后肉辟三千"或有所本。不过依托零星的追述可以推断，刑罚体制在禹时出现"刑书"化，也就是制度化转变，与之前谈到禹对权力运行作出按法而治的基本设定正相呼应。而内容上出现"肉刑"使用扩大化的趋势，又表达了禹强化中央政权对天下控制力的意图，因此《禹刑》可以看作禹之新天下的制度表征之一。

---

① 洪亮吉：《春秋左传诂》，672~673 页，北京，中华书局，1987。

② 沈家本：《历代刑法考·律令一·禹刑》，818 页，北京，中华书局，1985。

③ 参考许逸民云：叔世之奸谋。《左传》昭公六年："(叔向使诒子产书曰)夏有乱政，而作《禹刑》；商有乱政，而作《汤刑》；周有乱政，而作《九刑》。三辟之兴，皆叔世也。"杨伯峻《春秋左传注》："三辟，指《禹刑》《汤刑》《九刑》三种刑律。叔世前人解为衰乱之世，服虔且云'逾（愈）于季世'。其实不然。《左传》凡三言'季世'，二处皆《易》'末世''衰世'之义，'叔世'唯此一见。《汉书·刑法志》引此文，师古注：'叔世言晚时也。'《刑法志》又云：'禹承尧、舜之后，自以德衰而制肉刑，汤、武顺而行之者，以俗薄于唐、虞也。'王先谦《补注》云：'据此文，班以肉刑始于夏禹，而叔向所云叔世，对上世言之。'"见徐陵：《徐陵集校笺》，484 页，北京，中华书局，2008。

④ 康有为云：《(尚书)大传》又曰："夏刑三千条，"此本周书甫刑之序也；《甫刑序》曰："穆王训夏赎刑，作《吕刑》。"按：经曰"五刑之属三千"，不言"夏"；《吕氏春秋·孝行览》云："商书曰：'刑三白，罪莫大于不孝，'"亦不及"夏"；左氏传曰："夏有乱政而作《禹刑》，"虽言"夏刑"而不举其目。若非见《书序》"训夏赎刑"之文，何以知三千条为夏刑也？（康有为：《新学伪经考·书序辨伪第十三·第二辨今文尚书无序》，316 页，北京，中华书局，2012）

六

禹在做了上述一系列准备工作，将各种权柄聚拢于一身之后，从舜那里禅得天子之位似乎已经水到渠成了。而舜在已经没有选择余地的情况下只能禅位给他。不过当时还有一个人物的作用不容忽视，就是前章说到过的皋陶。在舜为天子期间，皋陶一直是王廷中的重臣。特别是到了舜的晚年，他是唯一能以上位姿态对禹训话的人。从《尚书·虞夏书》诸篇的记载中可以看出，皋陶能够当面训诫禹，禹即便是不理也不会当面反驳。反观禹对尚为天子的舜，则多次直接进行人身攻击。

禹继位前夕，舜曾对他有一句非常著名的训诫，叫作"人心惟危，道心惟微，惟精惟一，允执厥中"（《尚书·大禹谟》)，宋代新儒家们对这句话格外重视。"人心惟危"大意是说人心不可测。舜有这样的感慨很正常，毕竟禹的私心已经昭然若揭。"道心惟微"的"道心"一词有后来转述附会的可能，其实讲的就是黄帝以来的天下政权所值守的"道"。黄帝不是为了自己去开辟天下。尧传位给舜也不是为了自己，更不是为了成就私的目的。他甚至无私到了拿自己的儿子去做"兑子"，这里面显然有为"公"的追求。虽说当时或许尚没有后世被义理化、玄理化的"公""道"等概念，但这并不妨碍圣王们具有这些内质的证道实践。换句话说，到了老子、孔子时能开启公义与道论，恰是早期文化传统为之提供了积淀。"惟精惟一"，说的是"惟微"是道心很小，只有非常精诚，非常专一，凭借高度自觉与坚守才能够去追求、保有它，因为人很容易就被私欲牵扯了。进一步说，只有"惟精惟一"的状态才能"允执厥中"。"允"，就是"信"，是"诚"。要很诚信地获得、保有

"中"，便是"允执厥中"的字面意思。不过这个通常被释为"中道"的"中"其实可以有很多解释，它是一个有特殊含义的词。[①]这是舜在禅位给禹之前最后的交代。讲述完了这番话以后，舜强调此后对禹不再说什么了。继位之前禹还有一段和皋陶的对话，保留在《尚书·皋陶谟》中，皋陶也在反复地训诫禹，让他不要居功自傲，不要有私心。但实际上这些劝诫都没起作用。

禹在继位的过程中发生了一件比较特殊的"意外"。传说之一是"禹避舜之子于阳城"。舜之子就是商均。意思是说禹在继位之初害怕商均的势力，所以逃避到了他在冀州的故地阳城。这是《孟子·万章》篇中的记载。值得思考的是禹为什么要打着回避商均的旗号跑到阳城去？其实他并不是慌不择路才躲入阳城，而是因为他的"根据地"就在阳城。禅让之后他没有到舜的都城去举行继位的仪式，而且待在阳城没动。然后他放出风来说为什么待在阳城没动呢？是为了要避让舜的儿子商均。但是从来没有记载说舜有意把他的位置传给他的儿子，这是禹的一面之词，无疑有要陷舜于不义的意思。试想，如果商均脑子一发热，当时听了这个话就继了天子位，那舜和商均就变成了第一个把天下改成私天下的人物了。另外，商均后来成为了历史上著名的不好的官二代的代表人物，这类人除了商均以外还有尧的儿子丹朱。尧的儿子的名声是被他爸爸败坏的，说他不肖；而舜的儿子商均则是被禹污名化了。[②]禹则由于自己的名望、功绩和能力，想要不继位都不行，所以最终勉为其难地成为了天子，这就是"天意"。禹在设

---

① 关于"中"，眼下学界已经有了很多解释方案，在此从略。
② 为什么坚守禅让制的尧舜的儿子都"不肖"，而基于私欲传子不传贤的禹之子启却恰好贤能？这个异相其实反映了丹朱、商君可能曾被"污名化"。

计这一切时确实心机很深。他还开创了一个先例，类似于后来经常在朝代更替的时候用到的"避让"传统。这样显得躲都躲不掉，是这天子的位置砸头上了，所以才不得不顺应天意，顺应民心，勉为其难去做天子。

关于禹继位以后事迹的记载并不太多，主要有两个事件。首先是和三苗之间的战争。"三苗"在尧、舜在位时出现过。舜曾"窜三苗于三危"，把原来居住在东南地区的三苗民部族整体迁移到了大西北。到了禹刚刚继位便针对西北地区仍然不安分的三苗进行了一场战争。战争由于什么原因兴起现在尚不确定，打到什么程度也不知道。但文献中记载禹在和三苗打仗的时候，防风氏的部族首领迟到，于是禹把他杀了。这是前所未有的事情。之前谈尧舜的时候说到过，中央政权对地方的控制力很差，轻易去杀一个地方部族的首领，尤其以这样的名义，在当时不可想象。但是现在禹却可以做得到。禹此举显然意在彰显他非常强势的权力；也表明经过之前种种建制调整，中央和地方关系已经由五帝时代的政、治两分，中央地方相对无涉转变为了政、治合一，中央完全控制地方。

第二件事是在跟三苗打完仗以后，禹在他的故地阳城进行了涂山之会。这场诸侯会盟才是禹真正的即位仪式，也标志着天下的中心已经迁到阳城，和五帝天下以及原先的政道彻底决裂了。

在涂山之会的过程中，禹对原来那些地方部族的首领，包括氏族的族长、部落的首领们全部安设了新的名分。也可以说是禹作为天子，代表中央政权去分封地方的旧贵族。这样一来，只有天子分封过的，有政权认可的地方势力才合法。也可以说，原先地方自治局面自禹的涂山之会之后已经不复存在。尽管地方贵族还可以延续之前对族群的治理权，也可以保有原先的地位和身份或者其所实际掌握的权力，但依仗的只能是中央政权的认可，而非技术知识赋予他们的神性。类似这种形式的分封后世一直沿用。例如清代以降中央政府对班禅有册封，意味着他是合法的地方宗教领袖。册封（或曰册命）式分封制从禹继位以后开始实施，这是中央政权对地方贵族的实质性控制的标志。与此同时地方权力和贵族从这时起要以新的方式臣服于中央，不再像尧舜时自主选派自认为合适的代表人到中央去参与政权。或者说，自下而上的参与模式变成了由上而下的控制模式。涂山之会最重要的象征意义就在于此。

另外还有禹铸九鼎的事迹。禹之所以要铸九鼎，其实和他的九州是联系在一起的。用九个鼎来象征九州，而九鼎的拥有者就是天子，标志着天子掌握了对九州的控制。所以九鼎对之后数代政权的意义格外重大。商人灭夏后把九鼎迁到商都；周武王打赢了牧野之战后，把九鼎又迁到了宗周，平王东迁时又把它们带到了洛阳；春秋时代不可一世的楚庄王曾到洛阳去问鼎，"问鼎中原"的典故就由此而来。由于九鼎的特殊象征意义，问鼎行为即表征出楚庄王有觊觎天下之心。秦灭六国后把九鼎搬到了咸阳。一说秦始皇在搬鼎的时候翻船，鼎沉到了渭水里，是否属实现在不能确知。总之，用鼎来象征王权、政权，象征天子对于天下的控制，这个传统也是从禹的时候开始的。

总结一下：禹是第一个以技术贵族的身份掌握政权者，这可谓是前无古人的。自黄帝开创天下，使中国步入政治社会以来，直到尧舜时政权从未旁落到技术人手中。五帝时代天子只有政权而无治权，社会治理、权力运行都由技术贵族去完成。正是政、治两分的局面导致了尧只能"垂衣裳"而为天子，几乎所有的实际事务都为治权掌握者所控制。尽管尧是名义上的天子和政权掌握者，所能做的无非只是居中协调。禹本就出身技术贵族，掌控着治权；当他成为天子掌握政权后，政权和治权开始合一了。天子由此不再是虚位和象征，而真正成为了汇集所有权力的制高点，这使得天下具有专制帝国的规模了。而之所以能够形成如此局面，实现政权和治权合一，自然和禹特殊的身份、能力甚至思维方式息息相关。技术贵族的技术性思维特别讲究功利、效率、实际的控制力、规范化治理和成效，加上身份自始具有的神性，禹又具有出众的个人能力，种种因素叠加导致他结构出了全新的政权模式。

不过禹的天下显然离五帝的"道统""政道"越来越远，禹自始就没有为"公"或者为了某种更高远的目的去控制天下的意思。他所有的前期准备工作直接的目的都在于建构家天下的帝国和王朝。禹自从掌权以来把所有的行为都系于私欲之下，由此天下成为了私产。这同时埋下了一大隐患：既然天下是为私的，意味着它是可以抢夺的私产，所以整个夏王朝最主要的事迹就是造反者此起彼伏。再后来商汤、周武王、刘邦也恰是通过抢夺得到了天下。似乎天命已经不再重要，神意也不再重要，谁抢到了谁就有天意，就有天命，因为天子的位置本来就和最高的"天""帝"合一。禹的新天下就是这样一个反道统的天下。不过他为了解决家天下的正当性问题首创了"王道"。但这是更加接近于"治道"的集权、专制式王道，和孔子、儒生们推崇的王道立场完全不同。

在禹的事迹和思想中，我们寻绎到了家（私）天下、中央集权、法治、史治、贡赋制（税制）以及刑书制度的起源，也看到了技术人首次掌握政权和政、治合一的天下，以及最早的"王道"

观。孔子说"禹，吾无间然矣。菲饮食而致孝乎鬼神，恶衣服而致美乎黻冕，卑宫室而尽力乎沟洫。禹，吾无间然矣。"（《论语·泰伯》）对他勉力为治、主敬鬼神、勤俭自律颇为赞赏，但始终未曾冠名之为圣、为贤。与之相应，战国时人何以认为由（五）帝而（三）王乃德衰之征，现已了然。襃扬其精进而贬斥其为私，以孔子、儒家为代表。这是子学时代以后对禹的两类评价之一。另一类则极尽称颂、效法之能事，最典型者莫过于墨翟和秦始皇。墨子之所以推崇"法仪"之治，和他与禹同为技术人出身正相契合。而匡饬六国，厉行中央专制集权、法治、吏治的秦始皇于其刻石中对禹念念不忘，更源自于道、术与家世三层原因。

　　由此也可见得，禹之于中国政治、法律乃至思想文化的影响甚为深广，甚至直接为之后 4000 余年的天下型制（一统、王道）、政治格局（家天下、中央集权）和治理模式（法治、吏治、律制）提供了蓝本。这些前无古人的创举，可反映出其人智能何其出众卓绝。也正是有如此卓著的心智，方能助他完成由一罪人之子而为天下共主的蜕变。若非如此，他早年在与同样智识过人的舜"斗智斗勇"中或许早已重蹈鲧的覆辙。然而禹将所有的心力智慧以异乎寻常的勤勉和自律状态付诸践行，最终的目的仅仅指向了化天下为私产，纵有"王道"之论，却终难免与大道失之弥远。是故虽开父死子继之先，成就家天下之实，然而有夏一代自启即位，便始终不离抢夺天下之乱。伯益、武观、后羿、寒浞出身有别、贵贱不等，为"享有"天下而前赴后继，实乃禹开私天下之大弊。要者，倾尽智、力为公者，虽智又不足而力所不能，虽非大圣，亦不啻为贤者。而若禹这般有圣哲之智而自顾谋私者，恶名亦足以冠古今。

七

至此，关于禹的内容大致说完，接着再来看夏启。相传禹在死之前曾经做出姿态，要把位置传给皋陶。但是皋陶没等到禹禅位就死了，于是他又决定传给王廷中的另一个官僚——伯益。伯益是管山林园囿养马的虞官，出身东夷，是秦人的祖先，一说是皋陶之子。禹偏偏要宣称把天子之位传给伯益，其实很有讲究。在当时中央政权的核心圈子里，伯益显然是非常边缘的人物。从资历、能力上看，即使把天下传给他，他也无法掌控。正是因此，禹才假意要主动禅位给他，为的当然是方便自己的儿子启"夺权"。

禹死后的权力交接有两种完全不同的传说。一种传说认为禹把位置传给了伯益，但是天下万民归心于启，没有人听伯益的，伯益就自动被架空了。原因是他一则没能耐，二则太年轻。于是后来天下就顺理成章地给了启。还有另外一种说法是禹死以后人们公推伯益做天子，但是启不服，然后和伯益打了一仗。结果伯益战败而死，启继位成了父死子继的天子。

不妨去比较一下禹在继位时用的手段，看起来何尝不是如出一辙。之前禹面对舜的儿子商均，用了假装避让的策略。到了启这里也一样，刻意大张旗鼓地营造回避禅让制的继承人之举，结果是把禅让制继承人伯益营造成不合法，万民不归心了。这样他才不得已勉为其难去做了天子。但问题是后世偏偏就有不解风情的人把启打仗的事情记录了下来。本来没有这个记载，启的阴谋就得逞了：因为万民不归心，所以禅让制进行不下去了，才改成家天下。可是因为有人把实情记下来，所以启继位就变得很尴尬。但是在禹到启的天子之位传递过程中，特别是禹未死的时候，启已经具有了很强的实力，所以无论如何他都能拿到天子的位置，这就是在继位的时候发生的故事。

关于启的事迹，其实传说中涉及的并不多，比较多见一则叫作"夏启乘龙以御天"，意思是启坐着龙拉的车上在天上跑，记载在名叫《归藏》的商代占筮书上。这部书跟《周易》的用途很类似，可惜大多已经失传了，只有一少部分内容保留了下来。

在图10-8里，启像驾马一样使唤着两条龙，很明显地反映出禹启家族与龙的关系和五帝们与龙的关系大不相同。颛顼时龙图腾汇集了各个部族图腾中最有神力的部分而被创造出来，作为五帝政权的象征。创设新图腾的直接目的是支撑当时尚很孱弱的政权，所以颛顼以后天子、政权和龙图腾之间是依存关系。天子需要和其他人一样对龙顶礼膜拜，同时他又是龙图腾的唯一的掌控者。而在禹和启这里，天子和龙的关系发生变化，启直接把龙当马使，甚至驾驭它来拉车，说明启对龙只有控制，不再需要崇奉了。这乃是政权正当性基础变化的一大象征，表明启的政权已经全面压过了五帝道

图 10-8　夏启乘龙御天图

统。启能"御天"，意味着曾经垄断天知识的"重"的后人羲和家族已经不再重要，颛顼以来型构的绝地天通格局至此似乎也被颠覆了。这同时也标志着那一系列与天相关的知识不再当然地凌驾于其他技术知识之上，也不再当然地承载着政权的正当性。并且启把对这些知识的控制权都收束到了自己手里，于是天官从这时起变得不复特殊，沦为了众多职事官的一分子而已。后世各个王朝中史官的位置很能说明问题：作为天官之后的史官是不掌实权的中央官僚，他只负责记史，只对天和祖先负责。而在颛顼至舜时，天官负责很多事务。这自然是启加强政权控制力的一个体现。之前禹专注于改造的是地方的治权格局，为的是让政权能够掌控治权；而启则直接对中央天地两分格局做了改变。

启在位时的另一件大事是和有扈氏之间的战争。有扈氏部族和禹启家族有血亲关系。启继了禹的位置以后，引起了他的同族人有扈氏部族的不满，最后公然造反了。启纠集了大批军队专门针对有扈氏反叛进行了一场战争，结果是把有扈氏整个平灭了。这场战争质言之是一次关于帝位的争夺战。

启在战前做了一番动员，即《尚书·甘誓》篇，[①] 全文如下：

> 大战于甘，乃召六卿。王曰：嗟！六事之人，予誓告汝：有扈氏威侮五行，怠弃三正，天用剿绝其命。今予惟恭行天之罚。左不攻于左，汝不恭命；右不攻于右，汝不恭命；御非其马之正，汝不恭命。用命，赏于祖；不用命，戮于社。（《尚书·甘誓》）

---

① "誓"是《尚书》的体裁之一，用于记录战前动员的训词。这种"誓"体文首见于《甘誓》，其实隐含了孔子在编《书》时对家天下表达出的不满。

　　文中启首先给有扈氏安罪名，说他们"威侮五行，怠弃三正"。
"五行"就是《洪范》"五行"，"三正"或可对应《洪范》里的"三
德"。以违背五行、三正为战争的口实，意味着在启继位以后，新
的意识形态已经塑造完成，可以被用来当作是非判断，价值判断的
标准。① 有了这套新标准，技术贵族们以悖反五帝"道统"的方式
去掌握天下、掌控政权的格局才可能变得合法。这与颛顼为意识形
态立法的所为并无二致，但意旨却完全相反。家天下是为私的，不
合于舜所谓的"道心"，自此却也有了它自己的"道"。不过这个
"道"更像一种"治道"而非"政道"。如果没有"道"，天子的位
置显然没有保障。可是凭什么启是天子，而别人不是呢？既然天下
是私产，大家可以抢夺，有扈氏也可以抢，这是有扈氏的"道"，
与启的"王道"其实并没有质的差别，都是治道。归根到底是谁治
理得好，谁就有道。这是典型的技术传统思维方式的产物，以功
利、实效、理性作为基础。

　　启对他的僚属说"左不攻于左，汝不恭命，右不攻于右，汝不
恭命"。意思是我下命令你们不服从的话怎么办呢？答案是"用命，
赏于祖；不用命，戮于社"，意思是服从命令有赏，不服从命令加
刑。当时启的权威可以通过这篇誓文表现得很清楚，他的做派俨然
是唯我独尊，言出法随，说什么就是什么，臣下只能惟命是从。可
见启集权的印记已经非常明显。

　　尔后夏朝发生的重大政治事件被称作"武观之乱"，它与有扈
氏的战争都与政权归属有关。武观是启的儿子，启非但不喜欢他，

① 前文已经说明，这个新的意识形态几乎完整地被记录到了《尚书·洪范》篇，简而言之可谓阴
　 本立场、技术传统的新"王道"。

还把他放逐了。流放意味着武观不能继位。于是这个儿子心怀不满造了启的反，但最终没有成功。从中可以看出：在禹和启的子承父业这种制度开始以后，继位非常混乱，当时很可能并没有明确的制度规定天子之位由谁去继承，或者由哪一个儿子去继承，所以在继承的时候难免要产生争斗。而且由于天下已经私化，这就意味着私的天下本身成为了可以而且值得去争夺的资源。整个夏代历史最显著的特征也正在于争帝位的情况不断地发生。

相比较而言，《甘誓》中与有扈氏的战争和武观之乱在性质上稍有差别。有扈氏的威胁来自于启的小家族外部，它提出来的不是哪个儿子继承的问题，而是直指家天下政权的正当性。对于这个根本性的大问题夏人尝试了去解决，但是终其有夏一代始终没有彻底解决好。尤其是其中的两个方面：其一是家天下政权的正当性何在？其二是天子的唯一性如何确定？

八

夏启之后，他儿子太康继位之初又出问题了。传说太康非常喜欢四处游玩田猎，完全不理政事，当然也就掌控不住政权。这种情况出现在启的儿子身上其实一点都不奇怪。因为尧舜时天子只是近乎调和人的角色，在诸技术贵族的夹缝中求生存，政权本身实际上并没有多大的治理权力，也没有多少财富，它仅仅是个象征符号。但是到了禹和启以后，禹建立了很完备的贡赋制，而且覆盖面很广，中央政权因此有了各个地方源源不断的进贡作为收入。同时政权又借助税收支撑起了庞大的吏治系统，直接把握了地方社会治理。这样一来，复合型的权力可以直接集中到天子手中：一则天子的集权程度越来越高，二则天子变得很有财富。既有势力又有钱，很容易造成在位者出现淫佚。这是在太康的时候暴露出来的问题，但绝非太康所独有。后世很多家天下王朝的天子都存在类似的情况。所谓失国，就是被人放逐了。故事有两个版本，一个版本是他的五个兄弟把他流放了，另一个版本是他把自己的五个兄弟气走了。总之，太康时代的政局非常混乱。

到太康的弟弟仲康（或称为中康）即位以后，出现了一件颇为奇特的事情。据说当时有一族人"废时乱日"，他们是尧时负责天官知识、天文历法的羲和家族的后人。到了仲康在位之时，这个家族仍然垄断性地占有关于天的知识。但是他们不愿意为仲康效命，所以径自逃回自己的故地。这样一来仲康的王廷里没有人负责天文历法的事务。有一次发生了地震，按照当时的传统，灾后本来应该有一个由羲和主持的仪式，但是由于逃官不做，羲和没有参加，甚至对事情假装完全不知道。"废时乱日"说的就是羲和家族的人不做自己官职本分应该做的事情，导致历法混乱，甚至天下混乱。这惹怒了仲康，或者也可以说给了仲康诛灭他们的口实。于是仲康派了胤侯带着联军去讨伐羲和。被指派去讨伐羲和的胤侯值得特别关注。胤侯的"胤"最早在尧的时候曾经出现过。尧要初次遴选执政者时，放齐说"胤子朱启明"，意思是说尧的儿子丹朱是个很聪明的人物，后来尧以人品为由把放齐的提议否决了。胤子的"胤"就是胤侯的"胤"，这是尧的儿子丹朱的封地的名称，所以他世世代代都是胤侯，直到夏代仍然如此。前几章说政权和治权分立的时候专门谈过，羲和是颛顼时代掌天的重的后裔，专属于天子。天子的亲信来垄断天官之职，同时也垄断关于天的知识。到了夏代，原来的天地两分、政治两分格局已经不复存在，天子同时掌握了政权和治权。但是实际上属天的知识依旧掌握在羲和家族的手里。羲和表面上也臣服于夏代政权，只是他们阳奉阴违，消极怠工。矛盾最终激化以后，他们直接弃官不做，逃归故地去了。由此可知，仲康特别指派了尧的后人胤侯去讨伐尧时王廷中唯一对尧负责的羲和的后人。如此一来尧的后人就会处在非常两难的境地：如果他真的诛灭了羲和部族，意味着削弱了原本就已经衰落的"道统"苗裔的实力，还不免要背上不义之名，毕竟羲和家族和尧的家族过去曾经属于同一阵营；而一旦胤侯在这次战争中出工不出力，或者拒绝仲康的任命，那么无疑给仲康以口实，接下来胤侯家族很可能也会被诛灭。仲康此举的目的当然是要减少原来政道一系对政权的影响。《尚书》里保留了《胤征》一篇，记载的是胤侯被派出去打这场战争之前，在誓师大会上说的话：

> 惟仲康肇位四海，胤侯命掌六师。羲和废厥职，酒荒于厥邑，胤后承王命徂征。告于众曰："嗟予有众，圣有谟训，明征定保，先王克谨天戒，臣人克有常宪，百官修辅，厥后惟明明，每岁孟春，遒人以木铎徇于路，官师相规，工执艺事以谏，其或不恭，邦有常刑。""惟时羲和颠覆厥德，沈乱于酒，畔官离次，俶扰天纪，遐弃厥司，乃季秋月朔，辰弗集于房，瞽奏鼓，啬夫驰，庶人走，羲和尸厥官罔闻知，昏迷于天象，以干先王之诛，《政典》曰：'先时者杀无赦，不及时者杀无赦。'今予以尔有众，奉将天罚。尔众士同力王室，尚弼予钦承天子威命。火炎昆冈，玉石俱焚。天吏逸德，烈于猛火。歼厥渠魁，胁从罔治，旧染污俗，咸与维新。呜呼！威克厥爱，允济；爱克厥威，允罔功。其尔众士懋戒哉！"

　　这篇誓文表明，胤侯用了一个极其深谋远虑的策略消解了危机。他一方面让参与战争的军队务必采取全心投入的姿态好好地打一场仗；另一方面他又特别强调，不能株连无辜，仅仅把首恶的人干掉就行了。这番话表面上是在遵从天子之命，同时还帮天子立仁爱之名，实则以丢车保帅的方式避免了羲和整族人被歼灭，而只是找了几个替罪羊杀了应付交差。通过这场战争可以推知，虽然说夏王朝的格局已经达到了政治合一的状态，天子业已集权；但即便是在这样的格局之下，原来道统（政道）的苗裔仍保留下来了，在极为艰险的环境中赓续不已。

　　夏代前期另一个著名事件和后羿有关。关于发生时间有几种说法，一说是从太康的时候事情就发生了；也有一说认为是到仲康的儿子相继位时才出现。发生的原因也和天子沉湎于淫佚，不理政事有关。此时后羿找到了可乘之机，直接困住并流放天子，自己取而代之了。

　　这个在夏朝的前中期确实做过一段时间天子的后羿来历很特殊。相传他在帝喾的时候任"射正"，出身专门管弓弩射术的家族。他的妻子就是著名的嫦仪，也叫嫦娥。嫦仪是什么人？为什么能上天呢？其实嫦仪属于羲和一族，她们家族本来就负责统天，所以才会有飞升的故事。这么看来，后羿造仲康的反，跟他的岳父一家的立场显然有关系。因为事情或即发生在仲康试图剿灭羲和部族战争之后，且羲和部族在之后再也没有以政治地位甚高的职官身份出现，他们在文献中的最后一次记录就只是以后羿的妻子的身份示人。这说明羲和部族在经历了胤侯的征讨之后，参与政治的方式较之五帝时代发生了根本性的转变。

　　后羿善于射箭，传说原来天上有十个太阳，大地炽热难当，民不聊生，直到他射掉了九个，只剩下一个，万民才得以安居。射太阳这件事本身是有隐喻的，因为夏人最开始当政时有好几个象征物与政权有关，其中之一就是尚"九"。《禹贡》里把天下分成了九州，这是表现之一；还有《洪范》把治理天下的大法分成了九畴，也是尚九；铸了九鼎，同样是尚九。而后羿射九个太阳，显然有直接反对夏人王朝的正当性基础的隐喻在其中。

另外夏启继位时有"乘龙以御天"的故事其实和更早期的另一则传说有关，说天上的太阳其实是放在一驾马车上，马车跑过六个点，即六个时辰，一个白天就结束了。《周易》里的"六位时成"便是从这个传说演化而来。夏启乘龙御天的传说象征义很清楚，他要颠覆原来属天的政治传统。他的后代仲康所做的事情也是在继续他的做法，尤其是在对羲和家族的态度上，表明他要把原来属于天官垄断掌握的那些知识控制到自己手里。而后羿所做的事情正好又和夏启、仲康所做的完全相反。他直接抨击夏人所建构的那套关于天的说辞，其实也反对夏人的意识形态。

据说后羿很轻易地就把夏人的天子放逐了，他取而代之成了新天子。但是后羿做了天子以后变成了与被放逐的仲康一样的角色，也是成天吃喝玩乐，荒淫堕落，结果被他手下出身非常低微的寒浞杀了。寒浞又接着做了一段时间的天子。再之后，被放逐的夏天子有了后人，叫作少康。少康励精图治，成年后杀死寒浞，重新把天下又抢回来了。这样少康成了天子，算是匡复了夏王朝，也暂时中止了夏代初期一长段时间的混乱。

夏初一系列混乱的中心是抢夺帝位，而且几乎只要颠覆掉天子就改朝换代了。这是从太康失国到少康中兴期间暴露出来的一个很严重的问题，在之后的历史上也始终是对于家天下王朝而言非常关键性的问题，就是在集权式的天下，特别是个人专制独裁的天下，天子其实是最脆弱的环节。因为所有的权力都集中在一个人的身上，一旦天子被挟持或者除掉，整个政权就随之崩溃。而原来的制度、体系却直接可以被别人拿去用，所以有"因夏民以代夏政"的说法。秦以后的两千多年的帝国一直在面对这个困境。因此国家最精锐的军队始终驻扎在京畿甚至皇宫附近以保护天子，一旦天子被废黜就意味着整个天下政权的沦陷。

少康当政以后据说有一段中兴期，或许是少康之后的天子们开始反思了。毕竟天下虽然提供了取之不尽用之不竭的声色犬马，天子一旦醉心于其中，则危险性太大。所以在这之后，夏代稍微安顿了一段时间。

到了孔甲为天子的时代又有了新的变故。传说孔甲特别喜欢鬼神，以"好方鬼神事淫乱"著称。某日天降二龙，有一雌一雄，但是孔甲养不活。为什么养不活龙呢？相传是因为他没有了叫作豢龙氏的特殊人物相助。这件事就被看作夏代将要灭亡的征兆。无论是禹还是启，夏人的传说一直以来都和龙纠缠在一起，这是建立王朝的时候用到的手段之一。他们把龙作为自己的图腾，同时又强调自己能够控制、驾驭龙。这样做的依据在于夏人一族与早期炎黄部族有血缘关系，所以颛顼创制的龙图腾夏人也可以名正言顺地拿来用，把它当作夏王朝的正当性的象征。可是待到孔甲的时候，龙却养不活了，意味着王朝要出问题。

事实上孔甲"好方鬼神"出现在夏代的中后期并不奇怪，因为夏人起家靠的是治水技术这种最有实效的方式。但这些技术后来不会经常使用，接下来只能依靠禹所提供的一套政治方案，尤其是制度和意识形态来实现全国性的控制。制度本身的运转、维系有赖于官和吏。天子虽然处于集权之位，但实践中不免逐渐地和实际治理相脱离。官僚体制中的官治和吏治会越来越自主地发展，不需要再有体制之外的支撑。这时天子是谁不重要，于是天子存在的正当性、必要性会变得越来越脆弱。同时为什么非要孔甲来做天子？夏代建立最初期的天子唯一性问题一直就没有解决。天下是可抢夺的私产，天子的位置也是可抢夺的。到了夏代中后期，当这套官僚机制也开始排斥对抗天子的时候，天子的权力危机变得更严重。孔甲想到的办法是通过现代人称作迷信、巫术的方式尝试重新建立天子与神圣性的直接关联，意图为他个人作为天子的唯一性和权威提供支撑。这是一个全新的方案，后世一直在用，效果也很明显。但不知道是当时方案本身不成熟，还是没有有效地施行，孔甲最终失败了。结果大家反而都觉得是因为他好鬼神导致了王朝的堕落。实际上，孔甲可看作通过重鬼神的方式尝试去挽救夏人所设立的一套不成熟的政治体制的改革者。

孔甲以后，夏代最后一个知名人物莫过于夏桀。但他似乎在传说、史料中都是个没有性格的人物。因为他只有和几乎所有的被颠覆王朝的末代君主共同的形象，比如喜欢玩乐、残暴、不理政事，等等。这说明后世对桀的记载几乎没有本自对他本身事迹的实质上的了解，所以说了一些套话。总之，到桀以后天下终于被来自东方的部族商人抢去了。之前像有扈氏、武观、后羿、寒浞也抢政权，可是都没有真正成功，最终夏天子得以自救。汤的抢夺跟他们性质一样，但是成功了，新的王朝获得了安顿和延续，所以夏就此灭亡。

下面来简单地总结一下。家天下较之自黄帝开启的炎黄天下而言又是一大转折，是以一家族凌驾于天下万千家族之上的政治格局，最终成为之后三千余年中国政治的基本模式。从形式上看，恰如《礼记·礼运》所说，权力的流传从一部族收束到另一家族，乃是"私"化的表征。从另一个角度看，禹—启的执政，也标志着自黄帝以来被压抑的技术传统实现了复兴。

其中最重要的变革是从夏代开始进入私天下，从此以后公天下成为了邈远不可及的理想，历史上再也没有实现过。之前公天下到底存在了多久现在不确定，大抵从进入五帝时代开始，有人说是两千年，也有人说是几百年，或者说一百年。公元前 21 世纪再往后，一直到公元前 17 世纪，夏王朝已经为后世树立了私天下、家天下的典范。私天下带来的最大的变化是天下变成了可抢夺的私产。对于为什么要把人组织起来处于政权的统治之下，后人解释为对"道"的追求，也有的说是为了特殊的理想。总之，无论是哪种说法，都没有把政权当作用来谋利的工具。但是到了夏代，整个国家机制建立在贡赋上，以获利为基础而形成对天下的控制，政权俨然成为了一种值得抢夺的资产。而夏人恰好没能在家天下的正当性问题上做出很好的解释，使得政权"可以"被强调。

原先的公天下是为了实现"阳德证道"的理想，这是政权之所以存在的正当性基础。从黄帝开始到颛顼再到帝喾，都是通过诸多相关立法和制度建构去稳固政权。但禹突然把这套好不容易被人接受的解释完全颠覆了。政权为"私"以后，人们光顾着抢夺这份私产，并没有很好地去解决为什么一个特殊的家族可以长期占据政权。夏代唯一一个在这方面作出比较直接努力的是孔甲，他试图重新建立政权和神圣之间的直接关联。这样的方式在后来是成功的，但在夏代却没管用。

再从另一个角度审视，以禹、启为代表的技术传统引领的政治带有显著的私密化、标准化特征。家族传续的家天下体制，实际上与技术知识隐秘地流传于小范围内，特别是家族垄断的传统一脉相承。而标准化的倾向，原本是由于技术传承、使用的缘故，到了禹夏，逐步开始了大规模的推展。可以认为，到了禹夏时代，中国的政治社会秩序型构和社会治理方始出现了规范化、体制化的倾向。这可以视为中国式法治、吏治的开端。后世尚法和强调按法而治的墨子、墨家和秦文化都与禹和夏文化有着密切的关联。

禹夏的技术传统的政治带来的另一影响是"政道"的"术化"。中国政治化和政治权力机制的建立，本是源自黄帝对人域世界的特殊理解和期许，从根源上说亦是对伏羲所开创的"道统"的承续与践行。而至于禹夏时代，政治权力的运行逐渐成为特定的技术。政治治理由此也在政道之外分化为治道与治术二端。[1] 技术作为政治的基础带来的变化在于：技术的掌握者们摄取政治正当性的基础在于技术所带来的福祉，就是后来所谓的"德"的一种形式。不过由于技术传统本身的私化传统，政权成为一种可以争夺的私有物。并且，自从女娲时代开始，技术的掌握者从来都不是单一的。禹夏凭借治水之术获取政权，无疑是契合了当时的特定环境。不难设想，在外部环境发生变化之后，可能会有其他的技术人乘机窃取天下。其实这种隐忧在夏代初期就已经暴露出来了，太康失国，后羿、寒浞"因夏民以代夏政"便是明证。

---

[1] 受制于文献阙如，有关于此的详细情况已不得而知，不过从《尚书》中的《禹贡》《甘誓》二篇多少可以觅得其端倪。

第十一章
殷商传说：东夷文化与家天下"正当化"

一

　　成汤灭夏桀后中国历史进入了商代。首先说说商人的来源，春秋时期作为商族后裔的宋国人仍然保存着"天命玄鸟，降而生商"（《诗经·商颂·玄鸟》）的颂诗，这是商人对他们最早祖先的记忆。传说中有只具神性的燕子生了一枚蛋，商人的祖母简狄到郊外游玩，吞下这枚蛋后便怀孕并生下了名叫契的孩子，即商人的男性始祖。之前几章中都提到了这个契，他曾在舜的职官体系中担任司徒，掌管教化。天命玄鸟的故事自然有后人加工附会的成分，但商人对此坚信不疑，可见应有所本。清末以后通过释读殷墟甲骨文，人们知道了商人还有一个更远一些的先祖——帝喾。在甲骨文中出现了"夋"，后来传世文献中也叫帝俊，即是帝喾，表明商人还自认为是帝喾的后人。按照第七章中的解说，这应当理解为商人的一种主动的"归宗"行为。

　　已知的中国所有早期族群中，但凡以鸟为图腾者大都来自东方，后世统称为东夷。尽管日后由于种种原因他们迁徙到了中部甚至西部地区，但是对鸟图腾的崇尚始终保留。其中有两个典型，一是入主中原的商人部族，二是后来定居西北的秦人。秦人居于西北实际上是迁徙的结果，他们的祖先来自现在的辽宁和山东一带。

图 11-1、图 11-2 中的面具出土于四川的三星堆遗址。三星堆遗址的时代大致可以确定是早商时期，比商汤得天下更早一些。可能是在夏末以前，东夷的一支迁徙到了那里。图中是具有典型东夷色彩的青铜面具。面具上是一张人鸟混合的脸谱，它最主要的特征在于眼睛。在大多和东夷鸟图腾有关的文化遗存中，眼睛都有特殊的夸张处理。

既然商人的血统出自东夷，它的文化风貌和之前谈到的基于西部集团的炎帝以及五帝时代乃至夏代有很大不同。商文化的特点大致可以概括为以下四点。

第一是尚鬼神。商人部族特别崇尚鬼神，这种风气持续了很久。一直到春秋战国时期，他们的后裔仍然保持了类似的传统。与之相应的是喜欢占卜，且格外重视祭祀。商文化中有两个很典型的例证，一是商王日常几乎处于无事不卜的状态，大量的殷商甲骨卜辞就是最直接的证据。众所周知，出土在殷墟的商代甲骨文是刻

图 11-1　三星堆出土的青铜面具 1

图 11-2　三星堆出土的青铜面具 2

写在牛羊肩胛骨或者龟的腹甲上的文字，它们都是商王占卜的记录。从这些记录中可以看出，商王几乎所有的事情都要问卜，包括天气如何，适不适合出行，能不能进行军事行为，等等。还有一个例证是商代存在着一种很特殊的祭祀制度——周祭。商人的历法规定一年中每天商王要祭祀一个（或一组）不同的祖先神，并且通过这个祖先神来配祀至上神（即"帝"）。换言之，商人每次祭祀有两个步骤，先祭祀祖先神，包括先王、先公、先妣，然后借助祖先神传达商王对于某个特殊神祇的崇敬或者请求，这属于间接祭祀。正因为有了这样的周祭制度，所以各个商王以及很多贵族名号中都有天干，例如成汤又名天乙，纣王叫帝辛，还有很著名的武丁、武乙、文丁、祖甲等，都是如此。因为当时的历法记日也用天干，如此命名可以用来确定他们每位一年中哪一天被祭祀。这种周祭制度以及类似的命名方式只在商人那里出现，后世再也没有见到。可以设想，一位商王在每年的每一天中都要进行一场祭祀仪式，他这一天还能干多少别的事情就很难说了。所以商人整个政治生活的重心是在神事上。春秋时有句话叫"国之大事在祀与戎"（《左传》成公十三年），用到商人那里可能更重要的是祀，戎（军事行为）尚且次之。

第二是阴本。阴本的最基本表征是因循、顺守式的思维模式和行为方式。商人几乎所有的行为都顺守神意，对他们而言最重要的祭祀和占卜正是求神的庇护、指引，然后按照神意、神命去行事。因为所有的事情几乎都直接通过贞问获得答案，行事的时候也严格遵照神意，所以商人的整个文化风气特别强烈地表现出对于神意的因循顺守。有个很著名的例子，商纣王面对周人进逼，行将要亡国的局面，他却说了一句"我生不有命在天乎？"（《尚书·西伯戡黎》）仿佛一切威胁对他来说都不足虑。这并不能像通常解释的那样理解为纣王昏庸所致，而是他自认为所有的事情都是在按照神的意旨去办，所以抱着这种谨遵神命的心态，自然对于神意之外的种种无所谓了。

第三是尚刑。到了战国时代有一句话叫"刑名从商，爵名从周"（《荀子·正论》），意思是刑法制度应该按照商人的模式，爵位仪礼应当遵从西周的制度。为什么会这样呢？现在有很多解释，大抵可以理解为商人特别善于制定和使用刑法，他们的刑法制度也设计得格外细致周到。这有可能和商人与刑神蚩尤同宗有关。之前在讲蚩尤的时候说过，他这族人制造、使用兵器和运用"大刑"（即战争）的能力卓绝。商人同属于东夷部族，也保留了这样一种特殊传统，导致他们对于刑法的制度格外有心得。

第四是重商。现在人们称做买卖的人为商人。为什么叫商人呢？因为最早的在中国大地上专门从事倒买倒卖之类营生的就是殷商一族。他们之所以会如此，与地缘环境很有关系。商人故地在东部沿海，当地有两种资源非常重要，一者是鱼，不过这还不是特别关键的；另外一种是海盐。盐是与基本生存直接相关且不可或缺的物资，而海盐这样一种取之不尽的关键性战略资源可以用来和其他的部族做交易。商人很早就发现了其中的门道。甚至再往前追溯到五帝时代，就已经有一批东夷在做盐商，把盐贩运到全国各地去，然后再把各个地方的好东西都运回到东夷故地。"商人"之名就由此而来。

下面简单谈谈地域的话题。商人起家大约是在渤海湾的西南角。早期蚩尤部族的中心区在更靠东北的区域。后来蚩尤被黄帝打败了，东夷部族中有一部分人归顺了黄帝的政权，还有一些"冥顽不化"者，一部分往西南迁徙，成了淮夷，包括皋陶和秦人之祖伯益的祖先。春秋战国时秦人表现出对五帝时代西部集团建立的天下政权的强烈怨念，可谓渊源有自。还有一部分人往东南遁走，到达更靠近海边的地方，成了商人。后来商人要去抢天下，要成立似乎一切都和曾经的五帝政权相悖反的天下体制，和他们与西部集团早期的文化差异甚至仇恨不无关系。

而在商人发迹的历程中，他们不断地把都城往西南方向迁移。整个过程持续了很长时间，一般认为重要的迁都至少有 14 次，直到盘庚时才基本上安定下来。不断迁移的过程很好理解，因为有了抢夺天下、建立政权的雄心，便必定要去占据所谓的"天下之中"。之前谈过天下之中包括了武力、宗教、文化、伦理道德的制高点，以天子所在为象征。除此之外，古人还认为天下有一个地理上的中心点，位置大致在嵩山一带。所以商人迁都的过程可以看作不断地向作为地理上的天下之中靠拢的过程。早商时期商人势力范围很小，到了商王朝建立以后，实际控制的版图却非常之大，大体上与秦朝统一六国之后的地域范围相一致，比之前夏王朝的实际控制区要大很多。

二

现在由于有了很多考古的证据，商代历史越来越变成了可以当作史实来写的信史。而在近代之前，绝大部分商朝的事迹都以故事、传说的方式流传下来。转变节点有二，其中之一是甲骨文被发现。

甲骨文和它的发现过程很有趣，这里先来简单介绍一下。图 11-3 是一块比较完整的乌龟腹甲，甲骨文刻写在腹甲朝下的一面。如果把它翻转过来，会看到有很多钻凿的小坑。龟板本身是用

图 11-3　完整的龟甲刻辞

来占卜的载体。进行占卜需要找一种叫作贞人的特殊技术人来负责全程操作。贞人先在卜骨上打孔，然后用火烧这块甲骨。烧灼之后会沿着钻凿的坑产生裂纹，由贞人去识别龟裂的纹样属于什么兆样。"兆"字本身便是从裂纹的形状象形而来。贞人关于兆有很多分类[①]，但是具体什么样的裂纹对应什么样的兆，现在早已不可知，因为这项技术大致到战国以后便失传了。得到兆象以后，所有这些材料都汇总给商王，由商王来断定关于某一个特殊事件的占问所烧出来的结果是吉是凶。之后再由贞人把商王断的结果，连同之前贞问的事情一并刻在甲骨上。等到事情发生了以后，有时还会把商王预测准不准的结果也刻上去，叫作验辞。以上这些共同构成了完整的卜辞。

　　说到甲骨文的发现[②]，便不得不提及晚清时一位叫王懿荣的人。他是当时小有名气的文字学家。其实，自宋代知识界已经开始研究金石文字，包括出土的古代青铜器上的铭文，还有刻在石碑上的文字等，由此慢慢地形成了一门叫作金石学的专门学问。金石学研究的对

---

① 参考《周礼·春官·太卜》：（大卜）掌三兆之法，一曰"玉兆"，二曰"瓦兆"，三曰"原兆"。其经兆之体，皆百有二十，其颂皆千有二百。掌三易之法，一曰"连山"，二曰"归藏"，三曰"周易"。其经卦皆八，其别皆六十有四。掌三梦之法，一曰"致梦"，二曰"觭梦"，三曰"咸陟"。其经运十，其别九十。以邦事作龟之八命，一曰征，二曰象，三曰与，四曰谋，五曰果，六曰至，七曰雨，八曰瘳。以八命者赞三兆、三易、三梦之占，以观国家之吉凶，以诏救政。凡国大贞，卜立君，卜大封，则视高作龟。大祭祀，则视高命龟。凡小事，莅卜。国大迁、大师，则贞龟。凡旅，陈龟。凡丧事，命龟。

② 关于甲骨文发现、释读的历程，参见吴浩坤：《中国甲骨学史》，上海，上海人民出版社，2006。

象以战国之前的篆书（大篆）为主，也包括更古老的西周金文和古籀文，等等。金石学兴起后持续了很长时间，一直到清代仍传续不断。王懿荣通金石学，同时又在朝中为官，而与发现甲骨文有直接关系的是他患有很严重的皮肤病。当时治皮肤病的药方里面有一味药叫龙骨，就是陈年的老骨头。王懿荣无意间发现从药铺抓来的龙骨上有刻画符，他很敏锐地察觉到这些刻画符极有可能是古代的文字，于是把那个药铺里所有的龙骨都买下来进行研究。当然他之所以能有如此敏锐的洞察力，与他在金石学方面的知识积累大有关系。

这个发现在当时的知识界流传开了，可谓一石激起千层浪，参与研究的人迅速增多。其中有个叫罗振玉的人，是甲骨文释读历程中非常关键的人物。罗振玉开始大量识别出这些文字，其中第一个认出来的是"王"字。大家也开始推断，这些文字应该要比传统金石学家研究的西周金文文字更古老，可能是商人的文字。接着有人专门去大量求购刻有文字的龙骨，并且求访药材的供应商问有字龙骨的来源。药材供应商听说了这个消息，骗这些读书人说龙骨是在商丘挖到的，因为商丘自古以来传说是商人的都城，说是出自商丘比较可信。于是这些知识分子花了很多钱请人到商丘去挖，结果把商丘挖得底朝天却毫无收获。最后终于弄清了，其实药材商的甲骨是从安阳收来的，然后他们又组织人到安阳去挖。安阳当地的老百姓知道实情了以后嗅到了商机，也拼命地挖来卖给读书人。当时甚至卖到一个字一两黄金的奇高价格。只要骨头上有字的都可以卖，这使当地不少人一夜暴富了。周边的老百姓，包括商丘人觉得很不平衡，故而有人买了乌龟壳和牛羊肩胛骨，自己回家去凿眼、烧灼、刻字，再做旧一番，也可以卖一个字一两黄金。当然一段时间后终于还是被行家识破了，不过这批假的卜骨刻辞也有很多在被辨伪之前被当作真的收录到了书里。以上大致是甲骨文发现的离奇过程。罗振玉之后，他的女婿王国维也是一个节点式的人物。王国维的贡献不止在释读甲骨文，更在于把甲骨文和传世的商人传说、历史串联在了一起。他还由此提出了著名的"二重证据法"，意思是研究古史要有出土文献、文物和传世文献两相印证方能坐实。自此以后商代的历史算是有了出土文献的直接支撑。而自罗振玉和王国维以后，甲骨学开始成为为商史提供支撑的一个学科了。

商史研究转变的另外一层动因来自田野考古发掘的成果。既然知道了安阳是商人的都城，能挖出甲骨来，当然可以挖出别的遗存。所以从民国便开始对安阳进行持续不断的大规模考古发掘，这场浩大工程一直持续到现在。图11-4是在安阳发掘出来的商代主要遗址的分布图。其中规模最大的无疑是武丁的宫城和墓葬群。图11-5是武丁宫城的复原图。

现在能够在安阳看到的商文化遗存，包括甲骨文在内，绝大多数都属于武丁以后，也就是商代中期以后。商代的考古遗存中有特别多的青铜器，它们比周代的青铜器要精美得多，无论从工艺上、造型上等各个方面看俱是如此。似乎从商到西周，青铜器制造的技术不是

图11-4　安阳商文化遗址分布图

图11-5　武丁时代宫城复原图

在发展，而是退步了。而且商人不像周人把大篇大篇的铭文写在铜器上来记录事件，他们更注重器物的纹样、造型，做工，等等。还有，商人的青铜器中最多见的是酒器。史籍上记载商人特别喜欢酒，这和他们对于鬼神的喜好有关。当时但凡进行宗教仪式或者做巫祝活动都要喝酒，所以好酒也算得上商人文化性格的一大标志。

图 11-6 中的墓室属于武丁的夫人之一，也是他的最著名的夫人妇好的墓。这个女人很彪悍，武丁打的大仗经常由她带兵，所以妇好的墓葬规格非常高，陪葬品也极其丰厚（图 11-7、图 11-8）。

图 11-9 的这个青铜器也是妇好墓的陪葬品之一，它的器名叫斝，有一个长长的嘴。关于它的用途学界争论了很长时间。最初认为是用来熏香的香炉，结果发现似乎不对。后来慢慢才知道这是祭祀的祭器，它的长嘴是用来通神的。

图 11-6　妇好墓遗址

图 11-7　妇好墓出土的玉凤（左）

图 11-8　妇好墓出土的青铜杯（中）

图 11-9　妇好墓出土的青铜斝（右）

三

下面把目光收聚到商人的传说和文化上来，首先从商汤说起。商汤子姓（这个姓一直延续到了春秋时的宋国国君），他的名字叫履，庙号叫天乙，是用天干来命的名，也被称为成汤。凡是在古籍里面看到上述这些称谓，都是指商汤。汤据称是先公契的第十四代传人。可以想见，汤这一生发生的事情很多，可惜现在知道的寥寥无几，这里只说其中的两件大事：其一是灭葛。灭葛对于汤的一生，以及整个商王朝来说是极具标志性的事件，意味着商人争夺天下的开始。

葛是当时的一个小方国，有一说提到葛伯嬴姓，是皋陶之子伯益的后代，不知确实与否。《孟子·藤文公下》记载了"葛伯仇饷"的故事，

> 汤居亳，与葛为邻。葛伯放而不祀，汤使人问之曰："何为不祀？"曰："无以供牺牲也。"汤使遗之牛羊，葛伯食之，又不以祀。汤又使人问之曰："何为不祀？"曰："无以供粢盛也。"汤使亳众往为之耕，老弱馈食。葛伯率其民，要其有酒食黍稻者夺之，不授者杀之。有童子予以黍肉饷，杀而夺之。

大意是说，葛国与商国为邻，但是葛国平常不进行祭祀。商汤派人来询问为什么不进行祭祀。葛伯说自己没有祭祀用品。于是商汤派人给他们送去了牛羊等祭祀品。葛伯把这些牛羊都吃了，仍然不进行祭祀。商汤又派人追问为什么还不祭祀。葛伯说没有祭祀的五谷。此后商汤让人替葛伯种地，派老幼给种地的人送饭。可是葛伯居然派人抢了这些送饭的人，甚至还杀了一个小孩。如

此一来商汤恼怒了，派兵消灭了葛国。这就是传说中的"汤一怒自葛始"。

从灭葛开始，商汤进行了十几次大大小小的战争。战争的过程、细节难以考详了。最后一次战争，也就是第二件大事，自然是灭掉夏桀，颠覆了夏王朝。《尚书》里面也保存了一篇文章，是汤在与夏桀决战于条鸣之野前夕作的誓师之辞，名曰《汤誓》：

> 王曰："格尔众庶，悉听朕言，非台小子，敢行称乱！有夏多罪，天命殛之。今尔有众，汝曰：'我后不恤我众，舍我穑事而割正夏？'予惟闻汝众言，夏氏有罪，予畏上帝，不敢不正。今汝其曰：'夏罪其如台？'夏王率遏众力，率割夏邑。有众率怠弗协，曰：'时日曷丧？予及汝皆亡。'夏德若兹，今朕必往。尔尚辅予一人，致天之罚，予其大赉汝！尔无不信，朕不食言。尔不从誓言，予则孥戮汝，罔有攸赦。"

把这篇誓文和夏人的《甘誓》比较一下，可以发现两者有很大差异。商汤在夺取，或曰抢夺天下的过程中，开始对天下和天子的意义、功能有了新的理解和解释。其中"天下有罪在予一人"便是商汤提出来的一系列全新理念的最典型代表。按照这个思路，天子意味着是天下所有事务最终责任的承担者。我们知道大多数夏代的天子都很荒淫无度，因为天下为家和天子集权以后，所有的权力和天下一切好东西都归天子掌控。而在缺乏约束的情况下，夏代的天子基本上都很不安分，很不自律。这种状态导致了整个夏王朝政权非常动荡，天子也经常被颠覆、放逐甚至弑杀。汤其实也是诸多造反者中的一个，但是他提出了新的口号，把天子和天下所有的责任挂在一起。至于他本人为什么要去讨伐夏桀，平灭夏朝，商汤也提供了一个说法，说夏桀统治的天下太过混乱，民不聊生。我商汤看到了这样的局面以后，觉得自己有责任去灭掉夏桀，让老百姓得以安身。于是他主动地用造反（或曰"革命"）的行为去配合天命。注意，这时商汤是主动地用自己的觉悟和行为去配合天命，而不是去等待神命降到身上。配合天命的资格通过承担政治责任得以彰显，所以商汤开始强调统治者要有德。

商代"德"的含义和后世，特别是到了孔子以后讲的以血亲伦理为基础，或者以人伦为基础的道德之"德"有所不同，它最核心的内涵就是政治责任。政治责任和德这两个概念都是商汤在打天下的时候明确提出来的。而商人在得天下之后的前几代天子保持了比较好的自律，与商汤强调这些政治理念有直接关系。这已然和夏代表现出来的天子一拿到天下便开始荒淫无度的状态完全不一样了。

商汤在位时任用了一位非常著名的辅政大臣——伊尹。这是一个划时代的人物，恰是因为他的作为，家天下一举获得了正当性。或者说，始终困扰夏人政权的天子唯一性、正当性问题在伊尹这里方才获得解决。

传说伊尹原来是厨师，关于他的"滋味说汤"的故事流传甚广。据说他曾背着一口鼎来到商汤的王廷，一边给商汤煮吃的，一边跟他谈治国理政的道理。他的举动和言论让商汤为之侧目，于是破格提拔他做了执政者。后来《老子》说"治大国若烹小鲜"就本自伊尹"滋味说汤"的故事。

伊尹的寿命特别长，他在商汤时就已主政，总共经历了四代商王，分别是商汤、外丙、仲壬以及太甲。太甲即位之初不安分，于是伊尹把他放逐了三年，软禁在一个叫作桐宫的地方思过。三年以后，太甲改过自新，伊尹又把他请回来重新做天子。注意，在三年期间伊尹并没有篡夺太甲的位置，不像后羿、寒浞所为。

从这些细节中可以看出，商人对于家天下政权以及天子所承担的责任的理解和夏人有很大不同。夏代的天子只要稍不留神，天下就没了，不可能出现像伊尹这样的人物。这说明无论是商王族本身，还是他们所任用的大臣对于天子的职责、天子的正当性有了全新的认识，并且形成了认同。而伊尹这个四朝老臣，无论在威望还是在权柄上甚至要超过天子，他能够轻易放逐天子，同时还能主动地迎回天子并且还政。这些举动恰好在向天下昭示殷商政权的正当性和天子的唯一性。

当然也有另外一种传说，认为伊尹杀死了太甲，近代以来这与传统的放逐还政说大有并驾齐驱的势头。后来有甲骨文做辅证，大家才发现后一种说法站不住脚。因为晚商时代的占卜记录中仍把伊尹当作配祀的对象。如果他曾弑杀太甲，后代商王绝不会把他当作祭祀对象来对待，所以放逐还政的传统说法更加可信。在此顺便插一句，和伊尹形成鲜明对比的是周公。通常都认为克殷之后武王早丧，成王年幼，周公做了七年的辅政者，或者说摄政的职分，然后又还政给成王。但是历史上的周公更可能是一个篡位者，他本人是称了王的，所以在后来周人的铜器铭文里边，除了在像鲁国这样的他的直系后人的封地还纪念周公以外，基本看不到关于他的纪念文辞。可以说伊尹和周公两人作为的性质恰好相反，但是在传说的过程中又把他们的情况颠倒过来了，周公被塑造得很忠诚、很伟大。这种转变背后当然隐含着重重的深意，待到后文中再谈。

四

　　接下来要讲到武丁。他是盘庚的孙子。殷商前期经历了辉煌的时代，然后走了一段下坡路。盘庚是商王中最后一代迁都者，正是他把都城最后定在最近于"天下之中"的安阳。《尚书》中保留有《盘庚》三篇，讲到了迁都时的重重矛盾。盘庚以后商人才开始比较稳定地占据了所谓的天下之中，之前他们一直在迁徙，由此引发的商族内部各部族之间的怨恨情绪很大，因为有很大一部分人不愿意迁移。盘庚运用非常强势的手段把所有的部族全部迁到了新都，在基本上占据了中原以后，王朝才开始获得安定的基础。到了武丁时开始步入商代中期，也就是稳定以后要求变的阶段。也可以说武丁朝是商代中兴期。

　　武丁继位的时候，商王朝的情况大概包括：比较稳定地占据了天下的中心区，即"中国"；王朝的规模也变得很大，大到和秦统一六国以后的局面差不多。在这样的状态下，商开始出问题了。不过问题并不来自外部，而是源于内部。商人存在着很严重的新旧派之间的内部斗争。斗争表现在两个方面：一是祭祀制度，一是继承制度。

　　在新旧两派关于祭祀对象的斗争中，新派的人更看重祭祀祖灵。祭祖包括三类对象，一是先王，二是先公（先公是在商人拿到天下之前的十几代没有称过天子的祖先们），三是先妣，就是女性的祖先。而旧派主张直接通神。这时的神虽然还有早先原始自然神的影子，但是差别很大，包括很多名目，其中最特别的是商人的最高神，叫作"帝"，后来也叫"上帝"，其下还有很多神，像风雨雷电、山川河岳，等等。这两派祭祀侧重的对象不一样，祭法仪制不相同等其实都是外化表象，背后实际上是商族内部的权力斗争。最初商人部族中的所有人都以一个整体的状态示人，有着强烈的向心力和自我认同感。他们的言语中已经出现了"我"这个词，用来以第一人称指代商族。其中任何一个个体和商族都是一体相通的，所以商人的王族、贵族甚至平民具有同一性，天子没有后世的皇帝那么特殊。这时的家天下准确地说是"家族天下"，王族作为整体来掌握政权，至于具体到谁是天子并不太过重要。所以商人在王位继承时出现了一种很特殊的制度——兄终弟及，哥哥死了弟弟做天子，弟弟死了由更小的弟弟即位，然后等到所有的弟弟都死了，再把天子之位交给大哥的儿子。大家是以看似有些互相谦让的方式去继承天子之位，而不是像夏人那样拼命地抢夺。这是旧派所遵循的继承制度。[①]他们把政权看作整个商王族共同掌握的权力。到了以武丁为代表的新派人物主政以后，他们尝试在王族中作区分，把天子嫡系的一支单独拉出来，将它特殊化，和其他的商人旧贵族严格区分开。之所以有这样区分的必要性，或许和盘庚以前不断迁徙的过程中那些旧贵族之间的是非有关系。

　　一旦作出了区分之后，"我"就不一样了。再说到"我"的时候指的是个人而非族群。天子开始要把天子的自"我"和商族的群"我"区分开。区分同样表现在祭祀制度变革上。起初在祭祀的时候所有商族成员都直接去祭祀神明，而且所有的商王族的成员在祭祀通神时表现出来的状态、能力也是一致的。但是到武丁以后开始施行"配祀"的方式。所谓"配祀"，是不直接祭祀神，而通过

---

① 当然这套方案在实际运行中远没有设想得那般美好，经常发生商王诸子或者叔侄之间争夺王位的情况。

祭祀自己的祖先，让祖灵传话给神。用这样的方式祭祀，意味着只有一部分人的祖先才有资格成为传话的人，被列入被祭祀的序列之中。如此一来一部分人的祖先被排除到了通神的序列之外，实际上也就打压了这些支族的地位。

在建立配祀谱系的过程中经历了很多次斗争，一直到商代末年才渐渐达到了比较稳定的状态，此前祭祀的名单还经常变动。祭祀制度改革以后，有资格继承天子之位的人变得越来越少；与之相伴，商王族不再铁板一块。在此过程中还伴随着把大部分商代的旧贵族排除到可能直接掌控政权的范围之外，继承制度也是如此。武丁之后慢慢开始将嫡长制继承作为常态，不再遵行兄终弟及制。嫡长制意味着王位继承人根据下代继承者的身份和年庚确定，首先传给正室的大儿子，即嫡长子。若嫡长子死亡则传给正室的二儿子。正室没有儿子的话则选立次妃的长子，以此类推。施行嫡长制的目的是要把天子继承人制度化地稳定在一个小的家庭之内。继承制度改革的斗争在当时十分惨烈，甚至成为引起商王朝崩溃的主要诱因之一。

五

顺着这个话题再来看商纣王，他的庙号为帝辛。帝辛继位时新旧派之间的斗争已然到了相当残酷的境地。纣王身边最主要的大臣，包括他的叔父箕子、比干、庶兄微子，都和他离心离德。为什么会如此呢？原因之一是这些人都不是嫡长子，虽同为王族成员但是失去了继承天子位置的资格。[①] 而按照早期商人兄终弟及

---

① 也不排除诸如政见不同等其他的原因存在。

的传统，他们本都有可能做天子。恰是由于继承制度改革，造成了这些人的不满。所以在商纣王上台的时候，商的内部已经是非常动荡了。

与此同时，商王朝始终受到戎狄、羌人等西北游牧民族侵扰。大概从文丁在位时起，商人采取了一种权宜性的策略，在西部找雇佣兵替他们镇守边疆。当时西部地区最主要的雇佣兵就是周人，为此商王还册封周人的首领为西伯。不过随着长期征战和势力壮大，加上这批周人自始就有野心，雇佣兵转而成为商王朝的威胁之一。早先几代商王曾经意识到了这个问题，并且通过征召并处死周人首领（季历）的方式予以了警告和震慑，但是他们的西部政策和处境并没有随之得到根本性改观。

综上可见殷商在晚期面临两个方向的威胁，一个方向来自他们的故地，就是盘踞在东部且丧失了继承权和参政资格的商族贵胄，另一个方向来自西部的戎狄。在此背景下，纣王作出了让后人觉得有些匪夷所思的选择，他把几乎所有的主力军队全部调动去东征。很多人觉得不能理解，因为东边怎么说也是商人的旧部，甚至跟他们还有血亲关系。为什么要做这样的选择？纣王有他的道理。其一是商王朝之所以混乱的根源在于内部。新旧派贵族之间的斗争始终未得解决，而旧贵族的根基基本上都安在东夷故地，所以这场对东夷的战争其实是一场清洗，目的是把这些旧贵族势力连根拔起。其二是如此选择的背后还有占卜作为支撑。按照占卜的结果，上帝对此表示支持。所以纣王最后会说"我生不有命在天乎"，他相信所有事情上帝都有安排，也尽力按照神的旨意去做事，这也可以算得上是问心无愧了。

正是因为新旧派贵族之间的斗争到了不得不处理的地步，纣王因此选择了把所有的兵力都往东边移动去解决内部的问题，进而造成了国都朝歌空虚。周人在朝歌活动的眼线——微子向他们通报了这个消息。于是就在纣王调动几乎所有的军队离开朝歌以后不久，周武王调集精锐的虎贲星夜兼程赶到牧野来了一次奇袭，一举拿下商都，杀死纣王，颠覆了商王朝。

现在能够知道的关于商纣王的故事大部分来自周人的重述。包括他非常残暴，曾经把比干劈开，看看他的心是不是有九窍；设了炮烙之刑；剖开孕妇看肚里的胎儿是什么样的；还曾把老人的腿敲断，验看腿里是不是没有骨髓。很多类似记载，大多是后来周人有意识宣传的。周人还盛传一件事，说商纣王在朝歌曾设有"酒池肉林"，以此作为商王特别腐化堕落的标志。我对这个说法并不认同。按照《史记·殷本纪》的记载，酒池肉林分明是与民同乐的表现，而不为商王个人所专有。这似乎说明商人过得很好，人民生活水平高，大家才能够在酒池肉林里寻开心。原本是一件好事，却被政敌周人妖魔化了。其实商纣王的治理、统治能力应该不差；而好享乐和痴迷于酒，一则和他们尚鬼的传统有关，二则与商人的民族性格有关。之前说到商人文化的阴本立场，因循顺守这贯注于他们的性格和行事风格中，说得俗一些，他们的做派颇有不到火烧眉毛的时候什么都不觉得是个事的味道，同时他们的生活一直过得很安逸，再加上由于重商，商人非常富有。从商人的青铜器、玉器可以看出，这是一个技术文化水平很高的部族。

相形之下，周人是西北地区长期流窜于少数民族之间的"蕞尔小邦"。他们对于世界的理解和商人截然相反。商人的观念简单地说可以概括为按照神意（如占卜结果）过一天是一天，但每天都要过好。相反周人觉得必须要艰苦奋斗，要通过自身努力去改变命运。这一阴一阳两种对世界的基本观念之间的悖反，造成了商人和周人在文化风貌上的差异，也造成了周人对商人生活方式的不理解和不认同。当然将商纣王妖魔化也有意识形态层面的考量。

事实上商纣王是一个在商人新旧派斗争的过程中间扮演了终结角色的人物。如果他对东夷的这场战争没有周人过来捣乱的话，很可能问题已经解决了。但是周人横插一杠，直接造成了商王朝的终结。所以现在来讨论功过是非已经很难说清了，但是帝辛，也就是纣王确实需要重新去认识，他至少不像周人说的就是一个魔王式的帝王。

六

商代的大致情况以及其间的文化风貌和制度变迁就谈这么多。接下来要专门讲讲被当作根本大法的《洪范》。上章中谈到了其中的一部分内容，不过鉴于《洪范》很特殊，可以算作中国历史上第一个公布出来作为政权根基的法律性文件，有必要再把它仔细地介绍一番。除了功能与意义之外，它的来历也很特殊，这需要再从河图洛书开始说起。

关于河图洛书的传说由来已久，其实它们原本是两个东西，后人把它们放到一块。现在人们常说的"图书"这个词，实际上乃是河图和洛书的简称。我们先来看河图。

河图和八卦联系在一起，是个数字体系（图 11-10）。而河图与八卦、与洛书、与夏商两代的关系，正好是中国上古文化一阴一阳两端的写照。关于河图的来历，传说中有好几个说法，最常见的是说黄河里面有只白马把它背出来，或者在这马背上有一幅图。到了

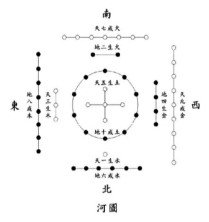

图 11-10　宋代河图推想图

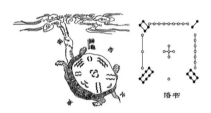

图 11-11　宋代洛书推想图

宋代以后，有很多理学家，尤其是像邵雍，包括后来的朱熹等发现了图中的奥妙，并且用它重新去解释了《周易》，又和陈抟、周敦颐等的太极图说关联到一起，于是就有了现在看到的河图。这和《洪范》关系不大，不仔细解释了。

再来看洛书。图 11-11 也是宋代人整理、想象出来的状态，与河图相似，洛书也是从一到九的数字体系。不过最开始关于洛书的传说可不是这样的。

相传大禹治水的时候，洛水里面有一只乌龟被他捞上来。这只龟身上有很特殊的图案，就是洛书，而洛书的内容正是《洪范》。后来传到宋代，宋代人很有现实主义精神，他们觉得乌龟背上天然形成了一篇文字不太现实。但是传说渊源有自，《洪范》又在被儒家称为《书》经的不刊之经典中有言之凿凿的记载。怎么解释这种不合理的现象呢？宋代人想了个办法，把它简化为右面那样一个图形，似乎这样的状态更有可能出现在乌龟背上。是否果真如此，我们无法判断，但是关于洛书的传说确实自夏代便已存在。后人之所以能够获得《洪范》文本，有赖于商代晚期一位名为箕子的王族成员。下面来讲讲《洪范》的由来。

图 11-12 展现的就是周武王
向箕子访求《洪范》的场景。内
容被保留在了《尚书·洪范》篇
里。这篇文章其实包含了多重内
容。第一重，关于《洪范》的由
来。据箕子转述，当时发大水了，
先派鲧去治水。鲧堙土治水没有
成功，弄得天下大乱，惹怒了天
神，所以天神就没有把《洪范》
交给他。接下来鲧的儿子禹去治
水，成效很好，所以打动了上苍，
然后天神就将《洪范》交给他。
“洪范”，从字面上解释，洪是大

图 11-12　武王访求《洪范》图

的意思，范是规范、型范，也就是法的意思。所以“洪范”其实就
是“大法”。由于有了这样一部关于治理天下的大法，而且来自神
直接传授，所以天下才得以治理。这是箕子向周武王讲述的《洪
范》的来历。从他的转述中可知，《洪范》和禹夏有关，而且自禹
开始一直把它当作王朝治理的根本大法来遵守。另外它和神有关，
甚至这个文本本身就是神圣的。夏代人正因为有了这样一部大法，
才能够稳稳坐住天下四五百年。而且非但夏人这么想，后来取而代
之的商人也这样认为。

　　第二重内容是后来商汤打败了夏桀以后，商人从夏人那里得到
了《洪范》，同样也尊它为商朝立国的基本纲领。在商人眼中，正
是因为得到了《洪范》，商朝才统治了天下四五百年。尽管到了商
纣王时王朝被颠覆了，但他们并不认为是《洪范》有问题。之前说

到商纣王时候出现政治社会问题原因有很多，其中主因之一是王族内部的内耗。当时出现了三个重要人物，孔子说他们是商朝末年的"三仁"。第一个比干是纣王的叔父，被纣王杀了。第二个叫微子，这个人很特别，也非常重要。他是商纣王的庶兄（也可能是庶叔）。庶兄意味着他比纣王的年纪大，如果按照商人早期兄终弟及的继承规则，他应该是当时的天子。但是由于武丁以后新派开始施用嫡长制，庶出的微子由此被剥夺了成为天子的资格，所以他成了心怀不满的旧派之一。他曾经把不满直接对商纣王发泄过，文字保留在《尚书·微子》篇中。同时他在武王牧野之战之前已经私通了周人，并且跟周人有了私底下的约定。回到了商都之后，他成了周人的内应。武王之所以能够获得准确情报，以十分之一于商人的兵力便打赢牧野之战，其实跟微子很有关系。而他这个行为换来的是周人在得天下之后封他做了宋国的诸侯，重新成为了商人遗民的首领。第三个人物是箕子。箕子和商代王室的关系也很紧密，是王室的核心成员之一，同时还在商王廷中掌管文献典籍。箕子性格比较耿直，他也对纣王不满，但是他的不满并不来自于新旧派的斗争，而是他认为纣王的统治有问题，特别是在控制力方面，可是纣王不听他的。由于有比干因强行谏言而被纣王处死的前车之鉴，所以箕子选择了佯狂。纣王无奈之下把他囚禁起来，一直到了周武王攻下朝歌灭了商朝后作出尊贤的姿态才把他释放出来。但箕子不愿意效忠周人，于是兀自跑到朝鲜去了。可是武王做顺水人情，随即把朝鲜封给了他。被册封以后，箕子以答谢为名回到中原见了武王一面，上面的图就是他见武王的场景。这时，他把商代之所以能够立国安邦的大法《洪范》传授给了武王。当然，之所以有这次传授，源自武王以非常下位的姿态访求，这说明武王对《洪范》相当看重。而在把《洪范》口传给了周武王之后，箕子又跑回朝鲜去了。

由此引出了第三重的背景：最开始的周人是一个很小的部族，在商王朝的西部边陲潜伏了很多年。相对于商朝，他们无论哪个方面都很落后。周人几乎所有的文化、技艺都在向商人学习，只有一样东西不是，那就是他们的基本文化立场。周人讲究的是要兢兢业业，要如临深渊、如履薄冰地行事。他们强调艰苦奋斗，要靠人的不断自我奋斗、自我作为去改变世界。这是典型的阳动立场。而商人尚阴本，讲究因循顺守，按照神说的去做就万事大吉了。可见商周两家的基本文化风格不一样。

箕子当时之所以要把《洪范》交给武王，其中含有很深的谋略意味。当时周人刚刚得到政权，周武王心里惴惴不安，不知道如何去稳定天下，所以才急切地想拿到商人立国五百年所依靠的大法。而如果周人真正施用了《洪范》，整个周王朝的发展面貌很可能就会和之前的商朝极为类似。试想，都遵行《洪范》的夏朝和商朝的文化风貌差不多，商是夏的一个翻版；如果周人用了，很可能周也会成为商朝的一个翻版。所以说在这件事上箕子颇有心机，如此一来即便在武力上、政治上商人已经是失败者，但是在文化上商人却可以成为成功者，可以把他们的意识形态通过向周天子传递《洪范》灌输给周人。

其实克殷之前，周公已经就何以保天命、治天下等问题与武王有过交流，并且无论文王还是周公，均对此有非常明确的认识，何故会有"不知其彝伦攸叙"的疑惑？试看《逸周书·大开武解》载：

> 周公曰："兹在德敬。在〈右〉周其维天命，王其敬命。〔无〕远戚无十〈干〉和，无再失，维明德无佚，佚不可还。维

文考恪勤战战，何敬何好何恶，时不敬，殆哉！"

又如《逸周书·小开武解》云：

> 周公拜手稽首曰："在我文考，顺明三极，躬是四祭，循用
> 五行，戒视七顺，顺道九纪。三极既明，五行乃常，四祭既是，
> 七顺乃辨，明势天道，九纪咸当，顺德以谋，罔惟不行。"

其中讲到的三极、四祭、五行、七顺、九纪与《洪范》的形式
非常类似，但强调的却是"阳"动的"敬命""明德""无佚"。[1]

而周武王谥号为"武"，恰好反映出他的个人气质和特点。在打
赢商朝之前，武王已经暴露出了严重的精神问题，类似于今人说的
神经衰弱，反复出现睡不着觉，晚上做噩梦，惊醒，惊醒后他常常
找周公聊天以求疏解，《逸周书》中还保留了不少这些聊天的记录。
不可否认武王是军事天才，很会打仗，但是对治国一无所知。其实
他的父亲文王以及弟弟周公都在不断地告诉他天下应该怎么治理，
但是待到真正拿到天下政权以后，文王业已故去，而他又不愿意把
政权的存亡都寄托在年轻的弟弟周公身上，所以武王最终选择了去
问商人的遗老。由此可以推断，他没有意识到商人和周人之间在文
化上存在差异，甚至是截然相反的，所以才有了访求《洪范》之事。

结果人算不如天算，武王在打赢了商人之后的两年多就一命呜
呼了。此后他的弟弟周公上台主政，成了摄政王。周公摄政时把原
先武王建立起来，或者尝试建立的制度全部推翻，重新创设一套新
的制度，也就是后人常说的周公制礼。之后周人在余下来的时代是
按照周公设置的制度蓝本、文化方向和意识形态去建构自己的意识

---

[1] 关于殷周文化风格的差异，参见后章和下篇专论。

形态、政治制度和法律体制的，所以后来的周和商表现在政治文化上的反差非常大。而在周公上台以后，《洪范》再也没有被用于政治实践，所以箕子的苦心算是白费了。

有鉴于《洪范》对于理解夏、商两代治道的重要性，尽管上章已经略有敷陈述，下面还是有必要再作一详细解说。基于《洪范》的来历和流传背景我们可以知道，它的内容和统治、治理天下有关，而且关系到政权本身安危。可是如此重要的文献中所讲的内容乍看起来却让人完全不知所云。据说下面这一段文字就是《洪范》的原文：

> 一曰五行，次二曰敬用五事，次三曰农用八政，次四曰协用五纪，次五曰建用皇极，次六曰乂用三德，次七曰明用稽疑，次八曰念用庶征，次九曰向用五福，威用六极。

其中一、次二、次三等语词很可能原本没有，是箕子陈述的时候添上去的。真正《洪范》原文的内容只有五行、五事、八政、五纪、皇极、三德、稽疑、庶征、五福六极这九畴。畴有两层意思，一层就是类别的“类”，还有一层是等极的“等”。所以九畴既是九类，也是九等。

这样让人不知所云的表达，和早期技术知识的秘传传统非常一致。就好比后世道教关于修行、道术等的道经，落实到文字上的仅仅是一部分内容，关键信息则以口口相授的形式在小群体内部秘传，以此来保证小团体对技术的垄断。所以武王只有通过箕子口授的解释，方能知晓其中蕴含的奥义。不属于技术传统一系的周人对待这类知识采取了完全不同的策略，他们直接用文字记录下《洪范》九畴的正文，以及箕子的“口义”。由此也可表现出周人和商人基本立场的不同。而前文提到周人的青铜器上多见铭文，而商人则全然无此作为，同样与上述立场差异有关。

前章讲《禹贡》的时候说过，禹把原来尧舜时的天下格局改了。舜的时候天下本来是十二州，对应十二牧；到了禹的时候改成了九州。《洪范》大法里面有的九畴同样和九有关。怎么理解稍后再解释。先来梳理一下九畴的内容。①

第一畴是"五行"。上章已经详细说明，此处从略。

第二畴是"五事"，包括貌、言、视、听、思，五事从字面看"指一个人的态度、言语、观看、听闻、思考"②五项。或者说貌是姿态、仪态、容貌、表情；言是言论；视是通过眼睛能够看到的作为；听是听到的东西；还有思是思虑，这是关于控制人的凭借。"五事"的表达与"五行"非常相似，再联系"庶征"畴，可呈现出以下结构：

貌—恭—肃→时雨若

言—从—乂→时旸若

视—明—哲→时燠若

听—聪—谋→时寒若

思—睿—圣→时风若

需要明确，这里说的"人"究竟是全体人的抽象，还是特指某个/类人，是天子、贵族、大臣，还是所治之民？董仲舒曾说："王诚能内有恭敬之容，而天下莫不肃矣。"（《春秋繁露·五行五事》）显然他是作"王（天子）"来理解，这代表了今文家之说。郑玄的说法则代表古文经学家，他认为："君貌恭则臣礼肃，君言从则臣职

---

① 九畴、五行和皇极前章中略有涉及。为了保持论述的完整性，这里会重出一部分。

② 刘起釪：《尚书校释译论》，1149 页。

治，君视明则臣照晢，君听聪则臣进谋，君思睿则臣贤智。"孔颖达总结说"郑意谓此所致皆是君致臣也"，诚是。[①]"五事"与后文"念用庶征"中的五"休征"一一对应。就像前文说的，这体现了《洪范》的一大特质，即将神与人、外部世界与人作整体化的理解，并为之提供有效的勾连机制。

第三畴是"八政"，大致同于现在所说的政务、职分，内容都和政治社会治理有关（表11–1）。这八种职分里食、货、祀、司空、司徒、司寇、宾、师意思都不难理解。联系之前舜的官僚建制改革，他设了九类事务官，到了禹的时候明显是在因袭的基础上做了调整。

表 11–1　《舜典》职官设置与《洪范》八政对照表

	《舜典》职官	《洪范》八政
1	司空（禹）	司空
2	后稷（弃）	食
3	司徒（契）	司徒（司土？）
4	士（皋陶）	司寇
5	工（垂、殳斨、伯与）	
6	虞（益、朱虎、熊罴）	
7	秩宗（伯夷）	
8	典乐（夔）	
9	纳言（龙）	
		货
		祀
		宾
		师

---

① 　孔颖达：《尚书正义》，456 页。

要注意，禹掌握治权时仍旧是"九"政，也就是说"八政"里面故意缺省了一个，即天子。因为禹的天下政、治合一，政权直接掌控治权和治理，所以八类职事官其实也是围绕并辅助着天子进行治理。处于中心的天子掌控、收拢一切治权。这实际上是集权式、专制式的政治模式。

第四畴是"五纪"，讲的是关于天文的内容。像"岁"是指"岁星"，也就是木星。古代人用岁星运行周期定年，所以一年也叫一岁。月是根据月亮运行周期确定的一个月，也指月亮。日是根据太阳起落确定的一天。还有星辰，主要指二十八宿，更准确一些说，在"五纪"里专指时辰。岁、月、日、星辰为一组，共同拱卫"历数"。"历数"就是历法，是基于年、月、日时辰建立起来的一个规则体系。所以"五纪"也是四和一的向心格局。要注意，《洪范》九畴中属天的知识已经不再特殊，不像颛顼、尧、舜时特立于其他属地的知识而存在。个中原因前文已有交代，此处不复赘述。

总的来看，前述四畴都与政权直接相关，第一畴讲的是政权的正当性的问题，第二畴侧重天子对人的认识、控制技术，第三畴讲属于治理的技术，第四畴讲关于天的技术。五事、八政、五纪构成了一个小序列，即人—地—天。

第五畴是"皇极"，在九畴里可以说最重要。九畴和九州、五行一样，都是周边围绕中心的格局，中心就是"皇极"。汉代儒生的解释说皇极的"皇"是"大"，"极"是"中"，所以"皇极"就是"大中"的意思。这是汉代以后被大多数经学家公认的义理阐释，尽管并不合理，但它比较符合儒家的需要。实际上《洪范》原义不是这样，清代训诂学和文字学的考据证明了这一点。"皇"应是王，就是天子；"极"是法度；"皇极"本义当是王法。所有的东西都要围绕皇极，意味着天子定立的法律是天下治理的中心，同理，天子无疑是所有治理天下的法律、制度的中心。所以箕子解释说"无偏无陂，遵王之义；无有作好，遵王之道；无有作恶，尊王之路。无偏无党，王道荡荡；无党无偏，王道平平"。这一段的核心在于"遵王"，要求臣、民在价值标准、行为规范等各个方面惟天子之命是从。刘起釪曾说"这一节的'皇极'的思想，实同于《墨子》'尚同'的思想"[①]，说得非常对，因为《洪范》和《墨子》都在追求中央集权式的社会政治模式[②]。这样的立法原则源自禹并不意外。《禹贡》是以税收、贡赋为纽带，通过重整地方秩序，把整个天下用非常有效的治理机制联系在一起，形成整个天下服从、服务于天子的模式。这是《洪范》"皇极"在禹的政治实践中的表现，可以视为自下而上地通过地方治理型构集权于天子的状态。而《洪范》是由上而下的状态，是告诉天子应该如何去做才能够维持、行使他的集权。所以《洪范》和《禹贡》两者是两个向度配合在一起的。具体说，天子所应为包括以下几个原则。

原则一：聚敛"五福"（见后文），用于赏赐庶民。这便是"祸福赏罚，以制死生"（《左传》昭公二十五年），很类似于后世墨家、法家的主张。[③]

原则二：禁止朋党。凡治下之民不得淫邪聚众，官吏不得阿党为比，惟天子的法度是从。

[①]　刘起釪：《尚书校释译论》，1171 页。
[②]　墨子以"尚同"为旗号的中央集权主张，和《洪范》之间实有深层的思想文化渊源。要言之，二者都是"法地"的技术传统的苗裔，有着类似的立场和思维方式。不过这一点现在的学术界很少关注到。关于墨子的问题，我将在《中华法文明史》的第二卷中专章论述。
[③]　例如《墨子·号令》言："诸行赏罚及有治者必出于王公"；《管子·君臣下》谓："君之所以为君者，赏罚以为君"；《韩非子·喻老》云："赏罚者，邦之利器也，在君则制臣，在臣则胜君。"

原则三：专对治"民"言。庶民中有谋略、作为、操守者，天子当存念之。对于那些既未合于王法，又未陷于恶的"中人"，天子应不拒斥。蔡沈解释说："念之受之，随其才而轻重以成就之也。"[1] 并且箕子强调"而康而色"，即你（对武王而言）要和颜悦色。这里照应了五事章中的"貌"。如果是有"好德"，则天子应当赐福给他，以此让人"惟皇之极"。战国黄老法家诸子讲究明赏、信赏、必赏以彰显王权的思路与之相一致。

原则四：专对治"人（官）"而言。官员要惟天子法度是从，不可欺下畏上，酷对鳏寡孤独而畏惧位高权重者。有能力有作为的官员，当使之继续发挥他们的才能和德行。但凡是正职官长（正人），必先使之富足，方可期许他们做出政绩。天子若不能使他们对王家有益处，就须降罪于他们。我们可以联系后来姜太公杀狂介、华士来理解。这将造就一个对强行收编天下贤能之士于政权体系的局面。意在不使知识分子游离于政权之外，杜绝他们成为"第三者"或反对派的可能。若是无益于政权的人，即便有所恩赏赐福，也只会加剧天子的过失。

原则五：天子既是行为标准，也是价值标准的唯一提供者。

"王道"在"皇极"一畴中被明确地提出来，究竟是后世转述时所为，还是原本如此已不得而知。不过纵使是后人的概括，确实也很精准地符合《洪范》的意旨。

技术贵族自古以来坚守阴本立场，崇尚因循顺守并以之为基本行为方针。《洪范》的"皇极章"也是如此，表达为"遵"和"训（顺）"。但是，顺从神意（"于帝其训"）和顺从王法（"皇极之敷言

---

① 见蔡沈：《书经集传》，76 页。

是彝是训")被合而为一了，遵王就是顺帝，意味着天子获得并垄断神性。在五帝时代，经由颛顼的"绝地天通"，掌握政权的天子成为了"天"的知识的垄断者，再通过"天"对"地"的压制来获得对神圣性的垄断，不过也因此造成了天神与地祇（自然神）之间的紧张关系。并且由于黄帝以来强调阳德证道和人的健动，致使天子并不以顺守神意为行为原则，政权的神圣性很容易遭到自始具有神性的治权所有者的挑战。人为设定的人神关系模式欲长期维系非常困难。与之相对，自始具有神性的技术贵族们执掌政权后，颠覆五帝天下的人神关系模式，改以因循顺守神意为基本原则。如此一来，政权与诸自然神之间的关系变得更加紧致且和谐。天子通过独掌获取神意的技术，而非另造新神来垄断对神意的表达和解释权，并以立法的形式将之转化为民众的行为规则，这既是《洪范》的模式，也是之前说到的三皇时代"技术规则"理路的再续。

第六畴是"三德"。"德"在春秋时代以前的涵义和后来讲的道德之"德"有很大不同。之前讲的"德"大体上是属性的意思，所以有懿德、好德，指有好的属性，好的状态。还有讲否德、凶德、恶德，指不好的属性。所以"德"可以是善的，也可以是恶的。《洪范》"三德"之德也是如此。三德是三种状态，包括：正直，就是平常态；刚克，指的是激烈、激进、偏刚猛的状态；柔克，讲的是比较保守、怀柔的状态。三德质言之是在说三种不同的行使政权的方案。本章特别强调的是天子与臣之间的关系。只有君主才得专行福（五福）、威（六极）和玉食（张晏注《汉书》云："玉食，珍食也。"[1]），臣不能私底下行恩赏、威慑和设玉食。并且，文中说

---

① 据伪孔《传》，见孔颖达：《尚书正义》卷十一，465 页。

图 11-13　玉食万方图②

到，一旦臣做出了这类行为，将会"秉权之臣必灭家，复害其国也"①。从主旨上看，始终贯彻了天子集权和专制的立场。

作福、作威可以理解为类似于后世所说的赏罚二柄，但为何"玉食"与之并列？我们当然不能把它简单地看作珍馐美味。《尚书图说》提供了一个很好的思路。

按图 11-13 所示，"玉食"应该是和后世常说的"赐宴"意思相仿。这种与玉食相关的仪式，非玉食本身才是意义所在。这个仪式既可以彰显权威，也具有聚众谋事的功能，故此需得专属于天子。

第七畴是"稽疑"，专门讲人和神沟通的话题。《洪范》"稽疑"中的大部分内容都是箕子解释出来的，《洪范》的正文里面并没有这些。其中提供了稽疑过程中的五大考虑项，包括王（天子）、卿士（贵族）、庶民三个阶层的态度以及龟卜和筮占的结果。通过下面的列表可以清晰地看到各种不同的意见组合可获得六类决策结果（表 11-2）。但很明显箕子没有把所有的可能性都说出来，而只是把有可能获得好的结果的情况挑出来说了，言下之意剩下的组合应该都不吉。

表 11-2　《洪范》决策表

	王	卿士	庶民	卜（龟）	筮（蓍）	决策结果
①	从	从	从	从	从	大同
②	从	逆	逆	从	从	吉
③	逆	从	逆	从	从	吉
④	逆	逆	从	从	从	吉
⑤	从	逆	逆	从	从	作内吉作外凶
⑥	从	从	从	逆	逆	用静吉用作凶

从这六类状态里面可以看出来，烧灼龟甲、卜骨得到的占卜结果是最重要的，基于蓍草的占筮地位次之。而王，即天子的意见起到的作用又次于卜和占。这说明在《洪范》，即夏人和商人的观念中有一个很明确的原则，就是神意为上。人可以起到辅助性的作用，但在神意面前须得惟命是从。这是早期的技术贵族或者技术传统一直流传下来的、坚守的基本原则——要顺守神意。

遵从《洪范》的夏商两代文化呈现出阴本的状态。而阴本要求因循顺守神意，人的积极主动作为在其中没有决定性。如果神不允许，人做什么都是错的。而周人文化则截然相反。周人是先用人去摆平神，然后再占卜，后文中将会讲到的《尚书·金滕》中周公的作为便是典型例证。甚至到了后来，传统变成了"疑则卜，不疑则不卜"，意思是做某件事情不管神是否同意，只要想做且自己觉得能成功，就无须去占卜。

第八畴是"庶征"，字面的意思是众多征候。雨、旸、燠、寒、风，这些都是天气、天象，用来征显、指示人的行为方式。这类似于汉代以后儒生们经常谈到的天人交感，例如雨表明下雨是由于人的什么行为引起的，并且又要求人们做些什么。其中有好的征候，也还有不好的，总之是提供了一套判断天人互动模式的法则。另外，"曰王省惟岁，卿士惟月，师尹惟日"一句说明，原本集中于天官的职分被有意识地分散了。

第九畴有两层内容，第一重叫"五福"，第二重叫"六极"。"五福"包括了寿、富、康宁、攸好德、考终命。"寿"就是寿命；"富"是富贵，当时不指财产的富贵，而指的是地位；"康宁"是活得安稳，不经历战乱之类；"攸好德"意思是得到所好的东西；"考终命"就是能够寿终正寝，不横死。这五者对于一个人的生命历程来说就是福。"六极"是不利之事，凶、短、折都和寿数有关；疾是疾病；忧是忧愁；贫是贫困；恶是险恶；弱是孱弱。这一畴的内容看似讲人的境遇，实则不然。《洪范》全篇旨在为天子行使政权提供法则，通过对人的命运、际遇施加影响来控制人民是非常有效的方法。说得通俗一些，意在告诉天子能用五福和六极去控制人。战国时常说君权有赏罚二柄，大体上就可分别对应"福"和"极"二端。道法（黄老）家说天子或者君主要掌握恩威，或者叫刑德。这尤其被法家发扬光大了，且强调两类权柄必须要专属君主，思路就是从《洪范》里来的。恩威、刑德的落实通过恩赏和刑罚来实现。其实诸子时代墨家、道家和后来的法家的学说都受《洪范》的影响。他们经常在言论中会引用到《洪范》，因为一则他们都主张集权，二则他们都有阴本的立场。

回顾"九畴"的设置，首畴讲"五行"，接着是"五事""八政""五纪""皇极""三德""稽疑""庶征"，最后落到"五福六极"。总体而言呈现了人神交错的安排，以神事起首而终于人事。

在夏代和商代的天子看来，《洪范》至关重要，是治平天下的根本大法，背后道理不难理解。在夏代以前的炎黄天下，这些权柄

都不归天子专门掌握。天子不能
干预社会治理，而只是天下政权
的象征。到了禹建立了具有私性
的集权天下以后，这些才被收拢
到天子手中。《洪范》的功能就
在于使得天子政、治合一的集权
状态正当化。而禹为了实现这种
正当化，用了一种现在看来很怪
异，但在当时的观念世界中最具
有说服力的方式——神授。《洪
范》，即洛书出自洛水，自始具
有神圣性，把它作为根本大法

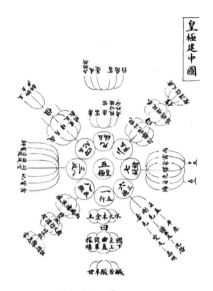

图 11-14 皇极建中图①

意味着天子集权的状态乃是神的指示。夏人、商人视《洪范》为至
宝，根本原因就在这里。

清代人把《洪范》的主要项目做成了一幅《皇极建中图》
（图 11-14），可以很直观地表明八畴环绕"皇极"，也是天下政权应
该呈现出的集权的状态，更是禹夏、殷商一直在坚守的状态。

箕子当时向武王传递《洪范》真可谓用心良苦。他特意从朝鲜
大老远地跑到宗周（大致在现在的宝鸡），利用了一个特定的仪式
化场景，把具有强烈阴本立场的《洪范》正式传授给周武王。很明
显，他希望周人的政权按照这样一套模式运行。试想，如果武王真
的全盘推行了，那么周人的文化以及后来我们看到的中国文化会是
怎么样的？没想到武王早丧，周公摄政，所以商人的文化、夏人的

---

① 孙家鼐等：《钦定书经图说》第十册，光绪三十一年（1905）武英殿石印大本。

文化，更重要的是他们的阴本立场、集权天下，连同他们的法律、制度都戛然而止了。

七

让我们总结一下商代的文化、政治。第一方面，商人文化具有强烈的东夷文化质素，表现在很多方面。首先是鸟图腾，其次是对于各种技术的喜好，包括巫术，还包括他们有特别高超的冶金技术、制造技术，等等。所以商人的青铜器极其精美。一个附带的影响是他们特别会做兵器，从蚩尤的时代已是如此，所以商人的刑法和刑罚特别发达，创造出各种各样的肉刑。

商人治道的重心在于处理人神关系，这一点从甲骨文反映出的庞大复杂的祭祀制度可见一斑。在殷商时代，人与外部世界通过人鬼（如祖灵等）与自然神（如天神、地祇等）的沟通来实现。支撑这种沟通的观念基础在于鬼神掌控世界的运行，人仅是由鬼神决定的世界秩序的参与者和守成者。人只有在死后"进阶"为鬼、灵方能够获得与之对话的能力，而此前对待诸神的态度只能是以祈求、占问和揣测为主。

在此基础上，是什么决定了鬼神对人的态度？商人的观念中基于血缘的"命"和基于巫、卜、祷、祀等人神沟通技术的有效性是两大中心要素。血缘关系的重要性在于它是人天然获得其祖灵荫庇的前提。故此，纣王在商朝面临内忧外患，几近崩颓之时，仍坚称"我生不有命在天"。另外，由于神意具有决定性，对神的尊崇、供奉以及对它意旨的揣度与知悉，被看作获得良好人间秩序的保障。商人自信掌握了最好、最有效的相关技法，特别是通过龟卜建立起来的一套经由先王、先公获知作为最高神的"帝"的意志的模式。正因如此，商人始终没有将人域中的"德"看作政治的中心；与之相反，上古以来事神才是人类事务的重心。

第二方面，商汤有史以来第一次成功地以武力"革命"实现家天下政权由一家转移到另一家。之前整个夏代都有人在不停地造反，尝试僭越、抢夺天子之位。但是成功的很少，即便后羿、寒浞暂时成功了，但是新政权没有维持下去。第一次把天下的归属权抢夺过来并且维系下去的乃是商人，只不过抢成功以后商人面对的是比较窘迫的局面。夏人的统治历时悠久，已经慢慢被大家接受了。人们从未面对，也还不太接受商人通过抢夺而有天下的状态。因此商人需要去建构一套理论和意识形态来支撑他们的抢夺。商汤的想法是用主动承担责任的职分去重新定义天子。问题是这个说法和商人本身的阴本立场、文化风格并不相容，再加上后来的商王们自己也腐化了，所以算不得完善。也可以说革命事实上成功了，但是革命的理论在整个商代却没有建立起来。接下来伊尹通过放逐太甲，自己摄政，三年后再迎回并还政给太甲，宣示了商人家天下的正当性。

第三方面，商人法律的内容范围很广泛。大到跟政权正当性有关的根本性法律，具体到他们的刑法，例如《汤刑》，据说只是把夏人的《禹刑》删添了一些内容，总体格局并没有变化。《洪范》的情况就更加典型了，完全继承自夏人。

之前谈到商人在意识形态建构和立法上确实有短板，但是他们的技术水平非常高，且在围绕、辅成技术的法律方面颇有创制，尤其是祭祀。而祭祀新规范的出现和第四方面关系密切，那就是商人重建了神的体系。法律化以后表现为商人复杂的祭祀仪制。表现之一

是祖先神和上帝的争斗。在武丁以后新派祭祀使用了周祭，每一天
要祭一位先王、先公或者先妣。这样做是要把先王、先公、先妣这
些祖灵的位置往上推，使得这些祖先神成为和自然神沟通的唯一途
径。于是任何一个要求助于自然神以获得决定的事情，比如一场战
争能否胜利，甚至明天是不是要下雨，都只能通过去祭祀、祭拜一
位商王的祖先神，让他给自然神，包括最高的帝去捎个话，然后由
祖先神获得答案才能再告诉人。看起来步骤比原来更复杂，但随之
而来的效果是商代的天子具有了至高的神圣性和唯一性。

我们一直在说禹夏家天下以后，天子始终没有唯一性，谁抢到
就是谁的。但是对祖先神的崇拜开始替代自然神以后，只有一家的
祖先能够和神沟通，而这家的祖先当然会首先庇护他自己的后人，
于是商代的王室开始在这样的新的祭祀制度之下获得了正当性的支
撑，并且宣示了商王作为天子的唯一性。为了确保天子的唯一性，
先王和先公被重新分配角色，有一些不属于王直系祖先的祖灵要被
排除到祭祀序列之外。与之相匹配，基于嫡长制的直系血亲关系被
特别看重，这是周代宗法制的源头。对于王位的稳定以及王权的
正当性、神圣性而言，这样一套制度颇有裨益，所以后来周人接纳
了它。

但是在商王廷的内部，由于出现了全然不同于早期传统的祭
祀和继承新制，导致原先的旧贵族受到很大的威胁。曾经家天下的
"家"意味着权力由一个大家族共享，新的家天下将权力收拢到了
单一小家族，甚至小家庭之内。所以原来大家族里的很多有王位继
承资格的贵族都对政权表示不满，引起了商代东部故地的大乱，甚
至还有像微了这样宁愿去给周人做奸细的反派。

另外一个后果是"帝"开始出现变化。商代人最高的神是帝，

在帝之下还有很多各种各样其他的自然神。说得更准确一些，上帝是商人从众多自然神中抽象出来的最高神。相应地，商人没有指称自然神或最高神的"天"的概念。到了武丁以后，由于祖先神开始成为了唯一中介，"帝"不再和人直接交通，只能由祖灵传话，于是它慢慢地离人的世界越来越远。与此同时，人，特别是商王也开始膨胀，觉得隐退的"帝"远没有祖灵重要。而祖灵和商王一脉相承，所以商王的自我感觉也越来越良好。乃至到了商代晚期，天子们开始称自己为帝了，像纣王的庙号就叫帝辛。为了区别人间的帝，所以管高高在上的帝叫"上帝"。于是世界上就有了两个帝，既有上帝也有下帝，下帝就是人间的天子。这样的改变意味着王权进一步强化。末代的商纣王其实是在顺着武丁的思路进一步去强化王权，清理旁支。他全力攻打东夷同样是这个目的。如果他的机遇好一些，周人没有偷袭成功，纣王很可能会给商王朝带来一个全新的局面。

　　第三个影响是由于有了上帝的凌驾和祖灵作为中介，自然神离人越来越远。在几乎和自然神完全断绝联系的状态下，人获得了按照人的意志"解释"神圣性的可能。这个"解释"的空间暗合了阳动的立场，为后来周人的革命和全新的阳动立场的意识形态建构埋下了伏笔。周人公然说"天听自我民听"，民意就是天意能够被人接受，并且用它来反对商王朝。这一理念还是来自武丁以后的商王们。再后来所有的自然神都开始转向了义理神，所以春秋战国以后的观念中出现了天道、天命，本质上说都是人命，而不是真正意义上的天道。而天也不再直接地对人下达指令，而仅仅是显现在那里，听凭人去理解、解释。所以孔子会说："天何言哉？四时行焉，百物生焉，天何言哉？"（《论语·阳货》）这些变化其实是从商人这里开始的。

第十二章
先周故事与翦商"革命"

一

周王朝是"三王"的最后一代，同时也是上古文化集大成者。它在制度文明、思想文化方面的成就无论是对后世的制度文明，还是思想文化都具有奠基式的影响力，因此需要从"头"，也就是周人的发家史开始，正本清源地说说明白。

通常人们把西周王朝建立以前的时期统称为先周。这一阶段比较清晰的记载大概涵盖了从被后世尊为太王的古公亶父一直到文王，不过在这之前也还有零星的传说。根据周人自述和祭祀的对象可知，他们自己追溯到的最早的祖先叫后稷（弃）。严格说来，后稷是三皇时神农氏之后，在舜的职官谱系中后稷是主管农政的官职名称，当时充任此职的人叫弃。弃的母亲名叫姜嫄。传说某日姜嫄到郊外去，踩了一个巨人的脚印导致怀孕了，之后生下了弃。这是周人部族自己认可并给出的官方说法。后稷的父系祖先是五帝中最多子嗣的帝喾。注意这里的几个要点：一是帝喾。周人自己为什么要推到这呢？因为这样意味着他们在血脉上属于华夏正统。二是姜嫄是姜姓。后来周人革命事业中有一个很重要的人物吕尚，被尊为尚父，俗称姜太公，他也姓姜。民间有姜太公钓鱼的故事，传说当时他已经一把年纪了，故意到尚为西伯的周文王行进的道路上，用直钩无饵钓鱼。文王觉得老头有奇才，让他做了官，日后还成了西周翦商大功臣。当然这仅仅是具有传奇色彩的传说而已，里面自然包含着不少值得关注的信息，但是不可当作实情来看。实际上姬姓的周人部族和西北的姜姓部族之间长期保持着类似对偶婚，简单说就是互相嫁女儿，因此两个部族的关系非常紧密，从周人的祖母是姜姓也可见一斑。这个传统一直持续到了春秋时期，例如齐国是姜姓的太公之后，周天子是姬姓，他们经常互相嫁娶，所以周天子和齐侯以甥舅相称，始终具有亲戚关系。

　　弃的子孙充任农政官后稷一直持续到了夏代，甚至就以官名为氏了，这很符合早期技术贵族的传统。可是传到不窋做后稷官的时候出了岔子，时间大概在夏代太康失国之后。相传当时夏人的政治出现了混乱，不窋对混乱的统治不满，所以"弃稷不务"，意思是不给夏王朝当农政官，而选择了逃遁。《史记·周本纪》中记作："不窋末年，夏后氏政衰，去稷不务"。[①] 在夏代其实还有类似的情况，典型的就是在《尚书·胤征》篇中说到的羲和失官，"废时乱日"。羲和家族不做天官，乃是因为对夏人的家天下，以及技术贵族掌握政权这两个颠覆五帝时代道统和政道的行为不满。周人原属于炎黄部族，故地本在偏西北的甘肃、陕西一代。不窋带着整个周人部族"蹿于戎狄之间"，即迁徙到了更西边，根据后来周人的发展状况来看，不窋不做农官而逃遁似乎也是在表达同样的立场。因为他们不

---

① 见《国语·周语》。

仅放弃了官职，连周人们本族安身立命的农耕技术也放弃了，大有和技术传统分道扬镳、割袍断义的意味。

之后周人和西北的戎狄混居了好几代，直到出现了一位叫作公刘的领袖。在他的率领下，周人整族迁徙到了豳，位置在今天的陕西省旬邑县西南。《诗经》里有《豳风》，就是描写这块地方发生的故事。周人到了豳以后开始定居下来，并且重操旧业，再次过上了农耕生活。这是先周发展历程中具有转折意义的变化。自此以后，周人的文化开始"中国"化，且有意识地和戎狄划清界限。他们之所以会放弃游牧而再度定居农耕，想必有许多原因促成，不过其中有一点很特殊，那就是他们的复仇，或者说匡复之心。不窋对技术传统篡夺天下并且将之私化不满，同时也对东夷出身的商人武力颠覆炎黄天下心怀芥蒂。他们以炎黄（或曰华夏）正统的后裔自居，对匡饬"天下"怀着强烈的使命感。于是自公刘以后，开始了历经十数代人的韬光养晦。如此团结、坚忍而"记仇"的民族，或许只有古代犹太人可以与以之相匹了。

公刘以后经历了九代人，周人首领的位置传到了古公亶父手中。古公亶父准确地说应该叫公亶父，古是表示时间久远的形容词。西周得天下后追封他为太（大）王。为什么追封他为太王呢？按照周人自述，"后稷之孙，实维大王。居岐之阳，实始翦商"（《诗经·鲁颂·閟宫》）。意思是从古公亶父开始，周人部族已经定居在岐山之南，在为颠覆商王朝做实质性的准备工作了。当时古公亶父所做的显然不是直接通过军事行为去挑战商人，而是阴蓄势力，并悄悄地开始扩张地盘。毕竟周人原本是有农耕技术的部族，相对于周边那些游牧民族来说，他们的实力提升得更快。而且周人自始和姜姓部族修好。姜姓部族本就是羌人的一支，这意味着西北有很多戎狄与周人能够和睦共处，这使得周人获得了相对宽松的发展空间。总体来说，太王稳固了周人在岐下的治理，开始了"建制"历程。自此，内兴治理，外服戎狄，兢兢业业，励精图治成为了周族长期坚持的立国方针。自太王以后，处于周原的周人逐渐成长为盘踞一方的诸侯。发家自东北部的商王朝受困于戎狄，对西部边陲地区的控制力几乎为零，对周人壮大也只能听之任之，无可奈何。因此有的学者认为"太王治岐"是周人实际上"建国"之始，颇有道理。不过这个"国"应当理解为"方国"而非现代意义上的"国家"。但是周受到居于天下中心的商王朝的关注并予以认可（即册命为方伯），是到了古公亶父的儿子季历继位以后的事。

　　古公亶父有三个儿子，分别是大儿子太伯、二儿子仲雍（虞仲）、三儿子季历（王季）。传说太王特别喜欢他的小孙子姬昌，就是后来的文王，有意日后由他继位领导周族。但是姬昌是太王的三儿子季历所生。如果按照嫡长制，太王的位置应该由嫡长子太伯来继承；太伯死后将会传给他自己的嫡长子。这样一来季历肯定不能继位，他的儿子姬昌自然也没有继位的可能。据说当时为了要成全父亲的心意，太王的大儿子太伯和二儿子仲雍选择了远遁他乡。兄弟两人带着自己的部属一路向东迁徙，最终落脚在江苏中部，成了春秋时吴国之祖①。关于这件事的传说在春秋战国时非常盛行，不过近代以后的历史学家提出了很多质疑。当然，在没有被明确证伪的情况下，我们应该承认传说具有相当的可靠性，即便其中不乏与事实相出入的地方。至于太伯、仲雍东迁的原因，古人也给出了解

① 当然，现在也有学者研究说这段史传大抵属实，但地域非在春秋时代的吴地，而是在位于山西的"虞"（弓鱼），相关问题仍有待进一步考证。

释：一方面是为了要成全他们的父亲太王的心愿，让季历能够合
法继位，然后传位给季历的儿子姬昌。另一方面则和太王"实始翦
商"的谋略有关。他让两个儿子迁徙到商人旧部所在的东部地区发
展，一则意在搅乱商人的故地，使得商王疲于应对东部的骚乱，使
之无法顾及西部边陲，为周人发展提供空间；二则一旦两人的势力
壮大，周人日后对商王朝就会形成西北、东南夹击之势。

　　由于太伯和仲雍远遁，太王死后季历顺理成章地继位了，事在
殷王祖甲二十八年（约公元前 1231 年）。西周以后追封季历为王
季。事实上当初太王、王季都不曾称王，但是由于后来周人得了天
下，所以给他们追封了王号。王季在位期间保持了古公亶父的治国
方略，简单地说即是"内行德政，外服方国"。由于周部族的势力
增强，他们开始以"方国"的身份正式进入商人的视野，并且逐渐
受到重视。至此周人才开始与他们所欲翦灭的商人政权初次正面接
触。由于实力上的巨大差异，作为蕞尔小邦的周尚且没有直接与商
王朝较量的能力，故此他们选择了暂时臣服。

　　到了商王武乙在位时，周族和商朝的关系开始变得复杂起来。
一方面，鉴于周人势力壮大，商王朝已经开始正视这支力量。另一
方面，周人的血统、文化等各个方面都近于中原而与戎狄疏远，因
此商人非但不把周人当作戎狄对待，相反更倾向于拉拢并使之为商
王效力。季历与商朝贵族任氏通婚，娶太任为妻室，此事颇可看出
商王廷的态度。更有甚者，商王授意季历帮助商朝守边，平灭戎狄
之乱。据古本《竹书纪年》记载，武乙时季历曾"伐西落鬼戎，俘
十二翟王"。文丁四年，他又领兵先后征伐燕京之戎，余无之戎，
七年破始呼之戎，十一年打败了翳徒之戎。这些征伐表面上是在替
商朝解决西北之患，实质上成为了周人扩大地盘的契机。鉴于军功

昭著，商王文丁加封季历为"牧师"，而季历俨然成为了西北众部族、方国之长。

不过商周之间的关系并没有表面上看起来的那么和谐。周人的反商之心由来已久，除了借机拓展势力之外，他们还曾作出极具挑衅意味的试探，最著名的莫过于暗杀前去西巡的天子武乙。官方最终给出的说法是武乙西行途中被雷劈而死；但这和后来周昭王巡幸楚国，渡汉水时"不慎"落水而死一样，都只是用来掩人耳目的说辞罢了。商人当时对此事采取了隐忍的态度，具体原因不得而知，推想起来应该与商王朝内忧外患的处境有关。商人忍气吞声让周人的扩张变得更加肆无忌惮，终于发展到让文丁忍无可忍的境地。于是他以封赏为名宣召季历去朝歌，名义上封为"方伯"，号称"周西伯"，实则软禁了一段时间后找借口把他杀了。根据《竹书纪年》，商王文丁十一年，"周公季历伐翳徒之戎，获其三大夫，来献捷。王杀季历。"

二

季历死后，他的嫡长子姬昌即位了。姬昌即位之初的局势，一是周人的势力在西北一带颇有规模，甚至大到让商人已经开始有所忌惮；二是文丁并无意彻底平灭周人，杀死季历更多是为了敲山震虎，以儆效尤。王廷仍然需要周人替他们镇守西陲，所以认可了文王作为西伯子承父业在西部与戎狄作战的正当性。

文王在位五十年，从史传记载大致可以看出有前后两个阶段之分。转折点是他被纣王囚于羑里的七年。姬昌在继位之初延续了他父亲的策略，依旧积极地扩张势力范围。特别是他并不满足于向西、北两个方向推进，转而向东兼并方国。这时文丁已死，在位者是他的儿子纣王。周人军事行动方向上的转变立即引起了商人的高度警觉，甚至已经切实地感到了周人觊觎天下的"反心"。于是纣王像他的父辈一样命令姬昌到朝歌来"受封"。似乎按照原计划，姬昌的命运很可能和他父亲季历一样，但实际结果却大相径庭。这期间自然发生了很多故事。由于有了像《封神演义》这类话本小说光怪陆离的渲染，个中实情已经无从还原了。

为了解释纣王没有当即处死姬昌，他大儿子伯邑考之死被戏剧化了。相传纣王为了试探姬昌是否有神性（这是成为天子的必备条件），把伯邑考杀了做成肉饼给他吃。尽管文王知道实情，但他依然忍痛吃了。这样一来打消了纣的疑虑，觉得姬昌也没有什么过人之处，也不过是个一般人而已。接着他把姬昌软禁在朝歌附近叫作羑里的地方，一关就是七年。据说文王在羑里做的最重要的事情是演《周易》。作为诸侯国的国君在身陷囹圄、命运难测的危难之际，为什么要去潜心研究《周易》？是为了给自己算算命，看自己的吉凶祸福，还是有别的目的？前些年有人曾专门写了一本大部头的书，说《周易》的卦爻辞是文王当时和外界联系的密码记录。尽管乍看起来有些离奇，但似乎也不无言之成理处。[①]另外一种理解更加深刻，认为《周易》为周人后来的立国基本方向奠定了基础，所以文王的《周易》已经不再是占筮的工具书，而是类似于宪法的文件，甚至可以看作周人的革命和建国纲领。[②]恰是由于被囚于羑里，文王从日常政务中解脱出来，使他有一长段时间能专注于对周人所

① 参见黄凡：《周易——商周之交史事录》，汕头，汕头大学出版社，1995。
② 参见江山：《革命析说》，载《政法论坛》，2005（5）。

处的时局、困境、使命、策略、治国之道等问题进行深刻反思。而这次历时弥久的反思，成为了周人最终得以翦商得天下的关键一步，也为得天下之后的周代政治奠定了基调。

关于《周易》的产生年代和文王与之的关系多有史传记录[①]，有一些前提已经比较明确了。首先，《周易》产生于殷周之际。通过反复讨论《周易》卦爻辞的内容，先贤业已从史学层面论证了此说的合理性。对《周易》卦爻辞的性质，一种思路是将之作为古史"记事"的实录。例如胡朴安说"自屯卦至离卦师原始时代至商末之史。"[②]另一类倾向于把它们看作殷周之际周人的占筮记录。其次，《周易》成于周人之手亦没有问题，至于是否确为文王本人亲手撰写，还是他的智囊们集体创作的，无须严格推求。重要的是《周易》经由文王公之于世，成为一种政治象征。对于后世的研习者而言，"文王"本身也是一个具有象征意义的符号，代表的是殷周之际周人的思想、智慧和政治主张。马王堆出土的帛书《缪和》和《史记》中都说到文王演《周易》的时间点在其被囚羑里期间，这很值

[①]　关于《周易》的产生年代和文王与之的关系，多有史传记录。时代更早的《左传》昭公二年文曰：二年春，晋侯使韩宣子来聘，且告为政而来见，礼也。观书于大史氏，见易象与《鲁春秋》，曰："周礼尽在鲁矣。吾乃今知周公之德，与周之所以王也。"《系辞下》言："《易》之兴也，其于中古乎？作《易》者，其有忧患乎？"又，"《易》之兴也，其当殷之末世，周之盛德邪？当文王与纣之事邪？是故其辞危。"马王堆帛书《要》第三章："文王作，讳而辟咎，然后《易》始兴也。"《易之义》七章："《易》之用也，段（殷）之无道，周之盛德也。"《缪和》二章："文王（拘）于条（羑）里。"《史记·周本纪》云："西伯盖即位五十年。其囚羑里，盖益《易》之八卦为六十四卦。"又《太史公自序》云："昔西伯拘羑里，演《周易》。"又，曹定云认为，"易卦"卜甲尽管出土于殷墟，然乃周人之物。时代在殷末周初。或与"文王囚羑里"有关。（曹定云：《论安阳殷墟发现的"易卦"卜甲》，载宋镇豪、段志洪编：《甲骨文献集成》第17册，172页，四川大学出版社，2001）通观上述记载，时代最早约在春秋中后期，后来经由孔子推崇，战国儒家已开始广为传布此说。至汉代经学昌明，更演绎出多种论断。尽管其说不一，且难以考详，不过它们所共同提供的若干信息不乏真实性。

[②]　胡朴安：《周易古史观》，7页，上海，上海古籍出版社，2005。

得重视。而且文王被囚羑里对于先周翦商的历程是非常重要的节点。记录文王言行事迹与思想最详细的《逸周书》中，凡直接载录时间的篇章，无不在文王自羑里获释之后。将它们与文王在羑里演《易》的传说相关联，二者之间想必有联系。过去所说周文王演八卦成六十四卦的说法尽管还不能完全被证明，但有一定的依据。[①] 不过关于重卦的问题，自 1983 年饶宗颐证明"筮法商人所固有，《世本》'巫咸作筮'之说并非无稽"，"重卦非始于文王，殷时六十四卦卦名已经存在"[②]。邢文进一步论证了宋人李过关于《周易》"不特卦名用商，辞亦用商"之说。[③] 最后，所谓的文王演《周易》，演的主要是卦序。有一说认为现在流传的卦辞也是文王所作，不一定准确。爻辞部分写成的时间更晚，应该出自周公和他之后的人。

　　文王所以被囚，于传说可知直接原因是崇侯虎的建议，深层原因是周人之前的内政外交的强势政策和势力急剧扩张引起了商纣王的忌惮。从商王能够轻易囚禁文王，足可见当时殷周实力对比上商人仍旧占据绝对优势。不难推想，文王在羑里长达七年之久，所面临的是长期脱离周人政务，且前途极其不明朗的局面。与此同时，这也为文王提供了一个相对独立的反思空间。从他获释之后的诸多举措，特别是对商廷的策略转变，以及宣称"受命"和随后的一系列举动，可以看出文王实际上利用在羑里的时间对周人谋图天下的政策、方针进行了重要的调整，而这些新的举措是周人借"蕞尔小邦"最终翦商平天下的保障。当然除了内政、外交和军事上的策略

① 王晖：《殷末周初以史为鉴意识与思想维新运动》，载《史学史研究》，2008（2）：24 页。

② 饶宗颐：《殷代易卦及有关占卜诸问题》，中华书局编辑部编：《文史》，第 20 辑，1~13 页，北京，中华书局，1983。

③ 参见邢文：《秦简〈归藏〉与〈周易〉用商》，载《文物》，2000（2）：58~64 页。

外，周人 "革命" 的神圣性、正当性在此时也受到了文王关注，其中包含内与外两方面的目的。

首先，在内外交困的环境下，文王需要找到一个具有神圣性的寄托，让自己，也让周人坚信始自太王开始的 "翦商" 战略合乎天意且必将成功。诚然，文王确为一代圣王，具有超凡的智慧与领导能力，但他不会也不能完全超脱于当时的文化、思想环境。对于天帝、诸神祇和祖灵的信奉、崇拜是当时的观念常态，无论文王本人是否认同，他都必须以之为基础建构足以服众的意识形态。因此，面对 "上帝—商先王先公—商王" 这一牢固的神旨传递格局，文王不能生硬地反对、消解上帝与诸神，而是要绕过商人对神意的垄断，谋求通过新的技法直接与天帝沟通。而自始与占筮技术，亦即通神技术有关的 "易" 无疑是很好的载体。

其次，文王力图实现 "天下归心" 以拓展和强化周人的政治向心力，需要向周人以外部族乃至殷商旧族宣示他们 "革命" 的正当性和神圣性。要达至这个目的，最有效的方式是通过对原有的、广为接受的文化传统进行重新阐释，使周人的革命能够获得最广泛的支持。

演《周易》最终成为了实现上述两个目的方法之一，性质上和伏羲为观念立法而作八卦并无二致。这两者无论是尚 "阳" 的立场，还是知识谱系都有传承关系。凭借先王、先公们与上帝之间的特殊关系，商王自然获得帝命的眷顾。这为殷商政权带来了天然的神圣性基础。作为最能洞悉世界的至上神（即 "上帝"）意旨的人，商王的政权所具有的正当性是不容置疑的，甚至可以分享上帝的名号，以下 "帝" 之名和姿态成为人间的最高统治者。因此，以商王及他的亲族为中心的商廷统治者们必然要奉行顺守的处世哲学。他们要做的无非是顺承帝命、祖命和王命这些神圣的意旨，并且通过大量的祭祀供奉以图取悦神祇，获得更多的佑护。

文王要实现太王翦商的宏愿，消解商王与上帝之间这种基于血缘的"天然"关联结构势在必行。考虑到文王及周人所处的地位，以"蕞尔小邦"直接颠覆"天邑商"所推崇的意识形态、文化传统乃至其对外宣称的政权正当性和神圣性显然不现实。为此，文王采取的策略概言之有二：一是以彼之道还制彼身，二是借他山之石以攻玉。文王对《周易》的创制，很明显地体现出上述两种方略。

对于周人以及当时以殷商为中心的社会观念而言，商人所信奉、体行的文化既是"正统"，也为作为最高天神的上帝所允许并加以佑护。身处"天邑商"的殷商子民只需要因循保守其已有的帝命，即可安居天下之"中"。所以在他们的文化中处处表达出以因循、顺守为特征的气象，《归藏》以"坤"为首，力主顺动就是其中一例。[1] 文王要做的恰是建立一套新的思路，既能包容已有的阴本文化传统，又彰显出"阳动"的必要性，以反对商人的阴本立场，并使周人的反商"革命"获得可能。而《周易》的内容足以把这种以阳动为基本立场的革命观和新意识形态彰显得淋漓尽致。因此可说文王之所以演《易》，乃是利用已有的具有神圣性和"通天"能力的知识，为周人翦商得天下并建立新的意识形态提供义理支撑。因此《周易》的核心旨归与即事即验的占筮并无直接关联。也就是说，文王作《周易》并不是想创造或改编出一套较以往更为有

---

① 筮占知识和技术传统古已有之，但是之前却没有《周易》。原先的筮占书中有两种具有官方文献性质：夏人的《连山》和殷商的《归藏》。《连山》《归藏》全书早已失传，现在只有一些片段留存在早期文献中，清代人已经做过很好的辑佚工作。另外，在湖北省江陵王家台出土的秦简中也发现了《归藏》的部分文本，但这个战国抄本显然不全同于殷商时代使用的文本原貌。

效的占筮方法，而是意在借用以往占筮方法背后的具有神圣性的观念基础。

　　再说得具体一些，《周易》之于周人乃至后世中国文化的重要性可以从下面四方面去理解。首先是阳动与阴本的融会。《周易》较之殷人之《归藏》的改变和创化，首先体现在调整为首的乾坤二卦的序与辞。殷人之《易》曰《归藏》，其起始二卦是《坤》《乾》，因此亦以《坤乾》名之。① 而《周易》则将之变为首《乾》而后《坤》。在筮占的传统中，《乾》卦与阳、天、健、动等义相联，而《坤》则与阴、地、柔、顺相联。《归藏》以坤为首②，反映出整个筮占体系及背后的文化、思想基础均以顺承天帝之命为最高原则。这与殷人每事求卜筮的风气相一致。它反映出当时观念中的上帝与其他神祇一方面对于一切与人相关涉的世界和事件具有最终的决定能力；另一方面，神的影响方式具有不可知性和偶然性，依据人的理智无从掌握其中的"规律"，因此需要每事求问。故此人类智慧的努力方向，不在探寻世界运行的内在规律（亦即日后说的"道"的问题）；而在致

---

① 《礼记·礼运》：孔子曰："吾欲观殷道，是故之宋而不足征也，吾得《坤乾》焉。"郑注云："殷阴阳之书，存者有《归藏》。"

② 淳于俊曰："《归藏》者，万物莫不归藏于中也。"刘敞曰："坤者，万物所归，商以坤为首。"黄裳曰：微显者，易之知也。故商曰《归藏》，《归藏》者，以其藏诸用而言之也。（引自马国翰辑：《玉函山房辑佚书》，卷一《归藏》，长沙，琅嬛馆，1883。）王家台简本《归藏》之《坤》卦名作"𡫸"，隶定作"寡"，画作"𦇙"，传世本作"𡿯"。卦辞曰：寡曰不仁。昔者夏后启是以登天，𧊒弗良而投之渊。寅共工以（对）□江□☒。（501）从文面上看，卦辞可理解为：勿为不仁，过去夏启以不仁之行登天，上帝将之投入深渊，代之以共工。《乾》卦名曰"天目"或"天"，画作"☰"，卦辞曰：天目朝＝，不利为草木，赞＝偶下□□（181）（释文据王明钦：《王家台秦墓竹简概述》，见艾兰、邢文编：《新出简帛国际学术研讨会论文集》，文物出版社2004年版，第26—49页。）卦辞据文面可理解为：天监昭昭在上。乾主立冬（《易纬·通卦验》），故曰"不利为草木"。赞赞偶下，当读作"攒攒偶下"，意思是草木黄落，纷扬而下，攒聚敛藏。马王堆帛书本"坤"作"川"，"乾"作"健"。

力于将与神沟通的技术性知识不断精确化。这同时表明当时的上帝、天神、地祇等众神，甚至商人的先王、先公化身的祖灵均具有人格性，甚至是个性。这时的众神，类似于宗教学上的自然神与人格神的合体，他们有意志、有位格，也保留有基本的自然属性。

根据已知的材料，商人有关人神交流的智慧与技艺的代表是龟卜，这种高贵的技术掌握在极少数人手中，具有最高的准确性。而筮占则处于更低且被更广泛应用的位置。这在《尚书·洪范》《春秋左传》等早期文献中都有印证。如果置于长时段中考察，殷人这种借由特定技法揣测神祇意旨的做法，以及为此穷尽智慧的努力，和他们以事神为中心展开的政治体制、法律制度一道，最终被周人完全颠覆了。到了战国时代，占卜技术连同行事的巫卜人员都被排挤到了社会边缘；智慧所追寻的最终目标转向了对义理化、玄理化的"道"的直接或间接阐释与落实。到了这个阶段，一切关于人域制度、文化的终极判断标准都与"道"合一，社会理论的建构无不在于探寻通向"道"的"法"。① 而此"道"较之殷人上帝的最大区别在于其不具备神格特征，既无意志，亦无不可知性，对人世的影响有章可循。上述变化显非一蹴而就，端倪可追溯到殷周之际周人在思想文化上的改造，其中文王就是典型代表。

不过文王绝非是为了探究世界的真理而进行思考，最终目的无疑在于兴周和翦商。甚至可以说，他的一切行为与思想都是围绕上述这个目的展开的。所以演《周易》之举，与意识形态和神圣性这两个政治需求关系密切。

---

① 这里的"法"应作广义理解，包括制度规范，也包含方法、路径的意思。在传统文化中，这些本就都属于"法"一词的内涵。

　　文王基于《周易》表达的深层的"大义"自周公殁后一直没有被充分地认识。个中原因很是复杂，有可能是周公之后天下局面趋于稳定，统治者们无意再对意识形态作深层思索，仅遵"文王之法"即可；也有可能是由于周公身后受到的"排挤"①，这导致他所推崇的包括《周易》在内的一系列观念被排挤并尘封于鲁国。自此之后，直到孔子才重新认识文王之于《周易》的良苦用心。同时，正是因为孔子的发现与发扬，历时久远而几近失传的"道统"才重新获得了生命力。这个"道统"，用一句话来简单概括就是"阳德证道"。自伏羲开启先河，经历了三皇、五帝、三王时代，殆及孔子之时已是不绝如缕。

　　文王对于上述的这一系列变化，想必有极其清晰的认识。通过颠倒乾坤二卦，已将他对阳动的崇尚表达得淋漓尽致。由颠倒阴阳带来的变化是将人事、人心和人意置于更重于神意与事神的地位上。顾炎武曾在《日知录》中指出："占卜之事，古代皆先人后龟。《诗·大雅·绵》：'爰始爰谋，爰契我龟。'《易·系辞》：'人谋鬼谋，百姓与能'皆先人后龟。"对此，刘起釪认为"他所举的材料都是周代的，因此所说的就是周代的情况"。②这恰好与商代的情况截然相反。按《尚书·洪范》"稽疑"章所述，卜筮的影响力最为重要。在列举的所谓大吉、中吉、小吉及动则不吉的六种情况中，只要龟和筮都是吉的，那就不论君主、卿士、庶民动向如何，总之都是吉。③而到西周以后，这种以神意为行事的最基础判断标准的观念开始被扭转。不过这个转变从发端于文王到真正落实为一般社会

---

① 关于周公在西周被"排挤"的情况，后面的章节将会专门论述。
② 刘起釪：《尚书校释译论》，1185 页，北京，中华书局，2002。
③ 参见刘起釪：《尚书校释译论》，1186 页，北京，中华书局，2002。

观念并广为接受，经历了漫长的过程。西周时代，特别是周初，卜
筮、祭祀和祈祷之于人心的影响仍旧强大，《尚书·金縢》中对周公
自荐于已故先王、先公以为武王祈寿的故事就是一例。直到春秋晚
期和战国时期，神意和神圣技术在人事中的决定性作用方始消弭。
由此来看，徐复观将西周称为人文主义的萌动时期很是形象。①

　　二是"道"论肇始。余敦康曾指出：殷周之际宗教思想的变革
使中国文化的发展产生了一次重大的转折。这种转折一方面表现在
它对以往的巫术文化作了一次系统的总结，并且熔炼成为一种以天
人关系为核心的整体之学；另一方面表现在它以曲折的形式反映了
许多前所未有的理性的内容，为后来的人文文化的发展开辟了一条
通路，提供了必要的前提。②《周易》中强调阳动，认为人通过主观
的努力能够获得对世界根本规律的认知，并且能够通过以积极的姿
态体行这种规律，掌握甚至改变自己的命运，更进一步还能感通鬼
神，化成世界。其中存在两个前提：第一是世界的最高真理并不由
"上帝"掌握；反过来，上帝与人一样只是最高真理的遵循者。而
这个最高真理就是后来被中国传统文化发扬光大的"道"。第二是
人、天、地三界的一切存在者，包括人、神、自然，等等，均同质
并且遵循同一的法则行事。任何具有偶然性、不可知性的情况均可
以通过反思世界的联系机制最终获得认识和解决。

　　如果单独审视《周易》的卦爻辞，几乎看不到直接对"道"的
表达和解说。然而从整体来看，又处处俱是在彰明"道"理。通常
认为《周易》的基础知识有二：一是数占，二是卦象。数占是获得

① 参见徐复观：《中国人性论史（先秦篇）》，上海，上海三联书店，2001。
② 余敦康：《从〈易经〉到〈易传〉》，《中国哲学论集》，372 页，沈阳，辽宁大学出版社，1998。

确定结果的方法，而卦象则提供对确定结果的解释。《周易》的卦
象是六十四卦系统。这个系统从符号上看是自足完满的体系，因此
《系辞上》说："《易》与天地准，故能弥纶天地之道。"通过对世界
的二分（阴阳）、三分（三才）、八分（八卦）以至于六十四分（卦
数）、三百八十四分（爻数），基于简单系统对复杂的世界万物进行
分类处理，是《易》卦体系展开的思路。这些"分"既是以某些特
定的标准对世界进行分类并解释的体系，同时也是对世界之中的万
事万物进行体系化"安置"的方法。《易》既是"弥纶天地"，则天
地之间的一切均可以在《易》的体系中找到其自身的定位。江山先
生曾指出："《周易》乃猜测哲学时代，中国之法象意识（效法自然
或自然神论）的集大成作品；同时亦是解释哲学开端时代，中国之
义理神论的开山作品。其话语缔造和概念生发有开源既定的意义及
权威。"① 这个理解指明了《周易》的体系所蕴含的有别于殷商以猜
测帝命神旨为中心的世界理解方式和阴本的践行模式。从另一个层
面上说，二分之前，即后世所谓的"太极"的状态，自然是整个世
界共同的本根。而由此共同本根所生发出来的世界，无论表现如何
复杂，存在状态怎样，本根上都为同一。同时因为自太极而显化万
有，世界的生发过程和最终归宿是共同的，即最终的还原并归复本
根状态，因此尽管各种变化所表现出的样态纷繁复杂，各不相同，
但质言之都有着共同的内在规律和路径指向。而且《周易》的系统
强调"变"与"时"，整个体系始终在为"变"的方式、方向提供
一种自洽的，圆融的解释。在这个意义上，《周易》对"变"的解
释，其基础在于"变"始终发生于更深层的规范指引的基础上。而

① 江山：《革命析说》，69 页。

人要把握乃至利用这些"变"，就要知悉事物的运行之于整个体系的位置。

三是阴阳互成与革命理论。文王在羑里的七年间最重要的思考，是确立了以"阴本"文化之"顺守"为方式以实现"健动"之"阳德"的方针。屈万里注意到：九，代表阳爻；六，代表阴爻；这是尽人皆知的。但是有一个重要的问题，却被人们忽略了，那就是在《周易》的爻辞里，只说九六，而不谈什么阴阳。[①]而数字卦记录时则用到七九六八，意在区分阴阳及其老与少。从这个细节和《周易》中"用九""用六"两个特殊的卦，可以透露出《周易》对"数"在占筮中实用性的关注降低，而特重其义理。

四是敬、慎、谦、勤的自律训诫。结合其他历史文献，如《尚书·周书》和《诗经》之《雅》《颂》等所反映的思想文化氛围，王晖指出：随着历史经验的借鉴，随着历史教训的反思，殷末周初的姬周统治集团领袖们产生了十分强烈的忧患意识。这就是《周易·系辞下》所说的："《易》之兴也，其于中古乎？作《易》者，其有忧患乎？"[②]

三

文王能够涉险而归，外面有很多的人替他活动自不必说，特别是传说中的姜太公发挥了特殊的作用。著名的姜太公钓鱼说的是和文王相遇的故事，他身上自始充满了奇幻色彩。之前讲过姬、姜两

---

① 屈万里：《易卦源于龟卜考》，收入《甲骨文献集成》，第17册，40页。
② 这里"中古"是对作成《系辞》的战国而言，实际上就是指殷末周初。关于这一层，待到讨论周公的时候再加详论。

个部族之间的紧密关系，姜太公应该是姜姓部族的首领。他在周人翦商革命的过程中全程参与并发挥重要作用并不令人意外。不过种种传说也足以表明其人确实有超凡过人之处。

其中有一则故事很有传奇意味。相传文王被关在距朝歌七十里的羑里之后，已经八十岁的姜太公孤身一人跑到朝歌，还找了卖肉为生的市井悍妇作妻子。之后他以给人算卦为营生。据说由于算卦特别准，姜太公一下子声名远播，引得商朝的王宫贵胄都来找他算命，他也由此结识大量的殷商权贵。通过这样的特殊身份和职业，姜太公获得了很多情报，算得上是中国最早的间谍。然后他把情报再交给远在宗周的其他西伯属臣，由他们制定方案营救文王。所以就有了后来妲己进了后宫，贿赂崇侯虎等故事。当然这和之前说西伯吃掉自己儿子的故事一样都应看作被后人奇幻化了的传说。不过这些传说反映出来的一些问题却很实在，例如商王廷内部存在严重的政见分歧，商人过分依赖卜筮技术和听命于鬼神，等等。还有一点，所有传说中都描绘出纣王昏庸无能和荒淫无度的形象，这种与事实相反的描述恰是周人为革命而做舆论准备的体现。实际上纣王并不糊涂，他显然经过了很认真的考虑最终才决定释放西伯。因为当时周人实力与商人的天下政权完全不可相提并论，周人对此也有清晰的认识，所以他们称自己为"蕞尔小邦"而奉商为"大邑商"。这个偏居西北一隅的小邦给商人带来的好处是可以稳定整个西部的少数民族，尤其是那些游牧民族，这样就可以让纣王腾出手来解决内部和东夷问题。纣王显然是非常仔细地权衡过，同时经过了占卜问得了神意以后选择了释放姬昌，而且还把原来属于他父亲季历的"西伯"之号正式赐给了他。与此同时，纣王还赐给西伯"专征之钺"，这是颇有试探性的授权。表面上看西伯此时获得了在西北一带任意征伐的大权，事实上纣王是要通过假意给予大权来考验周人是否真有反心。

从朝歌安全返回了岐周之后，文王开始使用新的策略。表面上他整日不理政事，沉迷于酒肉财色，当然这是做给纣王的眼线看的；私底下则"阴行德政"。换句话说，周人此时不再汲汲于通过武力的方式吞并周边的部族，而是采取德政养民、惠民的政策，用这样的方式揽募人心，增长自己的势力，同时也联合周边部族形成"统一战线"。这样一来，商王对周人的戒备自然放松了一些。这段时间内周人的状态很合于后来的成语"韬光养晦"。

文王倡行的德政，要在敬天保民，其中缺省的主语是周王。王要去敬天、保民，通过敬天和保民可以使政权获得正当性。相比较于之前政权正当性纯粹依附于天命、帝命的状态，这算得上是一套全新的理论。本着敬天保民的策略，周人在西部大肆开辟土地，获得联盟。为什么大家会如此拥戴周人抢夺政权、成为天子呢？因为人们都觉得周王有德，能够给予治下的民众乃至诸侯实际上的恩惠，或者说恩德。按照文王的思路，有德就意味着有天命。不过实际上的情况和周人的舆论造势差异不小。

自文王奠定基调，周人的德政无疑更倾向于建立在"民本"的基础上，这个选择本身有一定的特殊性和现实层面的考量。周人发迹和他们政治势力拓展，还包括他们"翦商"的目标，从当时的环境来看，一方面，无从得到强有力的"神命"，因为商人业已对之形成垄断；另一方面，从现实来说，需要通过对"民心"的收服积蓄力量。

文王的"民本"思想及其定立的制度，除了后世零星的追忆材料外，较集中地保存在《逸周书》中。首先需要明确，这里说的"民本"与后世所谓的人道主义、民主政治、人本主义等概念在内涵上有着巨大的差异。一段时间以来，研究者往往倾向于"以西释中"，将中国传统社会中的思想套入西方学术的框架体系中寻求定位与解释，这种忽略文化渊源和特殊性的做法显然不可取。周人的"民本"思想和主张是"治道"层面的话题，相对于他的政道设计和政治思想来说，应被看作手段而非目的。说得直白一些，周的"民本"政治与之前的商人政治最大的差异在于将"民"，特别是民心和民力作为政治活动和政治制度、事物安排过程中所需考虑的首要因素。

文王民本主张的基础在于对民之"性"的理解。作为前提，他认为"民"之性以及对民进行治理的基础均源于"天"。《逸周书·度训解》说"天生民而制其度"，《命训解》说"天生民而成大命"，《常训解》说"天有常性，人有常顺"，讲的都是这层意思。据此，民之性源于天，并且所应依据的最高法则与"天道"其实同质而一体分殊。这与《诗经·大雅·生民》中所谓"天生烝民，有物有则"相一致。而这个"性"的基本内涵，简单地说在于"凡民生而有好有恶，小得其所好则喜，大得其所好则乐，小遭其所恶则忧，大遭其所恶则哀。凡民之所好恶，生物是好，死物是恶"（《逸周书·度训解》）。至于说政治，特别是立法的使命，在于因此好恶之性而顺导之，使之能够顺应于天道。

不过"民本"直接的目的在于设计一套能够获取民心，并且使之"为我所用"的体制。为了实现上述两个目的，文王找到的解决方案是"德政"。为后世所称道的"德政"其实就是以"民本"为基础衍生出来的一套治道理论和治术方案。

《逸周书·常训解》有"九德：忠、信、敬、刚、柔、和、固、贞、顺。"对比商人之"三德：一曰正直，二曰刚克，三曰柔克。"（《尚书·洪范》）很明显，这是在商人已有的对"德"的理解上生发出来的。当然，商周时代的"德"的观念与春秋战国时代差异非常大。[①]文王所说的"德"，重在指王侯对民的"恩德"。但又与战国法家说的以赏赐为中心的"德"有所不同，它包含了"教"的成分。也就是说，除了"恩德"外还有一层"德行"的涵义。这更多是对统治集团的成员们提出的要求，其中隐含着推己及人，上行下效的理解。根据《逸周书·程典解》，可以总结出一个图示来说明文王"德政"的理路（图 12-1）。

图 12-1 《程典》之"慎德"

德政的最大效用亦在于"教"的效果和感召力，最典型的例证是"虞芮之质"事件。周人对此事印象颇为深刻，《诗经·绵》曰："虞芮质厥成，文王蹶厥生。"《史记·周本纪》对此事记载作："虞芮之人有狱不能决，乃如周。入界，耕者皆让畔，民俗皆让长。虞芮之人未见西伯，皆惭，相谓曰：'吾所争，周人所耻，何往为，祇取辱耳。'遂还，俱让而去。"这段记载很好地反映出文王推行德政在"内政"与"外交"两个方面起到的效果。

文王关于民本和德政的思想，对于整个中国古代政治而言实为一大转型，它意味着对人域、人世的关注取代了对人神关系的

---

① 有关于此，参见郑开：《德礼之间：前诸子时期的思想史》，北京，生活·读书·新知三联书店，2009。

关注,被置于政治的中心。这个转型带来了立法形式、内容的转变。首先,人域法更加受重视,人间秩序更多地进入了政治权力的视野,而不是放任其作为民间礼俗自发演化。其次,道德因素成为人域法中至关重要的评定标准,它不仅仅评价人之行为,同时也可以用来评价立法和政权本身的正当性。不过由于历时弥久,与文王的法思想之落实有关的具体实例少之又少。史籍中唯一一则直接标明为"周文王之法"的是《左传》昭公七年记载的"有亡,荒阅"。杜预解释作:"荒,大也。阅,搜也。有亡人当大搜其众。"近人多以之为搜捕逃亡奴隶的立法[1],其中的谬误已有学者加以辨析[2]。这个立法很可能是专门针对商末的乱政设置的。《尚书·牧誓》云:"今商王受乃惟四方之多罪逋逃,是崇是长,是信是使,是以为大夫卿士,俾暴虐于百姓,以奸宄于商邑。"原文意思是,商纣王因为搜罗天下逃亡的罪人,不令各归其主予以惩罚,最终走上了不归之路。可见文王推行"有亡,荒阅"之法,旨在整饬社会秩序,与文王对周地社会风气的重新规划不无关系。如此这般方能促成"耕者皆让畔,民俗皆让长"的局面。另外,受到关注较多的是文王的"荒政"之法。《逸周书》中有《籴匡解》一篇,专论荒政如下:

> 成年年谷足,宾、祭以盛。大驯钟绝,服美义淫。皂畜约制,供余子务艺。宫室城廓修为备,供有嘉菜。于是日满。
>
> 年俭谷不足,宾、祭以中盛。乐唯钟鼓,不服美。三牧五库补摄,凡美不修,余子务穑。于是纠秩。

---

[1] 此说可以范文澜的《中国通史简编》和杨伯峻的《春秋左传注》。

[2] 参见曹晓阳:《周文王之法新释》,载《安徽史学》,2004(2)。

民饥，则勤而不宾，举祭以薄。乐无钟鼓，凡美禁。书不早群，车不雕攻。兵备不制，民利不淫。征当商旅，以救穷之（乏）。闻（问）随乡，下鬻塾（熟）。分助有匮，以绥无者。于是救困。

大荒，有祷无祭。国不称乐，企不满墼，刑罚不修，舍用振穷。君亲巡方，卿参告籴，余子倅运，开口同食，民不藏粮，日有匮。俾民畜唯牛羊。于民大疾惑，杀一人无赦。男（募）守疆，戎禁不出，五库不膳。丧礼无度，祭以薄资。礼无乐，宫不帏。嫁娶不以时，宾旅设位有赐。①

从这段文字中可以明确地看出，文王有意识地将民生作为统治者自我约束的参照系。并且更为重要的是，在民生陷入困境之时，一切与之无关的政治活动，甚至包括涉及人神关系的祈祷祭祀都需要作出让步。事实上，这些调整能为民生带来的实效可谓相当有限，但是它所表达的象征意义和号召力却相当巨大。

"阴行德政"的同时，有计划的局部兼并战争仍在持续。据现代史家考定，公元前1055年姬昌出兵伐犬戎。翌年又讨伐邻国密须，解除了伐商的后顾之忧。公元前1053年出兵东向攻黎（今山西省长治市西南）；公元前1052年攻邘（今沁阳市）；公元前1051年攻取了商王宠臣崇侯虎的崇国。这三场战争胜利后，周人切断了商朝同西部属国的联系。同年迁都于丰（今陕西省西安市西南角），使国都不易受戎狄的侵扰并更有利于向东进兵。至此，姬昌伐商的战略部署已经基本完成。据周人自己记载，经过文王的不懈努力，他去世之前周人的势力已经壮大到三分天下有其二的程度。这时出

---

① 文中的校释参见黄怀信：《逸周书汇校集注》，72~73页，上海，上海古籍出版社，2007。

现了又一次大转折——文王崩殂。关于他的死没有太多的故事，算得上寿终正寝，有人说他活了一百多岁，也有的说九十多岁。文王故去以后，因为嫡长子伯邑考早丧，所以由他的二儿子姬发继位，就是后来的武王。

四

姬发谥号武王，可以说的确人如其号。姬发的确是极其出色的军事家，然而似乎除了打仗以外远比不上他父亲有才智和谋略。不过周人一直以来奉行严格的嫡长继承制和宗法制，所以武王上台这件事并没有任何争议。

姬发即位后，一改他父亲韬光养晦的作风，试图直接兴兵讨伐商王朝，于是有了著名的"孟津观兵"。简单地说，当时武王向周人的同盟发布消息，发动大家一起举兵攻打商朝，并且约定在孟津会师。然后武王拉着他的主力军队，从镐京开始，沿着渭水、黄河，先行挺进到孟津等待盟军。

按照周人自己的说法，这次武王是悄悄地从都城镐京出发，结果在孟津不约而同到达的有八百多诸侯。但是周武王到孟津以后，了解到商朝还值得挽救，天命未尽，并且殷商朝中尚有不少仁人志士正在整顿朝纲。武王觉得还可以再给商人一次机会，所以没有继续向前进兵，反而选择了回师宗周。于是孟津观兵也顺理成章地被塑造成武王有仁德的体现。实则这个说法显然颇为荒诞。事实上的情况很可能是武王觉得周人羽翼已然丰满，便大张旗鼓地去攻打商朝。结果到了孟津才发现同盟军队的规模并不如预想中的大，再往东商人的实力仍旧强悍，正面战场进行大规模军事斗争并没有取胜的可能，所以只好灰溜溜地掉头撤回镐京。还好这次进兵商王朝并未察觉，或者没有在意，所以没有招来大规模的清剿。这恰好也表明周人及其同盟军的实力远不像他们预想的那么强大，想要通过正面战场武力翦商，他们的实力远远不够。

孟津观兵无功而返之后，武王饱受精神摧残，开始出现了半夜不断惊醒，经常心神不宁等情况。《逸周书》中对此保留有生动的记载。据之可知，武王在克殷之前关注的中心有二：其一，尽管"商其咸辜，维日望谋建功"（《逸周书·丰谋解》），但仍旧"夙夜忌商"（《逸周书·小开武解》），即忧心于对商的军事、政治斗争，甚至到了寝食难安的境地。《逸周书·武儆解》中就记载了武王对周公说"今朕寤，有商惊予"。其二是"不知道极"，也就是对政治统治的依据、原则和方法缺乏把握。关于这一点，在《逸周书》记载的武王与周公的对话中多有保留。其中周公的对答，以及武王本人的感悟，大凡是遵循文王之法为祖训。而这些内容集中在两个主题上，即"道"与"德"。所谓的"道"即世界运行和人作为的法则，而"德"乃文王所说的生德与恩德。乍看起来，由于有了文王之法，政治理论的原则方面的准备不可谓不充分。

另外，周人在意识形态方面的准备工作仍然没有完成。《逸周书·程寤解》中提到太姒的梦，基于对这个梦的神圣解释宣示天命已经流转。但是事实上商人自建国以来，最强大的能力正是在于他们对于巫术和神圣的控制力。再加上经过了武丁的宗教改革，帝命被附着到了商人的祖灵之上。商王通过祭祀自己的祖灵，让祖灵去和神打交道，这样的方式使得天帝的意志必须由商人的祖先来转达，是故任何人在与神沟通的技术能力上都比不过商王。这种背景下，周人要想让人信服地宣称天命流转显然相当不容易。况且周人由于起自戎狄之间，文化水准本就相对低下，甚至连占卜和占筮的技术都需要跟商人学习。而且根据最近面世的考古遗存，特别是周原甲骨来看，似乎周人对这些技艺掌握得还很不到位。所以他们武力革命的号召力也势必相当有限。

在这样的情景之下，为了强化天命流转，周人开始了另外一场关于受命的"表演"。某日武王坐船的时候有一条白鱼跳到他的船上，然后他把白鱼杀了。但是杀死以后鱼变成了红色。这样一个突如其来的事件似乎让当时在场的所有人都觉得是神意的彰显，预示着商朝必将覆灭。按照之前所说，每个朝代都有独特的正朔、服制和颜色。比如夏人尚黑，与他们以"水"（即治水技术）立身有关。商人尚白，这与他们出身东夷，善于冶金技术有关。武王杀死白鱼，象征着商人命数已尽。而周人在之前尚没有对外宣示自己的正朔、颜色，因为似乎时机还不成熟，而且他们自己也不自信能够拿到天下。到武王这里明确了色尚赤，这就是为什么鱼要变红。

武王这次关于天命在己的演绎，安放在一场精心安排且大张旗鼓的巡游活动期间。这比太姒的梦更加"真实"，因为很多人都得以亲眼见证，自然也就有了更广泛的影响力。后来整个周的王朝都延续了这时确定的正朔服色。仪式上的弑杀行为也表明，周人开始公然向外宣布自己要通过武装革商王朝的祚命。同时，从这次创造正朔服色的事件还可以看出，周人开始把他们以积极健动为基础的处理人类事务的方式运用到处理人神关系的情景中。

尽管有了这些准备工作，周人离革命成功仍旧遥远。武王在经历很长一段时间的紧张不安、夜不能寐之后，终于等到了一个天大的好消息：商王要倾举国之力去攻打东夷。这个情报的来源与商王室中心怀不满的贵族微子有关。武王在得到情报以后，迅速组织了一批精锐的"虎贲"军，再没有像孟津观兵那般大张旗鼓地召唤同盟军，而是兀自从镐京出发，星夜兼程一路向东急行军赶到了商都朝歌西郊的牧野。武王到达牧野的那一天，按天干地支计历是甲子，当时刚刚天亮，武王准备奇袭朝歌。《诗经·大雅·大明》描述道："牧野洋洋，檀车煌煌，驷騵彭彭。维师尚父，时维鹰扬。凉彼武王，肆伐大商，会朝清明。"

这是千载难逢的好时机，朝歌内部已无守军，以至于纣王当时尴尬到把监牢中的犯人全部放出来临时组成军队。没想到这些犯人的战斗力非常强，把周人打得很惨。《尚书》里面原本有一篇叫作《武成》，文中说当时的战场惨烈到"血流漂杵"的程度。这造成了孟子对《武成》的记载表示怀疑，因为这和周人自己渲染的大旗到处所向披靡大为不同，所以有了"尽信《书》不如无《书》"之叹。其实周人远没有后来儒家描述得那样仁义，而且也没有自称的那般人心所向。

攻入朝歌之后，武王本人带着他的三大重臣姜太公、燕召公和周公一起进入纣王的王宫。据说这时纣王已经自焚了。可是这四位面对纣王的尸体还一人砍上一斧头，最后再把人头砍下来，以此象征商王朝被征服。"牧野之战"只可说是一次典型的战术性胜利，最大限度地利用了细作情报、奇袭等手段。类似的策略后世也经常被用到，不过在正统文化和观念中算不上太光彩。无论如何，周人最终赢得了这场决定性的战斗，占领了商都朝歌，杀死了商天子纣王，通常所说的武王克殷的故事至此便可告一段落。但是，天下、政权对于周人而言却远远谈不上安稳。

五

　　牧野之战胜利后，周人宣布自己已经获得了天下。为什么可以这样说呢？因为他们已经占领了曾经的"天邑商"的都城朝歌，这里象征着商人的天下之中。周人直接把天下最中心的点占住，也就意味着已经获得政权，拥有了天下，似乎标志着周人的革命已经成功。其中有一个问题让人很费解：商人的主力部队离开朝歌去征伐东夷，离周武王最后攻陷朝歌的时间并不太久，为什么这支庞大的军事力量没有以"勤王"的姿态掉回头对周人进行反扑，反倒是选择了停留下来静观其变？这件事情很诡异，有可能和商代末期王廷内部出现的一些纷争有关。他们似乎并不尽心竭力地支持纣王，而是对原本在东部地区的势力能否保住更加关心。而根据当时的兵力对比，如果这支军队迅速回师，周人的命运很可能是全军覆没。

　　周人在战争结束以后只是象征性地控制了商人的国都，往大说最多一百平方公里左右的范围。而在此之外，尤其是再往东的方向，周人根本没有任何控制能力。西部大体上比较安宁，因为周人本就镇守西部，因为前期已经做了大量的准备工作。这是克殷以后周人面对的基本局势。

　　还有一点是认同的问题。仅仅是占据了国都周边，如果按近现代的政局来看，造反未必就算成功了。好比说李自成占领了北京，大家并不认为他就是天子。换言之政权和天子不会因为武力征服当然地获得广泛性认同。殷周代际武王也在面对这种情况，但是又有特殊性。一朝占领了朝歌，似乎在当时有不少人迅速认同了殷商天下被周人取而代之。除了商人中那些非常顽固的遗民，其他人无意去作殊死反抗。为什么会这样呢？这和夏商两代的中央集权有关。禹通过调整中央与地方的关系，改变了黄帝以后政、治两分的格局，将权柄统统集中到天子手中，使得天子直接参与、掌控治理。但是以天子为中心的政权变得越来越集权化，或者说政权、治权越来越收聚到天下之"中"。这个格局带来的最不利影响在于，如果只是中心被替换掉，对于天下的影响实际并不太大。无论谁当天子和一般的老百姓之间没有什么关系，所以大家似乎也不认为改朝换代的事件，以及究竟谁是天子是特别值得关注的事情。换句话说，天子成为了政权的最主要象征，也成为了整个政权中最为孱弱的一环。而商人用来拱卫政权的几乎所有的军队都放在首都也正好说明了问题。这样一种存在严重缺陷的政权模式和天下的结构，周人后来通过新的立法建制几乎完全把它颠覆了。后世有很多学者，特别是王国维在《殷周制度论》中强调"中国政治与文化之变革，莫剧于殷、周之际"，从这个角度上看非常正确。

　　周人改变的方法之一就是分封，据说武王在牧野之战取胜以后，甚至都来不及下车就开始了第一轮分封。受封的主要有两类对象：第一类是同姓诸侯，其中最主要的是与周文王同宗的姬姓家族，尤其是武王的弟弟们；当然还包括了同姓庶出的召公奭之类。第二类是异姓的功臣，以姜太公为代表。大体上这部分异姓功臣受封者较同姓诸侯人数上要少得多，而且封的地域较偏。不过尽管与周王室没有血亲关系，但是长期的互相通婚使得他们与周王室之间建立了姻亲关系的纽带。像后来的周天子与齐侯就常以甥舅相称。被分封的人的后代可以在封地进行自治，成为封地的国君，对诸侯国内部有几乎完全绝对的控制力，关起门来其实就是个小朝廷。这和夏商两代中央集权式下的中央、地方关系截然不同。但是当时的分封更多是象征性的虚封，周人并没有真正掌握绝大部分的土地，尤其是朝歌以东的广袤区域。我们知道后来周公的儿子伯禽封到了鲁国，姜太公封到了齐国，召公奭封到燕国，它的首都就是现在北京西南的琉璃河，遗址已经被考古学家发掘出来了。这些真正的实封其实是发生在周公东征以后。

　　尽管是虚封，但分封的象征意义巨大。武王用这种方式明确表达出一个态度：周人夺取天下以后将不会按照夏商专制集权的方式去"专有"、私化天下，而会以分封的形式让亲友故旧们共同拥有权力。分封完成以后，周天子虽说是天下共主，但实际上只控制王畿，也就是国都丰镐附近的一小块地方。相较于夏商两代的私天下、家天下，周人的分封制更多地具有"公"的色彩。

　　要注意，分封不仅仅是分土地，还要分人。划一块土地，派一个家族去治理，这样把天下分作众多诸侯国，这只是周人分封制的一方面。另一方面是周人把殷商遗民中的绝大部分有技术、有文化的成员按照新的建制编排起来，分封到各个诸侯国去。这样一种迁徙原住民的行为实际上好处很多。最大的好处是破坏原有的地方秩序格局，让原来的地方势力荡然无存，使得这些遗老遗少们很难聚众造反。只有一小部分殷商旧部被留在了他们曾经国都的附近生活，其他人全部迁走了。由于效果甚佳，这个措施后来在中国历史上反复被使用。我们现在知道的最典型的就是秦始皇。秦在统一天下以后就开始了大规模的部族迁徙，为的就是彻底破坏原有的地方势力和地方基层组织，为重建全新的政治社会秩序提供便利。

　　接下来需要思考，为什么周武王要如此急切地进行一场尚且无法兑现的分封？在此之前的近一千年里，政权对天下的控制都是以王权直接控制到的范围为边界。对于一些无法实现实质性控制的边远地区，有时也采取类似分封的策略，但那时的分封只是在表达政权对当地势力的认可。就好比说有一众戎狄在某处占了一块地，已经在当地握有实权了，这时天子顺势加封他们的领袖一个诸侯的头衔。这更多的是为了拉拢边远地区的少数民族，武王之前的季历、文王被商人封为西伯就是如此。这种分封和周人使用的分封制性质完全不一样。周人的分封制以重构天下的结构和政治权力分配方式为前提，由原来集权式的状态改成了分权，或曰"共权"的状态。我们会发现春秋战国以后，周天子变得没有权力了，造成此局面的根源之一就在于分封制。诸侯们只顾着发展自己的势力，完全不顾及周天子；而周天子的控制力有限，无法约制诸侯。不过在西周时代，由于周天子王权号召力很大，加上诸侯与天子之间的关系尚且紧密，所以局面对宗周政权显得非常有利。

更重要的是，周人明显表现出了他们对于天下、政权的理解和商人、夏人不一样。为什么会有这样的差异呢？这与他们的"祖制"有关。先前谈到天下刚刚由黄帝开创出来的时候，和后来的夏、商王朝迥异，既不是家天下，也不是集权式的局面，只是一种凌驾式的临在状态，以人的政治行为重整世界以至于有序合道为目的。所以五帝时代一直都有公的追求。禹夏家天下之后为公变成了为私。而周人在分封时大有反私为公的意思，因为周王虽然夺取了政权，但并不尝试用最高权力来占有所有的土地和人口，而是设置了共有的状态。尽管《诗经》云"普天之下莫非王土，率土之滨莫非王臣"，但这只在名义上成立而已，事实上天下又在某种程度上回复到五帝时代"公"的状态。周人自始就以匡扶祖业为革命的精神支杠，他们自认老祖宗后稷弃是正经的"中国"人，而后稷的祖先是帝喾，再往前推是黄帝，都是五帝政道的坚守者。周人的革命因此有了终结东夷统治天下和私天下两重"不正当"的意味，其中多少有些近代"驱逐鞑虏，匡复中华"的味道。当周人得到天下，需要彰显"政道"的时候，分封制起了很大的作用。

至于分封到底是武王的创建，还是遵了文王遗训，并没有文献明示。不过从武王的一系列作为来看，似乎他不是对政治能有如此深谋远虑的人物。因此很可能是文王交代他要去这么做的。

完成了克殷之战，并完成象征性的分封之后，武王旋即回到了镐京。也就是说武王在武装占领了"天下之中"以后，并没有在这里建立政权，而是选择了退守西陲。这无疑是出于军事上的考虑，毕竟相对于东部前线来说，西边的丰镐、周原一带对周人来说更安全。而这个退守的行为事实上导致了东部无人管理，变得更加混乱。虽然说当时名义上做了一些分封，但退守以后，周人对朝歌附近也只是在形式上具有统治权，同样没有实质上的治理。武王对此也不是无所顾忌，所以他在返回镐京之前，做了一个可能是他自己觉得万无一失的选择，把他三个亲弟弟，管叔、蔡叔、霍叔实封在了朝歌附近，后来被称为"三监"。监就是监视的意思，他们的职责就是监视当时为存先朝之后而封在朝歌附近的纣王之子武庚禄父。这个战略性的选择可以很明显地反映出，武王实际上更看重的不是化成"天下"，而是守住周人的家业。

六

武王西归之后周人面对的局面是东部绝大部分地区仍旧与新政权处于近乎敌对的状态。而西边那些旧的同盟或多或少也有些动摇，因为周人的革命似乎并没有给他们带来多少实际上的利益。他

们并不像周人部族那样有对公天下、政道和祖制的信念。此时周人
面对的最严重的问题是如何去稳定天下并保持政权得以长久。早先
周人始终是以蕞尔小邦的身份为了宏大的目标艰苦奋斗。这个目标
当然就是翦灭殷商，夺取政权。其间他们给自己的定位一直是革命
者。忽然有一天成了正统，世界对周人来说不一样了。周人心里很
清楚，失掉天下将会有多容易，一场偷袭就可能让数代人的心血毁
于一旦。此时武王又开始像牧野之战之前那般战战兢兢、惶惶不
安。于是有了克殷后的第二件"大事"——求《洪范》。这个话题
之前谈箕子的时候已经说到。商代最著名的遗老箕子，跑到朝鲜去
了，因为受到武王的册封，他回来面见武王答谢，乘着这个机会给
武王讲了《洪范》。这里面有个非常深的考虑，箕子是有意识地要
把商人治理天下的大法传授给周人，他的目的是周人能够按照这样
一套方式继续去治理天下，借此把禹夏、殷商持守的阴本王道延续
下去。

　　用功利的眼光看，箕子向武王陈《洪范》似乎有些出力不讨
好，因为即便周人用了商人、夏人的方法去结构天下、治理天下，
商人似乎也不会因此收到任何好处。而箕子在以类似于国师的身
份，完成了《洪范》的传授之后，也没有谋求任何切身利益，相传
他仍然回到朝鲜，最后不知所终了。那么，箕子为什么要大费周章
地做这样一件事？这用现在人的功利的、理性的方式去想很难理
解。实际上这里面已经有一个很明显的求道的用心，后来人们之所
以会把"道"当作中国文化最核心的概念，就是在之前有很多人不
停地以各种各样的方式，自觉或者不自觉地去践行，去传递道，箕
子就是其中之一。当然他所传递的是夏商两代王家所坚守的阴本、
集权和崇尚法治的王道。

　　在商人、夏人看来，《洪范》是王道的表达，也是象征。这个王道，就是技术传统阴本立场的治理天下之道。他们认为按照这样的方式去对待天下才算合道；反之，如果不按《洪范》行事，天下就无道了。箕子这样的殷商遗老们对此深信不疑，所以他要把这种信念、法度传下去，不能让阴本的王道失堕。这是他之所以要历尽艰辛，不计回报地要向武王传授《洪范》的最主要原因。结果他的“阴谋”几乎实现了。武王对《洪范》非常珍视，甚至某种程度上说他已经施用了一部分，这在后来的周公摄政以后的反对性举措中可以看出来，这些待到后章再谈。《洪范》里的王道是阴本的，是由早先的技术知识的掌握者所建立起来的对待世界，对待天下的一种治术总结。后来在《易传》中有句名言，叫“一阴一阳之谓道”，《洪范》代表的就是阴的部分，而之后周公的新王道是“阳”的部分。在孔子看来，只拥有、施用任何一半都不够，把两者整合起来才能达至大道。但是无论夏、商还是西周的知识人，他们本身都是政权的一分子，说得直接一些都有私心，以维系自己的政统为念，所以在老子、孔子以前的王道始终都有所偏执。

　　再者，武王求《洪范》的行为本身表现出，对于如何型构天下，对于文王为什么要去设计全然不同于夏商的分封制度，对于更早前的古公亶父、王季们为什么要以非常艰苦卓绝的方式努力去实现殷周革命，他并不完全理解其中的深意。武王只是通过武力征服天下，再去寻求治平天下的可行方案。或者说他对深深植根于先周圣贤心中的信念并不把握，所以最后才会去求《洪范》。可以想见，武王向箕子求《洪范》的举动本身，实际上已经说明了他在当时并不安于文王、周公所提供的治道方案。也有另一种可能，即武王并没有能够真正理解文王所欲构建的宏大的，并且直承“伏羲—黄帝"道统，与商人"阴本""尚鬼"的政治文化异质的意识形态和政治理论。对他而言，尽快寻求一种能够直接起到效用的，曾为历史验证过的观念基础似乎比致力于在文王未竟事业的基础上再行思考、加工和创作更为行之有效。

仅仅从《洪范》和《逸周书》诸篇对文王思想记载的对比即可看出，文王其实已对《洪范》中涉及的几乎所有内容进行过思考，并提出过诸多主张。比如说"极"这个《洪范》中特别强调的内容。《洪范》的表述是"皇建其有极"。所谓的"皇极"，按照儒家的理解，就是"大中"，"极"即后世所谓之"中道"。因此又说到"惟时厥庶民于汝极。锡汝保极：凡厥庶民，无有淫朋，人无有比德，惟皇作极"。由此推出"无偏无党，王道荡荡；无党无偏，王道平平；无反无侧，王道正直"。这一段记载在后世引起了广泛的关注。而在《逸周书》之总述文王思想的《命训解》开篇即谈到"极"的问题：

> 天生民而制其度，度小大以正〔权〕，权轻重以极〔明〕，明本末以立中。立中以补损，补损以知足。〔知足以□爵，〕□爵以明等极，极以正民，正中外以成命。正上下以顺政。政以内□，□□自迩，弥兴自远。远迩备极，终也□微。补在□□，分微在明。明王是以敬微而顺分。分次以知和，知和以知乐，知乐以知哀。哀乐以知慧，内外以知人。

这段表述对"极"的重视程度，丝毫不逊于《洪范》。而在《命训解》中更详细谈到"六极"，可见文王对"极"的理解已经进入了落实为实践原则的阶段。再者，如"五行"，文王的思想中亦有表征。在《逸周书·小开武》篇中，周公对武王的言说中提到：

"在我文考，顺明三极，躬是四察，循用五行，戒视七顺，顺道九纪。……五行：一黑位水，二赤位火，三苍位木，四白位金，五黄位土。"有关于此，《逸周书·成开解》篇周公对成王的训诫中也曾提到，可见文王的相关主张在当时应有 "成法" 可循。不过与《洪范》存在明显差异的是，文王并不将 "五行" 作为思想的出发点，而是把它吸纳为思想元素之一。

既然如此，武王按照文王的政策继续展开其政策应该是顺理成章的事。为什么还要另辟蹊径地向商人访求治国宝典？通过简单地对比可以发现，与文王思想相比，《洪范》最大的特殊性在于它具有渊源上的正当性和神圣性，它由天（神）授予禹并持续由天下之主掌握。所以把握《洪范》的同时就意味着掌握了治道上的 "正统"。

之前反复说到，武王对于获得天下之 "中" 的问题格外关注，换个角度说，他对于如何能够使周人在霸商以后建立起的政权获得天下的 "认同" 煞费苦心。商人居于 "中国" 主天下之政长达五百余年，他们所以能如此，必有其成功之道，况且殷商政权业已获得天下的认同。因此，武王向箕子求《洪范》的原因实不难理解。不过这个情况要分两个侧面来看，一方面是武王迫切地希望周人的新兴政权能够获得被天下所认同的 "正当性" 的支撑。另一方面，武王似乎并没有意识到文王所创立的一套政道、治道的理念与商人政权之间存在质的差异。

从根本上说，文王的思想与《洪范》的最大差异，在于前者基于起自伏羲的解释哲学思路的 "道" 统。它以阳动、积极地解释和改造世界为出发点，在此前提下顺守 "天命"。不过这个传统自禹为代表的技术传统占据优势并将天下转入 "私"（即家天下）以来即告失堕。文王在羑里期间通过研《易》而获得的对此大"道"的觉悟，并不足以作为现实政治的正当性基础。也就是说，基于阳动之"道"的政治在殷周之际的思想、社会环境中缺乏认同的基础，也难以被真正理解。更何况文王本人并未能够完成对此思想的意识形态化和体系化、具体化的创制即告辞世。与之相反，向殷商求取的《洪范》更能够获得认同并收俘人心。加之武王更加关心的是如何更快地稳固周人的政权，因此选择访求《洪范》而非进一步沿着文王重开的"道统"之路行进，也就不难理解了。

武王回到镐京以后不久就病故了，时间是在克殷胜利后的第三个年头，即公元前1043年。关于他的死因，眼下有个非常让人震惊的研究，说他因为纵欲过度而死。在打赢了商朝以后武王得到了很多战利品，也就是从商朝的首都搬了很多好东西到了镐京。这也有据可征，至少他把商人的九鼎给迁走了。迁九鼎的行为后来受到很多非议，大意是说周人在打天下的时候不是号称自己要行德政吗？不是号称自己不是以图财为目的吗？为什么还要把九鼎迁走？由此有人推论，武王在克殷以后就没有什么进取心了，尤其是他觉得自己既拿到了《洪范》，又拿到了九鼎，还把天室占了，完全可以坐享其成，所以他不免纵欲过度。有位老中医专门写了一篇文章，根据对武王的记载分析他是什么体质，有什么病症，最后的结论大概就是武王因为纵欲过度急火攻心，所以暴亡了。实情是怎样的现在已经不能还原，其实也没有必要做过多猜测。不过从武王的作为可以看出来，他在战争胜利以后确实对于周人天下的稳定没有太大的贡献，除了分封最后被推行下去以外，其他的举措后来大都被弃之不用了。

关于武王死时的年纪有好几个说法，历史上比较被公认的说法是他活了九十多岁，但是也有人出来质疑，因为他的儿子成王在继位的时候经常被称为"孺子"，汉儒认为尚在襁褓之中。一个九十多岁人的儿子居然还在襁褓之中明显不合理。所以这个传统看法逐渐被否弃了。最近比较流行的观点是以往计算年龄出错了，武王其实终年只有五十多岁，而他的儿子也不是襁褓状态。当时说成王"孺子"，意思只是没成年，其实已经七岁了。这个说法似乎比较合理。而以武王在克殷前表现出来的精神状态，他很可能是像《三国演义》中周瑜那样的人物，用现在的话说就是抗压能力不行，长期处于高度紧张状态，未老先衰。

七

回头来看，武王除了最擅长的战争之外，还有两个作为值得关注：一是受天命，二是行德政。两者都是继续文王未竟之业。武王之所以能够公然用武力去颠覆一个王朝，受命提供了必要且使人认同的前提和基础。前文说到了周人受命的两个标志性事件：第一是文王受命，是通过解释夫人太姒的一个梦获得的。这一年成为了周人内部公认的文王受命元年。第二次是武王安排的一场弑杀白鱼的仪式，借此周人向同盟宣布获得了翦商的神圣性和正当性。这两次与受命相关的事件，第二次显然效果更好，直接构成了当时同盟力量对于周人战争的支持；但事实上更被周人认可的却是文王的那次受命，所以战争结束以后西周对受命的纪念都直指文王。这里反映了一个问题：周人所希望获得的神圣性与当时天下所公认的，由商人所建立的关于王朝正当性的观念存在着严重分歧。如果周人坚持自己的传统，势必造成他们的意识形态在短时期内难以获得广泛认同。周王朝的正当性仍然需要一个更加强势、有效的理论和意识形态提供支撑，而武王求《洪范》却与这个坚守背道而驰。

其实在武王之前，周人已经意识到了这个问题，并且为之大费了脑筋。这就是文王要演《周易》的原因；所以春秋时韩宣子见《易》象而知"周之所以王"，就是这个道理。是可知，文王其实已经在意识形态和神圣性方面做了很多工作，但是武王却并没有会得其中的精神并加以发挥。

第二是行德政。"德政"作为一种政治方案被宣示出来同样始自文王；不过文王之前的几代周人已经在身体力行了。这时的"德政"和之前尧的德政不同，与后来儒家谈的德政也不一样。文王的"德政"本质上就是惠民、保民政策，它的最终目的是彰显周人政权的正当性。与之相对，之前禹夏、殷商天子的政权以及那些实际上掌握治权的贵族、大臣们，在治理中没有任何人是以民安身立命作为宗旨的；尽管间或也谈民生，但这只是为了成就、维系特定秩序的手段。直到文王开始提出新的标准，要以一般的黎民百姓的生活为标准去评定政治的好坏，同时也要以老百姓的生活好坏和民心所向作为天命归属的标志。这是文王"德政"的深层用意。

这样的"德政"意味着一种双向互动的结构，其中涉及天、王（天子）和人（民）。

图 12-2　文王"德政"的天、王、民互动示意图

早期"得"和"德"是一个字，战国时仍有人解释作"德者，得也"。这为我们理解"德"的早期内涵提供了很关键的信息，即需要在"施与—获得"的关系中去认识（图 12-2）。第一组关系是王—民之间，王行德政，意味着向下施恩德于民。施恩德于民的结果是民

“得”到了恩惠。第二组是民—天关系。民本身便是天命的表征，民意就是天命。由于民得到了王的恩惠，认同王的统治和治理，所以天命在王。第三组是天—王关系。由于王对民有德，所以王可以从天那里“得”到授命。这三组关系形成了新的王权正当性基础，现在至少可以推断出自文王草创。

很明显，通过建立上述关系模式，神（天、帝）被抽换掉了。王为什么能够得到天下呢？是因为他自己的作为，因为主动向民施以恩德。这样的行为足以让王得到天的眷顾，获得天命。这样就把原来很强有力地贯穿于天和王之间的神性的命令，或者说天的“意志”置换掉了。随之而来的是整个政治正当性的基础，以及政治的重心发生了改变：王不再需要完全按照神意，对神唯命是从，或者依托某种特定的神圣技术去求得王朝的正当性，关键在于自己主动去作为，作为的方法不外是施恩德、保民。这样一来，成就了王的正当性的同时也为王的“自律”提出了要求。之后周公重塑王道时也顺着这个路子展开。所以周人后来有两句话，一句叫“敬天保民”，其中敬天和保民的内涵质言之是一致的；还有一句话叫“以德配天”，就是以所行的德政去主动配合天命，如此建构本身就反映出周人对待政权和王的责任、职分的态度与商人不一样。与周人主动以德配天形成明显反差的是，商人直到行将灭亡之际都在听命于占卜的结果。所以商、周分别代表了两个完全不同的文化方向。周人的模式可以概括为“阳德证道”，他们的“德”以阳动、主动作为基本方向。

不过有一个问题周人始终没有解决：你怎么知道天的意思就是要让你去行德政，你怎么知道天的意思就是要让你去保民呢？天在某个时候就不能突然想要祸害老百姓吗？像当年遭遇大洪水，如此的灾祸不也正是来自神意吗？各种各样的自然灾害，在上古各个文化观念中人们普遍认为是神降怒于人间。这个问题周人始终没有正面解释，于是造成了周人的意识形态理论化时遭遇到很大的认同困境。换言之是周人说的这一套道理别人可以认同，也可以不认同。这时周人只能把当时绝大多数人认同的方式，包括通过占卜或者占筮获得的结果和他们建构的政治正当性强行安放到一块。由此造成周人早期的文献中既出现"天"又出现"帝"。因为"帝"是商人的最高神，为当时绝大部分人所认同；而"天"在商代没有，是周人文化中一个有意志但没有形象，也没有位格的自然神。"天"和"帝"本来性质上有差别，而且完全源自不同的文化传统和观念体系，但是周人有意识地混用了两个概念，一会说"天"一会说"帝"，好像两者所指相同，内涵一致，以此来淡化他们在建构神圣性的时候遇到的阻碍。

可是缺少像商人那样发达的神圣技术，如何得以获知天意帝命？到后来周人慢慢寻找到了解决方案，要者不外乎在大家都"习惯"了周人的德政，并把周人政权当作一种事实状态接受下来之后，把血亲伦理和宗亲伦理的质素添加到"德"的内涵中。如此一来，"德"的含义出现了很大变化。最初的"德"，无论是恩德还是获得都只有功利属性。加入宗亲伦理的因素以后，"德"融入了伦理内涵，而不再只是功利。而"德"正是因为被赋予了血亲伦理的内涵才被孔子所重视。不过直到周公以前，"德"始终没有伦理道德含义。现在大多数人去理解周初德政的时候，是拿了后来的观念去解说的，认为周人行的是道德政治，其实不然。

八

尽管武王对这一套设置的深层用意不甚了解，但是他仍然遵循着父亲的意思践行，施用德政治理。所以在他继位以后，周人治理状况仍然非常好，老百姓获得了实惠，同时周人的贵族和同盟们也从武王那里得到了大量好处。武不停地通过封赏的方式实现德政，前期确实起到了很好的效果，但这又成为导致西周王朝衰落、灭亡的主要原因之一。因为周王实控的范围不大，只有宗周周边的王畿和东都洛邑一带。每代周王都不断地封赏，用以封赏的土地大多要从王畿里分割。长期不断地这样分封，到最后周王只剩下王城附近的一小块土地，再也无地可封了。这时为了维持德政的传统，只能以赏赐财物来替代。绝大多数出土的西周青铜器都来自周王的恩赏就是一例。但是由于土地占有量的急剧减少，税赋的比例又长期不变，周王室的收入变得非常之少。拿不出钱财来赏赐，会引起惯受封赏的贵族、大臣的不满；提高税赋，或者像周厉王那样通过垄断式的盐铁专卖来扩大王室收入，也会引发非议。于是周天子在西周后期陷入了非常尴尬的境地，成了既没有地也没有钱的名义上的统治者，号召力和向心力也降到了极点。但在周初，尚有很多空闲土地，又亟须稳定天下贵族、同盟的情势下，通过封赏践行的德政不失为一个好的选择。我们下面来看几个出土文献提供的实例。

图 12-3 是一个祭祀时用的酒器，人称"何尊"。它的铭文非常有名（图 12-4）：

　　　佳王初迁宅于成周，复禀（稟）武王礼（豊）福自天。才四月丙戌王诰宗小子于京室，曰：昔才尔考公，克迷（弼）文

图 12-3　何尊
（左）

图 12-4　何尊
铭（右）

王。肆文王受兹大命，佳武王既克大邑商，则廷告于天，曰：余
其宅兹中国，自兹乂民。乌虖，尔有佳小子，亡识视于公氏，有
于天，彻令（命），敬享哉。叀王龏德，欲（裕？）天，顺（训）
我不敏。王咸诰，何赐贝卅朋，用乍□公宝尊彝。佳王五祀。

文中首句说周王刚刚迁到成周，这一句蕴含了很多信息。武
王的儿子成王刚刚迁到成周，这是西周前期一个很重要的历史事
件。当时成王还在用武王的礼去祭天。在仪式中成王对何这个人说
了一番话，构成了铭文的主体内容。铭文首先谈到了何的父亲辅弼
文王，追溯了文王受命。之前讲到，虽然武王也有一个类似的受命
仪式且获得了很好的效果，但是周人仍然更看重文王授命。不过到
成王时再讲文王受命，不再提及太姒的那个梦，而只说文王因为
行德政、有德所以被天授命。得到受命以后，武王得以攻克大邑
商，之后举行了一次告天的仪式。有了这些基础，意味着"宅兹中
国"。这是古文献中"中国"一词最早的用例。这印证了之前所说，
谁占住"中国"，就意味着谁占领了天下。然后成王还说"自兹乂
民"。"乂"就是治，意味着大子在中国治民。把"民"放到如此
重要的位置，是从文王、武王之后才开始的，之前从来没有。这是

非常明显的具有政治宣示性的表达。这一整段都是成王在回顾武王克殷结束之后的祭天之礼，武王当时要在祭祀仪式中把他已经有中国、有民的状态告诉"天"。并且祭天的方式是直接向天诉说，没有像商人那样依托他们的祖先去间接地告诉上帝。在这时已经故去的文王其实也有一个特定的角色，他能够"以德配天"。因为文王本身很有德，又行了德政，所以他死后可以配属到"天"的边上并和天一同被祭祀。

　　图 12-5 中的器物叫"天亡簋"，也叫"大丰簋"。这个簋的主人名字叫天亡，他是武王克商时的军事首领之一。图 12-6 是簋的铭文。是否有长铭文是商人和周人所制青铜器的最大差别。

　　　　乙亥，王又（有）大丰（礼）。王汎三方，王祀于天室。降，天亡又（佑）王。衣（殷）祀于王丕显考文王，事喜（愖）上帝。文王德在上，丕显王作省，丕肆王作赓。丕克乞（迄）衣（殷）王祀。丁丑，王飨大宜。王降。亡得爵复觵。唯朕又（有）蔑，每（敏）扬王休于尊簋。

　　铭文写成的时间是武王克殷之后不久，内容记录的是武王行

图 12-5　天亡簋（大丰簋）（左）

图 12-6　天亡（大丰）簋铭（右）

大礼。当时的"礼"和"豐"是一个字。铭文中武王对着三个方位行"汎"，"汎"是洒酒到地上的仪式。然后在"天室"祭祀。"天室"就是嵩山，这里是自上古以来被认定了的"天下"地理意义上的"中"点所在。这次祭祀的对象仍是"上帝"，原因之前曾经解释过。文中接着说到文王的德和配祀，原因自然是文王有德，导致周人后来有能力占据、祭祀天室。这表明武王有生之年试图按照文王的模式去行事。但是从更深层来看，武王似乎并不认为这么做足以达致成功。他觉得如果仅仅治理西部地区，做个西伯，文王这套方略足能行之有效；但如果要治理天下，能不能行就没有把握了。所以他要去求那些已经被校验的有效的治天下的经验，这就是为什么要去求《洪范》。看得出武王当时处于一个非常两难的境地。

再看另外一个青铜器《历方鼎》，铭文如下：

> 历肇对元德
> 孝友唯型作
> 宝尊彝其用
> 夙夕将享

铭文中讲到"元德"。"元"是大，元德就是大德。但是这里的"大德"不再强调恩德，而是讲"孝友唯型"。"孝"成了德的核心内容。这印证了之前谈到的，到了西周稳定以后，特别是周公以后，"德"中开始加入了宗亲伦理的成分，逐渐变成了德的主要内涵。《历方鼎》就是典型表现，它作成的时间大概是到了成王晚期，或者康王的时候。

之前一直在说武王对文王的思想并未深入理解，所以克殷以后他走了很多弯路。早先只是推测，后来清华简有一篇叫《保训》，正好说明了武王为什么走错了路。简的释文如下：

> 惟王五十年，不豫，王念日之多历，恐坠宝训，戊子，自靧
> 水，己丑，昧[爽]……[王]若曰："发，朕疾壹甚，恐不汝及训。
> 昔前人传宝，必受之以詷，今朕疾允病，恐弗念终，汝以书受
> 之。钦哉，勿淫！昔舜旧作小人，亲耕于历丘，恐求中，自稽厥
> 志，不违于庶万姓之多欲。厥有施于上下远迩，乃易位迩稽，测
> 阴阳之物，咸顺不逆。舜既得中，言不易实变名，身兹备惟允，
> 翼翼不懈，用作三降之德。帝尧嘉之，用受厥绪。呜呼！发，祗
> 之哉！昔微假中于河，以复有易，有易服厥罪，微无害，乃归中
> 于河。微志弗忘，传贻子孙，至于成唐，祗备不懈，用受大命。
> 呜呼！发，敬哉！朕闻兹不旧，命未有所延。今汝祗备毋懈，其
> 有所由矣。不及尔身受大命，敬哉，勿淫！日不足，惟宿不详。"

这篇文字据说是文王在病重的时候留给武王的遗言，因为文中
说"唯为王五十年"，文王当王就当了五十年，这是史有明文的。
"不豫"意思是生重病到了好不了的程度。"王念日之多历"，是文
王怀念每天都过得很凶险，非常怕"宝训"失堕了。"宝训"究竟
是什么，到目前为止学界始终有争论。说得通俗一些，文王觉得自
己快死了，现在周人的处境又很艰险，他怕时运要不济了，所以他
对儿子武王说了下面一段话。和所有周人训诰类的文字一样，他没
有直截了当地上来说道理，而是先讲故事。

文王讲的第一个故事是关于舜的。他说舜原来是个草民，曾经
在他的故地历丘，就是历山亲自耕种为生。舜怀着诚惶诚恐的心情
去求"中"，去考察反省自己的心志，力求做到"不违于庶万姓之
多欲"，和文王的保民意思相仿。以上是文王在重新解释舜的心理

活动。之后还说了很多舜保持自然有序的状态。这是第一个故事。

第二个故事说的是商代的先公上甲微，《史记》有关于这个人物的记载。文王说上甲微也在求"中"。很奇怪的是"归中于河"，也有人说应该读作"求中于河"或"救中于河"，意思是上甲微跑到黄河里去求"中"，而且还求到了。"中"是什么？有人说它就是"中庸"的"中"，"中道"的"中"，意思是既不能过分，也不能不及。但是这和《保训》文本中的叙述很难契合。因为中道无论如何都不用跑到河里去求。还有一类解释说"中"是个实实在在的物件，它的涵义其实早已蕴含在"史"字的字形里了。史字最初写作"史"，底下一只手，手中抓着的就是"中"，所以最初的史官就是保存"中"的执中者。按此，中是简册；更重要的是这些简册所承载的应该是对王朝而言最重要的典制或者法律，而且必定是具有神圣性的文献。舜当时所求的是"中"的神性内容，但不一定有后来的载体，也就是简册的形式。后来到上甲微的时候"中"不是掉黄河里了，而是在说商人的"中"来自河神。这恰好和《洪范》、洛书来历的传说相合。《洪范》正是乌龟从洛水背上来。以此彰显出《洪范》的神性和"水德"，使之当然地成为了尚"水"的禹夏王朝的神性基础。而《洪范》恰好也讲"中"，它的"三德"之一就是"正直"，和"中"有关，"皇极"也和中有关。后来武王之所以求教于箕子，很可能是将文王的这段说辞理解为让他去求有"中"的《洪范》。事实上文王要说的重点是舜，他在解释的时候已经把话讲得很明白了，舜是通过自己的努力，是以"恐求中"的状态去求得了治理天下的秘籍；然后通过自己的努力、自己的作为去建构了一套和谐、有序的大卜状态。这是舜在试用期内得到了尧认可的关键，也是文王的用意所在。他意在告诉武王，你要通过自身的努力去创化出新的秩序，以此来合于"道"。

克殷之初的周王朝尽管看似占据了天下之中，但是危机重重，内外交困，留给成王和周公的是一个烂摊子。不管怎么乱，至少革命本身被合法化了。文王在革命之前做了很多准备工作，革命以后新王朝似乎也在渐渐地获得认可。不过在当时几乎除了周王族以外，剩下的同盟和后来臣服的地方贵族们都在等着周王给他们好处，因为周人一直以来都以施与恩德的德政模式进行治理。而好处要怎么才能实现呢？需要把东部控制下来，占有了大片的土地和人口之后才能进行实封。这是一个很悖论的局面，夸张一些说，革命的正当性当时还是虚的，天下也是虚的。文王或许已经预料到了周人在革命胜利之后会遇到这样的情况，所以他在演《周易》的时候早已有所训示。《周易》总共六十四卦，最后两卦都在说小狐狸过河的故事，把道理寓于故事之中。第六十三卦名为"既济"，说的是小狐狸过河，虽然很艰险，但是最终还是过去了。最后的第六十四卦名曰"未济"，说小狐狸过河，很艰险，因为尾巴沾上了水，太沉了，所以最终没过去。两卦放在一起看，先已经过了河了，尔后又淹死了。为什么要做这样不合常理的安排？这和孙中山先生说"革命尚未成功，同志仍需努力"的意思很像。"既济"讲的是革命，"未济"讲的是守成。从中体现出文王对于得天下以后周人命运的忧虑，并且在告诫后人需要恪勤恪谨地不断努力，再加上小心翼翼，才不至于使得来的"中"旋即失堕。并且从这两卦中也可以看出，文王对于得天下以后应当如何治天下，如何获得安顿并没有现成且有把握的方案，因而表达出深深的忧虑。而武王后来的作为恰好印证了文王的担忧。不过这一切终于被一个本不应成为天子的圣王，经过长达七年兢兢业业，如履薄冰式的文治武功最终解决了。他便是本书最后一章的中心人物——周公。

在武王弥留之际据说有一次托孤。他将死的时候儿子还小，而当时天下的东半边又都不稳定，再加上各个功臣手握重权，而且文王的儿子又特别多，武王死以后武王的弟弟们似乎都可以去争一争帝位，王位会不会落到武王的儿子身上，即使他的儿子即位，会不会随之产生一系列像商人一样的王室内部纷争和危机呢？武王心里很是没底，所以他在死之前特意找了他那最聪明的多才多艺的弟弟周公，把他的儿子托了孤，甚至让周公在必要的时候直接摄政。这话是周公自己说的。之前谈到武王在攻打朝歌的时候，左手边是周公，右手边是召公，前面开道的是姜太公，这是当时周王廷最重要的三个人物。可是托孤时居然只有周公一个人在，另外两位全然不知情，似乎有点说不过去。那么周公为什么要这样说呢？我们到后面会解释。

武王死后，他的儿子成王即位成了周的天子。当时周人面对的局势非常严峻。一方面是年少的成王继位时几乎没有执政能力；另一方面，处在东部的几乎所有的东夷、淮夷和商人旧部从武王早丧这件事上似乎都看到了一个机会，于是他们开始蠢蠢欲动。而周人内部核心的王族成员对于天下究竟应该如何安顿，也处于很茫然的状态。在这种局面之下，才产生了后来从武王死到成王成年亲政的七年时间里，周公以很特殊的造反者的身份摄政称王。这些放在下章中去谈。

第十三章
周公的天下理念与德礼政治

一

本章来专门谈谈周公，上章说到周公在很艰险的情境下开始摄政称王，完成挽狂澜于既倒的伟业。我们先来看周公的画像。历代的画像有一个很明显的变化趋势：周公和孔子"长得"越来越像（图13-1）。要理解这个现象，首先需要明了三重意义上的周公：

图 13-1　周公版画像

第一重形象是西周时代的周公。事实上自从还政成王之后殆至西周结束，周公都或多或少地受到摄政成王的影响，被成王忌惮且处境非常尴尬。他的儿子伯禽被分封到远在山东半岛的鲁国，多少有点被发配贬谪的意味。相比较而言，周公嫡系后人的封地是所有文王直系子孙里面最偏远的，其他人几乎都封在了"中国"范围之内，天下之"中"的附近；而只有像召公奭这类庶出者和像太公望等异姓诸侯才封到边疆地区，这是证据之一。证据之二是在西周时期青铜器的铭文里，除了周公自己的直系后代，以及和周公直系后代关系密切的大臣以外，没有太多纪念周公的文辞，这与孔子以后世人对周公极尽颂美之能事反差极大。上面两个证据都表明周公在西周王朝中似乎是一个充满了争议的人物，个中原因后文中再详细解说。当然周公对于周人革命以及前期王朝稳定作出的重要贡献，周王朝的正统文献中也多有记载，但是就重要性而言远不及文、武二王。

第二重形象是孔子的周公。正是在孔子把周公之于周人以及整个天下的意义发掘了出来，加以重新解释之后，周公的伟大才真正彰显出来。所以孔子眼中的周公完全是另外一种形象。孔子所谈的周文、周礼等作为儒学基础性文化资源，以及儒家立基的阳德证道立场，都和孔子所阐发的周公思想一脉相承。但孔子托周公以言德礼，又不是完全地效法周公，而是在为自己立辟新说，开新外王寻找一个合适的基点。孔子所建构的理论除了阳德立场和大量术语、概念承自周公以外，无论是义涵、旨归还是理论的深度、广度都较之周公大为不同。最典型的差异在于，周公的一切创制归根结底都是为了周人政权得以稳固久长；而孔子则以人之成人与整个世界和合于道为己任。当然，后世不少俗儒并未把握其中的要义，只就表面上的相似而以为二人同一，这是后来孔子和周公的形象被后世处理得越来越像的原因之一。

第三重形象是中国传统文化中的周公。他对整个中国文化，特别是中国的政治、法律、伦理文化，最大的贡献是奠定了以德、礼为中心的基本内质与展开方式。可以说，直到现在为止，整个中国文化的基本格局、样态和阳德证道的发展路向都是周公框定的。所以中国文化把周公推到了无以复加的高度。不过周公的这一重形象中存在被正统意识形态修饰的情况。前面说他越来越像孔子也是受此影响。

我们现在基于第一重的周公的事迹和思想为线索来讨论，这样容易说得分明。周公姬旦，是文王之子，武王姬发的亲弟弟，有人说是伯邑考、武王之后的三儿子，也有人说他排行在四，前面还有管叔。《史记·鲁周公世家》记载："周公旦者，周武王弟也。自文王在时，旦为子孝，笃仁，异于群子。"在文王晚年，周公已是翦商大业的重要参与者，当时他年纪并不太大，大概30来岁。按照周人嫡长制继承的传统，他并无西伯之位的继承权。司马迁作出"异于群子"的评价，是因为周公与其他骁勇善战但是文化素养不高的王室成员不同，周公是所有的王族子弟中能算得上是知识分子的唯一一位。他单独掌管着图籍、文献以及各种技术知识，特别是祭祀。文化、知识使得他获得了专属性的权力，并且充任负责周人通神、通天的具有神性的"祝"的角色，类似于俗称的巫师。自从母亲太姒死后，周王廷中所有与鬼神沟通的事务都由周公一手包办。由此也解释了为什么一个文弱的，没有任何战功的年轻王子能在以战争为第一要务的环境下成为周初最重要的三公之一，与姜太公吕尚和召公姬奭并驾齐驱。

周公当时在王廷中的作用，一是负责和神沟通，也就是祝的工作。所有重要的祭祀，占卜、占筮之类的神圣性事务全部由他来主持完成。后来民间之所以有众多周公解梦、周公占卜的书籍都托名给他便缘于此。这些奇书据说是周公的后人，以及周公后人的学徒等口传下来的秘籍，不过真伪已经难以考详了。总体说来，周公的职责之一是为周人的政权提供神圣性。这除了对周人以外，对于和周人理念、信念不同的那些同盟，以及后来的被征服者，特别是殷商遗民而言，显得十分重要。周人要想把武力征服转化为天下人的心服，周公的作为必不可少。

由于周公是周王族内鲜有的"文化人"，意味着王室的其他核心成员对文王的那套很深刻的文化、政治理念把握得不甚清楚，也包括武王在内。而周公则对早期的文化、制度、思想，特别是治理天下的经验、教训，以及文王的作为，包括演《周易》背后的深层用意都有非常精深的理解。这正是周公在王廷中的第二个作用，我们现在看到的《周易》有六十四卦，总共三百八十四爻，每一爻的爻辞据说大部分都是周公作的，只有少部分是后来到了成、康时代做了订补的。

通过《逸周书》一些篇章的记载可知，周公在翦商期间还发挥了第三重作用：他经常陪武王聊天，给他提供治道、治术和战略方面的建议。武王屡次在深夜从梦中惊醒，都会找周公来长谈。这个看似并不太起眼的事迹说明他们兄弟之间的关系相当密切。所以周公后来说武王在重病垂危之际，把他一人叫到床边托孤，在当时为人所信的原因和二人之前的密切过从很有关系。

据《逸周书》诸篇，在牧野之战过程中周公站在周武王身边；攻入朝歌以后对纣王的戮尸仪式，有四个人动斧钺，周公就是其中之一。可以认为，在整个翦商战争的进程中，周公业已在周人统治集团中获得了颇高的地位。再如武王在商都举行的即位仪式，《克殷解》记作：

及期，百夫荷素质之旗于王前，叔振奏拜假，又陈常车，周公把大钺，召公把小钺，以夹王，散宜生、泰颠、闳夭皆执轻吕以奏王，王入，即位于社，太卒之左，群臣毕从，毛叔郑奉明水，卫叔封傅礼，召公奭赞采，师尚父牵牲，尹逸厕曰："殷末孙受德，迷先成汤之明，侮灭神祇不祀，昏暴商邑百姓，其章显闻于昊天上帝。"

这也说明周公的地位很高。当然主要还是因为周公有特殊的文化上的造诣，所以最终掌握了周人王廷内部的话语权。

等到牧野之战一蹴而就，周人名义上撷取了天下政权，武王回师到镐京以后，周人面对的局面其实仍旧十分严峻。一方面是整个东部大半个天下还没有安顿，另一方面是周人自己似乎在心理上并没有为突然拿到的天下做好准备。他们内部对如何维系天下政权，如何稳定自己的统治等迫在眉睫的大问题心里没数。偏偏在这时候武王得了重病，大有堪堪不及之势。当时王廷的大臣们觉得无所适从，尤其是召公和太公，这两位找到周公，要求他去做一次占卜以悉知后事吉凶，事情被记录在了一篇叫作《金縢》的文献里：

武王既克殷三年，王不豫，有迟。二公告周公曰："我其为王穆卜。"周公曰："未可以戚吾先王。"周公乃为三坛同墠，为一坛于南方，周公立焉，秉璧戴珪。史乃册，祝告先王曰："尔元孙发也，遘害虐疾，尔毋乃有服子之责在上。惟尔元孙发也，不若旦也，是佞若巧能，多才，多艺，能事鬼神。命于帝庭，溥有四方，以定尔子孙于下地。尔之许我，我则厌璧与珪；尔不我许，我乃以璧与珪归。"周公乃纳其所为攻，自以代王之说，于金縢之匮，乃命执事人曰："勿敢言。"就后，武王陟，成王犹幼，在位。管叔及其群兄弟乃流言于邦，曰："公将不利于孺子。"周公乃告二公曰："我之□□□□无以复见于先王。"周公宅东三年，祸人乃斯得。于后，周公乃遗王诗，曰《鸱鸮》。王亦未逆公。是岁也，秋大熟，未获。天疾风以雷，禾斯偃，大木斯拔。邦人□□□□弁，大夫端，以启金滕之匮。王得周公之所自以为攻，以代武王之说。王问执事人，曰："信。繄公命我勿敢言。"王搏书以泣，曰："昔公勤劳王家，惟余冲人亦弗及知。今皇天动威，以彰公德。惟余冲人其亲逆公，我邦家礼亦宜之。"王乃出逆公至郊。是夕，天反风，禾斯起，凡大木之所拔，二公命邦人尽复筑之。岁大有年，秋则大获。（清华简本《金滕》）①

金滕是个物件，类似于藏传佛教选活佛金瓶测签仪式中用的金瓶，说白了是个有盖的罐子，罐口可以封上。《金滕》篇从武王病重开始记录，这里简单地说一说它的内容：

武王病重，召公和太公觉得他可能时日不多，于是找到周公，让他做一次占卜。这很正常，因为这本就是周公的职分所在。但是周公拒绝了他们的要求。至于拒绝的原因，冠冕堂皇的理由是说这样贸贸然地去占卜，很可能会得到不好的结果。再者周公希望能够通过一次神事来为武王延寿，而不是仅仅止于知道吉凶。于是他先把太公和召公两人支开了，并做了一些前期准备工作。全过程由他本人主持，还有一名太史参与并负责记录整个过程。周公先立了三个坛，也就是夯土制的台子，然后把周人最重要的三位先公——太王、王季和文王的牌位分别放在这三个土台上。接着进行祭祀，并

---

① 传世文献中的《金滕》收录于《尚书·周书》中，内容与清华简略有出入，但大体相同。

做了一次祷告。周公向这三位著名的先公祷告的内容大概是说：武王病至垂危，看起来是要把他收去服侍你们。其实你们不用收他，改收我姬旦好了，我比姬发更多才多艺，更能侍奉好祖先。在这场仪式活动结束之后，周公再进行占卜，结果不出所料，是大吉。接下来周公把太史记录的之前他愿意以自己的性命去替换武王被先公收走的事情，连同之后占卜的记录全部放到了金縢里，封好之后束之高阁。据说此后武王的病果真迅速好了起来。

　　但武王病情转轻后没多久又旧疾复发，旋即不治身亡了。武王崩殂后他的嫡长子，尚且未成年的成王顺理成章地继承了天子之位。成王即位后，被武王封作"三监"的管叔、蔡叔、霍叔在纣王之子——被封在商都故地的武庚禄父——的挑动下开始造流言，说周公将"不利于成王"。言下之意是周公有反心，想要废黜成王，自己做天子。如此一来，原本就未得稳定的东部地区陷入了混乱。加之这次骚乱又有纣王的儿子武庚禄父在其中煽动，宗周王朝似乎一下子到了生死存亡的关头。鉴于如此紧迫的形势，一个未成年的天子显然难以左右局面。以此为契机，周公作出了摄政称王、代行天子之事的决定。关于周公摄政有很多说法，其中绝大部分儒生认为他摄政但是没有称王，成王始终是名义上的天子；另一种说法认为周公摄政时就已称王，直接取代成王自己做了天子。现在学界大体上认为周公肯定是称王了，至于是不是把成王直接赶下台了，或者是成王同时仍在天子位置上则难以确定。周公有摄政称王的举动，管、蔡、霍三叔更加不满，认定周公已然篡位。于是这三位诸侯打着类似于"勤王""清君侧"的旗号兴兵了。事情的进展使周公处于非常窘迫的境地，成王对周公不臣的怀疑也日渐加深。在这个节骨眼上忽然出了一件怪事，宗周都城开始出现灾异，刮大风下暴雨，快要收获的庄稼被全部打倒，连大树都被连根拔起。周人顿时极为惊恐，觉得肯定是不祥之兆。于是成王按照惯例到太庙去占问吉凶。这时需要把金縢拿出来，因为它是占卜的用具。但当时周公并不在场。成王拿到金縢后发现里面不只有占卜的用具，还有一些文书。把文书拿出来，便看到了周公当年向三位先公祷告时的记录，而周公曾经甘愿替武王赴死的事情也为成王所知了。成王知道此事后很是感动，觉得周公曾经如此对待自己的父亲，必定不会想加害于自己，而是在尽力帮助周王朝。此后成王把周公召回了都城，让他继续摄政，叔侄两个关系又变得亲密无间。接下来矛头一致指向了"三监"，周公亲自出兵征讨，最终平定了叛乱，而且还把管叔处死了。

　　后来有很多人认为这件事证明周公跟武王、成王同心同德，并非意在窃取天子之位，只想辅助成王治理好天下。但是其实事件中的一些细节很耐人寻味。周公为什么要在祭祀时把召公和太公这两位最重要的权贵给支开，单独行事？显然这是有意而为之。尤其是他还特意带着一名太史官，把事情全部记录下来藏在金縢里面。如果真的仅仅是有舍生取义之心，何必要如此大费周章地留下书面记录？另外一个环节更加值得思考。周公在成王继位以后成了摄政王。如果按照商人兄终弟及的继承制度，武王死后周公是顺理成章的继位者，而成王不是。但按照周人行用的嫡长制，应该是他的嫡长子成王继位。问题是成王继位意味着不行兄终弟及制度，相反如果周公继位的话则表明颠覆了嫡长制。请注意，起来造流言说周公将不利于成王的是周公的弟弟们。如果周公把成王废掉即了王位，意味着兄终弟及合法化了。那么接下来可以继位的就会是周公这些的弟弟们，所以管叔、蔡叔、霍叔在此情景下应该是获利者。说得通俗一些，他们可以拿着号排队等着有朝一日去继天子位了。但是偏偏是这些潜在的获利者却起来造了流言反对周公，似乎他们是嫡长制的坚定捍卫者，这显然于理难通。所以可见通常被接受的那些原因、说辞要么与事实存在偏差，要么并非全貌，后人有断章取义之嫌。因而就需要去进一步探究，为什么周公当时遭到反对？金縢事件一方面告诉我们周公确实不是蓄谋篡位，另外也说明在周人处于新得天下君主突然病故的情势下，王廷内部一团混乱，大家各有私心。在此背景下周公开始了主政。

二

据《尚书·召诰》篇的记载，在主政之前周公还曾和召公有过一次长谈，其间两人达成了一个协议。大意是召公不去干涉周公的作为，周公也保证了不会对成王有二心，无论如何都会还政给成王。得到了召公的认同之后，周公才开始他长达七年的摄政生涯。

七年中他做的第一件事是监国。监国怎么理解呢？就是代理王政，或者代为行使天子的权力。他之所以可以监国，有很多前提，第一个前提就成王年幼。

图13-2汉代的画像砖周公辅政成王图，中间的孩子是成王。关于成王当时的年纪，后世有很多说法，最常见的是说成王尚在襁

图13-2　汉代
画像砖周公辅
政图

褓之中。后来大家觉得很难说得通，于是就变成了七岁居多，周公返政给成王的时候他十四岁。如果周武王死的时候是五十多岁，这颇有可能。汉代人就是按照这样的看法画的像。在图中周公表现出来的是唯唯诺诺地跪在成王面前。而其实文献中所有周公对成王的讲话，无论是在当摄政王的时候还是还政成王以后，完全是一副以上示下的姿态，所以图中表达的只是汉代儒生的心向往之的状态，而非事实。由于成王年少，局势动乱，掌握重权的姜太公和召公奭都是武将，在治理天下方面毫无施展空间。而日常的行政事务和社会治理需要一个有头脑有文化的人来负责，这时周公的作用就凸显出来了。周公凭借他特有的通神和文治能力，顺理成章地接手了当时周人大部分的治理事务。

在监国以后周公的第一项，也是对当时周王朝的基业至关重要的举措是平定三监之乱。"三监之乱"的由来要从武王分封开始说起。之前说过武王打下朝歌后就开始分封，最主要的分封对象是同姓诸侯，尤其是文王的儿子们。除了留在身边的周公以外，武王其他的弟弟们大部分都分散出去了。年纪较长的管叔、蔡叔、霍叔三人被封到了朝歌的边上，分别占据了朝歌的西北、西面和西南，形成对商人故地半包围的形势，目的在于监视殷商遗民的一举一动，因为在朝歌附近仍有众多商代的遗老遗少居住。当时有个特定的传统，即便是灭了国家也不能让他绝后，否则就大逆不道了，所以纣王的儿子武庚在朝歌仍有一块封地。管、蔡、霍三个封国分别在他周边加以监视，这就是三监的由来。武王的动机很明显，即便周人不能实际上控制商地，但是也不能让他有作乱的可能。

考虑到之前分析的存在于理不通处，下面对三监之乱的原因做一个新的推测：武王在打赢了商人以后迅速返回了西陲的镐京，即便东部尚不安定。到武王因病故去，成王继位以后，武庚开始煽动管、蔡、霍三叔，说周公要造反，要对成王不利。管、蔡、霍三叔似乎动心了，觉得周公确实有些可疑，于是他们去找周公理论，但具体是怎么交涉的现在已经无从知晓。通常认为周公要尝试搞兄终弟及导致他们翻了脸，不太说得过去。更有可能是他们找到周公质问是不是要废黜成王，改行兄终弟及。周公否定了，表示日后要还政给成王，要坚守嫡长制。这三位听完之后认为自己做的天子梦破灭了，于是回到封国后便以周公将不利于成王的口实起兵造反，进而有了三监之乱。而且三监之乱，乱的不仅仅是三监的封地和朝歌一带，乱的更是周王室的人心。这是由王室内部核心成员挑动起来的战乱，同时联合已经成为战败者的武庚禄父，并且涉及周人当时无法控制的朝歌以东地区。由此带来了两个很严重的后果：一是东部地区作乱，周人难以控制。前章说到商朝之所以让周人偷袭得手，是因为他们的主力部队往东移动，离开了朝歌，而这一批人的实力非常强大，且停留在朝歌以东不远的地方。现在他们参与作乱，军队的规模无疑令周人感到相当恐惧。另外一个后果是周人内部出现问题。自古公亶父以来很长一段时间内，王族都表现得像铁板一块。他们自始以族的整体身份谋夺天下、共有天下，内部的团结始终没有问题。这也是周人能够以蕞尔小邦终致克殷的原因之一。但是待到天下刚刚到手之际，原本坚不可摧的内部却出了问题。而内部问题又恰好是引起商王朝灭亡的关键因素。前文谈到过，自武丁以后商的新旧派之间的不睦引起王族内部出现了严重纷争和内耗，这才导致了纣王要倾尽全力去打淮夷和东夷。也正是因为王族的内耗给了周人可乘之机，造成了商王朝最终覆灭。这是摆在周人面前的再直接不过的前车之鉴。但是三监之乱让周人似乎也遇到了同样的问题。在周公看来，只有用非常强硬的铁腕措施才能够杀一儆百，杜绝后患。所以他冒着很大的风险开始了平乱战争。战前周公发表了一段诰文，就是《尚书·大诰》。这段诰辞的语气、文辞和当年武王在牧野之战前发表的《牧誓》很相似，大致意思就是要不惜一切代价把作乱之人剪除。这样的姿态如果和战争结束之后的周公比较，会发现差别非常大。

蔂商战争结束以后，周人自己的军队整编为宗周六师。六师的规模夸张一点有六万人，保守地说不到五万。这是周人的全部家当。周公动用了所有军队去打三监，和纣王攻打东夷孤注一掷的劲头很像。战争的细节现在无从得知，但确实历时不久就实现了平定。打赢这场战争之后，周公的权力、权威开始空前膨胀。这时大家才真正认可周公不仅是只会文治与神事的知识分子，他还能带兵打仗，能够给周王朝带来安定。有了权威以后，加上商都附近的格局较之武王首次分封时发生了较大改变，所以周公又进行了第二次分封。

这次分封对整个周王朝的格局产生了很大的影响，其中包括重新整编殷商遗民，只保留了很少的一部分在商的故地附近，封作宋国。宋国离朝歌虽说不远，但是已不在原来位置。周公指派微子启做宋国的诸侯，继承商人的香火。前文中专门说到过微子是商王族成员，纣王的庶兄；同时也是商代晚期王族中最早投诚周人的一位，是个亲周派。在宋国边上，周公封康叔到朝歌一带建立了卫国，直接管理留在故居的殷商遗老。康叔是武王、周公最小的的亲弟弟，当时还很年轻。据春秋时人追述，文王的一众儿子中，周公和康叔的关系最好。康叔姬封曾经在西周王廷中充任司寇。司寇掌管两类职分，一是管狱讼和刑罚，二是管理军队，但并不负责带兵打仗，只是管军队的建制、编制之类的事务。他的职守具有明显的文官特质，和周公相似，不同于其他王子们。卫康叔的任务相当艰巨，一方面要直接控制曾经作乱过的商都殷民，另一方面要监视在卫国东南的宋国。正是因为职责如此之重，周公才将他最为信任的弟弟封去卫国。原先留在故地的商人遗民此时被做了两种方式的分编：第一种是把有技术、有文化的人化成小单位分给不同的诸侯国。也就是每个诸侯国在封到一块土地的同时，也受封得到一批商人的遗民。他们大都是技术贵族之流。至于第二种方式，遗民中还有一批平民也重新整编成军队，组成成周八师，驻扎在东都洛邑（即今洛阳附近）。如此一来商人旧部已经被打得很散了。成周八师的规模比周人自己的宗周六师要大得多。这支部队建成以后，对周人而言其实仍然算得上是很大的威胁。尽管他们离开了故土，离开了原来的族长，且统统在周人的监视之下，但是人数太多，势力依旧强大。为了消耗他们的元气，周公进一步实施了继续向东征伐的举措，去完成武王克殷之后未竟的事业。东征的主要讨伐对象是淮夷、东夷，北至东北燕地一带，南到江淮流域，东抵渤海、黄海海滨。这场战争的主力军就是成周八师。换句话说周公在用商人遗民去攻打与他们在血缘或者族属上有紧密关联的东夷。这场战争同样由周公亲自领导。

　　图 13-3 是一本小人书上画的周公东征图，画面显得比较夸张。抱着简策的是周公，他仍旧被塑造成一副文人做派。身边的白胡子老者是召公奭。传说周公东征的时候召公已经八十多岁了。在周公还政成王以后，成王以及他的儿子康王统治了四十多年。这就是著名的"成康之治"，据说其间刑错四十余年不用，也就是这四十年没有动用过肉刑。到了康王时召公奭还在世，他经历了四代周王，

图 13-3　周公东征图

寿命特别长，夸张的记载说有一百六十岁。这似乎也不完全是虚构，按照在北京西南琉璃河发现的燕国青铜器铭文中的记载，确实可以印证了他的寿命很长。召公陪着周公一起去东征，说明早先周公和召公两人达成的默契持续到东征的过程中。

　　但当时周人王朝内部反对的声音却很强烈。大家觉得能够安定地守在西土已经很好了，尤其是三监之乱平息，朝歌附近安顿了之后，可以过得很自在，为什么要再兴师动众地去打淮夷和东夷呢？分歧体现了两种不同的对待天下的态度。武王的态度是守成式的，认为守着先周时的基业就已足够，所以他在拿下朝歌之后并未东进，旋即西退回了岐周故地。而周公的态度是要把天下整体性地纳入掌控中来，并且按照自己的理解，就像他二次分封那样对天下进行了重新整顿。召公这时是周公的坚定支持和追随者，于是两个人共同指挥了这场战争。今人通过诸多青铜器铭文的记载，知道了其中的不少细节。最主要的分工是，召公负责南北线作战，周公负责东西贯穿。经过了长达三年的艰苦战争以后，周人最终获得了胜利。战争带来的艰辛自不必说，《诗经》中的《卷耳》一篇便是写照。

　　周公完成了东征之后，整个东部地区都归周人实际控制，于是又开始了一轮在这个地区的实封，包括曾经作为东夷核心区域的齐和鲁，分别封给了姜太公和周公的长子伯禽，还有东北方的燕国封给了战功昭著的召公奭。东征结束后，周人的分封制在全国范围内真正落实下来。之后西周的版图，以及到了春秋时期各个诸侯国的分布格局，总体上说都以周公东征以后的再分封为蓝本。当然周公的二次分封仍然继续之前的原则，以分封同姓诸侯为第一要务，为的是让曾经共同翦商的王室成员共享天下，并且共同拱卫周王朝。分封了同姓诸侯之后再去分封异姓的功臣。之前也说到，这些功臣和周人大多有姻亲关系，所以他们和周天子也都是亲戚。再接下来就是分封以前做过天子的家族，所以像炎帝、黄帝、颛顼、帝喾、尧、舜，还包括夏、商的后人都分有一块地盘，让他们能长为贵族，不至于沦为平民。这样的传统一直保留下来，到秦以后才中断。

　　图13-4是小臣谏簋的铭文。小臣是西周的官名，谏是一个人的名字，簋是这类器物的名称。铭文大意是说东夷大反，有一位叫伯懋父的人率领殷八师（即成周八师）东征。这印证了周公征伐东夷的传世记载。后面讲的内容是伯懋父如何率兵一直打到了海边，然后回师了。凯旋之后伯懋父受了恩赏，他手下的小臣谏也被赏赐了一些青铜。这又和之前说的西周恩德政治的传统相一致。此后小臣谏拿受赏来的青铜去做这个簋，并把受赏之事的原委以铭文的形式记录在了簋上。

图13-4　小臣谏簋

在青铜器上刻铸铭文来纪念受赏的故事也是周人的一大传统。

除了平定三监和东征之外，周公对周王朝还进行了其他一系列的改革，其中非常具有政治象征意义的一项举措是营造新都。原来周人的都城很靠西边，处于渭河流域的周原，相对于之前靠近天下之"中"的大邑商，无论是丰还是镐京都太偏西了。从地理上看，周原与中部地区只有非常狭窄的通道连接，这就是为什么秦人后来占据了这块地方以后，雄踞函谷关就可以一夫当关万夫莫开。从战略上说，易于防守的同时也造成了对东部地区控制上的不便。后来秦国在试图扩张时极力与魏国争夺河东地区的控制权就是为了解决这个问题。另外从意识形态上来说，偏安一隅，没有占据天下之中的政权，在当时人看来不能算作"天下"的主宰。这个观念早自五帝时代就已经塑造成型了，前文说到商人不断迁都也有这个方面的考虑。正是由于上述两大原因，周公开始着手营造东都。据传说，武王在孟津观兵的时候就动了要把国都迁到商朝国都附近去的心思，但是由于中国不靖，没有实现的条件，所以一直等到周公主政之后方才开始付诸实践。

为新都城选址的工作由周公和召公共同完成，地点选在了洛邑，即现在的洛阳市附近。

当时选定了两块区域，分别叫王城和周城，中间隔了一条河。周人这种特殊的城邑营造模式应该古已有之，西部宗周的丰和镐也是如此。类似的双子城模式在雅利安人入主之前的古印度文化中也存在。这种传统究竟起自何时何地，古代印度和中国之间是否有关联，现在已经不得而知了。

周公为了选定基址，曾数次到洛邑去考察，用到的方法主要是占卜。大致选定了都城的位置之后，他又派召公再作实地考察，而后周公再往，最终确定了地点。其间经历了非常长的时间和复杂的程序，表明周公对此事的看重程度。定下地点以后，成王也亲赴东都基址。这时周公还没有返政，成王似乎仍是名义上的天子。成王到达东都成周以后举行了新城的奠基仪式，宣布这里就是周人的新都。仪式完成后成王回到了镐京，而周公继续留在洛邑，直到建城完成。营造工程据说进行得非常迅速，完成以后周人在象征天下之"中"的嵩山西北面不远的地方有了新的首都。西周末年平王东迁，就是从宗周迁到了洛邑。而在西周时代，实际上自从成王到洛邑参加了新都奠基仪式回到镐京以后，历代的周王始终没有常驻洛邑，它只是周人政权据有天下之中的象征而已。从这个情况也可以看出，周公的天下理念和政治方略并没有完全被成、康以后的周天子恪守。

　　现在洛邑王城的基址大部分已经被发掘出来了。复原出来的样貌当然没有上面的设想图那样工整，但是基本格局大体遵照了周公的规划，当然也照顾到了实际的地形地貌等因素（图 13-5）。从设想图的规划可以看出，周公是基于一个特定的理念作基础，而非仅仅出于技术或便捷方面的考虑来作规划的。

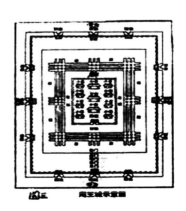

图 13-5　洛邑王城设想图

关于周公建城有一种说法，认为在摄政六年时才开始动工，第七年就建成了。城市建完以后，也就是《尚书·洛诰》中"惟周公诞保文武受命，惟七年"的时候，周公做出了还政于成王，自己退位的决定。此时他的嫡长子伯禽已被封去鲁国，成了鲁国的第一任诸侯；二儿子一直留在周王的身边，继承他父亲职位，后来就以"周公"为官名，直到春秋以后还继续着。

象征性地迁都以后，周公把天子权柄还给成王，这也是精心安排的一个节点，意味着周人天下的新开始：既占据了天下之中，同时又有了一套对于天下的新统治方案（这一点后文还会详论），再加上新近成年的"新"天子，这一切都在宣示一个全新的天下格局就此正式开始。

三

如果回过头来看周公之前的所有作为，几乎全部是在贯彻着同一个主旨——为周人安顿新"天下"，为天下立新法。当然这些举措同时具有鲜明的策略性。像还政给成王这件事就是一个象征，意味着周人正式确定了嫡长继承制的唯一正当性。宗法制及其背后的宗亲伦理成为了整个周王朝的根基。所以成王以后，周王朝从来没有因为王位继承发生过大的纷争，更没有人再敢公然质疑嫡长继承制。这和商人的情况正好形成鲜明反差：商人行兄终弟及制，为了王位问题打过很多次仗，甚至有"九世之乱"。另外，周公把分封制落实了，这意味着周人开始践行他们之前号称要匡复的黄帝的"公天下"。当然周人的"公天下"只在有限程度上成立，限制在周人的王族之内，由他们来共享天下，而不是由每家每户一道共有天下，也不是中央集权式的天下格局。这和夏、商两朝所贯彻的《洪范》的政治理念完全相反。

　　周公对政道的重建，其实也是对周人代商而统治天下的正当性的重建。殷商时天子之所以为天子，最终的决定权在天帝。这个观念到了商末似乎已经深入人心了。周公的政道构建直承文王而来，故他对文王所说的"受命"之说重视有加，如其所言："予惟小子，不敢替上帝命。天休于宁王，兴我小邦周，宁王惟卜用，克绥受兹命"（《尚书·大诰》），又如"皇天上帝，改厥元子兹大国殷之命"（《尚书·召诰》）。尽管文王已经宣称周人"受命"，并给出了种种征验，不过这样的说辞与象征仍旧信者自信，疑者自疑。对此，周公给出的方案是将"天命"的标准加以诠释，提出天命无常和天命有德之说。二者的关系可理解为：正是由于天命有德，因此会无常。因为人世间受天命者若非有德，则天命即会流转降灵于有德者。但是周公有一个大污点，他用武力的方式平三监之乱时杀了亲兄弟管叔。这件事给后世儒家评价周公造成了很多麻烦。因为周人自始强调宗亲伦理，他们之所以能够建立起嫡长制也是依托宗亲伦理。而宗亲伦理的基础是血亲伦理。后来孔子归纳说，血亲伦理的核心是"亲亲"，宗亲伦理的要义是"尊尊"。亲亲和尊尊为整个周王朝最重要的政治理念和基石。杀死亲兄弟，首先就违背了亲亲的原则。在平定三监之乱前夕作《大诰》时，迫于情势所逼，周公态度很坚决，一意要杀无赦。但是后来他意识到了其中的问题，所以在三监问题解决以后开始有意识地纠正错误，提出了一套全新的立法原则，集中表现在《尚书·康诰》篇中。[①]

---

① 另外《尚书》中的《多士》篇是周公专门针对商人遗老的讲话，主体部分几乎全是讲意识形态的，目的是要让商人接受周公的道德观念和周人受命的正当性，内容与《康诰》所言可相印证。

《康诰》是康叔姬封去卫国之前周公给他的训诫。因为卫国位于朝歌一带，是商人遗老遗少聚集的地方，无论文化、风俗还是价值观念都和周人有很大差别，而且他们或多或少还对周人的统治怀有敌意，所以极难治理。加上康叔在受封卫侯之前一直在宗周王廷担任司寇，尽管年纪不大，但就气质来说，算得上是一位刚猛凶狠、不太近乎人情的人物，是故周公需要特别交代他一些关于治理的注意事项。总体来说，《康诰》虽则具有战后临时约法的性质，但却不失为周公新治道的表征，对理解周公为周天下立新法非常重要。

《康诰》首先作了意识形态上的宣示。其实周人从革命之初，甚至革命之前就开始做意识形态建构的工作。文王通过太姒一梦宣示周人受命，到了武王翦商前夕又安排了一次受命仪式。这样反反复复地向天下宣布天命流转到了周人手中，周人为了获取认同以建立政权正当性的意图非常明显。后来周公也在强调王朝正当性，但是他强调的重心发生了转变。周公先是积极肯定商人曾经从夏人那里接过了天命，但强调商人把夏人纯技术性的天命内涵改变了。商人能有天命是因为商汤有德，他能够保民，所以受到老百姓的拥护，这样才得到了上天的眷顾，所以能借此而把夏桀推翻。至于夏桀的天命是哪来的，周公没有明说；而商王朝的天命事实上并不完全合于周公所言。要注意，此时周公扮演的是商人天命再解释者，而非描述者。顺着这个解释，文王为什么能得到天命呢？当然也是因为有德。文王做到了敬天保民，恰好这时商纣王很昏庸，混乱的统治让老百姓不堪其苦，所以唯德是亲的天命才会流转到更有德的文王那里。事实的情况显然不完全是这样，而周公之所以要这么去解释，为的是重塑"德"的内涵，并强化它与天命几乎等价的关

系。如此一来只要成为天下最有"德"者，就可以获得天命。这时
周公讲的德，已经不完全是文王所说的"敬天保民"的恩德。文王
的恩德非常功利，它是要通过民从王这里获得恩惠，使得王从天那
里获得眷顾。到了周公这里德不再纯粹讲功利，而是从保民、爱民
中引出仁爱的涵义，因为它的基础是亲亲和尊尊，而亲亲的核心就
是爱人。统治者有爱人之心意味着对天下的善意，对民的善意，这
是做对民有益的治理。有了爱人之德，意味着可以获得天命，获得
天命同时意味着获得了王朝的正当性和神圣性。这是周公对德做出
的最重要改变，之所以"德"能够成长为中国文化中的核心概念，
跟这次大转变有关。第二次，也是更根本性的改变则由孔子完成。
其实周、孔两人路子一脉相承，都是在伦理上做文章。不过孔子借
着周人的血亲、宗亲伦理更往前推了一步，将"德"改造成了纯伦
理的概念，并且将之与"道"而非政权的命运联系在了一起。

　　周公治道层面"德政"思想并非凭空创生，它至少有两个基
础，一是文王故训，二是先哲的智慧与历史经验。在重述和解析历
史经验，特别是殷商成败原因之时，周公显然有意识地专门关注了
殷商政治中"有德"的一面。例如在《酒诰》中周公说道："在昔殷
先哲王迪畏天显小民，经德秉哲。自成汤咸至于帝乙，成王畏相惟
御事，厥棐有恭，不敢自暇自逸，矧曰其敢崇饮？"在《召诰》中
也说道："相古先民有夏，天迪从子保，面稽天若；今时既坠厥命。
今相有殷，天迪格保，面稽天若；今时既坠厥命。"基于夏商的经
验，周公提出"我不可不监于有夏，亦不可不监于有殷。我不敢知
曰，有夏服天命，惟有历年；我不敢知曰，不其延。惟不敬厥德，
乃早坠厥命。我不敢知曰，有殷受天命，惟有历年；我不敢知曰，
不其延。惟不敬厥德，乃早坠厥命。今王嗣受厥命，我亦惟兹二国

命，嗣若功。"（《尚书·召诰》）

具体地看，首先是对天命的道德诠释，使得人可以主动地认知神意，这是天人关系之变的第一步；其次是将"德"的衡量标准置于民生安否。如《尚书·大诰》中说："天降威，知我国有疵，民不康，曰：予复！反鄙我周邦。"这种德与民生的关联即认为人的生活状况与天命神意之间存在互动关系，天帝所欲与民之所欲，特别是对政权提出的要求实际上是一致的，即所谓"今天其相民"（《尚书·大诰》）。故此，在《洛诰》中周公说："天亦哀于四方民，其眷命用懋。王其疾敬德！"这是天人关系之变的第二步。其次是对作为天命参考基础的"德"的内涵和标准加以诠释。如此一来，周公以及接下来的周王朝统治者们，事实上将成为道德的标准掌握者和践行者的后代，因为他们的先人文王已然被塑造成道德楷模。如《召诰》说："今冲子嗣，则无遗寿耇，曰其稽我古人之德，矧曰其有能稽谋自天？"从另一个层面上说，周公实际上通过解释取消了过去具有主宰性的天命独立于政权意志存在的可能，而将政权的掌握者与道德的评判者合二为一。并且，他所寻找到的解释对象——"德"——又以民生为参照系，这就使得曾经被"家天下"之变私化的政治权力找到了重归于"公"道的依据。这是天人关系之变的第三步。基于周公的创建，周人政权呈现为具有天命、道德性和公的属性的，占据以道德为准绳的真理制高点的权力中心。

当然，周公对于天命的认识明显要超前于时代。也可以认为，周公对政道的建构，在很大程度上是为了周人政权的长久存在，其中除了针对当时的政治需求之外，还包含更深、更远的考虑。而他本人对之的落实，也因考虑到当时的思想文化状况而进行了策略性的限制，最为明显的表现当属对占卜的态度。《尚书·大诰》中记载了周公对诸侯和大臣的东征动员就是以龟卜之吉为据的。文曰：

> 予不敢于闭天降威，用宁王遗我大宝龟，绍天明。即命曰：
> '有大艰于西土，西土人亦不静，越兹蠢殷小腆，诞敢纪其叙。
> 天降威，知我国有疵，民不康，曰：予复！反鄙我周邦。今蠢今
> 翼日民献有十夫予翼，以于敉宁、武图功。我有大事，休？'朕
> 卜并吉。……宁王惟卜用，克绥受兹命。今天其相民，矧亦惟卜
> 用。……天亦惟休于前宁人，予曷其极卜？敢弗于从率宁人有指
> 疆土？矧今卜并吉？肆朕诞以尔东征。天命不僭，卜陈惟若兹。

据此可知，周公用以向友邦和诸臣证明自己行事具有"天命"
的最直接方法是宣称对该事的龟卜获得吉兆，这显然是考虑到了当
时一般观念的认同方式；但周公又有意识地弱化了龟卜本身及其
纪国的重要性，始终更强调的是民心、民生与天命之间的道德化
关联。

下面接着看《康诰》中具体的"约法"内容。其中最重要的莫
过于开始大张旗鼓地强调宗亲伦理。在此之前尚且看不到周人统治
集团关于宗亲伦理问题的专门论述，更不用说强调宗亲伦理是立国
的大政方针等说法。大抵只能从施行分封、嫡长制等一些实际举措
看出周人很看重宗亲关系，但是他们究竟如何理解并不清晰。直到
在周公跟康叔的对话中才明确地表达出来。而且他直接将之设定为
了立法、司法的基本原则。

> 王曰："呜呼！封，敬明乃罚。人有小罪，非眚，乃惟终自
> 作不典；式尔，有厥罪小，乃不可不杀。乃有大罪，非终，乃惟
> 眚灾：适尔，既道极厥辜，时乃不可杀。"……王曰："封，元恶

大憝，矧惟不孝不友。子弗祗服厥父事，大伤厥考心；于父不能
字厥子，乃疾厥子。于弟弗念天显，乃弗克恭厥兄；兄亦不念鞠
子哀，大不友于弟。惟吊兹，不于我政人得罪，天惟与我民彝大
泯乱，曰：乃其速由文王作罚，刑兹无赦。"（《尚书·康诰》）

周公对康叔说，你将去殷人聚集的地方统治和治理，要采取比
较怀柔的方式，切忌过多地杀人。这可能跟康叔原来的做派有关，
之前说到康叔在封为卫侯之前曾任周王廷的司寇。周公特别要求康
叔遇到案件时要仔细听取各方意见，区分犯罪动机的故意与过失。
同时又强调有一种"元恶大憝"的情况必杀，指有不孝不友行为
者。孝和友都是宗亲伦理衍生出来的行为准则，孝代表尊尊，表明
上下位关系中的处事方式；友是处理平辈之间关系的行为准则，代
表亲亲。如果一个人做出了不孝不友的行为，意味着他悖反了宗亲
伦理。这种行为被认定为了最严重的罪恶。为此周公还举了一个例
子，说儿子不能尊重父亲的意志，按照父亲的风格去做事，会让他
父亲的伤心，这种情况就属于元恶大憝。

按照一般人的理解，无论孝、友本都用于处理家庭内部的关
系，似乎跟政权没有切近的联系。现代法学把这些归入民事法律关
系。如果父亲不告官，官方根本就管不着；即便是告官了，绝大多
数这类行为都不会被视为犯罪，更达不到元恶大憝的程度。但是在
周公看来却到了要杀无赦的程度，而这又和周公整体上对商人遗民
采取的怀柔政策恰好形成非常鲜明的对比。周公跟康叔强调了好几
次这类情况不能容忍，看得出他已经很有意识地把孝、友，也就是
宗亲伦理当作了周人最根本、最重要的立法原则，也是天下政权的
基础。如此一来，无论怀柔也好、审慎也好，抑或是为了保民，底
线都是坚守宗亲伦理。而事实上周公在说这番话的时候应该多少有

些"心虚"，因为他自己之前的作为就有不孝不友的嫌疑：他和武王的基本政治理念、治国方略背道而驰，可以算得上不友，他在平三监之乱时处死了亲兄弟管叔，这是更典型的违背血亲伦理原则。如果是为了自己的名节、声望考虑，他显然不该把这类容易让人获得攻击自己的口实的原则大张旗鼓地提出来。所以后人只能将之解释为，周公此举有点像宋明新儒家说的，不曾掺杂一丝私欲，而只为了周人的天下政权考虑。自此以后，宗亲伦理被主流文化接纳，并被当作了当然的根基，对后世思想文化、制度文明、法律文化以及社会风尚的影响无以复加。在后来的帝制王朝法律中明确提出了"十恶"罪，中心其实都属于不孝不友，只是内涵扩大了一些，例如把尊宗亲拓展到尊王权、尊天子、尊宗庙，等等。

接下来《康诰》中讲到了"敬天保民"。不过周公的"敬天"已经和商人对"上帝"完全服从、听命的状态截然不同，甚至和先周时代以及文王、武王对待天的态度也不一样。在《金縢》篇中周公立了三个坛，去向周人的先公提出一些条件以图为武王延寿，结果似乎达成了一个口头协议。这个做法其实已经反映出周公并不认为天帝之命必需且只能顺守，而是可以基于自己的心智去和天帝讲条件的。这是一个全新的动向，意味着周人不再以顺守神意、神命为第一要务。周公将德的内涵作了新的有伦理色彩的转变之后，天人关系大有从顺从天帝转向人心即天命的趋势。再加上文王以来就开始塑造的敬天保民论，敬天就是保民，天命是可以由人的行为获得；人只要有德，到了一定的程度就可以获得天命。这些都表征着全新的天人关系模式。

其中的关键之一在于天命不再是由天主动地降授给特定之人，而需要人基于自己的主观能动性，努力地去争取天命。这样一来作为最高神的"天"慢慢地就有了被虚化的可能。天不再表达意旨，因为"天听自我民听"，老百姓的生活状态就是天命的直接反映。政治治理如何，天下的状况怎样也都是天命的表征。经过这种调整后，能知天命者不再仅仅是那些垄断性掌握了天人沟通的技术者。曾经是由像周公这样的太祝，还有一些史官掌握垄断性地获知天命的技术知识，并提供沟通天人的专门性技术支撑，如占卜等，但是新的天人关系建立起来之后，所有人都可以知道天命。这些太祝、太史以及掌管占卜的太占官等的技术知识的重要程度无疑下降了，因而之于天下政权的意义也变得越发弱小。他们不再是决定者，而沦为单纯的仪式操持者和记录人。这个改变的影响无论对于政治文化还是思想观念都是空前的，自此肇始了中国人对于鬼神认识的根本性变化。之前上自天子、君王，下到黎民庶众，无不认为鬼神理当在人之上，决定人类社会运行和人的吉凶祸福，属于超越性的临在。但是到了周公以后，鬼神的意旨已经变得可以由人通过观察、思考人类社会本身的情况来解释，甚至连天命都可以鉴诸人心，更何况一般的鬼神。所以后来"信则有不信则无"成为了国人对鬼神最常见的态度；还有如孔子在祭祀的时候说："祭如在，祭神如神在。"显然他内心深处是觉得神在不在无所谓，重要的是人心是否"敬"。这无疑为中国文化开始向纯粹人文化的方向发展提供了指引和契机。随之而来的是思想界对天、帝这类概念产生了"义理化"认识的倾向。简单地说，天、帝等曾经的超越性自然神变成了可由人去解释的，作为义理内涵载体的义理符号。老子后来讲"道"，以此来替代天、帝，是更加自觉地且纯粹地义理化，甚至连之前具有神圣意味的概念载体都抛弃了，重新树立新的概念来作为最高义理的载体。这也是为什么后来孔子在说天的时候，"天"已经完全失去了以往的神性，更像是有规律性的，能够指引人的一套道理的集合体。这些观念、思维方式、解释方式之所以会出现，和周公对于天命、天帝、鬼神的改造一脉相承。

由此可知，为了周王朝政权的正当性和长治久安，周公事实上作出了两大具有自我牺牲意味的选择：第一，周公原本是周王室中唯一垄断与神沟通渠道的人，但是他却毅然通过义理性转型打破了这种垄断。结果是谁都可以通过观察民生，观察社会状况知悉并且解说天命。第二，对于整个周王朝来说，既然承认天命只会归属于有德者，周王就必须保证自己是天下最有德者。试想，有朝一日如果周王不再安分守己，不再兢兢业业，变成了昏庸无道之人，天命会随之流转，周王朝也势必会被另外一个更有德之人建立的新王朝推翻。所以周公所建立的天命观，和商人所精心设计的那一套由祖先神垄断性的配祀上帝作为帝命唯一中介的模式完全不同。周公创设出一个开放格局，意味着周人王朝的正统性理论上对所有有德者开放，任何人都可以凭借更有德去觊觎天子的权力。这个口子开得很大，后世朝代更迭之际，起势者都打着类似替天行道的旗号，强调自己有德，同时把末代的行将被替代的君主污名化，强化他们残暴、昏庸、无德的形象。所以几乎每一次改朝换代，攫取新政权正当性时人们都在利用周公开的这个口子。不过周公也明确意识到了其中存在的问题，所以他才会反复对成王强调务必要克己、自律和有德，以避免周政权因为淫佚而失堕。

周公给康叔训诰中还有一点很特殊，是针对商人遗民和周人采取不同的立法策略。之前夏商统治的时候采取中央集权的形式，只有天子一人掌握立法权，也只有中央政权颁布立法并掌握最高的是非判断和赏罚权力。天下的法律总体而言呈现化一的样貌。夏商的时候都是这样。但是到了周公时开始因地制宜、因人制宜地立法，同时还下放了立法权和司法权。中央并不直接对地方封国立法，只是提出基本立法原则，相应地，受封诸侯可以在自己的封地自行立法和司法，并且中央政权针对各地所给出的立法原则也并不讲求整齐划一。周公对周人采取了非常严格的立法策略，也就是说相比较而言周人所受到的约束，所面对的刑罚等要比商人严酷得多。关于饮酒的限制问题是最典型的例证。周人认为殷商王朝的灭亡和商人沉溺于饮酒有直接关系，为此周公颁布了禁酒令。《尚书》中有一篇名曰《酒诰》，专门谈到禁酒。除了一些特殊的人和特殊场合例外，如巫史祭祀时，其他情况下一律不准喝酒；尤其是强调不准聚众饮酒，两人以上聚集喝酒要直接处以死刑。所以自从周公时代以后，周人的墓葬里一般看不到酒器。反观商人墓葬中最多见的陪葬品之一就是酒器，差别极为明显。不过严格的禁酒令是针对周人的立法。周公对商人饮酒的限制要宽松得多，即便是抓到聚众饮酒，一般都采取先教后诛的方案。为什么对周人和对商人要采取如此不同方式的立法？因为周人自从分封伊始就很清楚地表达了一个观念：所有周人共主天下，也共同分享天下。所以所有的周人都必须有主人翁意识，当然也要像周天子那样严于律己，以此保持"有德"，进而确保长久地保有"天命"。所以周公对周人的德行约束非常严格。而对商人的遗民则基本上以宽宥、教化为主。且周公还要求康叔在商朝故地，对商人遗民按照他们自己原来的法律、风俗、习惯去治理，不要把针对周人的法度强加给这些遗民。后来很多人都意识到了周代在立法和治理方面与夏商以及之后秦朝的重大差异，总结说周人的治理是有别于"按法而治"的"礼治""德治"，虽说不是很准确，但是有别于法治这一点非常确实。

这里还要注意到另一个特殊点。如果审视其他古代文化传统，尤其是古希腊、古罗马等西方早期文化，在对待自己的公民，就是具有完全权利能力的那一小部分人时，通常都比较宽松，特别照顾他们的利益。因为公民身份意味着是城邦、王国权利的分享者。而对待外邦人之类没有公民身份者相对而言限制更多，更不要说对待奴隶了。这与周公立法恰好呈现完全相反的状态，背后隐含了对于天下，或者对于世界基本态度的巨大差别。西方文化以权利为本位，成为法律上的主体便拥有了获得利益的资格，有谋求自我利益最大化的可能。政治体的目的归根结底是要保护这一小部分人的利益。周公则认为拥有天下的周人要受到最严格的规制和约束，因为这个与政权可相同一的周人身份不是权利资格，而是意味着需要承担更多的责任，要共同对周人的政权和天下负责。现在有很多人说中国是责任本位的文化，正是基于同样的思路。

对待同盟，周人采取放任自治的方式。同盟和商人不同，毕竟商人跟周人之间曾有敌对关系，所以问题复杂，需要中央政权多加关照。而对待同盟只有一个前提需要遵守，就是宗亲伦理。只要合乎宗亲伦理，这些诸侯国具体如何治理，中央政权可以不加干涉。所以到了春秋以后中原文化显得非常多元化，和周公设定的诸侯国自治方针有直接关系。

四

最后一个关于周公的话题是"周公制礼"。这可能是周公所有事迹中最为著名，但同时又最不清晰的、近乎传说的集体记忆。泛泛地说"周公制礼"几乎尽人皆知，但是如果追问周公制的是什么礼？这些"礼"的内容究竟为何？恐怕即便是专以礼学立身的专家们也只能给出模棱两可的回答。我们现在看到周人青铜器里有很多关于礼仪的记载，特别是昭王、穆王以后的铜器铭文中尤为多见。但这些是不是周公制的礼呢？不能确定。所以须得回头去厘清、思考，究竟周公制了什么样的礼？还有西周是否真的施行了周公之礼？再者，究竟是什么因素导致周公制礼显得如此重要？

为了澄清这些问题，有必要先从"礼"说起。之前已经说到，礼最初不外是人神沟通的仪式。这从"礼"字中就可以看出来。"礼（禮）"原本是祭神的器物"豆"中放着祭神的贡品的象形。后来它的涵义有了转变，用来指称仪式本身。起初的礼只关乎人神交通，是处理人神关系过程中用到的仪式。它本来和人与人之间的关系并不太紧密，与政治的关系也不甚密切。但是为了和舜的官制改革与政权扩张相配合，伯夷对礼作了一些人为的改变，使之变成了一套由政治权力加以认可的、以人为主要对象的行为规范。于是礼不仅仅涉及人神关系，这套人的行为规范看重的不是如何去取悦神，而是如何将人按照政权的意思加以规制。反之最开始礼只讲人神关系，最重要的是如何能够通过一套仪式去取悦神，让神高兴了才不会给人间降灾祸。但到了伯夷典礼以后，礼变成了一套以维系政权认可的社会秩序为要务的规范。仪式的重心、目的也随之变化。这样的格局到商代被转了回去，礼又成了以取悦神、获知神意为目的的仪节制度，只不过较之先前更加复杂烦琐。到了周公又恢复到伯夷典礼的局面，将礼作为以人的秩序维系为中心的一套制度。这套制度的最主要表现始终是仪式，通过仪式去结构秩序、维护秩序。同时，周公对礼的内涵作了调整。伯夷典礼讲求的是政治权力认可的仪式、秩序、制度，周公为之注入了宗亲伦理的内涵，以宗亲伦理为核心建构起一套可以规制人神关系，也可用于规范人与人的关系的官方化仪制。

　　春秋以后人们再讨论礼的时候又有了很多差异化的解释。像《说文解字·示部》："礼，履也，所以事神致福也。"履本义是鞋子，引申为践行的意思。按照字面意思，礼的内涵可以用脚穿鞋去踩出印来譬喻，重心是人的实践。这种对人的主动践行的强调，显然和周公本着阳动的立场对礼作的调整有关。周公的礼最重要的是人的秩序，或曰人类社会的秩序。当然这样一套秩序需要由王权或者王朝为主导建构，必须是自上而下推行的制度。

　　现在的很多人在讲礼时，经常会把礼制和礼俗搞混，这两者其实大不相同。周公制的"礼"或者"周礼"，指的都是一套制度。它自上而下颁布，是政治权力从上面压下来的。礼制中很可能包含一些风俗的成分，也只是官方认可了某些社会习俗、社会习惯，所以才把它们包含在了制定的规范之中。但是民间所习用的礼俗，并不都自始为官方所认可。现代人谈中国古代的礼治，经常混同于俗治，认为它们就是西方法学中界定的习惯法，这并不准确。

　　周人官方制定的礼仪非常政治化，是关乎社会秩序建构的制度，以政治权力为主导。同时，周公建制的起点是人伦。所有礼的规则都不能违反基本的人伦关系，包括血亲关系、宗亲关系，也包括婚姻和姻亲关系，不过占据主导地位并起到决定作用的始终是宗亲伦理。在稳定了这些关系的基础上，扩展出适用于所有人类事务的规范，成为人类秩序建构的基本框架。

　　现在看到的与周代有关的文献包括三种：第一种是《仪礼》，第二种是《礼记》，第三种是《周礼》，后世儒家合称之为"三礼"。其中真正比较接近周人礼制的当属《仪礼》。作为十三经之一

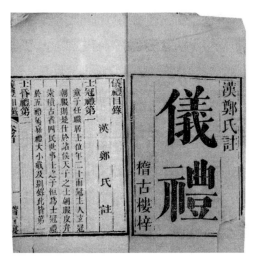

图 13-6 《仪礼》

　　的《仪礼》主要是孔子本自他有生之年所能见到的当时社会遵行的
"士礼"仪制，并做过了修订的。孔子曾经以"儒"为职业。"儒"
的涵义，按照秦汉以后的理解首先指的是儒家学者，此外也可泛指
有知识有文化的人。而在孔子生年及之前，儒是一个职业的专称，
有些类似于现代社会中的司仪，专门负责给婚丧嫁娶等活动提供仪
式安排和指引。孔子原本以此谋生，自然对于各种礼仪非常了解。
在孔子生年及之前，不同的阶层使用不同的礼仪。孔子尽管是个庶
子，也仍属于"士"这个最低等的贵族阶层，这个阶层会用到的礼
仪的传世版本就是《仪礼》（图 13-6）。

　　《仪礼》的内涵涉及士的政治社会生活中所遇到的方方面面。
例如冠礼就是成年礼，还包括婚礼、相见、乡饮酒（即宗族聚会）
等的仪节。每一大类中都有非常精细，甚至可以说极其繁复的仪节
加以规范。包括如何坐，如何站，站什么方向，面对什么位置，走
路走几步，保持怎样的仪态、神色等都有具体规定。这些内容呈现

出周人的礼制在演化了很长时间后的成熟状态。但是这套仪制规范
却非周公所制之礼，而是春秋时周天子颁布的礼。无论它的内容有
多少曾是周公亲定，其整体面貌和具体内容在如此长的时段内显然
还是发生了很多变化。不过由于这是迄今所能见到的系统化的礼
制的最早版本，而且经过了孔子的勘定，所以后来人们称之为"礼
经"。还要注意到，西周时成体系的礼仪制度（包括官制）其实到
了昭穆二王时才成立，这在出土的铜器铭文中已有了印证。所以无
论《仪礼》是否以周公之礼为祖本，与之有多少关联，它的制度渊
源与昭穆之后的礼仪制度关系更加直接应是不争的事实。而这时的
"礼"与周公之礼已经有了很大变化。

　　第二种是《礼记》。它是汉代人从春秋战国儒家学者对礼的论
述中筛删遴选后编集的文集。当时主持删编者有叔侄两人，即戴德
与戴胜。列入十三经的《礼记》由侄子戴胜编成，所以又叫《小戴
礼记》；叔叔戴德觉得意犹未尽，又在小戴用剩下的文献中精选了
一部分结集成《大戴礼记》。这两部论文集主要是战国儒生对礼和
相关话题的"论文"，显然和周公的礼没有直接关系，尽管其中有
不少材料可能保存了周公时代礼的样貌。

　　第三种是《周礼》。这是我们讨论周公制礼这个话题的重中之
重。不过关于这部书历来有两种泾渭分明的意见：一种来自汉代
以后的传统儒生，认为《周礼》就是周公制的礼；另一种意见认为
《周礼》是战国以后儒生的作品。甚至有人说是刘向、刘歆为了配
合王莽篡夺西汉的政权伪造出来的一本书。这几类意见现在都没有
人坚持了。近代以来，文史学界的共识认为《周礼》是战国时儒生
们在采纳了很多西周时期制度的基础上，按照全新的框架编纂出来
的一部书。虽说这是现在的共识，但是既没有得到证明，也不能完

全证伪，所以成书问题仍然存疑且值得思考。

《周礼》的内容与《仪礼》有很大差别，几乎完全是一套职官制度，和通常人们理解的那些繁文缛节的礼仪全然不相干。这套官制按照天地四时的结构，分作天官、地官、春官、夏官、秋官、冬官六大部分展开，结构很严谨，也极为工整。如果按照它设定的模式，周王朝的中央政府应该有 360 个职官，与一年的天数相配合。各个职官分工明确且相互之间的关联非常紧密。不过很可惜冬官部分残缺了，汉代人用了《考工记》代为补充，但已失原貌。当然关于这个残缺也有很多说法，有人说作为古文经的《周礼》从在汉代获得的时候起就没有冬官部分，也有人说刘歆在造伪的时候故意缺省了这一部分。至于究竟为何，与《周礼》的成书问题一样只能存疑。

《周礼》中所包含的绝大部分职官在西周的时候都曾存在，有当代学者通过研究西周青铜器铭文中的官职作了对照，应该算得上确凿无疑。也就是说《周礼》的内容本自西周官制，问题在于它的整体格局太过理想化，无论是六大类的分判，还是 360 个中央官职的分布都不可能在政治实践中落实；同时西周金文中出现的官职名称也有很多没有包含在其中。还有不少学者认为，仅仅 360 个职官远远不足以维持周人庞大的中央政府运作。所以今人更倾向于认为《周礼》是战国或者西汉儒生在书斋里"编造"出来的一套理想化的官僚制度。或者仅仅是某种政治理念、政治理想的表达而已。这类说法不无道理。不过很少有学者敢于去作更大胆一些的推想:《周礼》为什么不能是周公用以表达他的政治治理思想的作品呢? 这个推论从性质上说和上面所有关于《周礼》的看法一样既不能证实，也不能证伪，而且似乎还更加具有合理性。如果配合周公还政成王以后的处境，以及身后的状况，可以对理解上述推论更有助益。[①]

五

　　周公还政给成王之后，可能还在一段时间内仍在宗周参与了政事，但是为时不长。之后据官方的说法他选择了东归，不过东归的"东"具体是哪儿并不明确，总之这个曾经在周王朝初期权倾朝野的人物随后几乎永久地在西周的政治世界消失了。接下来无论是成王，还是他的儿子康王继位以后发布的文献中，还包括昭王、穆王以后的铜器铭文中，对周公鲜有提及。这不能不说是非常反常的现象。与周公具有类似作为和影响的殷商重臣伊尹去世以后被后代商王们奉为祭祀对象，甲骨卜辞中屡有出现。面对如此巨大的反差，似乎只有一种合理的解释：后来的周天子们有意识选择了"遗忘"周公，并且竭力消除他在政治生活中的影响。这种看似不近人情的做法细想起来其实颇为"合理"。因为周公曾经利用自己的权势、威望以及手段摄政称王，严重地挑战、损害了成王的权威。在任上他又诛杀了亲兄弟管叔，公然挑战了宗亲伦理。尽管儒家学者竭力为之粉饰，但站在成王的角度上来看，这一系列行为足以让他对周公产生不满，甚至怨恨。按照这个推论，周公最后还政的过程也很可能存在被迫无奈。当然现在没有理由怀疑周公的本心与曾向召公奭表达的不相一致，但是他的良苦用心并不一定能获得成王的完全理解和认同。而事实上出现的情况恰是周公最不愿意看到的——成

---

① 这个推论非常值得重视，也值得结合周公的思想、作为和处境作出专门研究。尤其要注意，之所以长期以来这个推论不为现代学者所重视，与近代学界囿于实证主义和实在论的狭隘立场、方法有很大关系。

王对周公摄政怀有积怨，并且在亲自主政以后定下了尽可能消弭周公影响的基调。而这个基调为他的子孙所坚持，于是周公被长久地埋没了起来。

例如在"德"以及德政、德治等问题上，成王以后倒是没有发生变化。只不过在绝大多数情况下，将之释为文、武二王的主张，而有意识地淡化了周公在其间起到的作用。大量的铜器铭文中均可以见到对"德"的格外强调，如成王时代的《班簋》铭有"显隹苟（敬）德，亡遣（攸）违"[1]，康王时代的《大盂鼎》铭云"今我隹即井（型）禀于玟（文王）正德，若文王令二三正。今余隹令女盂绍荣敬雍德井（型）至（经），敏朝夕入谏，享奔走，畏天威"[2]，宣王时代的《四十三年逨鼎》铭载"皇考其严才上，廙（翼）才下，穆穆秉明德，丰丰勃勃"[3]。铭文与传世文献的记载大体上可以相互印证，可见在西周中后期，以"德"为中心的治道理念得到相当完整地贯彻。

相比较而言，礼治的情况则更为复杂。显然，周公设计的具有强烈理想色彩的《周礼》几乎自始就没有被成王及其后续者认真地考虑过。但他所提出的以"礼"为核心构建西周政治和文化秩序的思路得到了认同。不过周礼被成规模地建立和实施，经历了很长的一段时间，到昭穆时代才初具规模。现在铜器铭文中提供的有关王廷"册命"的仪式记录，受到了众多学者的关注。[4] 它从一个侧面提供了当时礼治实施的有力证据。

---

① 见《殷周金文集成》，第 3 卷，第 479 页。
② 陈梦家：《西周铜器断代（上册）》，100～103 页，北京，中华书局，2004。
③ 李学勤：《四十三年佐鼎与牧簋》，载《中国史研究》，2003（2）。
④ 相关研究可参见何树环：《西周锡命铭文新研》，台北，文津出版公司，2007。

西周中后期的礼制和礼治应该是孔子所观察并称道的周礼的原型，同时也是后来《仪礼》《礼记·曲礼》的制度基础。由于史料的限制，现在已经很难描述其全貌，特别是其制度落实，即"治"的层面的状况。

联系到翦商之前及至摄政时期的一系列作为可见，周公对于天下格局和政治图景定然有着非常明确的思路，其中当然也包括官僚制度。他反对商人，也反对武王的政治路线，并非全然基于现实的考量，更重要者在于这些与"阳德证道"的基本立场相悖反。而他自己则秉持着《周易》健动的方向去重新构筑一个人化的政治形态。相较于夏商两代以阴本、集权为代表的王道而言，周公可谓是开启了家天下以来第二个王道，或曰新王道。

可是正如之前所说，成王并没有真正理解周公的用心，他更在意现实，所以用"拨乱反正"的方式消除周公的影响。因此周公行之有效的制度安排，诸如分封、德政、宗法制等被保留下来，但是都被尽可能地追认为文王的祖制，以此来消解周公的影响；而周公未竟的政治理想却被摒弃了。虽说现在流传下来的《周礼》极有可能是周公理想化的政治蓝图，但它并没有完整地落实到政治实践中。[①] 后来真正注意到周公的"新王道"，以及他的作为和愿景对中国政治文化的重要性，并加以充分发掘、阐释和改造的是已经晚至春秋末期的孔子。王莽曾经尝试把《周礼》直接套用到政治实践中，但是最终发现行不通，原因是它太过理想化，太工整，不能满足复杂的现实需求。不过反过来想，正是因为理想化，恰好更便于表达出特殊的政治理念。这个理念和周公的其他作为其实是一致

---

① 周穆王的政治实践和孔子的发覆使之得到了"重生"。具体情况将在本书第二卷中详加论说。

的，而无法落实的情况似乎也可以作为理解周公之礼不被周人用在政治实践中的原因之一。

从另一方面看，周公制礼的说法在孔子之前已经存在。这意味着人们尚且对周公曾经制礼有记忆，也说明周公曾经把与礼相关的某些方面落到了政治实践中，并且为之后的统治者所保留。我们先来看几则颇具代表性的描述：

> 先君周公制《周礼》曰："则以观德，德以处事，事以度功，功以食民。"作《誓命》曰："毁则为贼，掩贼为藏，窃贿为盗，盗器为奸。主藏之名，赖奸之用，为大凶德，有常无赦，在《九刑》不忘。"（《左传》文公十八年）

这是《左传》中的一段追述，明确说到先君周公制周礼。文中称周公为先君，说话的当然是周公的后人，他的立场和周天子一系有别。尽管成王以后周公在王廷的地位骤降，但是他受封于鲁国的后人几乎完全不受此影响，也只有他们仍旧在大张旗鼓地纪念周公。"则以观德，德以处事，事以度功，功以食民"一句被当作了周公所制的周礼的内容，是具有高度概括性的对政治原则、方略的表达，和后来的《周礼》《仪礼》并不相属，且既不是日常行为的规范，也不是仪式制度。这似乎表明周公制礼之"礼"的内涵要远远大于一般意义上的仪式、制度、规范。接着再来看同为春秋的时候晋国人韩宣子的一段话：

> 二年春，晋侯使韩宣子来聘，且告为政而来见，礼也。观书于大史氏，见"易象"与《鲁春秋》，曰："周礼尽在鲁矣。吾乃今知周公之德，与周之所以王也。"（《左传》昭公二年）

背景是晋侯派韩宣子到鲁国去聘问。韩宣子顺便参观鲁国的国家图书馆，亲眼得见"易象"和《鲁春秋》，进而发了一番感慨，认为周礼完整地保存在了鲁国，看到这些以后才知道周公之德，以及周人所以能够得天下的原因。"易象"究竟是什么，自古以来争论不断。有人说就是《周易》的《象》传，也有的人说是《周易》的某种图像。虽说难以确定，总之是与《周易》有关的文献。《鲁春秋》则是在孔子编《春秋》之前，鲁国的史官写的编年史，孔子以后儒生们称之为"不修春秋"。韩宣子的感慨可以从另外一个角度来理解：只有鲁国到了春秋时还在遵从周公所制的礼，别的地方，包括成周王畿内都早已看不到了。晋国首任国君唐叔虞为周武王姬发之子，周成王姬诵之弟，晋国国号初为唐，叔虞之子燮即位后改为晋。从他们的血统来看，跟武王、成王的关系较之周公更近。他们尊奉的自然是文、武、成王的仪礼制度，和鲁国所遵行的周公之礼有别当属情理之中。所以韩宣子只有到鲁国才能看到周公的周礼是什么状态。再者，韩宣子的话还印证了《周易》以及周公的作为确实与周人最初安顿天下关系密切。

> （孔子）私于冉有曰："君子之行也，度于礼，施取其厚，事举其中，敛从其薄。如是则以丘亦足矣。若不度于礼，而贪冒无厌，则虽以田赋，将又不足。且子季孙若欲行而法，则周公之典在。若欲苟而行，又何访焉？"（《左传》哀公十一年）

这一段是孔子私下对弟子冉有说的，中心在行为处事要以礼为"度"，即标准。文中说到了"周公之典"，典在古代文献里面多指典册，是法律、制度之类官方文本的载体。孔子认为应该按照"周公之典"来治国。据此可知，周公确实制定了一套细致的典章制度，而且至少鲁国保存下来了。周王廷以及那些并非周公旦后人的诸侯国，没有保留也不曾使用这类制度，所以韩宣子只有到鲁国才能够看到，也能感受到。

接下来总结一下"三礼"和周公之礼的关系。《礼记·曲礼》说："经礼三百，曲礼三千。"所谓"经礼"大致是指礼的纲领性条目，有三百条。"曲礼三千"，是繁文缛节性的细密具体的仪制有三千条。很多人说这些是周公所制，如果不考虑周人用不用它的问题，有可能确实如此。还有一种关于礼的内容的划分是吉、凶、军、宾、嘉的五礼，这种类分在西周已有，春秋时代仍然保留，周公的礼有可能也包含了这些内容。反过来推想，周公在他摄政时制作了一套叫作礼的制度规范，这些制度由他的后人们带到了鲁国，并且一直在遵行。但是到了成王、康王以后，周王室又重新制定了一套新礼制替换了周公之礼。到了春秋时至少有两套礼的制度，一是保留在鲁国的周公之礼，另外一套是周天子和大部分诸侯国行用的礼。现在从青铜器铭文中释读出的众多与礼有关的记载，基本上都属于后者。

再说周公制礼的影响，此间大有无心插柳的意味。虽说从西周中后期到春秋时代，它仅仅在鲁国有保留，并没有在周王朝的政治实践中产生太广泛的影响，但是因为孔子加以宣扬，再加上孔子的学问又被汉武帝塑造成了官方意识形态来推广，这样一系列多少具有偶然性的事件最终使得周公所制作的《周礼》，以及其中蕴含的文化、政治上的立场、倾向在汉代以后成为了中国政治文化的"正统"，其影响概括起来大致有五个方面：

首先是宗法化。后世中国所有的政治、社会关系最基本的原则和立足点都是宗法制和宗亲伦理，其中最重要的原则是尊尊，它的影响迄今犹在。尊尊意味着纵向差序的等级关系，代表了人域的根本秩序。要注意，这种秩序由血亲关系衍生出来，但它并不像原初的血亲关系那么"自然"，而是强调"人为"设定。除了人以外，动物界也存在讲究血亲关系的实例，但是它们从未演化出尊尊的原则。群居动物的首领绝不会严格基于辈分、身份产生，而是本自能力与力能。强调宗亲伦理而非血亲伦理，意味着强调人为建构而不囿于因循自然，这便是"阳"的立场的表征。按照宗亲伦理原则，人自始就存在于差别关系之中。每个人一生下来就被设定在了复杂的等级互动关系中，既要在某些时候被别人"尊"，又要在另一些场合去"尊"别人，以此型构出复杂身份和互动关系的社会网络。另外由于宗法化以及家庭和家族关系，上至国与天下都遵循同一的宗亲伦理原则，从而导致所有层级的社会关系都同质化并全都具有政治属性，政治的影响力也随之直接深入到最基本的社会单元——家庭。其实在帝喾时已经有了类似的尝试，但是却没能够像周公那般全面细致地制度化。而周公之所以能为前人之所不能为，关键在于他找到了一个行之有效的方案，即通过"礼"来勾连，把小到家庭关系，大到国家的政治行为作同质化的规制。这个方案的影响极大，例如当下在中国这块土地上西方人讲的个人主义、自由主义很难被一般人认同，其中最根本的原因就在于这些观念与贯注着宗法关系、宗亲伦理的文化传统难以相容。

　　第二层影响是伦理化。这和宗法关系从根上说是一致的，都从基本的血亲关系演化而来，但是两者的走向却不一致。伦理化更加侧重亲亲，核心不是差序式的秩序，不是一种纵向的关系，而是后来孔子说的"仁"。周公制礼也蕴含了这层意味，但是真正作出理论升华的是孔子。孔子的"仁"说得简单些就是"爱人"，即把人当人看。如果从哲学上说，"人"的意义、价值被强势凸显出来了。

第三层影响是天（神）被义理化。按照周以前的传统，礼需要以神意为基础。但是在任何关于周公制礼的传说中都看不到有关于神的记载，更无须仰仗神授。翦商前夕，文王、武王们还都要在神（天、帝）那里找天命，但是到了周公这里，曾经的具有神性和意志性的天意、天命等都被虚化了。礼就是周公"人为"创制的，它因为有"德"而非神命而具有了正当性。更有甚者，这样一套人定的制度还不仅仅局限于人域，这套秩序本身因为有"德"而当然地和天道秩序完全一致、并驾齐驱。如此转变之所以能够成立并获得认同，须得靠义理化来实现。也就是说，要让人相信自己的作为和整个宇宙的活动当然统一，甚至可以通过人的自觉作为去化成世界。只有重新去解释天和天命，让人们相信天不是外在于人而高高在上的，对人们发命令的超越性存在。后人普遍认为，所谓天命就是天道，是日常始终在人的周遭，日用而不知的常理而已。这个义理化转向并不始自周公，但是周公通过订立一套名曰礼的制度把它落实了下来。到了春秋以后，像老子、孔子等顺着这个思路再加阐发，就有了"道论"。此后纯粹依托神命或者天意等的政权在中国历史上就不能合法存在了。因此说，这是一个极其重大的转变。

第四层影响是民政化，也可以理解为世俗化。礼所规定的内容全部与人有关。曾经的礼主要是神的规则或者是神的旨意，规定人如何与神沟通，如何按照神意行事。但是周公的礼重心转移到人上了。人应该如何行为、政治权力应该如何运行，此二者成为新的重点；反倒是原来人神关系方面的内容成为了配合人行为，让人能妥当地在社会上安顿自己的辅助性手段。如此一来，整个社会文化的重心从原来对神无限依赖转向了以人为中心。

　　第五层影响与统治者有关。周人一直宣称商人灭亡最大的原因在于统治者不自爱不自律，例如纣王的恣意、残暴、奢靡、淫乱，等等。周人当然不能容忍自己的王出现类似情况，因为他们觉得这样会导致费尽了几代人心血建立起来的王朝迅速覆灭。而且周人自始就把德当作政治正当性的中心，长期保持有德的状态靠的就是统治者的自律。到了周公治下，这些理念、观念被制度化为庞大而复杂的礼，它在某些时候的表现和今人所说的法律并无二致。并且礼不仅仅规范人的行为，还要约制、形塑人们的思想。制礼之时有一种倾向性持续了整个帝制时代，即越是对上层规制越严格。例证之一是天子、公卿、大夫、士人的礼仪渐次简化，例证之二是古代的法典、仪制等，更严格的规定都指向上层，对老百姓则比较宽松。这和我们通常所理解的古代法律的目的在于统治下层民众其实完全相反。例如，原来人们对秦朝法律的理解是格外酷烈、残暴。但是睡虎地秦简《秦律十八种》和《法律答问》则反映出，秦的法律对官吏的职责、行为的要求非常严格，处罚也极其严厉；但对老百姓则比较宽容。这样的统治思路就是周公所开，后来为秦继承，可见它的影响之大。

六

　　谈过周公与周礼的影响之后，最后来看周公晚年的情况。周公还政之后的去向始终是个谜。根据之前的诸多分析，这不仅是一次简单的权力过渡，或者统治权更迭，更标志着嫡长制成为了政权传递的唯一合法方式，也象征着宗法制和宗亲伦理成为了政权的最高原则。为了确保这套制度、观念推行下去，周公必须选择把政权交还给成王。而在还政成王之前，《尚书》里有一篇名为《无逸》的文章，记载了他对成王继位以后的要求和期望。这段训话的核心其实从标题已经可以看出来，就是教育成王不要放纵，要兢兢业业地去做好天子。

　　周公曰："呜呼！我闻曰：昔在殷王（其在祖甲，不义惟王，旧为小人；作其即位，爰知小人之依，能保惠于庶民，不敢侮鳏寡。肆祖甲之享国三十有三年。其在）中宗，严恭寅畏，天命自度，治民祗惧，不敢荒宁。肆中宗之享国七十有五年。其在高宗，时旧劳于外，爰暨小人。作其即位，乃或亮阴，三年不言。其惟不言，言乃雍。不敢荒宁，嘉靖殷邦。至于小大，无时或怨。肆高宗之享国五十年有九年。（其在祖甲，不义惟王，旧为小人；作其即位，爰知小人之依，能保惠于庶民，不敢侮鳏寡。肆祖甲之享国三十有三年。）自时厥后立王，生则逸，生则逸，不知稼穑之艰难，不闻小人之劳，惟耽乐之从。自时厥后，亦罔或克寿。或十年，或七八年，或五六年，或四三年。"

　　周公曰："呜呼！厥亦惟我周太王、王季，克自抑畏。文王卑服，即康功田功。徽柔懿恭，怀保小民，惠鲜鳏寡。自朝至于日中昃，不遑暇食，用咸和万民。文王不敢盘于游田，以庶邦惟正之供。文王受命惟中身，厥享国五十年。"

　　周公曰："呜呼！继自今嗣王，则其无淫于观、于逸、于游、于田，以万民惟正之供。无皇曰：'今日耽乐。'乃非民攸训，非天攸若，时人丕则有愆。无若殷王受之迷乱，酗于酒德哉！"（《尚书·无逸》）

还政的行为是在镐京进行的，镐京在陕西的周原一带。据说之后周公就东归了，但东归到哪却始终不明确。有人说周公在完成了还政以后返回了东都洛邑；有人认为他跑到了洛邑以东一个不知名的地方隐居起来；还有一种说法认为周公不是隐居于成周洛邑附近，他往更东边去到了东征时曾经攻打过的奄地，很接近鲁国，但是又没有去鲁国。这些说法让人怀疑周公到底是正经的退位而后安度晚年了，还是在逃避成王的惩罚甚至杀害。

《尚书·书序》云"周公在丰，将没，欲葬成周。公薨，成王葬于毕，告周公，作《亳姑》。"这则记载的内容更加特异。文中说周公弥留之际尚在丰，位于镐京西南边一点，是文王的故都。为什么东归之后他返回到丰，何时返回的，现在也都不可知。周公希望自己死后能够被安葬他一手营造的东都洛邑，可是周公死后成王却把他葬在了毕，无疑成王公然违反了周公的遗愿。

到了春秋时代有这么一种说法："昔周公、大（太）公股肱周室，夹辅成王。成王劳之而赐之盟，曰：'世世子孙，无相害也。'载在盟府，大师职之。"（《左传》僖公二十六年）意思是说周公和太公共同辅佐成王，成王鉴于他们劳苦功高而跟他定立了一个盟约，保证世世子孙不相伤害。这份盟约春秋时还保留着。从表面上看，这似乎表现出成王和周公关系甚好，但是事实上却正好相反。周人有一种观念叫作"信则不盟"，意思是双方互相信任则不必采取盟约之类的形式。反过来结盟意味着双方并不相互信任，甚至心存离析，所以才要白纸黑字把协约书写下来。类似的观点在《左传》中出现了很多次。

第三个有意思的说法是"大姒之子，唯周公、康叔为相睦也。"（《左传》定公六年）太姒是文王的夫人。文王的所有儿子中，只有周公和被分封到卫国的康叔能够和睦相处。隐含的意思是说，除了这两个人之外，其他诸子之间关系并不那么融洽。这是后人在不经意之间透露出来的信息。通过这些可以看出周公和成王之间心有嫌隙，在当时已经非常明显了。

> 大儒之效：武王崩，成王幼，周公屏成王而及武王以属天下，恶天下之倍周也。履天子之籍，听天下之断，偃然如固有之，而天下不称贪焉；杀管叔，虚殷国，而天下不称戾焉；兼制天下，立七十一国，姬姓独居五十三人，而天下不称偏焉。教诲开导成王，使谕于道，而能揜迹于文、武。周公归周，反籍于成王，而天下不辍事周，然而周公北面而朝之。天子也者，不可以少当也，不可以假摄为也。能则天下归之，不能则天下去之，是以周公屏成王而及武王以属天下，恶天下之离周也。成王冠，成人，周公归周，反籍焉，明不灭主之义也。（《荀子·儒效》）

荀子在《儒效》里的这段话说得更隐晦一些，涉及了是周公辅政以及后来还政的一些事情，可以参考。

关于周公的话题至此便可结束了，最后回头来总结一下。本章最开始时说到周公有三重形象。第一层是周人的周公，这是我们讨论的中心。这个曾经辅成周人翦商大业，摄政称王，平三监之乱，东征三年，营造东都且最终还政于成王的周公以及他后来的归宿似乎始终饱受争议。其间他还做了一件很了不起事情，就是制周礼，只可惜周礼的文本现在已经看不到原貌了。

第二层是孔子的周公，对于中国文化而言，这远比周人的周公影响要深远得多。在还政以后的西周官方正统文化中，周公不算个具有实际影响力的人物。而且历代周王无论在观念层面还是制度文化层面都有意识地消除他的影响。西周青铜器铭文中常见对周人

早期开国者的各种各样的记载，像古公亶父、王季、文王、武王甚
至开太平之世的成王、康王都有很多，唯独对周公非常忌讳，只有
鲁国国君有所纪念。孔子生长在鲁国这个很特殊的文化环境中，他
有近水楼台之便，发现了周公的意义关键就在于制礼。通过周礼，
周公明确表达出了立场和思想、政治实践、制度文化的方向，简而
言之是以人为主，基于阳动，通过人的创制、参与、作为来重新整
理天下，使之合于“新王道”，进而能够参成天道。而这一切的基
点又回归到宗亲伦理，以此作为人类秩序合理展开的根基。这些其
实归根到底是在凸显人的意义，强调人凭借着自己的主观能动性去
解决人之何以为人，人如何为人以及人如何参与世界这一系列根本
问题。孔子抓住了这一点，所以要把周公尊崇至无以复加的高位。
而周公对于周王朝的意义，周公这些举措的现实目的，即为了巩固
周人的家天下之类，则被孔子放到了相当次要的位置。

　　这样一来，周公本人所建构的一套制度，他的制度理想、制度
方案以及背后隐含的思想都被放大，甚至可以说是无限放大了。因
为孔子有很多学生，再加上学生的学生，体量非常巨大，所以到战
国时代儒学已经成为一时的显学。大部分没有资格上官学的平民在
接受初等教育时大多聆听过有儒家思想背景的儒生的教诲。这样一
来孔子所塑造的周公形象开始深入人心。对于孔子看重并阐释的周
公如何去改造世界，如何为人类立法，等等，大家渐渐地当作了常
识来接受，这样一来周公的影响就大了。

　　第三层是中国正统的官方文化所推崇的周公。这一层的周公
变形得更加厉害。孔子眼中的周公是新的天人关系的奠基人，同
时也是一位政治家，是把对于天人关系的新理解落实到政治文化
实践中去的人物。但是到了儒家学说被官方意识形态化以后，孔

子的学说被改造了，甚至被改造成了连孔子自己都不会接受的状态。帝制中国晚期有一句话叫杀人的礼教，就是这种正统化改造的极端化表征之一。孔子最开始讲的礼，始自爱人之"仁"，但是后来被弄到了害人的地步，原因就是在于它变成了受政治权力束缚，只为统治服务的礼。这样的扭曲同时也改变了周公的形象。他已经不再能够以圣王的形象示人了，而变成了老实巴交的辅佐天子成就王业的人物，也从立法者沦为了统治者意志的执行者，被塑造成了忠心耿耿的"重臣"形象。因为受到了孔子以及之后儒生们的影响，所以后人在理解周公的时候就自始带有了儒家的印记。第三层周公形象得以成立，好的一面是让孔子对于周公的理解，特别是对他确定的文化方向能随着官方意识形态获得更大的影响力，甚至获得全社会的认同；不好的一面则是周公的形象变得更不清晰，甚至被扭曲了。

结　语

　　之前各章的论说，既是依托传说梳理上古中国政治文化演化历程中的种种殊异表现和特质，更是为了借此彰明中国早期文化的演化过程中所蕴含的深层的道统（阳动）与技术（阴本）互动、交争和融合的结构关系。这对于我们重新认识中国传统文化演化至关重要。为了便于对此有更为直观的体认，下面试用简单的话语对其全景再作一番勾勒，也以此作为全书的结语。

　　欲对中国文化作正本清源式的说解，势必从肇端处，也就是回溯到三皇时代，通过伏羲、女娲、神农、祝融、燧人等传说人物的事迹来寻绎。从伏羲与女娲的传说可以很清楚地看到，中国文化自源头处便已经有了阴阳两端的分化和并立。伏羲代表了阳动，力主人借由其能动性创造秩序规则。女娲代表了阴本，以所掌握的技术为基础，是具有强烈内向、垄断倾向的文化传统。

　　伏羲的事迹，归结起来大致包括法象天地万物八卦、结绳造书契、创立婚嫁制度和立庖厨之制。总体来看，这些业绩均属于社会文化的精神层面。它们代表着最早的，通过人的能动性去理解、把握世界，并为人域世界创制"规矩"的努力。因此从最广义的层面上说，伏羲不失为中国历史上第一个"立法者"。女娲的事迹集中在炼石补天、抟土造人等，讲的是与世界和人的创生技术有关的话题。这里隐含了两个有关"技术"的前提性观念：其一，人参与世界的技术与活动，和世界本身是同质的；其二，技术本身具有神圣性。

自女娲以后，诸如燧人氏、神农氏、祝融、共工，等等，均是技术传统的代表。可以认为，传统意义上的三皇时代，甚至在伏羲殁后的很长一段时间内，技术传统的垄断者们占据了社会的主导地位。当时的社会面貌可以概括为有治无政和万邦分治，这种格局延续到神农氏的最后一位领袖炎帝之时开始受到挑战。

此时出来应对挑战的是与炎帝同属于西部文化集团的黄帝，他使用的方法非常单一，即武力征服。这场波及中国大部分地域的征服战争创造出了以炎黄部族凌驾于其他万千部族之上的政治性的"天下"结构。这无疑是一大转折点，从此中国历史进入了以"天下"模式为基础的政治社会。不过黄帝凭借的并非是对某种技术垄断获取的神圣性，他的创举更类似于伏羲所肇起的阳动的、人为的对世界的重整，这个进路便是后世儒生心心念念的"道统"。在孔子以前，"道统"始终以"政道"的形式呈现出来。

不过对于伏羲—黄帝的政道而言，除了重建社会、政治、文化秩序以外，更重要的是确立政权的神圣性与正当性。对此，伏羲的做法是宣称其所作为的基础在于"法象天地人"，黄帝的选择则是试图通过直接的"修道"和对原有的掌握神圣性知识的部族的收编获取正当性。五帝之二的颛顼扮演了重要的角色。其"绝地天通"的举措，用现在的术语来说，他可谓意识形态立法的第一人。

到了五帝晚期的尧舜时期，基本的政治格局是象征"道统"的天子统摄大量握有技术知识的"技术"代表。不过，尧时这个格局之下的实力对比已经悄然发生了变化。从尧迫于四岳的压力遣鲧去治水，舜上台后殛"四凶"而又不得不让鲧之子禹治水，禹在治水成功之后获得声望并成为舜的继任者几个重大事件可以看出，"技术"的力量开始重新抬头。与共工相似，鲧、禹是垄断了有关"水"的知识和技术的部族的代表，尧舜对之的忌惮溢于言表，却又无奈于他们长久以来对技术的垄断性掌握而不得不任用之。最终的结果众所周知，禹死启继，开启了中国历史上的第一个家天下王朝——夏。

家天下较之自黄帝开启的炎黄天下而言乃是一重大转折，这种以一家族凌驾于天下万千家族之上的政治格局，最终成为之后三千余年中国政治的基本模式。从形式上看，政治权力的流传从一部族收束到一家族，乃是"私"化的表征。从另一个角度看，禹—启的执政，也标志着自黄帝以来被压抑的技术传统"复辟"了。

技术传统引领的政治，与其早期的传统一样，带有显著的私密化、标准化特征。家族传续的家天下体制，实际上也与技术知识隐秘地流传于小范围内，特别是家族垄断的传统一脉相承。例如善于治水的共工氏，自伏羲女娲时代到尧舜时期一直存在，并且在社会中扮演重要角色。掌握天地知识的"重黎"的情况也相类似。而技术传统固有的标准化倾向到了禹夏时代，逐步开始大规模推展到了政治治理领域。《尚书·禹贡》中对天下所作的"九州"的划分是一个很典型的例子，传说中的《禹刑》也是佐证之一。可以认为，到了夏代以后，中国的政治、社会秩序方始出现了规范化、体制化的倾向。

禹夏的技术政治带来的影响之一是"政道"的"治术化"。黄帝开创的政治化和政治权力机制，本是缘于黄帝对人域世界的特殊理解和期许，从根源上说亦是对伏羲所开创的"道统"的承续。而至于禹夏时代，政治权力的运行逐渐成为特定的技术，政治治理由此也在政道之外分化为治道与治术二端。

技术作为政治的基础，带来的另一方面变化在于：技术的掌握者们摄取政治正当性的基础在于技术所带来的福祉，也就是后来所谓的"德"的一种形式。不过由于技术本身私化的传统，政权成为了一种可以争夺的私有物。同时自从女娲时代开始，技术的掌握者从来都不是单一的。禹夏凭借治水之术获取政权，无疑是契合了当时的特定环境。不难设想，在外部环境发生变化之后，是否会有其他的技术人乘机窃取天下。这种隐忧在夏代初期就已经暴露出来了，所谓的太康失国便是此例。主导这场变革的后羿掌握有弓弩射击技术，同样是技术传统的代表者。

真正造成夏代崩溃的殷商部族来自东方，乃东夷集团的后裔。商汤推翻夏桀政权建立有商一代，可以看作中国历史上第一次"革命"。自此天下权柄不复掌握在炎黄部族成员手中。不过商人并没有动摇夏代以技术为中心的政治格局，同时他们特重视对人神交流技术的垄断，所谓的"殷人尚鬼"即其写照。商王作为占卜结果的判定者，一直以神旨的代言人的身份凌驾于人世，无怪乎商纣曾有"我生不有命在天"之语。为了维系政权，商人选择了对天下诸术进行吸纳和整合。举例而言，研究表明商王廷的诸多占人，其实是由各个实力派地方诸侯的代表充任的。一方面，他们成为商人政治的参与者；另一方面，他们所掌握的占验技术又受制于商王的最终判断。在商人的眼中，政权稳固和长存的基础在于对与神交通技术的垄断性把持。这种观念同样带来了技术的流弊，其中之一就是王权与同样掌握人神交流技法的占人为代表的神职治权之间的交争。

周人对商人的革命，带来了早期道统、技术代兴以来最重大的转折。自古公亶父"实始翦商"，到文王的"三分天下有其二"，再到武王牧野一役毕其功，周成为了自禹夏以来的第三个王朝。周人革商之命，打的旗号是天命与德政。有关于此的政治理念和理论，自文王开创，至周公方建构完成。很明显，周人不是技术脉络上的一支，他们选择了承续伏羲、黄帝"道统"作为政治权力和天下秩序重构的基础，文王演《周易》和周公制礼是最典型的例子。

与黄帝一样，周人的政治缺乏技术带来的天然的正当性基础，因此他们需要另辟蹊径。文王和周公特别强调的将天、帝之命与民心、民生相关照是用于解决此困境的天才式的创作。不过仅仅依靠一次战争并不能解决所有的问题，特别是面对长期以来深入人心的技术政治模式和强大的地方残余势力。分封制是用于解决此类问题的核心方法之一。通过将周之同姓王和功勋故旧向地方的分封以及伴随之的对原有部族的迁徙，过去基于技术稳固地占据地方的治权的格局被从根本上颠覆。另一项具有代表性的政策是文治化（或曰礼治化）的方针。同时相伴生的是礼治结构下的官僚制度的创设。由《周礼》的职官设置可以清晰地看出，所有的技术性知识精英，一方面被纳入政治秩序之中，成为官僚制的一部分；另一方面从属于技术掌握者之外的专门的政治官僚。而这些政治性的官僚又从属于封建诸侯和周王廷。如此一来，技术人之于政治社会的地位实际上被大大降低了。他们已经不再可能成为立法者，而只能扮演实际操作者的角色。并且周人对所有的技术知识做了一个基本判分，即体制之内的和体制之外的。所谓体制之内的即被纳入官僚制的、官方认可的技术。体制之外的则通过意识形态的力量被排斥到社会的边缘，使之不具有正当性。政治权力和社会文化的相对边缘化，成为西周以后技术知识与技术人存续的主要特征。从此支配权力和对正当性、神圣性提供解释，均由政权所造就的意识形态来主导。

周代重"文"，早有共识。西周的文治，形式上以礼治、德政和官僚化为代表的，依据在于文王倡导的以积极的、能动的方式顺守天道。不过周人的天道、天命不复是天官之学的技术性的天道，而被周公巧妙地转化为民心、民生的代名词。因此，周人尽管在姿态上仍旧敬天崇道，但实际上政治的重心转向了民政。所谓的制"礼"，其实就是针对人域的秩序、规则，与今人所谓的立法并无二致。当然，礼之外的其他制度，例如刑，也随之创立并不断复杂化、精细化。这种通过类似于职业化的官僚机构来执行的制度体系，带来的后果是政治本身的道术之分，即政道、治道与治术之分。事务性的基层官员，诸如后来的"吏"，成为治术的掌握者，而他们所具备的知识与卿大夫士们以政道和治道为中心的知识结构的分化随着时间的推移日益扩大。

从上面对西周之前"道统"与"技术"发展的概述中不难看出，进入政治社会之后两个传统均在定立法则，并且希冀获得对人域秩序的掌管。并且，在发展过程中呈现出道统的技术化和技术的治道化的复杂局面。实际上，纯粹的道统和技术均无法维系政治权力对社会秩序的调控。社会治理的技术化和专门化与基于传统技术知识对政道和治道的反思，成为不可避免的后果。

到了春秋以后，随着周王廷的没落，其意识形态的控制力也随之显著下降，后果之一在于以往被压抑、排斥到边缘的技术的苗裔们又开始掌握一定的话语权。工匠出身的墨子是其中最具代表性的人物。此时人们开始不受约束地基于各种各样的技术知识来寻求对政道的重构，形成了与以往的道统相抗衡、竞争的思想环境。《庄子·天下篇》中"道术将为天下裂"的总结，不失为前者的形象写照。

同样是在春秋战国时代，随着周的主流意识形态的式微，曾经处于边缘并受压抑的南方文化、东方文化等，逐渐走上了思想文化的前台。多元文化相互之间的对抗、融合是这个时代思想界出现百家争鸣的背景和动因之一。